# 運命の扉をあけて

主要登場人物

メアリー・ベアトリス・キャンベル……フェンダロウ侯爵家のひとり娘
アラン・ロバート・マクローリー……グレンガスク侯爵家の次男
ラナルフ（ラン）・マクローリー……グレンガスク侯爵。アランの兄。スコットランドの氏族長
シャーロット・ハノーヴァー……ラナルフの婚約者
ロウェナ（ウィニー）・マクローリー……アランの妹
ムンロ（ベアー）・マクローリー……アランの弟
ウォルター・キャンベル……フェンダロウ侯爵。メアリーの父親
アルカーク公爵……メアリーの祖父。ウォルターの父親。スコットランドの氏族長
チャールズ・カルダー……メアリーのいとこ
ロデリック・マカリスター……デラヴィア卿。メアリーの結婚相手候補
サラ（モラク）・マリスター……メアリーのおば。ウォルターの妹
ショーン・マリスター……サラの夫
ディアドラ・スチュワート……アランの結婚相手候補
ピーター・ギリング……マクローリー家の従僕
ハワード……貸し馬車の御者
クロフォード……メアリーのメイド娘

# 1

高地地方《ハイランド》で武勇を誇る氏族《クラン》、マクローリーの中では、〝悪魔の顔を拝みたければキャンベル家のやつを見ろ〟と昔から言われている。

腰抜けのイングランド人《サッサナック》どもに関しても似たようなマクローリー語録が存在するが、アラン・マクローリーはロンドンの高級住宅地メイフェアで大邸宅の舞踏室の壁に寄りかかり、いまはその内容を自分の胸にしまうことにした。

白鳥の仮面をつけた若い淑女たちが、エレガントな鳥の群れのように彼の前を通りかかった。アランがにこやかな笑みを送ると、レディたちは声をうわずらせてささやき合い、何度も振り返りつつ、料理がのったテーブルへと去っていった。

「やめるんだ、悪魔め」

アランが視線をめぐらせると、ついさっきまで少し離れたところで美しいフクロウの仮面をつけた女性と話しこんでいた兄が、すぐ横にいた。「ぼくは何もしていない、ただ笑いかけただけだ。愛想よくしろと言ったのは兄上だろう」

グレンガスク侯爵ラナルフ・マクローリーは首を横に振った。黒ヒョウの仮面で目元が隠れていても、今夜の舞踏会で彼の正体に気づいていない者はひとりもいないだろう。

「私は礼儀正しくしろと言ったのだ。喧嘩《けんか》や無礼な言動、それにササナックの若い娘たちを刺激するのはやめろ」

「だったら、ぼくはキツネではなく、牛か鳩の仮面をかぶるべきだったな」そもそも今夜の仮面舞踏会に出席しなければよかったのだ。だがそれでは、キャンベルやほかの好ましからざる連中に誰が目を光らせる？

兄の隣でフクロウの仮面がくすくすと笑った。「仮面は関係ないでしょうね、アラン」洗練された英語で彼女が言う。「どんな仮面をつけていても、あなたは若いレディたち全員の注目を集めるわ」

「それは褒め言葉だということにして――」アランは兄の婚約者、イングランド人のシャーロット・ハノーヴァーにうなずきかけた。「どうもと礼を言っておこう」そのとき、深紫のドレスをまとい、あでやかなクジャクの仮面をつけた妹のロウェナ――ウィニーの姿が目に留まり、アランの顔に笑みが浮かんだ。だがクジャクの横に、緑と金色のドレス姿の白鳥が見えるなり、その顔が凍りつく。くそっ。二羽の鳥は仲よく腕を組んでこちらへと向きを変えたが、まだ彼に気づいた様子はない。「ひょっとするときみの妹君も、今夜白鳥の仮面を選んでしまったひとりかい？」シャーロットに尋ねながら、アランは壁からゆっくりと背中を起こした。

「ええ、そうなの」彼女が答える。「かわいそうに。これほど大勢が今夜の舞踏会に白鳥の仮面を選ぶなんて、思っていなかったんだわ」

「では、妹君とウィニーを見かけたら、よろしく伝えておいてくれ」出入口へと体を向けて、アランは言った。「ああ、おじのマイルズがあそこにいる。ちょっと行ってくるよ、ぼくに話があると言っていたんだ」

「嘘をつけ」ラナルフ――ランが言った。「遠くへは行くな。今夜はスチュワート家の者たちも来る予定だ。おまえをディアドラ・スチュワートに紹介する」

アランはぴたりと止まった。もっとも、緑と金色の白鳥から見えないよう、わずかに頭をかがめて人波に隠れはしたが。「ディアドラ・スチュワート？　冗談だろう」

しかし、兄は冗談を言っているようには見えなかった。「なかなか美しい令嬢だと聞いている。年もまだ二二だ。それに彼女はスチュワート・クランの氏族長の姪にあたる」

ぼくをロンドンにとどまらせた理由はこれか。兄とシャーロットとの結婚をめぐる騒ぎがおさまり、兄がどんどんイングランドの生活に染まってきたことにアランがいらだたしさをあらわにしても、ラナルフは弟をグレンガスクへ帰らせようとしなかった。

「政略結婚でクラン間の平和を保つ役目は、氏族長の弟であるぼくにまわってきたわけか？」アランはうなるように問いかけた。

「スチュワートの氏族長の姪にはまだ会ったことがない。まずは相手を見てからだ」ラナルフは弟の肩の先へ視線を向けた。「おまえに熱をあげているかわいらしい鳥がこっちへ来るぞ」

ジェーン・ハノーヴァーは鳥といってもハゲワシだ。空中を執拗《しつよう》に旋回し、獲物が根負けするのを待っている。だが、彼女が接近してくるあいだ、アランはここに突っ立って話をしているつもりはなかった。キツネの仮面をつけていても、トラブルのにおいは察知できる。そしてシャーロットの一八歳の妹は、トラブル以外の何物でもない。ロウェナの大切な親友であろうと、ジェーンは社交界にデビューしたての娘で、ササナックで、そのうえ夢想家だ。アランはぶるりと体を震わせてうしろへ目をやった。彼女につかまるぐらいなら、悪魔にさらわれるほうがましだ。

おまけにスチュワート一族との縁談話が浮上した。両クランはこれまで敵対したことはなく、この一週間を振り返ってみると、ラナルフは最近休戦協定を結んだばかりの宿敵キャンベル家の名前よりも、スチュワート家の名前のほうを頻繁に口にしていた。兄が縁談を示唆したのはこれが初めてだが、何かが進行中なのはアランも薄々感じていた。両クランが同盟を結ぶには、氏族長であるラナルフ自身がディアドラを娶《めと》るのが好ましいものの、兄はササナックの女性に心を奪われたため、代わりに弟がマクローリー側の生け贄《にえ》として差しだされることになったらしい。あとはその娘がカエル顔の父親よりも母親に似ていることを祈り、アランのほうはこれまで心を奪われる女性はいなかったことを感謝するしかない。

部屋の左奥で今夜最初のワルツが流れはじめ、アランは差し迫った危険を思いだした。まずいな。このままではジェーン・ハノーヴァーにつかまるぞ。ワルツの相手がいないんですと言われたら、近々親戚となる娘を邪険にあしらうわけにもいかない。そして音楽が終わる頃には、ぼくはジェーンの餌食となって婚約までさせられ、ラナルフの同盟計画も、ぼく自身の人生も台なしになっているんだ。

そっと振り返ると、クジャクと白鳥はこちらへ向かってどんどん足を速めている。社交界に出て舞いあがっている娘につかまって結婚という足かせをはめられるほど自分はのろまではないし、〝無骨ですてき〟と言われても、それが褒め言葉だとは思えない。人込みの中へと体を滑りこませて向きを変えたアランは、雌ギツネの仮面をつけた女性とぶつかった。

「まあ、サー・フォックス」相手は驚きながらも、口元に笑みを浮かべた。

「いたわ。あそこよ、ジェーン!」妹が声を張りあげるのが聞こえる。

「レディ・フォックス」誰かもわからぬ女性を相手に、アランは勢いにまかせて笑みを返した。「キツネ同士、ワルツはいかがでしょうか?」

心臓がいくつか鼓動を打つあいだ、緑色の瞳がアランを見つめた。その間も、彼を破滅へと導く娘が背後から迫ってくる。破滅をもたらすのはディアドラ・スチュワートも同じだろう。二七歳にして、いったい自分は何人の女に破滅させられようとしているんだ?

「ええ、喜んで、サー・フォックス」あきらめかけた瞬間、雌ギツネがそう答えて彼を救った。

アランが手を差しだすと、金色の手袋に覆われた指が彼の指を握った。相手を引きずったり、誰かから逃げている印象を与えたりすることなしに、できる限り急いでダンスフロアまで移動し、細いウエストに手を滑らせてワルツを踊りだす。

小柄な女性だな、と遅ればせながらアランは気がついた。身長は頭のてっぺんが彼の顎をようやくかすめる程度。そして顔にはにこやかな笑みを浮かべている。彼女に関して明らかなのはそれだけで、たとえ相手が王女でもアランにはわからないし、いっこうにかまわなかった。ジェーン・ハノーヴァーでさえなければ誰でもいい。

「ワルツのあいだ、おしゃべりはなしかしら？」相手が尋ねた。その話し方から、ロンドンに住む貴族だとわかる。「白鳥ばかりの中で、せっかくお仲間に出会えたのに」

アランは微笑した。「今夜は白鳥の仮面限定かと思ったほどです」

彼女はうなずくと、顔をあげてアランと目を合わせた。「みなさん、お気の毒に。前回の仮面舞踏会で、レディ・ジャージーがそれはすてきな白鳥の仮面をつけていたものだから、誰もがこぞって同じ仮面にしてしまったようね」

混み合う室内に視線をめぐらせる女性の姿を、アランは改めて観察した。背は低く、体つきは華奢で瞳は緑色。髪は……何色と呼べばいいのだろう。結いあげられた髪からひと筋落ちた長い巻き毛は、画家がパレットの上で絵筆を滑らせたかのように、茶色から金色、赤へと色味を変えていた。

アランは目をしばたたいた。深みのある豊かな色が織りなすその彩りを、ひと言で表すのは難しい。詩心はあるほうだが、ササナックの女の髪について詩をしたためたことなどない。「レディ・フォックスに、まだワルツのお相手がいなかった理由は？」

「着いたばかりでしたから」相手がなめらかな声で答える。「サー・フォックスはどうしてクジャクから逃げていらしたの？」

気づいていたのか。「クジャクから逃げていたんじゃない。あれは妹です。ぼくが恐れているのは白鳥のほうだ」

緑色の瞳が彼の目をとらえた。彼女の顔がもっと見えればいいのだが。ハイランド人であり、マクローリー家の男であるアランは、人の表情を的確かつ瞬時に読むことができ、そのおかげでこれまで何度も命拾いをしている。彼はふと思った。今夜の舞踏会にはスチュワート家の者たちも来るとラナルフは言っていた。ひょっとして、この女性がレディ・ディアドラだろうか？　彼女のほうも、この機会にぼくを観察しているのか？

「すべての白鳥が怖いの？」相手の女性が質問を重ねる。「それともあの一羽だけ？　ハイランドには白鳥はいないのかしら？」

ぼくがスコットランド出身なのはわかって当然か。この数週間、マクローリー家の者たちがメイフェアのあちこちで喧嘩騒ぎを起こしているのを抜きにしても、スコットランド訛《なま》りを聞けば出身地は明白だ。妹とは違い、言葉遣いをロンドン風に直す気はない。ぼくに言わせれば、マクローリーの一員であるのは誇るべきことだ。「いるにはいるが、数はこよりも少ないでしょう。それにハイランドのほうがあの手の鳥が出没する場所の見当をつけやすいから、たやすく回避できます」

「白鳥がそこまで危険だとは知らなかったわ」

「気をつけていないとつかまって、一生添い遂げる羽目になる」

彼女は笑った。「キツネは一生同じ伴侶と連れ添うのではないの？」

キツネの場合はどうだっただろう？　いまのアランはそれさえ思いだせなかった。兄の結婚やクラン間の問題に追いまわされて二週間を過ごしたあとで、野生動物について話をするのは――たとえ話であっても――新鮮だ。「このキツネにはまだ伴侶はいないし、求めているのはワルツのお相手だけだ」アランは微笑み返した。「それで、レディ・フォックスのほうは？」

「わたしは友人を探していたんです。まさか同じキツネからワルツに誘われるとは思わなかったわ。お世辞のひとつでも言ってくだされば、白鳥から逃げるためだけにあなたがわたしを誘ったことには目をつぶりましょう」

いやみを言っているのか？　それとも冗談か？　彼女の言葉はどちらにも受け取れて、アランは興味をそそられた。彼が知っているササナックの娘たちは、ごくわずかな例外を除いて、天気に関しては何時間でも話せるものの、その他については特に話すことがない。

「お世辞か……」どの程度褒めておくかと考えながら、アランはつぶやいた。この女性がディアドラで、これから家同士の縁組交渉が始まるのであれば、下手に出るのは避けたい。マクローリーの男は同盟のためにこびへつらいはしない。「きみはダンスが上手だ」彼は無難な褒め言葉にした。

相手は笑ったが、その声は冷ややかに響いた。「スコットランドの方からそう言われるのはこれが初めてではないわね。あなたのお世辞はせいぜい並というところかしら」

いまのは明らかにいやみだ。アランは顔をしかめそうになるのをこらえた。キツネの仮面に隠れて表情は見えないだろうけれど。彼女が本当に縁談の相手であれば……ここはもう少し魅力を振りまいておくか。彼女のほうも、いやみを言う前に自己紹介ぐらいしてもよさそうなものだ。「きみとは出会ったばかりだし」相手をわずかに引き寄せてささやく。「なめらかな毛皮と、先がぴんと尖《とが》った耳を褒めてもよかったが、それではきみの気に入らないだろうと思ってね」

「キツネなら、毛皮を褒められれば喜ぶのではなくて？」

「だが、きみはキツネではないし、ぼくも違う。そしてきみには自分の意志がある。今夜ここに集まったほかのレディたちとは違い、きみは白鳥の仮面を選ばなかった。ぼくはといえば、妹にキツネの仮面を渡されただけだ。自分で選んでいたら、オオカミの仮面にしていただろう」アランは〝頭の切れるマクローリー〟と呼ばれており、それでロウェナは彼にキツネの仮面を選んだらしい。

「わたしは自分で雌ギツネを選んだわ」短い間のあと、彼女が口を開いた。「父からは白鳥の仮面をつけるように言われたけれど」

これは興味深い。「ほらね、やはりきみには自分の意志がある」年はまだ若いようだ。ロウェナより三歳か四歳上だろうか？　ディアドラ・スチュワートもそれぐらいだと聞いている。魅力的な口元をしていて、唇は自然に笑みを形作り、緑色の瞳は目尻に笑いじわがあるのが想像できる。ワルツで両方の手がふさがっているのでなければ、相手の仮面を取り、口や目元と同じくらい顔全体が魅力的なのか確かめたいところだ。

彼女の唇がふたたび弧を描いた。「いまのは、、、すてきなお世辞だったわ、サー・フォックス」彼女が小首を傾けると、シャンデリアの光をとらえて髪が金色に輝いた。「それとも、サー・ウルフとお呼びしたほうがいいかしら？」

「アランでいい」彼は笑みを返した。その名前を聞いても相手は反応しない。彼が何者かはすでに知っていたのだろう。ハイランドから来たばかりの若い男は、ロンドン社交界にそうはいない。

「テーブルの向こう側から、さっきの白鳥が気づかれないようにじっと見つめているわ。あなたはどうして彼女を恐れているの、アラン？」雌ギツネが尋ねた。

彼は肩をすくめた。「あの白鳥はぼくの妹の親友で、彼女の姉がぼくの兄と婚約したんだ」

「なるほどね」鮮やかな赤と金色のドレスがアランの脚をさっとかすめる。「未来の義兄に独身の弟がいるとわかって、姉妹一緒に花嫁となることに憧れてしまったのかしら」

「そんな感じだ。彼女を傷つけるつもりはないが、機嫌を取るために結婚する気もない」

「あなたはよほどダンスがお上手なのね。ワルツひとつでレディをその気にさせて、婚約までさせてしまうのなら。そんな危険な方だと知っていたら、一緒に踊るのではなかったわ」

「からかうのなら、お好きにどうぞ。だが、ぼくは社交界に出たばかりのお嬢さんの夢物語に巻きこまれたくて、ここにいるのではない」ハイランドには、ササナックのようにくだらないロマンスや冒険に憧れる女はひとりとしていない。ラナルフがイングランド人の花嫁を娶れば、マクローリー家には南部のお上品な血がじゅうぶんすぎるほど混ざることになる。

それに、どのみちアランにはスチュワート家の娘との縁談があった。

「伴侶探しでないのなら、何に誘われてロンドンへいらしたの？　穏やかな天候？」

アランは鼻を鳴らした。「意外だろうが、天候ではない。ぼくは兄と妹を守るためにここへ来ているだけだ。それに礼儀正しくするために」

フクロウとワルツを踊る、大柄の黒ヒョウへと視線を走らせる。兄は婚約者のはしばみ色の瞳に見とれているし、妹はイングランドのものであればそれがなんであれ目を奪われる。目をしっかり開けてキャンベル家の動向を見張る者が、ここにはもうひとり必要だ。アランはそのために弟の〝熊《ベアー》〟ことムンロに留守番役をまかせ、兄と妹のあとを追い、グレンガスクからロンドンまで出てきたのだった。先日、キャンベルの氏族長であるアルカーク公爵ウィリアム・キャンベルは、マクローリーと休戦協定を結んだことを公に宣言した。だが、その協定はひどく不確実なものだ。クラン間の血生ぐさい抗争をいやというほど目にしてきたアランには、それが本物の和平でないのはすぐにわかった。

「礼儀正しくするために？」彼女が繰り返す。「それは……興味深い目的ね。では、普段のあなたは礼儀正しくないということ？」

さっきからこちらの言葉尻をとらえてからかってくるのは、偶然ではないようだ。彼女はぼくをやりこめようとしている――それも意図的に。アランはそれが気に入った。

「ぼくはとても礼儀正しい男だ」声を大にして告げる。「ただし上品な言葉に値しない者たちの前では、そうとは限らない」

興味を引かれたように、緑色の瞳が彼の目を見あげた。「わたしはどちらに分類されるのかしら？」

彼女が何者であれ、内気な娘ではないな。なにかぴんとくるものがあった。「きみにはハイランドの血が流れている。違うかい？」

相手はほんの一瞬うつむいた。「ええ、そのとおりよ。なぜわかったの？」

力強いクレッシェンドでワルツが終わり、アランはその場で足を止めた。自分には家族を守る務めがあるなどと、本当のことをたやすく言うのではなかった。それを口にしていなければ、どこかふたりきりになれる場所でこの会話を続けられたのに。「あとでカドリールか何かを踊ってくれたら教えよう」代わりにそう提案する。

音楽が終わっていることにようやく気づいたかのように、彼女は体を離した。

「そうしたいけれど、大勢の紳士がいる中で同じ相手と二度踊るのは……どうかしら。別のときではいかが？」

「ああ。それではまたいずれ。せめて名前は聞かせてもらえるだろうか」

魅力的な口元がもう一度ゆっくりと弧を描く。そして今度は、アランの下腹部がそれに反応して硬くこわばった。頼むから、ディアドラ・スチュワートだと言ってくれ。それでこの奇妙なうずきは、婚約予定の相手を直感的に感じ取ったせいだと言い訳ができる。彼女はふたたび一歩近づくと、アランの肩に手を置いてつま先立ちになった。

「サー・フォックス」ささやき声とあたたかな唇がアランの耳をかすめる。「わたしのことは……レディ・フォックスとお呼びになって」

そう告げると、彼女は体を引いてくるりと背を向け歩み去った。一度だけ彼のほうへ首をめぐらせたあと、その姿はきらびやかな仮面の波間に消えた。いまのはなんだったんだ？なんであれ、近くの湖に飛びこんで、冷たい水の中で泳ぎたい気分だ。唇で耳をかすめられただけで、公衆の面前だというのに下半身が熱くみなぎっている。アランは大股で壁際へ移動すると、従僕からウォッカのグラスを受け取り、ぐっと飲み干した。

「いまのレディはどなたなの、アラン？」隣に現れた妹が、彼の左腕をつかんで問いかけた。

アランは頭をぶるりと振った。ロウェナが来たのなら、そのすぐうしろにジェーン・ハノーヴァーがくっついているはずだ。「昔の友人だ」そうごまかし、クジャクのあとから急いでやってきた白鳥にうなずきかける。少なくとも、彼女とワルツを踊るのは避けられた。「カドリールのお相手はまだ空いているかい、レディ・ジェーン？　兄のためにカントリーダンスは残しておいてくれたか、ウィニー？」

凝った装飾の仮面の下で、ジェーンの顔が真っ赤に染まる。「あの、え、ええ、はい……でも、その……」

もごもごしゃべるのを止めてやらないと、彼女は舌を噛むんじゃないか。

「ダンスカードを見せてくれ。ぼくが名前を書きこもう」そう申しでながら、ジェーンにきかれたら――きかれるに決まっている――二番目のワルツは誰と踊る約束をしたことにしようかとアランは急いで考えた。

声に出してため息をつき、ハノーヴァー家の次女はカードと鉛筆を差しだした。二番目のワルツも含め、ほかのダンスはほぼすべて埋まっている。助かった。だからさっきはあれほど猛然と追いかけてきたのか。レディ・フォックスには、思った以上に大きな借りができたな。

安堵《あんど》のため息をこらえて自分の名前を書きこみ、ジェーンにカードを返す。アランはそのあと妹のカードにも同じようにした。ロウェナは昨日、彼にキツネの仮面を渡したときから、うきうきした笑みを浮かべたままだ。兄が自分の友人に興味がないのは知っているはず。なのになぜロウェナは、ジェーンがぼくを追いかけまわすのを応援するんだ？　妹と少し話をしなければならないようだな――それも早いうちに。ラナルフとロウェナの両方から別々の女を押しつけられては、たまったものじゃない。

「でも、あの人が昔の友人だなんて、おかしな話ね」わずかに尖った声でジェーンが言った。「マクローリー家とキャンベル家は不仲だとウィニーは言っていたのに」

アランははっとしてジェーンに注意を戻した。彼女はなんの話をしているんだ？

「いまのはどういう意味だ？」

ジェーンは半歩さがった。「あの……雌ギツネの仮面をつけた方よ。ご友人だと、自分でそうおっしゃったでしょう。わたしは何も……」

「ぼくが――」

ウィニーが彼の脇腹を肘で突く。「お兄さま《ブラー》」

アランはそれを無視した。礼儀は必要だが、キャンベル家が絡む場合は例外だ。

「彼女が何者か知っているのか、ジェーン？」

「ええ、誰もが知っているわ。彼女はメアリー・キャンベル、アルカーク公爵の孫娘よ」

ロウェナがはっと息をのみ、アランはうなり声をこらえて歯を食いしばった。あの美しく、魅力的なレディ・フォックスは、ディアドラ・スチュワートではなかった。キャンベル家の娘だったのだ。しかも単にキャンベルの一員というだけではない。キャンベルの氏族長、ウイリアム・キャンベルの孫娘とは。

どうりで名前を教えなかったわけだ。

だが彼女はアランと踊り、軽口を交わした。こちらが何者かを承知でからかっていたのだろう。ぼくは完全にこけにされたのだ。

「どうかしたのか？」低い声が聞こえ、シャーロット・ハノーヴァーを従えてラナルフが背後から近づいてきた。「スチュワート家の方々が到着した。さっきの雌ギツネは誰だったんだ、アラン？」

アランは息を吸いこんだ。「兄上はキャンベル家に煩わされている暇はないようだから」兄にまで愚か者扱いされるのはごめんだ。「連中に目を光らせる役はぼくが引き受けよう。あの雌ギツネはウィリアム・キャンベルの孫娘だ」

ラナルフが驚いた顔を見せることはめったにないが、いまアランはそれを目の当たりにしていた。マクローリー家の長子は黒ヒョウの仮面を額へと押しあげた。その下の顔は嚙みついてきそうには見えないものの、獰猛《どうもう》さでは黒ヒョウとさして変わらない。ブルーの目がすっと細くなり、ラナルフは弟の襟をつかもうとするかのように片手をあげた。

「おとなしくしていろと言っただろう」低く、険しい声で淡々と告げる。

アランは氏族長である兄とにらみ合い、やがてラナルフのほうが手をさげた。ふたりとも決して引きさがらないことで知られているものの、ラナルフはメイフェアの舞踏室で前にも騒ぎを起こしており、これ以上の面倒は避けるべきだという判断だろう。

「礼儀正しくしろと言われたから、そうしたんだ」アランは反論した。

「わが一族の者に、キャンベル家の人間とダンスを踊る許可を与えた覚えはない」ラナルフが言い返す。

よく言えたものだ。キャンベル家の娘とダンスを踊るのがもってのほかなら、イングランド人の花嫁をハイランドへ連れていくのはどうなんだ？　たしかに、シャーロット・ハノーヴァーはたいていのササナックよりは気骨も知恵もある。だがロンドンへ行く前のラナルフであれば、イングランド女とベッドをともにするぐらいなら、自分で寝床に火をつけていたことだろう。

「キャンベルと休戦協定を結んだのは兄上だ」そう指摘しながらも、アランはふと思った。ほんの一、二週間前まで、兄に意見するにはもっと慎重に言葉を選ばねばならなかった。頭に血がのぼりやすかった兄も、シャーロットのおかげで変わりつつあるらしい。

「それはお互いに殺し合うのをやめるためだ、アラン。両家でワルツを踊るためではない」

「キャンベル家に探りを入れるのに、もっといい方法があるのか？　ぼくにはこの和平が一週間もつとは思えない」

雌ギツネの正体を知らなかったことをジェーンとロウェナに指摘されたら、こんな言い訳はもちろん通らない。カドリールの音楽が流れだし、アランは頭を振ってジェーンに手を差し伸べた。キャンベルの娘にこけにされたことを知られるよりは、兄の不興を買うほうがまだましだ。

一方で、休戦協定が守られると思っていないのは事実だった。キャンベル家とはこれまで一度も和平が保たれたためしがない。だからこそ、アランは目下ロンドンにいるキャンベルの男たちを全員調べて、その外見や性格を頭に入れておき、兄や妹の一〇メートル以内にそのうちひとりでも近づいたときには察知できるようにしておいたのだ。ところが、彼の意表を突く方向からトラブルはやってきた。

雌ギツネ狩りでも、オオカミ狩りでも、キャンベル狩りでもいい。明日は猟に行くぞ。マクローリーの男をこけにしてやったと、メアリー・キャンベルを得意がらせたままにはできない。自分がロンドンで家族を守っているときであればなおさらだ。しかも、ほんの一瞬とはいえ、彼女の笑みと知性に心をくすぐられてしまった。だが、あのときは彼女を別の誰かだろうと考えていたのだ。

「さて、兄上がぼくに会わせたがっているディアドラ・スチュワートはどこにいるんだ？」アランは唐突に尋ねた。「血が流されて休戦終了となる前に、さっさと話をまとめよう」

「それって、どういうこと？」ロウェナが問いかけ、悲しげなうめき声をもらすジェーンに顔をしかめた。

「まだ話は決まっていない」ラナルフは言い返すと、黒ヒョウの仮面をふたたびおろして渋面を隠した。「先に彼女の父親のアレン卿と交渉してからだ。カドリールを踊ってこい。私がスチュワート家の方々に挨拶をするあいだ、おまえはキャンベル家の者に近づくな」

売りに出された馬よろしく、アレン卿とその娘に歯と脚を見せてこいとは、少なくとも言われなかったな。ふたつのクランが同盟を結ぶために政略結婚が必要なら、喜んでディアドラと結婚しよう。だが一方で、メアリー・キャンベルとワルツを踊り、明日彼女のあとを追うのが自分に許された最後の自由になるのかと思うと不満を感じる。行動を第一とする男としては、レディ・メアリーにやり返してやるところを想像するほうが、レディ・ディアドラの前で小指をぴんと立てて紅茶を飲むよりもはるかに満足感がある。しかし、すべてはクランのためだ。


「フェリシアおばさまでさえ、ゆうべのあなたの前ではほかのお嬢さん方はみな霞《かす》んで見えたとおっしゃっていたわ」フェンダロウ侯爵夫人ジョアナ・キャンベルは、朝食室へと足を進めながら微笑んだ。「ご自分の娘、ドーカスも出席していたのによ。白鳥の仮面はやめましょうと、わたしがあなたのお父さまを説き伏せたのは正解だったわね」

笑みを返しながら、メアリーは部屋に入ってきた父に頬を向けてキスを受けた。白鳥の仮面についてそんな会話をした覚えはなく、父のフェンダロウ侯爵ウォルター・キャンベルも同様のようだが、母が自分の手柄だと喜んでいるのだから、ここは話を合わせよう。

「すばらしい夜だったわね」

料理が並ぶサイドボードで、母親は立ち止まった。「まあ、言うのはそれだけ?」

メアリーは父親のカップに紅茶を注いだ。「ほかに何か言うことがあるかしら?」

「ええ、たとえばあなたがワルツを踊っていた、背が高くて肩幅の広い男性はどなただったの?」

その話はまずいわ。「ハリー・ドーソンのこと? お母さまもお会いになったことがあるでしょう?」メアリーは自分のカップから紅茶を飲んだ。

父親はテーブルの上座に座り、自分のカップを引き寄せた。「おまえの母親が言っているのはキツネの仮面をつけた男、アラン・マクローリーのことだ」

飲みこんだ紅茶が気管に入り、メアリーはむせ返った。執事のジャーンズが進みでて背中を叩いてくれ、ようやく息を吸いこむことができた。そのあいだ彼女の母親はトングでトーストの端をつまんだまま凍りつき、父親は平然と紅茶をすすっていた。

「ありがとう、ジャーンズ」メアリーはかすれた声で言い、さがるよう執事に身振りで伝えた。

「かしこまりました、お嬢さま」執事が彼女の父親のかたわらへと戻る。

「マクローリーですって?」侯爵夫人が娘に問いかけた。

「わたしも……驚いたわ」まだ咳《せ》きこみながら、メアリーはなんとか口にした。

「ほう」

彼女は父親に向かって顔をしかめた。「驚いたのは本当よ。舞踏室の奥にいたエリザベスのほうへ向かっていたら、あの人がいきなりぶつかってきたんですもの。それでワルツに誘われて……断るのは失礼でしょう」

「ダンスのパートナーはすでにいると言えばよかったんですよ」普段は青白い頬をかすかに染めて、母親が反論する。「あなたが手招きすれば、お父さまでも、いとこたちでも、喜んで飛んでいったわ。それに、あのハンサムなロデリック・マカリスター――デラヴィア卿はどうしたの？　彼とダンスをするよう、お父さまから念を押されていたわよね」

「ちゃんと言われたとおりにしたわ。彼とは何度も踊ったのよ」

「どれもカントリーダンスだったでしょう。パートナーがぐるぐる入れ替わるダンスでは、ちゃんと踊ったとは言えませんよ」

「それにマクローリーの者であれば、こちらが失礼な態度を取ろうがかまうことはない」父親が言葉をはさんだ。「どう思われるかおまえが気にしなくてはならないのは、マカリスター家のほうだ」

「あら、失礼なことをして刺激するのはやめるべきだとわたしは思いますわ、ウォルター。マクローリー一族は危険な野獣ですもの。あなたもエヴァンストーン邸の舞踏会での騒ぎをご覧になったでしょう？　彼らはあなたのいとこのバーリン卿を殺してしまうところでしたのよ」

「あれはわたしのはとこだ」フェンダロウ侯爵が訂正する。「しかも愚か者だ。だが、おまえの言うことも一理ある。メアリー、失礼な態度を取る必要はないが、おまえはダンスの相手をするべきでもなかった」

メアリーはうなずいた。「マクローリー家とは休戦協定を結んだんでしょう？　アーノルドやチャールズ、それにほかのいとこたちは、わたしと踊ったのを理由にアラン・マクローリーを襲撃したりしないわよね？　彼のほうは、わたしが誰なのか気づいてもいなかったわ」

ゆうべは思いのほか楽しかった。彼にとって、わたしはただのレディ・フォックスで、ふたりはおしゃべりをしただけ。たしかにちょっといやみを言ってやったけれど、相手は宿敵マクローリー一族の男だもの、それぐらいは許されるはずだ。けれど彼はからかわれても、憤慨したり、怒ったり、無口になったりしなかった。それどころか機転を利かせて、ユーモアに満ちた言葉を返してきた。マクローリーの男たちはヤギのような顔をして、毛むくじゃらだと幼い頃から聞かされてきたメアリーには、それが意外だった。

仮面を外したところを見ることができたらよかったのに。皮肉っぽくわずかに弧を描く唇と、しなやかなキツネの仮面がよく似合う面立ちは、ヤギの顔には少しも似ておらず、ちょっぴりだが魅力的だった。

「はっきり言っておくが」乱れた黒髪とすっきりした力強い顎を思い浮かべていると、父親の声がメアリーの意識を現実へと引き戻した。「アラン・マクローリーとは二度とダンスをしてはならない。ラナルフ・マクローリー、それにもしグレンガスクから出てくるようなことがあれば、ムンロ・マクローリーともだ。ロウェナ・マクローリーと友人になるのも禁ずる。マクル家にレノックス家、マクティ家、そのほかマクローリーと同盟を組んでいる者たちとはいっさい親交を持つな」

「わたしは――」

「おまえが自分の立場を自覚しているのはわかっている」メアリーの言葉をさえぎって続ける。「もう一〇〇回は言って聞かせたな。おまえは私の娘であり、アルカーク公爵ウィリアム・キャンベルの孫娘にあたる。味方から見ても、敵から見ても、おまえには重大な価値があるのだ。マクローリーたちがハイランドにこもっているあいだはさほど問題なかったが、いまや連中はここロンドンにいる。私の父がグレンガスク侯爵と表向きだけでも和平を結ぶことに決めたからといって、おまえが連中と交わる必要はない」

「わかりました、お父さま」メアリーは急いで言った。父のお説教を最後まで聞かされるのは避けたかった。同じ話を聞かされたのは一〇〇回どころではない。一〇〇〇回は聞いている。「心から反省しています」

「よろしい。協定のおかげで好機がめぐってきたのだ、それを逃すつもりはない」

「その好機を手にできるかは、あなたにかかっているんですよ」母親が言葉をはさみ、ようやく朝食の席についた。「わたしは二一のときには結婚していたのに、おじいさまがあなたのわがままを許して、好きにさせて……けれど、それが幸いとなったわね」

「そのとおりだ」侯爵が続ける。「おまえはこれまで結婚を渋りつづけ、クランの役に立とうともしなかった。しかし、協定が有効なあいだに次なる手を打つことには、おまえの祖父も同意している」

これまでのところ、この休戦協定はメアリーの生活になんら影響を与えていない。変化があったとすれば、以前は望遠鏡で見るのも禁じられていた男性と、一度はワルツを踊ることができたというぐらいだ。縁談の話でも持ちあがったのかしらと考えていた彼女は、はっと気がついた。「お父さまはわたしをロデリック・マカリスターと結婚させようと考えていらっしゃるのね」その言葉とともに、心臓が喉までせりあがった。

「この休戦は長くは続かん」父親は淡々と語った。「おまえがマカリスター家へ嫁いで両家が結束すれば、数の上ではマクローリーと同等となる。好条件であるとはいえ、こちらがマクローリーと抗争の最中では、マカリスター側がこの縁談に応じることはなかった。行動するなら、休戦協定を結んでいるいましかない」身を乗りだして、娘がティーカップを持ちあげる前に手で押さえる。「だからこそ、おまえがアラン・マクローリーとワルツを踊り、協定が覆されるようなことがあってはならないのだ」

メアリーは氷が背筋を伝い落ちたかのように感じた。ええ、マクローリーとのダンスを避けることはできたわ――もし、わたしがそう望んでいたら。相手がこちらの正体に気づいてないとわかったとき、メアリーは怖いというより、胸が高鳴るのを感じた。危険で……何かいけないことをしているようで。ロデリックには好感を持っているし、大勢の独身男性たちとともに、彼が未来の夫候補であることは頭の片隅ではわかっていた。けれどもアラン・マクローリーとワルツを踊ったときに、なんだか少し胸がときめいたという事実は消えない。

彼女の父親はティーカップから手を離し、ふたたび椅子に寄りかかった。「マクローリーとのことは、おまえが社交界にデビューした三年前に話しておくべきだったのだろう」

「あのときもちゃんと話しましたわ」侯爵夫人が反論する。「けれど、まさかあの一族がハイランドから出てくるとは、当時は思っていませんでしたでしょう？」

「口答えするつもりはないけれど」メアリーはゆっくりと言った。「休戦状態を保ちたいのなら、わたしたちはもっと……友好的になってもいいんじゃないかしら？　一度や二度ダンスを踊っても害はないわ」

「お父さまの話を聞いていなかったの？　あなたがマクローリーと踊っているのをチャールズ・カルダーやアーノルド・ハウズに見られていたら、大騒ぎになっていましたよ。それにデラヴィア卿を差し置いて、あんな無法者に好意を寄せていると思われれば、過去一〇〇年間で最も重要な同盟の締結が危うくなります」

メアリーの一族は、この社交シーズン中にすでにマクローリー家相手に騒ぎを起こしていたし、それも一度だけではなかった。ところがグレンガスク侯爵がメアリーのはとこ、ジョージ・ガーデンズ・デイリーと和解したことがきっかけとなり、急遽《きゅうきょ》休戦協定に至ったのだった。そしていまはすべてのクランが次の出方を決めかねていた。もっとも、キャンベル一族はこのいっときの平和を利用して勢力を倍増させることにしたらしく、メアリーはいつの間にかその計画の要《かなめ》にされていた。

彼女は椅子から立ちあがった。「では、わたしはマクローリー一族とは踊らないようにして、マカリスター一族には失礼がないようにすればいいのね。それならできると思うわ」テーブルをまわって父のもとへ行き、背中にそっと触れる。「新しい帽子を見に出かけてきます。そのあとはエリザベスとキャスリーンと昼食よ」

「まあ、それならお母さまによろしくとキャスリーンに伝えてちょうだい」侯爵夫人が言った。「木曜日に開かれるデイリー家の演奏会までには、おかげんがよくなるといいけれど」

「ええ、伝えておくわ」母親の頬にキスをすると、メアリーは玄関ホールに出てメイドのクロフォードと合流し、外出用のドレスとおそろいのブルーのボンネットを受け取った。

「本当に馬車を出さなくてもよろしいのですか、お嬢さま？」ブルーのショールを彼女の肩にかけながら、執事のジャーンズが尋ねる。

「ボンド・ストリートまで歩くだけだもの」メアリーは笑みで応じた。その短い時間を利用して、頭の中をすっきりさせたかった。アラン・マクローリーとのたった一度のワルツで、両親にここまでお小言を並べられるのなら、友人たちはきっとその話しかしないだろう。

キツネの仮面をつけた黒髪の男性と踊るべきでなかったのはわかるけれど、まだ結婚の同意もしていない男性の機嫌を損ねるからと、初対面の紳士とワルツを踊るのも許されないのはさすがにばかげている。

自分の夫となる者には、キャンベル・クランの中で高い地位が約束されることを、メアリーは幼い頃から知っていた。独身男性たちが彼女に特別な関心を抱くのは自分の血筋のせいで、魅力を感じているからではないことを知っていたように。でもアラン・マクローリーは、単に同じ仮面をつけているという理由で彼女と踊った。たったそれだけのことで……誰もが大騒ぎするのはゆきすぎだ。

歩きながらさらに考える。次に父はなんて言いだすのだろう？　ブルーの服を着ている相手とワルツを踊ってはいけないとか？　それとも黒い服？　それとも次は父ではなく、夫に指図されるの？　家族に祭壇まで引っ張っていかれる前に、せめてロデリック・マカリスターと話をする機会があるといいけれど。いま彼について知っていることといえば、パートナーの足を踏みつけない程度にはダンスができて、くさみのあるチーズに目がないことだけだ。当たりさわりのないおしゃべりでは、男性がよき夫となるのかを見定めるのは難しい。

「レディ・メアリー、お急ぎのご用事でも？」片手でスカートを引きあげ、背後からクロフォードが息を切らして呼びかけた。

メアリーはすぐに足をゆるめた。「ごめんなさい、クロフォード。考え事をしていたの」

「ひょっとすると、ゆうべの仮面舞踏会のことが頭から離れないとか？」彼女の左側から、深みのある声が舌を転がすようなスコットランド訛りで問いかけた。

メアリーははっとして顔を向けた。「アラン」

彼は木の幹に寄りかかり、何時間もそうしていたかのように静かにたたずんでいる。その姿は獲物を待ち伏せする肉食動物を思わせた。額に落ちかかった黒髪を、そよ風がなびかせる。キツネの仮面をつけていたときから、顎や口元、陰りを帯びたブルーの瞳を見て、ハンサムだろうと想像はしていたけれど、そこに高い頬骨とまっすぐな鼻梁《びりょう》、ゆるやかな弧を描く眉が新たに加わると、その顔はまさにハイランドのプリンスを絵に描いたかのようだ。しかも、朝食には山猫を丸焼きにして食べそうなほど、猛々《たけだけ》しさに満ちている。

「そうだ、ぼくはアラン・マクローリー」そう応えてから、彼はようやく背中を起こした。

「今朝はごきげんいかがかな、メアリー・キャンベル？」

# 2

ロンドンに不慣れな者であっても、メイフェアにあるフェンダロウ侯爵の邸宅、マザリング・ハウスは簡単に見つけられた。カーゾン・ストリートとクイーン・ストリートが交わる角に堂々とそびえる大きな白亜の建物は、それをさらにうわまわる大邸宅、キャンベル・ハウスの真向かいに立っていた。それを眺めて、アランはふと思った。キャンベル・クランの氏族長の嫡男であるウォルター・キャンベルは、向かいにそびえる大邸宅を目にするたび、いずれ自分のものとなるのを喜んでいるのだろうか？　それとも、老キャンベルがいっこうに衰える様子を見せないのを恨めしく思っているのだろうか？

老キャンベル自身は現在ハイランドに滞在中で不在だが、自分が敵地内に足を踏み入れているのはうなじの産毛が立つ感覚でわかる。ぼくは頭がどうかしたのかもしれない。ラナルフが縁談をまとめるまでおとなしくしていなければならないのに、キャンベルの娘を探して、自らのこのことやってくるとは。

もちろん正当な理由はある。昨夜はメアリー・キャンベルにばかにされたのだ。彼女はあのあと父親に、マクローリーの男は牛のようにたやすく鼻輪をつかんで引っ張りまわせると報告したのではないか？　そんなことを見過ごすわけにはいかない。このままではぼくだけでなく、マクローリー・クランの全員と同盟者までが弱い立場に立たされる。勢力の均衡が崩れればキャンベル家が休戦協定を守る理由は消滅し、スチュワート家はマクローリーと手を組むのに二の足を踏みかねない。愛らしい緑の瞳のせいで、わが一族が破滅させられては大事だ。

その緑色の瞳は、陽光のもとでは滝のそばの岩肌を覆う瑞々《みずみず》しい苔《こけ》と同じ色をしていた。赤みを帯びた茶色の髪は金色のきらめきを帯びて波打ち、いまもってその色を表現できる言葉が頭に浮かばない。アランは息を吸いこんだ。シェイクスピアなら彼女に詩を捧げ、〝妖精の国の姫君〟と呼んだことだろう。

「よければ、少しのあいだ一緒に歩いてもいいだろうか？」心の中で頭をぶるりと振るい、アランは悠然と話しかけた。ぼくがここへ来たのはゆうべの彼女の言動を正すためで、不思議な色の髪や、緑の瞳を褒めたたえるためではない。ディアドラ・スチュワートはきれいな黒髪で、じゅうぶんに好感の持てる顔立ちだった。自分は近々婚約する身で、その相手はディアドラだということを忘れるな。

メアリーは助けを求めるかのように背後へと首をめぐらせた。声をかけるまで、通りを三本越えるあいだ観察していたのだから、年配のメイドを除けば彼女がひとりきりなのは間違いない——マクローリー家の女性ならありえない状況だ。武装した男の護衛なしにロウェナに外出を許すなど、アランには想像できなかった。身辺の警護を怠るとは、やはりキャンベル一族は愚か者ぞろいだな。

「どうしたんだ？」彼はさらに続けた。「マクローリーの男にいやみのひとつも言わないのか？　それとも自分の正体を知られたあとでは、それもできなくなったか？」

メアリーは小首を傾けて、アランの顔を観察している。彼女の目に、ぼくはどう映っているのだろう？　ハイランドなら、マクローリー家の次男は現在のグレンガスク侯爵位継承者であること、イングランド軍に四年間在籍してヨーロッパで戦ったこと、射撃の名手であること、甘く見てはならないことを誰もが知っている。もっとも、この女性には不覚にもすでに甘く見られてしまったが。

「わたしはお友だちに会いにボンド・ストリートへ行くところよ」ひと呼吸置いて、メアリーが言った。「ご一緒なさりたいのならどうぞ。マクローリー家の方々はボンネットを買われるの？」

「ぼくは買わないが」アランは驚きを隠して言うと、ふたたび歩きはじめた彼女の隣に並んだ。「妹はよくかぶっている」

「ゆうべクジャクの仮面をつけていた方ね？」

アランは歯を食いしばり、キャンベル家に対する根深い不信感を抑えこんだ。話題が家族のこととなると、なおさら警戒心が頭をもたげるが、彼女にはぼくのほうから近づいた。しかもこれで二度目だ。「そうだ」声に出してうなずく。「ロウェナ。わが家の末っ子で、数週間前に一八になったばかりだ」

「一番上のお兄さまはグレンガスク侯爵でいらっしゃるのよね。あなたは次男？　それとも三番目の方？」

「次男だ。ぼくとロウェナのあいだに三男のムンロがいる」

「ベアーと呼ばれている方ね」

「ああ。そしてきみはアルカーク公爵の跡継ぎ、フェンダロウ侯爵のひとり娘だ」どうだ。何者かわかれば、こちらも彼女の家族構成の詳細をいくらでも語ることができる。メアリーにちらりと目をやると、彼女は卵形の顔に微笑を浮かべてアランを見つめていた。「何がそんなに面白い？」

「剣で突き合っているみたいな会話だと思って」

「昨夜、正体を明かさなかったのはきみのほうだ」アランは切り返した。彼女はチェスの試合のように双方が慎重に次の手を繰りだす会話に慣れていないようだが、ぼくは違う。「ぼくは自分の名前を教えた」

「そして、もしわたしが自分の名前を告げていたら、わたしたちはあのワルツを終えることはなかった。あなたは動揺し、異変に気づいたわたしのいとこたちに見つかって喧嘩になっていたわ。だからわたしは名前は伏せて、あなたを救ってあげたのよ、アラン・マクローリー」

「それがきみの言い分か？　レディ・フォックスと名乗ったのはぼくのためだと？」

メアリーは足を止めてアランに向き直り、彼の胸に指を突きつけた。「そう呼んだのはあ、なたでしょう。わたしはそれに合わせただけよ。せっかくゆうべは騒ぎを避けたのに、ここで蒸し返すのはやめてちょうだい。言っておきますけど、あなたのためにああしてあげたのよ」

自分の正体がばれたとわかったとたんに恐れをなして震えあがる、意気地のない娘だろうと高をくくっていたが、メアリー・キャンベルは顎をぐっとあげ、人差し指を彼の胸に突きつけている。ぼくに面と向かって言い返すとは、小さな体に似合わず、この女性は一人前以上の勇気を持ち合わせているらしい。

アランは首を傾けた。「つまり、きみはぼくに礼を言ってほしいのか?」

彼の胸に押し当てられていた指がぴくりとし、メアリーはふいにその手を引っこめた。

「いいえ。そうじゃないわ」店が並ぶ通りへゆっくりと向き直り、ふたたび歩きはじめる。「わたしはあなたに嘘をついた理由を説明しようとしただけよ。それとも、真実を告げなかった理由と言うべきかしら」

アランは彼女に追いつき、顔をしかめている年配のメイドをちらりと振り返った。

「では、きみはぼくのことを思ってああしたわけか」

「わたしは――」

「礼を言うよ。ゆうべのパーティーに出席していたきみのいとこの人数を考えると、鼻ぐらいへし折られていたかもしれないからな。それではは故郷でぼくを待っている女性たちを悲しませてしまう」

「ずいぶんうぬぼれているのね」メアリーはくすくすと笑いをもらした。

気がつくと、アラン自身の唇も笑みを描いていた。「だが、きみに尋ねたいのはその理由だ、レディ・メアリー・キャンベル」

彼女は驚いた様子だ。「どうして騒ぎになるのを避けたのかときいているの？」

「そうだ。これまでぼくがキャンベルやガーデンズ、デイリーの男を相手に拳を振るった回数は、食らった回数を優にうわまわる。ぼくが墓に入れば、きみの親戚たちはその上で跳びはねることだろう」

「休戦協定があるわ」そう言いながらも、彼女はアランの言葉を否定しなかった。「あなたのお兄さまがジョージ・ガーデンズ・デイリーと和解し、わたしの祖父もそれを受けて、つい先日、あなたたちクランと協定を結んだでしょう」

メアリーは横を向いていて、残念ながら表情ははっきりと見えない。

「だったら、二週間前であれば、きみはぼくの足を踏みつけて悲鳴をあげていたのか？」

彼女はふたたび足を止めると、ほっそりした腰に両手を当てて、緑の瞳でアランをにらみつけた。「いまはまさにそうしたい気分だわ」噛みつくように言う。「そして、それはあなたがマクローリーだからじゃない。あなたが失礼で、わたしを挑発しているからよ」

彼は驚いて目を細めた。「ぼくは――」

「二週間前であれば自分がどうしていたかなんて、わかるわけないでしょう？」アランの言葉をさえぎって続ける。「いまは何もかもが違うわ。わたしと踊り、相手がキャンベル・クランの氏族長の孫娘だとわかったのが二週間前のことだったら、あなたはどうしていたかしら？」

彼は長々とメアリーを見つめた。答えは明白で単純なはずだった。たとえラナルフが休戦協定を結ぼうとも、キャンベル一族に関する事実は変わらない。連中はスコットランドに所有する農地を焼いて小作人たちを追い払い、同盟を結んでいるほかのクランを脅して同じことをさせた。そして領地を羊の放牧地に転換し、その利益を用いてイングランドで新たな地盤を築いたのだ。ハイランドにおける支配力は減退したものの、その他の場所では、キャンベル・クランはかつてないほど勢力を拡大している。連中はマクローリーにとって不俱戴天《ふぐたいてん》の敵も同然だった。

しかし、この女性は敵だろうか？　アランは身長一六〇センチにも満たないメアリーを見つめた。たしかに彼女はキャンベル家の娘だ。しかも気が強いときている。その一方で、魅力あふれる若いレディでもあり、自信に満ちた雰囲気をまとっている。たいていの娘は本物のハイランダーを前にすると尻込みして、ディアドラなどは彼と目を合わせもしなかった。そのせいで、アランは未来の妻となるかもしれない相手の目の色さえ覚えていない。

「そうだな、ぼくはきみとダンスを踊り――」彼はにやりとした。「そのあとパーティーの余興に、きみのいとこを二、三人、放り投げてみせただろう」

愛らしいブルーのドレスの下で、メアリーの肩がさがる。「そう。キャンベルの男を放り投げるのに比べたら、レディのお買い物は退屈でしょうけど、よろしければご一緒にどうぞ」アランの背後にある小さな店の入口を身振りで示す。

メアリーは彼が立ち去ることを心の中でなかば願った。アラン・マクローリーは彼女の正体を知っていることを告げに来ただけで、これだけ話せば気もすんだはずだ。それにほかに考えたいことがあるのに、彼がいると……気持ちが乱される。けれどもアランは入口を振り返ると、メアリーと、心配そうな顔をしているクロフォードのために扉を開けた。メイドはスコットランド出身ではないものの、メアリーが言葉を交わすべき相手とそうでない相手をしっかり心得ており、このすらりとした長身の悪魔は明らかに〝そうでない相手〟だった。それどころか、彼は避けるべき相手のリストの一位にいる。

アランの前を通って店に入りながら、メアリーは彼がクロフォードの鼻先で扉を閉めてくれればいいのにと思った。そうすれば会話を逐一父に報告されるのを心配することなしに、彼にいくつか質問できるのだけど。イングランド南部で育てられ、これまで敵対するクランの者と接触したことがなかった。そしていま、アランに近づいてはならないと両親に厳命されたばかりなのに、彼女は好奇心を抑えられずにいた。

「マクローリーの男性はみな、足には悪魔のようにふたつに割れた蹄《ひづめ》がついていて、口からは地獄の炎を吐くのだと思っていたわ」メアリーはそう言って、髪に飾るリボンを眺めた。運がよかったわ。会話に気を取られていたから、よく見もせずにキッチン用の刃物店に入っていてもおかしくなかった。ナイフがずらりと並ぶ店にマクローリー家の男性と一緒にいるのは賢明ではない。

「いいや」アランが応えた。「たいていの者は、足には指が一〇本ついていて、口から出るのは息だ」深みのある声には、ワルツを踊っていたとき――彼がまだメアリーの正体を知らなかったとき――と同じ、耳をくすぐるスコットランド訛りが戻っていた。これはふたりの関係がもとに戻ったという意味？　そうであってほしい。普段は見ず知らずの男性と話すことはないし、しかも相手は無法者だと噂されているアラン・マクローリーだ。

「子どものときにそうと知っていれば、悪夢にうなされずにすんだわね」メアリーはリボンをふたつ持ちあげた。「あなたのお好みはどちら？」

「薄緑色のほう」彼が即答する。「きみの瞳の色に合っているし、髪の赤みを引き立てる」

彼の口ぶりに――そして、この男性はメアリーにお世辞を言う理由が何もないことに――彼女は心地よい震えが背筋を走るのを感じた。「たいして考えずに選ぶのね」彼女は薄緑色のリボンをクロフォードの腕にかけ、黄色いほうは棚に戻した。

「きみに似合うほうはひと目でわかる。男がリボンを決めるのに、どれだけの時間をかけて考えなきゃならないんだ？」肩をすくめ、それから笑みを浮かべる。「妹によると、三人いる兄の中でファッション感覚があるのはぼくだけで、あとのふたりは牛と変わらないそうだ」

メアリーは声をあげて笑った。「じゃあ、確かめさせてもらうわ」手さげ袋《レティキュール》から黄色と白のモスリンの端布《はぎれ》を取りだす。「これは外出用のドレスの生地よ。これに合う帽子を探してちょうだい」もう一度、アランを見つめる。「そんな男らしくないことはできないというのなら別だけど」

「男らしさに自信があるなら、レディの帽子選びぐらいで文句は言わないさ」彼は生地に手を伸ばし、ふたりの指が触れ合った。嵐の日、雷が落ちる直前の一瞬のように肌がちりちりした。ゆうべ一緒にワルツを踊ったときも同じように感じたけれど、今日はその感覚がさらにはっきりしている。いまはお互いに、相手が何者か知っているからだろうか？

背後でクロフォードがむせたような声を出し、メアリーはふたりの手がモスリンの端布をつかんだままなのに気がついた。すぐに手を離してスカートで指をぬぐい、こちらをじっと見据えているメイドを振り返る。

「帰りましょう、お嬢さま」クロフォードが大きすぎる声で告げた。「どこにいるのかと奥さまがご心配なさっています」

いまの状況を知ったら、母は娘の頭のほうを心配することだろう。アランの顔に浮かぶ表情は、母親のことは彼から逃げる口実だと気づいている様子だ。そしてメアリーは彼に臆病者と思われたくなかった。キャンベル家のプライドにかけて、それはできない。ええ、そうよ。楽しいからここにとどまりたいんじゃない。まわりの男性から知性や分別を試されることはめったになく、こうしてマクローリーの男性を相手にしゃべるのは……刺激的だというのも無関係だ。長身でしなやかな体つきの、罪深いほどハンサムな男性が、わざわざわたしを探してくれたことも。

「お母さまはわたしの帰宅が昼食後になるのを知っているわ」メアリーは言った。「それに、お店に入ったばかりでしょう」

「ほう、きみはぼくが怖くないのか？」アランがささやくのが聞こえ、彼女は首を横に振った。

「怖がるべきなの？」

「いいや。今日は心配ない」

「ですが、今日はデラヴィア卿とお会いする予定もございます。もし遅れたら、旦那さまがたいそう――」

「デラヴィア？」その名を耳にして、アランが眉根を寄せた。「ロデリック・マカリスターか」メアリーを見つめて思案する。「なるほど、そういうことか」

メアリーはクロフォードをにらみつけた。マカリスター家との同盟がまとまる前にメイドが口外したのを激怒すべきなのに、いまはアランが帰ってしまうことのほうが心配だった。

「それは昼食のあとよ」視線は彼の顔に据えて端的に告げる。「まだ何時間もあるわ。急いで帰る必要はないの」

アランは彼女とクロフォードを交互に見て、背中をそらした。「では、きみの帽子を選ぼう」

彼の目を見れば、キャンベル家とマカリスター家のあいだで何かが進行していることに気づいたのは明らかだ。それでもアランは氏族長である兄に報告するために店から飛びだしはしなかった。彼はここにとどまり、それをわたしは喜んでいる。メアリーは目をしばたたき、ボンネットが並ぶ棚に向き直った。

つばの狭い麦わら帽をひと目見るなり、それが気に入った。黄色いデイジーの花に緑色の葉が添えられた、シルクの花飾りがついている。けれどもそれには手を伸ばさず、彼女はドレスには似合わない帽子を次々と試着していった。

「あの帽子を避けているのは、ぼくに選んでほしいからか？」しばらくするとアランはそう言って、メアリーがわざと無視している帽子を指さした。「それとも、ぼくを引き止める方法をほかに思いつかないから？」

思っていることを躊躇《ちゅうちょ》なく口にする人ね。「わざわざわたしを探してくれたんでしょう。手伝わせてあげなければ失礼かと思って」

彼は愉快そうに鼻を鳴らすと、壁にかかっていた帽子を取ってメアリーに手渡した。

「きみのお心遣いに感謝するよ」

彼女は帽子をかぶり、店の片隅にある大きな姿見に向き直った。鏡に映る姿の端で、アランがこちらを眺めている。そのままふたりは長いあいだ……ただ見つめ合っていた。

なんて端整な顔立ちなのかしら。メアリーは心の中で感嘆した。漆黒の髪は乱れていて、きれいに切りそろえる必要がある。明るいブルーの瞳には鋭い知性がにじみ、口元はいつでも笑みを浮かべたがっているかのようだ。マクローリーの者は微笑みとは無縁だと思っていたのに。昔、いとこのチャールズ・カルダーが、マクローリー兄弟はハイランド最後のプリンス気取りだと言っていた。そうね、とメアリーは心の中でうなずいた。彼らはまさしくプリンスだ。それを認める者は、キャンベル一族でわたし以外にいないでしょうけれど。

なんといっても、マクローリー家はハイランドで最大の領地を所持している。キャンベル家を含め、ほとんどのクランが土地を切り売りし、農地から小作人たちを追いだして大規模な牧羊経営に切り替えたときも、彼らはそれに追従せず、その頑迷さの代償を支払いもした。アランの父親は不慮の死を遂げ、小作人たちのためにラナルフが建てた学校は放火された。近隣のクランとのあいだに軋轢《あつれき》が生じたのは言うまでもない。メアリーの祖父はマクローリー兄弟を〝傲慢で頑固な無法者〟と呼んでいた。間違いを認めるよりも、血を流すことを好む連中だと。

「ハイランドへ行ったことは?」ふいにアランが尋ね、目をしばたたいて、鏡に映る彼女の姿から目をそらした。

「もちろんあるわよ。おととしの春に二週間滞在したわ」もっと長くいたかったが、それ以上いるのは危険だと家族が判断したのだ。メアリーは帽子を取ってクロフォードに渡し、髪を整えた。

「だが、きみはイングランド育ちだ」

本物のスコットランド人ではないと遠まわしに言っているの? それとも確認しているだけ? どちらにしても気に入らない言い方ね。「わたしはスコットランドの外で育てられたわ」ゆっくりと告げる。「それはわたしの身の安全を両親と祖父が心配したからよ。アルカークはグレンガスクから三〇キロと離れていないんですもの」

「きみの祖父は、悪魔のようなマクローリー兄弟に孫娘が襲われるのを心配したわけか」アランが彼女の前に立ちふさがった。

メアリーは彼の視線を受け止めた。「わたしはあなたたち兄弟やマクローリー・クランについて、恐ろしい話を聞かされて育ったのよ。一度わたしのいとこがこんな話をしたわ、キャンベル・クランの氏族長の息子がマクローリー兄弟にさらわれたあげく、丸焼きにされて食べられたってね」

アランの魅力的な口元がぴくりと動いた。「ああ、それは大嘘だな。あいつはがりがりで食べるところもなかったから、そっちの領地に投げ返してやったんだ」

止めるよりも先に、メアリーの唇からは笑いがこぼれていた。「作り話だと思っていたのは認めるわ」口元をほころばせたままで言う。「でもあなたたちだって、キャンベルについて似たような話をしているんでしょう」

「ああ、もちろんだ」アランは懐中時計を取りだして蓋を開けると、時間を見て眉根を寄せた。「明日、昼食で会おう、その話はそのとき披露する。きみのお勧めの店は?」

ロンドンでお気に入りの場所は、ボンド・ストリートのすぐ東にあるパンがおいしいお店だけれど、あそこは友人や顔見知りが大勢いそうだ。「エリス・ストリートにある〈青い子羊亭〉よ」代わりにそう答えた。あの店なら知人は誰もいないとわかっている。経営者がマクドナルド家の遠縁で、キャンベル一族は彼らをマクローリー家同様に忌み嫌っていた。場所もメイフェアの南側、テムズ川の北岸だ。

アランはうなずいた。「では、明日三時にそこで会おう、メアリー・キャンベル」

分別を取り戻して先約があると断る間もなく、彼は店を出て、メイフェアの通りに消えてしまった。

そこで初めてメアリーは、店内にはほかにも女性客が三人いることに気がついた。アラン・マクローリーと一緒にいるところを、その全員に目撃されてしまった。彼は一度見たら忘れられない男性だ。アランに目を奪われていたとはいえ、ほかにも客がいることにどうして気づかなかったのだろう？　彼と話していたことを友人や家族の誰かに知られたら――それもゆうべのあとでは――どこへ出かけるにも武装した護衛付きになってしまう。

遠くからだが、メアリーはこれまで何度かアランの妹を見かけたことがあった。ロンドンの街を出歩くとき、ロウェナはつねにふたりの兄のどちらか、あるいは武器を持った馬丁か従僕か一族の誰かに付き添われている。

そうやって四六時中警護される必要がないよう、これまでずっと安全な場所で育てられてきたのに、いまさら身辺を見張られるのは牢屋に入れられるよりも窮屈だ。両親と祖父はメアリーをハイランドの政治や抗争から遠ざけてきたが、彼女は家族の過保護ぶりにいつも皮肉なものを感じていた。誰であろうと自分の夫となる者は、クラン内での地位をあげるためか、クランと同盟を結ぶために彼女と結婚するのだとわかっているのだから。自分自身がほかのクランと直接関わりを持つのはこれが初めてで、メアリーはわくわくしていた――ロデリック・マカリスターのことがなければ、この冒険をもっと純粋に楽しめたのだけれど。でも、いまは店内にいるほかの客たちを確認し、今後問題になりそうかを見極めなければいけない。ひとり目の女性はメアリーよりも少し年上で、顔にはまったく見覚えがない。簡素な衣服と実用的な靴からして、女主人の代理で商品を受け取りに来たメイドだろう。

残るふたりは母と娘で、ミセス・ジョン・エヴァンスと……娘さんの名前はなんだったかしら？　フローラ？　パーティーで何度かお会いしたけれど、スコットランドやクランの問題については何も知らないはずだ。よかった、これなら心配は無用ね。

観察しているのを客たちに気づかれる前に、メアリーは買い物の続きに戻り、必要もないリボンを二本選んだ。ええ、これで何もかもいつもどおりよ。敵対するクランの人間に待ち伏せされて、胸が躍るなんてばかげている。

「お嬢さま、あの男が選んだ帽子を本当に買われるんですか？」クロフォードの問いかけが、メアリーの物思いをさえぎった。

「わたしは自分が気に入った帽子を買おうとしているの」ちりぢりになった思考を頭の中でまとめながら言い返す。「それがたまたま彼が選んだ帽子と同じだっただけよ」

「ですが、明日の昼食まで約束なさって……」メイドの青白い頬がまだらに赤く染まった。

「お嬢さまは婚約なさっているんですよ」

店員のほうへ向かいながら、メアリーは無理に作り笑いを浮かべた。「それはまだ決まったわけじゃないでしょう。それにわたしはお店の中で口論になるのを避けたかったの。騒ぎを起こしても、誰の得にもならないわ」

「でも……わかりました、お嬢さま」

クロフォードが何を言いかけたのかはよくわかっていた。思いがけずワルツに誘われるのと、その相手を自分の買い物につき合わせるのは別のことで、そのうえ昼食の約束をするとなると、もう完全に別の問題だ。「あなたが何を心配しているのかはわかっているわ」メアリーは静かに告げた。「自分の務めを忘れたわけじゃないの。それに明日の昼食までは、考える時間が丸一日あるでしょう」

「そうでございますね」

誰に反対されようとアラン・マクローリーとの昼食に行く気でいることは、声に出しては言えない。それになぜそんなことをするのかは、自分自身にさえ説明できなかった。両親の言いつけにそむくふるまいをメイドは問題視しているけれど、マクローリーとの接触を禁じられているからこそ、彼らと話してみたいとも思う。メアリーは生まれたときから、マクローリー兄弟のせいで行動を束縛されてきたようなものだった。父かおじ、いとこが認めた相手でなければつき合えなかったのも、キャンベル家がマカリスター家との同盟交渉を開始し、そのせいで彼女がロデリックと結婚させられそうなのも、すべてあの兄弟が原因なのだ。

アラン・マクローリーは、その容姿もふるまいも彼女の予想とはまったく違っていた。彼はキャンベルやフェンダロウの名にへつらおうとはせず、メアリーにはそれが新鮮だった。両家のあいだには休戦協定があるのだから、わたしはやましいことは何もしていない。ただやましく感じるだけで、いけないことをしているときのように胸がどきどきする。

店の扉が勢いよく開いた。「よかった、ここにいたのね！」

買い物客たちが好奇心もあらわに振り返る前を横切って、エリザベス・ベルは金色の巻き毛をはずませてメアリーを抱きしめた。抱擁を返しながら、メアリーは友人の顔に浮かぶ安堵の表情に眉根を寄せた。

「まあ、どうしたの、リズ？」エリザベスの背中をさすって半歩さがり、ぶしつけに眺める客たちから彼女をそっと遠ざける。

「マダム・コンスタンザのお店であなたを一時間も待っていたのよ！」エリザベスは大きな声をあげた。「こんな……」まわりに目をやり、メアリーに顔を寄せてささやく。「こんなところで何をしていたの？　ここは娼婦がひいきにしているお店でしょう」

ああ、なんて言い訳をすればいいの？　このお店に入ったのは、大柄な男性と外で立ち話をして、通行人の注目を集めたくなかったからなのに。

「いやだ、恥ずかしいわ！」メアリーはくすくす笑ってみせた。

「気にしないで。急ぎましょう。一時までに待ち合わせの場所に戻らなかったら、キャスリーンがあなたのお母さまに知らせることになっているの」

メアリーは顔から血の気が引くのを感じた。「待ち合わせの場所は？」

「〈ビスケット・ハウス〉よ。さあ、早く」

娘が誰と話していたのかを両親に知られる寸前でなければ、メアリーは明日のアランとの待ち合わせ場所に〈ビスケット・ハウス〉を選ばなかったのを内心で祝福していたところだ。〈青い子羊亭〉で会うほうがはるかに人目につかない。もっとも一番賢明なのは、会いに行かないことだけれど。どこまで賢明になりたいのか、それが問題だ。

# 3

メイフェアの中央にたたずむギルデン・ハウスにアランが戻ると、兄が購入した、実にイングランド風の上品な屋敷の前には、家人の半分が顔を並べて立っていた。ぼくの行き先が露見して、あきれた大ばか者をみんなで袋叩きにしようと待ち構えているのだろうか？　それなら反撃してもいいが、つるしあげられるだけのことをしたのは否めない。

次にアランの脳裏をよぎったのは、また誰かに放火された可能性だった。少し前に焼失した廏舎《きゅうしゃ》はまだ再建中で、一部のササナックどもは、ラナルフがイングランド人のレディと婚約したことをいまだに快く思っていない。

だが煙のにおいはしないし、誰もあわてている様子はない。ラナルフがグレンガスクから同行させた従僕の姿を目に留めて、アランは近づいた。「オーウェン、みんな外に出て、なんの騒ぎだ？」

「ピーターが犬たちを運動に連れていったんですが」最近になって兄の執事役を兼任させられることになった、ずんぐりした元兵士が答える。「犬がアナグマをつかまえたので、あの愚か者《アマダン》は毛皮をはごうと持って帰ったんです。ところが、屋敷に着いたとたんにアナグマが息を吹き返してしまって」

アランは片方の眉をつりあげた。「で、そのアナグマは、いまは屋敷の中で二頭の猟犬に追いかけまわされているのか？」

「そうなんですよ。旦那さまは、みんなが悲鳴をあげてどたばたしてたら、つかまえられるものもつかまえられないとおっしゃって、あとは自分がやるからと全員を外に出したんです」

マクローリーの氏族長が、死に物狂いのアナグマと、興奮した二頭のスコティッシュ・ディアハウンドと一緒に自邸に閉じこもっているわけか。弟のムンロがこの場にいればよかったのだが。そうすれば兄弟三人でこの騒ぎを楽しめた。アランはメイドが握りしめていた箒《ほうき》を手に取ると、玄関扉を開けて中に入り、ふたたびしっかりと閉めた。

ファーガスとウナがけたたましく吠えるのが、大きな屋敷の上階のどこか奥まったほうから聞こえ、アランは階段をあがっていった。「ラナルフ！」呼びかけながら箒を持ちあげて柄を確かめ、もう少し頑丈なものがよかったなと考える。アナグマに噛まれたことはないが、人が噛まれるのを目撃したことはあった。あの小さな獣は万力のように強力な顎を持ち、その気性は悪魔のごとく激烈だ。

「北側のビリヤード室の扉をふさげ！」上階で兄が怒鳴った。

「わかった！　ちょっと待っていてくれ！　まだ階段の途中だ！」

階段をのぼりきった瞬間、廊下の奥から黒い物体がうなり声をあげてアランの足元に突っこんできた。彼は悪態とともにアナグマを箒で払いのけたが、続いてファーガスが左脚にぶつかって体がぐらりと傾き、息をする間もなくウナに体当たりされる。彼は廊下に置かれていた椅子の上に倒れこんだ。犬たちはアランを跳び越えていき、彼の重さで椅子の脚がぼきりと折れた。

大股でやってきたラナルフは、床に仰向けに転がった弟をあきれた目で一瞥《いちべつ》すると、犬たちのあとを追った。廊下の奥で激しい物音があがる。寝室が並ぶ一角——アランの部屋もそこにある。「くそっ」彼は床から立ちあがった。イングランド軍で四年も戦ったんだ。アナグマに笑いものにされてたまるか。

箒を拾いあげて、犬の吠え声とラナルフの罵声、それにものが壊れる音のほうへと向かう。よりにもよって、アナグマはアランの寝室に逃げこんでいた。彼はため息をついた。小さな獣は部屋の片隅で身をかがめてうなり、巨大な二頭の犬はアナグマの強力な顎を警戒しつつ、交互に吠えかかっている。

ラナルフは片手には拳銃を、反対の手には細身の剣を握っていた。

「おいおい、大剣はないのか？」アランは顔をしかめた。「それでは針でちくりと刺すようなものだぞ」

「アナグマに突き飛ばされた男がよく言えるな」

「アナグマじゃなくて、兄上の犬に突き飛ばされたんだ」アランはじりじりと動物に近づいた。警戒させれば、相手は逃げるか、この寝室で排便するかしかねない。「ここで銃を使うのは勘弁してくれ。ベッドが汚れる」

ラナルフは目だけを弟へと動かした。「では、どうしろというんだ？」

アランは部屋を見まわすと、小ぶりの書き物机の脇へ行き、そこに置かれていた真鍮《しんちゅう》製のごみ用バケツを取りあげて中身を床に空けた。扉のすぐ外に銀のトレイと割れたティーカップが転がっており、彼はバケツとトレイを手に、ふたたびそろそろと戻ってきた。

「ファーガスを呼び戻してくれ」犬たちはアランの命令も聞くが、ラナルフがいるときは主人の命令を優先する。

「噛みつかれるなよ」兄が皮肉めかして言う。「ファーガス、戻ってこい」

大きいほうの犬が尻尾をさげ、主人の隣へとあとずさりして体を伏せた。アランはさらにじりじりと接近し、アナグマの注意が完全にウナへ向くのを待ってベッドの陰から飛びかかり、動物をバケツですくいあげて壁で蓋をした。アナグマはあっという間の出来事に一瞬しんとしたあと、壁とバケツの側面に爪を立てたり体をぶつけたりと、中で大暴れを始めた。

アランは膝を曲げ、バケツに体重をかけてしっかり押さえた。「澄ました顔でそこに突っ立ってる気か？　それともトレイを渡してくれるのか？」兄に向かってうめく。

返ってきたのは沈黙だ。少なくともラナルフの声は聞こえない。犬たちとアナグマはバンシー（金切り声で泣き叫び、家人の死を予告する妖精）も逃げだすほどの騒ぎようだが。バケツの底を押さえたまま、アランは首をめぐらせた。ラナルフは書き物机のそばにたたずみ、片方の手にトレイを、反対の手にはくしゃくしゃになった紙片を持っている。

アランは眉根を寄せた。バケツの中には紙くずがいくつか入っていただけだ。そのうちひとつには、今朝早く屑物《くずもの》行商人から聞きだしたキャンベル家の住所が書かれていたことを彼は思いだした。くそっ、まずいな。

「ラン？」ここは素知らぬ顔で押し通そうと決め、アランは呼びかけた。「早くしないと、アナグマが壁を掘って隣の部屋に逃げるぞ」

兄が紙切れから視線をあげた。「フェンダロウ侯爵の住所が書かれたメモが、なぜここにある？」

「ああ？　それはキャンベルの住所なのか？」バケツの底にアナグマが体当たりしたらしく、衝撃で手からバケツが滑り落ちそうになる。「ラン、頼むからトレイを持ってきてくれ！」

ラナルフは動こうとしない。「これはマザリング・ハウスの住所だ。われわれが足を踏み入れるべきでない場所はすべて書き留めておいたから知っている。そしてこの住所は、私が真っ先に書いたものだ」兄が眉をひそめる。「あの娘に会いに行ったのか？　メアリー・キャンベルに会ったのか？」

アランの中で反抗心がわきあがった。質問したのがほかの者であれば、答えるのを拒絶すればすむが、ラナルフは当主というだけでなく氏族長だ。その問いかけを無視することは許されない。だがグレンガスクに帰れと命じられるのを避けるには、メアリーのことは嘘をつく必要がある。しかし、アランはそれも気が進まなかった。ぼくの肉親は弟と妹、そして兄だけだ。おじのマイルズ・ウィルキーもいるにはいるが、彼はササナックだ。

「正直に言うよ、ゆうべ踊ったときには、彼女が何者か知らなかった」バケツをしっかりと押さえて打ち明ける。「あの娘にこけにされたんだ、こちらも彼女の正体と居場所を知っていることをしっかり教えてやろうと思ってね」

「それで、おまえはキャンベルの娘にそう言ったのか」

「ああ、そうだ」まあ、似たようなことは言った。

「フェンダロウやその弟、甥たちが近くにいたらどうなっていたか少しは考えたのか？　新たに同盟を結ぼうとしているときに、成立してまだひと月にも満たない休戦協定を、おまえに踏みにじらせるわけにはいかない」

「ぼくは愚か者じゃない」アランは反論した。「彼女ひとりだと確信するまで待ったさ」それは少なくとも本当だ。

「おまえにあとをつけられたと、あの娘が父親に報告したらどうするんだ？　この愚か者め」

アランは鋭く息を吸いこんだ。ふいに兄との会話にいやけが差したが、すべてはクランのためだと自分に言い聞かせる。そうだ、昨日出会ったばかりの敵の娘のことは二の次のはずだ。それにキャンベル家の動向に関して、兄の耳に入れておかねばならない情報がある。

「あの娘は何も言わないよ。自分のメイドがロデリック・マカリスターの名前をうっかり口にして、縁談話をぼくにばらしたことまで報告しなきゃならなくなるからな」

うなり声や吠え声、まわりで跳びはねる犬たちをよそに、ラナルフは目を細めてアランを見据えた。「二度とキャンベルの屋敷にひとりで近づくな。休戦中であろうとなかろうと」

「連中がマカリスターと手を組もうとしていることは兄上も知らなかっただろう？」アランは言い返した。

「ああ。だが、こちらもおまえとスチュワート家との縁談を進めているんだ、驚きはしない。さあ、私に約束しろ、アラン」

「約束するよ」幸い、〈青い子羊亭〉はキャンベルの屋敷の近くではない。「そろそろそのトレイを持ってこないと、アナグマがバケツから出るぞ。言っておくが、こいつのにおいはかなり強烈だ」

ラナルフは紙切れを捨てずにポケットにしまい──この一件を忘れるつもりはないという意思表示だ──トレイを持ってくると、バケツの口の上で壁と平行にして構えた。

「いいか？」アランは尋ねた。バケツの中で大暴れする動物を押さえ込みつづけ、腕がしびれはじめている。

「ああ。いくぞ……よし、いまだ」

アランがバケツを上向きに傾けて隙間を空けるのと同時に、ラナルフがトレイで蓋をする。長い爪のある前足が中から突きだしてアランの袖を引っかいたが、トレイではさんで引っこませ、蓋を閉めるのに成功した。

兄弟で息を合わせてバケツを床に置き、アランがトレイの上に座る。中で動物はうなり声をあげ、バケツをがたがたと揺らした。「ロープでくるか？」彼は兄に尋ねた。

背中を起こしてラナルフがうなずく。「取ってこよう」それからにやりとしてつけ加えた。「そこを動くなよ」

「おかしくて笑い死にしそうだよ。犬たちも一緒に連れていってくれ。吠えたてられると、アナグマが余計に暴れる」

ラナルフは口笛を吹いて犬たちを呼び寄せると、階段へと急ぎ足で向かった。とたんにアナグマは静かになり、ときおり小さなうなり声をあげはするものの、暗いバケツの中でとりあえず落ち着いたらしい。

気の毒なやつだ。餌を探してうろうろしていたところを、スコティッシュ・ディアハウンドに見つかり、皮をはがれるためにロンドンの瀟洒《しょうしゃ》な邸宅に運びこまれるとは。自分の状況も似たようなものか、とアランはわが身を振り返った。ぼくも初めは兄がロンドンからよこした手紙にササナックの女性の名前が繰り返し出てくることに胸騒ぎを覚え、グレンガスクから様子を見に来ただけだった。

だが兄がシャーロット・ハノーヴァーと恋に落ちて、彼女に求婚するのを止めることはできず、キャンベルと休戦協定を結ぶ際にも、アランは妹とともにジョージ・ガーデンズ・デイリーに銃口を向けられただけで、何ひとつ役に立たなかった――そもそもあの一件がきっかけで、長い因縁のある敵たちとの和平にラナルフが踏み切ったのだ。

そしていま、ようやく役目を与えられたかと思えば、それは気乗りのしないものだった。結婚を強いられるのにはもともと不満だったが、それに加えていまは……ふとした偶然で、メアリー・キャンベルとワルツを踊ってしまった。今朝彼女のあとをつけた理由はなんであれ、すぐに帰らなかったのは……彼女の言動が意外だったからだ。そして明日の昼食に誘ったのは、彼女に興味を覚えたから。明日はメアリーの度胸が試される。なんのためにそれを試すのかは……まあ、あとで考えよう。彼女と二、三度話をするのが、クランにおける義務の妨げや、美しいディアドラ・スチュワートとの結婚の妨げになるわけではない。

「さて、アナグマくん」声に出してのんびりと話しかける。「きみの今後についてだが、もし選択肢を与えられたら、女性用のマフラーになるのと男物の手袋になるのと、どちらがいい？」

彼の尻の下で、アナグマはトレイをどんと叩いた。

「ああ、どちらも気が進まないか。だったら、つかまるべきではなかったな。つかまったが最後、きみの運命はきみのものでなくなる」

「おしゃべりは終わったか」戸口からラナルフが声をかけた。「それとも、このままおまえをそっとしておくべきか？」返事は待たずに弟の横にずかずかと進み、しゃがみこんでトレイの取っ手にロープを通す。

「自分の人生を誰かの手に渡すのがいかに危険かを、このアナグマに教えてやっていたのさ」兄がトレイをバケツにくくりつけられるよう、アランは腰を滑らせた。

「ディアドラ・スチュワートは美しいお嬢さんだ」そう言って、ラナルフが立ちあがる。

「そう思うのなら、兄上が結婚すればいい」アランは言い返した。「だが間が悪かったな、兄上は自分を魅了してやまない相手とすでに婚約済みだ。まあ、家長の義務はほかの者に押しつければ問題ないか」

ラナルフが頭を傾けた。「おまえを魅了している相手がいるのか？」

「いいや、まさか」むきにならないよう、気をつけて答えた。

「だったら、おまえはその口を閉じて、面倒を起こさないようにしていろ」

アランはがたがたと動くバケツを抱えあげると、廊下に出て階段をおり、玄関ホールを通って外へ出た。うなり声が響くバケツを私道におろし、倒れて転がらないよう、ふたたびその上に腰かける。ラナルフはこわばった表情でしばらく弟を見おろしたあと、集まってきた使用人たちに向き直った。

「騒ぎは終わりだ」ラナルフは声を張りあげた。「だが、屋敷の中が多少散らかった。みんな戻ってくれ」

オーウェンがほかの者たちを玄関へと促す。「そいつはどうするんですか？」

「撃ち殺してしまえばよかったんですよ」ピーターが加わる。「いきなり息を吹き返して、こっちの心臓が止まるかと思いました」

「アナグマをつかまえた場所は覚えているか、ピーター？」ラナルフが従僕にきいた。

「ええ、覚えてます、旦那さま。もっとつかまえてくるんですか？　でも、バケツに入れたやつはどうするんです？」

「荷馬車で運んでいって、もとの場所に放してやれ」

ピーターは目を丸くして主人を見つめた。「気はたしかですか、旦那さま？　ご自分で皮をはぐのがいやなら、私が喜んでやりますよ」

ラナルフは弟にちらりと目をやった。「いいや。アランがそいつにムンロと名前をつけたんだ。これでは殺すわけにもいかない」

「アナグマにご自分の弟の名前をつけたんですか、アランさま？」いまやピーターは、マクローリー兄弟のどちらを病院に連れていくべきかと悩んでいる様子だ。

「ああ、そうなんだ」アナグマと一緒に弟を川に沈めてしまえとラナルフが命じなかったことに驚く半面、アランは不本意ながら、兄の気遣いにうれしさを感じた。「ちびのムンロをもとの場所に放してやってくれ」

従僕はため息をついた。「仰せのとおりに。ですが忠実な僕《しもべ》として、正直なところをひとつ申しあげてよろしいでしょうか？」

ラナルフが重々しくうなずいた。「ああ、言ってみろ、ピーター」

「あまりに長くロンドンに滞在しているせいで、おふたりは頭のどうかしたササナックどもに感化されてきたんじゃないですかね」

「そうかもしれないな」ラナルフはアランを一瞥した。「しかし、ここを離れるときはレディ・シャーロットも一緒だ。無事にグレンガスクへ戻るまで、われわれの護衛をしっかり頼むぞ」

ピーターはしゃきっと背筋を伸ばした。「それはおまかせください、旦那さま。ですが旦那さまも、どうかハイランドの流儀をお忘れなきように」そう言い置くと、彼はバケツを持ちあげて廏舎へと運んでいった。

「それで、ハイランドの流儀とは何を指すんだ？」そう問いかけながら、アランは兄のポケットからこっそり紙切れを抜き取るべきか思案した。だが、見つかればさらに厳しく問いつめられるのは間違いない。それにさっきの説明でラナルフも満足したようだ。またあの紙切れを目にしても、メアリー・キャンベルのことを蒸し返すことなく捨てるだろう。あれについては放っておいたほうがよさそうだ。

「さあな。キルトを腰に巻いて喧嘩することじゃないか。アナグマに救いの手を差し伸べるのは違うはずだ」

「あいつだって、猟犬に追われて目をまわし、ギルデン・ハウスで息を吹き返すつもりはなかったさ」屋敷の中へと一緒に戻りながら、アランは兄に顔を向けた。「別に、あのアナグマに自分を重ねているわけじゃない。ぼくはスペインとフランスで多くの敵を殺した、手を汚すのには慣れている。それに兄上も知ってのとおり、狩りでとらえた獲物を食べもする。まあ、アナグマの肉を食べたことはないが、でも――」

「おまえの言い分は認めよう、アラン」ラナルフがさえぎった。「スチュワート家の娘は私が娶るべきだった。だが、私にはシャーロットしかいない。それにどのみち同盟を結ぶ機会が生じたのは、ここ一〇日ほどのことだ」

「そうだな」

オーウェンが玄関扉を開けて待っており、ふたりは中へ入った。部屋の様子とにおいからして、ホールのすぐ先にある居間もアナグマの訪問を受けたらしい。中ではすでに従僕とメイドたちが破けたクッションを運びだしたり、割れた花瓶やキャンディ皿を掃いたりしている。室内はすべてがあまりにイングランド風で、アランはその部屋を避けがちだった。アナグマの尿のにおいで、かえって雰囲気がましになったぐらいだ。

「縁談はほぼ正式に決まりだとロウェナに話してやれ」ラナルフが続ける。「今夜、劇場で会うことになっている。ハノーヴァー家の方々も一緒だ」

くそっ、またジェーンと顔を合わせるのか。「ハノーヴァー家が全員来るのか?」

ラナルフは執務室へと向けた足を止めた。「ジェーンはおまえのことをハンサムで魅力的だと思っている」

アランは不愉快そうに目を細めた。「兄上はぼくに呪いでもかけたのか? シャーロットと婚約する前、ぼくは兄上にこう言っただけだ。イングランド人のレディをハイランドへ連れてくる前に、よく考えてくれとね」自分たちの母親のことを考えれば、そう言いたくなるのは当然だった。

「そして、私はこう言っただけだ。おまえがいつか、お互いに何ひとつ文句を言ったり、不安を抱えたりせずにすむ完璧な相手を見つけてほしいと願っていると。そういう娘を私が見つけてきてやったんだ、おまえは感謝すべきじゃないのか」

何が感謝だ。そう言われたときも、そんな相手は退屈そうだと思ったが、ジェーン・ハノーヴァーに熱をあげられたのに続いて、面白味のなさではジェーンに引けを取らないスコットランド人女性との結婚生活を想像すると、悪夢にうなされそうになる。そして、その悪夢はもうじき現実になろうとしていた。

「やっぱり呪いだ」アランはぼやいた。

「おまえへの忠告だ、弟《ブラー》よ。私はシャーロットなしには生きられない。そんな男に結婚を思い直せとは言わないことだ」

「ディアドラとの縁談はその仕返しか?」

「いいや、違う。それはハイランドで生き抜くためだ」

自分の寝室と壁への被害を確かめようと階段をあがりながら、アランは兄の言葉に心底驚いていた。最後の言葉ではなく、シャーロットに関する部分だ。たしかに兄がシャーロットを愛していると口にするのはこれまでも聞いたことがあるし、彼女が兄への愛を語るのも耳にしている。だがラナルフは三一歳で、アランより四つ上だ。そして一五のときには侯爵の地位を受け継ぎ、氏族長となっている。

兄が鉄の意志を持ち、その信念が決して揺るがないことは、きょうだい全員が知っていた。その兄がシャーロットなしには生きられないと言うのは、おのれの弱さを認めるようなものので、ある意味、不穏ですらあった。誰もがラナルフを頼り、そのラナルフは自分自身しか頼りとしないのがこれまでは当たり前だったのだ。それがイングランドに滞在して数週間で、兄はよそ者を、ササナックの女を、家族に迎えると決めた。

肩をすくめて不安を——それとも不愉快さだろうか——払いのけ、アランは上着を脱いだ。ポケットに入っていた硬貨を取りだすと、黄色と白のモスリンの端布が出てきた。メアリーのドレス。布地をまさぐり、彼はしばらくそれを見つめた。まだバケツがここにあれば捨てるところだが、ごみひとつですでにもめたのを考えると、どこか安全な場所に隠しておくのが賢明だ。半開きの扉にさっと目をやってから衣装戸棚へ向かい、アランは首巻き《クラヴァット》が重なる下に端布をしまった。別に感傷的になっているのではない。単に用心しているだけだ。

そのあと、ムンロに手紙を書こうと腰をおろした。この赤ん坊はいずれ熊《ベアー》のように大きくなるぞと父が言ったときからその愛称で知られている弟は、領地とクランの監督のためにグレンガスクに残っている。本人はロンドンへ来たがったのだが、三人兄弟の末弟には損な役目がまわってくるものだ。もっとも、ラナルフはそばにいたほうの弟にディアドラを押しつけたのだから、ムンロは留守番をしていて正解だった。

アランは兄の婚約の進行状況、自身も近々縁談がまとまりそうなこと、そして妹はいまのところササナックの貧弱な貴族どもに心を奪われずにいることを手紙にしたためたものの、メアリー・キャンベルについてはいっさい触れずにおいた。メアリーは……新鮮だ。それに彼女を通して、キャンベルの内情を探ることもできるだろう。そう、すべてはクランのためだ。アランは自分にそう言い聞かせた。

やがてオーウェンが扉をノックした。「劇場へご出発するまであと一時間です、アランさま。お召し替えをお手伝いしましょうか?」

軍隊時代にイングランド人に関してアランが学んだことがあるとすれば、連中は座る場所が変わるたびに服を着替えるということだ。「いいや、自分でやるよ、オーウェン」

「アランさまにも従者をつけるよう、旦那さまから申しつけられまして」オーウェンが顔をしかめる。「旦那さまの従者をやってるあのジンジャーとかいう男なら、自分の同類をほかにも知ってるでしょうよ」

アランは苦笑した。「ぼくには従者は必要ない。それにおまえも、そろそろエドワード・ジンジャーに慣れるんだな。レディ・シャーロットがグレンガスクに来たら、家にいるササナックは従者ひとりではすまないぞ。連中はひとり住みついたかと思うと、毒きのこみたいにどんどん増えていく」

かつての兵士は声をあげて笑ったが、急に背後を振り返って顔をこわばらせた。

「馬車の用意をしてまいります、旦那さま」

「すまないな、オーウェン」ラナルフの声が聞こえ、オーウェンは飛んでいった。アランが息を殺して悪態をつくのと同時に、兄が寝室の入口に姿を現す。「私の婚約者は毒きのこか？」彼は腕を組んで弟に問いただした。

「兄上も知ってるだろう、ぼくは生まれてからこの二七年間、ハドリアヌスの長城（スコットランドとイングランドのあいだに築かれた城壁）より南に住んでるやつは、誰であろうと嫌悪してきた。そして兄上と違い、その考えを変えるような出来事はぼくには起きていない」これですっきりした。シャーロット・ハノーヴァーの話になるたび、腫れ物にでも触るように言葉に気をつけるのはもうたくさんだ。

ラナルフは部屋に入って扉を閉めた。「ササナックを好きになれとは言わない。私がおまえに言っているのは、いまやシャーロットはマクローリー家の一員だということだ。彼女の両親、それに妹も。おまえもそう思って彼らと接しろ。それが気に入らないのなら、彼らや私にその事実を気づかれないようにふるまうことだ。わかったか？」

ここで反論するのは愚か者だ。「ああ、わかった」アランは大きな声で答えた。「ハノーヴァー家はマクローリー・クランの仲間だ。そしていずれはスチュワート家もそれに加わる、そうだろう？」

「そうでなければならない。フェンダロウがマカリスターと同盟を結ぼうとしているのであれば、なおさらだ」

「わかってるさ、ラン。どれひとつとっても気に食わないが、わかってはいるんだ」

ラナルフはうなずいて扉を開いたが、そこでためらい、先ほどよりも静かにふたたび扉を閉めた。「アラン、私はおまえを頼りにしている。私を失望させるようなことはするな。いまは……すべてが風のようにめまぐるしく進んでいるのだ。われわれはそれを理解し、クラン存続のために変化を乗り越えなければならない」

氏族長がイングランド人のレディと恋に落ちたのも、その変化とやらのひとつなのだろう。一方、その弟がキャンベル家の娘とワルツを踊るのは、時流が変化しようが許されないというわけだ。ひどい矛盾を感じながらも、アランはうなずいた。「兄上の仰せのとおりに」

ラナルフは納得していない様子だ。「頭の切れるおまえのことだ、思うところはいろいろあるだろう。だが私のためと考えるのなら、氏族長の妻にふさわしくないと結論づける前に、シャーロットのことをもっと知ってくれ。おまえはここへ来て、まだ二週間だろう」

それはそうだ。「ぼくはわかったと言ったんだ、ラン。自分で言ったことは守るよ」

「いいだろう」ラナルフはもう一度扉を開けた。「着替えをすませろ。どのみち、今夜『ハムレット』の上演を楽しむのはおまえひとりだろう。私は呪われたデーン人に興味はない」

アランは作り笑いを浮かべたが、兄が部屋から去るなり、その笑みは消えた。これまで彼はいつも、いつでも兄に賛同し、兄が胸に描くクランの未来を支持してきた。学校も、農場も、土地を追われてアメリカにまで移住しなければならなかったハイランド人相手の商売も、すべてはクランのためであり、イングランド人の抑圧に屈せずに生き抜くためだった。

アランたちの母親はイングランド人で、父が急死すると、四人の子どもを抱えてハイランドで生きることよりも毒をあおることを選んだ。その後四年間、残された子どもたちは母の話はいっさいせず、今日に至るまで、ラナルフは母のことはエレノアと名前で呼ぶ。アランにムンロ、それにロウェナも、兄にならってそうしていた。

なのにいま、兄は自分がイングランド人と恋に落ちたからと、クランのしきたりを変えようとしている。氏族長として、兄にはその権利があるのだ。もっともそのおかげで、アランはメアリー・キャンベルとの昼食に出かけるのに罪悪感を覚えずにすんだ。誰にも告げずに出かけようが、かまうものか。

「ご両親はかんかんだったんじゃない？」エリザベス・ベルはささやいて、隣に座るメアリーの手を取った。ふたりの背後では、それぞれの両親が談笑している――そこに座りなさいと促されるままに、娘たちがボックス席の前列に腰かけたことに満足げな様子だ。やはりボックス席の薄暗い後方では、自慢の娘たちが目立たない。

「ええ」メアリーも声をひそめて答え、胸の中で膨らむ一方の反抗心を抑えこんでため息をついた。「アラン卿にいきなりワルツに誘われて、騒ぎを起こすのを避けようとしただけだと弁解したんだけど、それでもこってりと油を絞られたわ」

「無理もないわよ。もしあなたのいとこのチャールズに気づかれていたら、どうなっていたと思うの？」

そのことについてはすでに考えてみた。あのふたりが喧嘩をしていたら、どちらが勝っただろう？　チャールズには独特の鋭さと陰険さがあるけれど、アラン・マクローリーはとても……強そうだ。それに全身に自信をみなぎらせている。少なくとも、ゆうべと今朝はそう見えた。

アランがメアリーの買い物につき合ったことはエリザベスにも話しておらず、クロフォードには厳しく口止めしてあった。彼がいきなり現れたのはあれが二度目で、今朝の場合は相手をするのを拒むことは簡単にできた。明日も会おうと言われてなぜ同意したのかは、説明のしようがない。

「わたしが言ったとおりでしょう、深紅はあなたに一番よく似合うわ」エリザベスはそう言って、厚手のシルクに刺繡《ししゅう》をほどこしたメアリーのドレスを身振りで示した。「とても華やかよ」

「ありがとう。母は、この色は人目を引きすぎると言うのよ。でも、事前に父やいとこたちの承認を得た人でなければわたしには近づけないんですもの、どれだけ目を引こうと問題ないわ」それにこのドレスをまとうと……大胆な気分になれる。ロデリックと結婚すれば、こんな派手なドレスを身につける機会は二度とないだろう。

エリザベスがくすくす笑った。「あなたがアラン卿のダンスの相手をさせられたことに、みんながあわてふためいたのも当然ね。誰も彼を承認するわけないんですもの」

そう、誰もがあわてふためき、メアリーはそれを精一杯我慢した。マカリスターとの同盟が脅かされることよりも、娘が危険にさらされたことを両親が心配したのであれば、彼女も素直に反省しただろう。もちろんクランの問題はすべてに優先する。けれど、わたしだってクランの一員だ。キャンベル一族の生け贄として、わたしに白羽の矢が立ったのはなぜ？

おじいさまがそう決めたの？

エリザベスに手を握りしめられ、メアリーははっとわれに返った。「あら、あそこを見て！グリーヴス公爵夫妻よ。街に戻っていらしたのね。それにあれはウエストフォール伯爵。爵位を継承されたばかりの方よ。伯爵だったお兄さまが、つまらない決闘で命を落とされたのは本当に残念だったわ」

座席から身を乗りだし、メアリーは劇場の向かい側に並ぶボックス席へと視線を走らせた。平民の女性を妻に迎えたあと、グリーヴス公爵はほとんどの時間を夫人と一緒にヨークで過ごしている。燃えるような赤毛のソフィア・バスウィッチは、歯に衣《きぬ》着せぬ物言いをすると噂され、以前は〈タンタロス・クラブ〉で——接客係は全員女性という紳士向けの賭博クラブだ——働いていたという。そんなふたりが出会って恋に落ちただけでも驚きなのに、結婚する勇気がよくあったものだとメアリーは思った。劇場内の半数の目が注がれている中でさえ、ふたりは座席に座ってぴったりと身を寄せ、幸せそうに腕を組んでいる。

ほかのボックス席へと視線を転じて、メアリーは息をのんだ。舞台から四番目のボックス席でグレンガスク侯爵が立ちあがり、ブロンドの美しい女性を迎えている。それがレディ・シャーロット・ハノーヴァーだと知ってはいるものの、自分より四歳年上のその女性とは、メアリーはほとんど面識がなかった。それにしても、マクローリー・クランの氏族長であるグレンガスク侯爵のもとへ嫁ぐなんて、前途多難ではないのかしら。

ボックス席にいるのはふたりだけでなく、シャーロットの両親であるヘスト伯爵夫妻、続いて妹のジェーンが現れ、その隣にレディ・ロウェナ・マクローリーが腰をおろした。ロウエナは生き生きと両手を動かしながら、ボックス席に入ってきた四番目の若いレディに何かしゃべりかけている。メアリーは眉根を寄せた。黒髪と青白い肌――あれはレディ・ディアドラ・スチュワートだ。彼女の父親のアレン卿も同席していて、グレンガスク侯爵と言葉を交わしている。スチュワート家がマクローリーと何をしているの？　だが、奥の暗がりから彼が姿を見せるなり、その疑問は霧散した。アラン・マクローリー。

彼の兄の存在感を山にたとえるとしたら、アランはオオカミだ――相手の弱点をすばやくとらえる、猛々しい肉食の獣。けれど、仮面舞踏会での彼は魅力的で楽しかった。メアリーが何者かを知った今朝でさえ。アランに接近されて警戒したのは事実だが、本当に不安を覚えたのなら、彼の行動をキャンベル一族全員に報告していただろう。そして明日また会うのを承諾することは決してなかった。

そのときアランが振り返り、ふたりの視線が重なった。劇場の向かいからでは、彼の瞳の色はわからない。でも、それが明るいブルーであることをメアリーは知っていた。そしてアランの表情はよく見えなくても、あたたかな震えが彼女の背筋を駆けおりた。アランがマクローリーの男でなかったら、わたしは自分が彼に興味を持ち、心を引かれているのを認めたことだろう。

「まあ」隣でエリザベスがささやき、メアリーはわれに返った。「アラン卿よ。ほら、あなたのほうを見ているわ」

「これだけ離れていれば、いきなり襲われることはないでしょう」メアリーはそう返すと、意識的に視線を引きはがして舞台へと向けた。アランの存在がこれほど気になるのは、単に近づいてはならないと命じられているからよ。両親が彼を危険な無法者呼ばわりしているから。そんな男性に見つめられ、さらには昼食にまで誘われて、心が乱されない女性がいて？

「スチュワート家か」メアリーのうしろで父親がつぶやいた。「マクローリー側もわれわれ同様、休戦協定が長続きするとは思っていないようだな」

「一族の名花と謳《うた》われるレディをグレンガスクの弟に差しだすほどだ、スチュワート家はよほどマクローリーの農業資産に魅力を感じているのでしょう」別の声が背後であがり、メアリーは顔をしかめないように気をつけて振り返った。そこにはロデリック・マカリスターがたたずみ、メアリーの父親、それにミスター・ベルと握手をして、双方の妻に挨拶をしていた。なるほど、こういうことだったのね。

「今夜はお招きいただいてありがとうございます、フェンダロウ卿」ロデリックが愛想のよい声で言った。

その真うしろに立つ男の姿に気がついて、メアリーは眉間のしわを深めた。父の長妹の息子、チャールズ・カルダーが彼女に微笑みかける。だが、その顔は笑みが似合うとは言いがたかった。

それはチャールズのせいではないのだろう。彼は単に生まれたときから目と鼻の間隔が狭く、奥二重で、唇が薄いだけだ。狭いのは肩幅も同じで、その容貌から〝カワウソ〟というあだ名をつけられていたが、一六歳のときにそのあだ名をめぐって兄のアダムの鼻を叩きつぶして以来、面と向かってそう呼ぶ者はいなくなった。そしてその出来事で、チャールズは心も狭いのが証明された。でもそのあだ名がいやなら、直毛の黒髪をべったりと撫でつけ、黒い服ばかり着るのをやめればいいのに。

「きみならいつでも歓迎だ、ロデリック」メアリーの父親が応え、すばやく笑みを浮かべて娘のほうへ目を向けた。「きみは『ハムレット』が好きだそうだな、前の席を取っておいた」

それでお父さまは、舞台がよく見えるからとわたしに真ん中の席を勧めて、隣の席を空けさせたのね。少なくとも、父はわたしをチャールズと結びつけようとしているのではないわ、とメアリーは心を落ち着かせた。ロデリックにときめきはしないけれど、彼なら、チャールズと話したあとのように全身を洗い流したくなることもない。正直、ロデリックには何も感じなかった。山ほどいる結婚相手候補のひとりとしか見ていなかったからだろうか？　きちんとおつき合いすれば、ロデリックにもあんなふうに……いいえ、アラン・マクローリーと一緒にいると胸がどきどきするのは、彼に対して特別な感情を抱いているからではない。あれは不安から来るもので、彼は絶対に近づいてはならない相手だからだ。

空いている隣の席にロデリックが腰をおろし、メアリーは飛びあがった。「こんばんは、メアリー、ミス・エリザベス」

「こんばんは、デラヴィア卿」エリザベスが微笑んで挨拶する。「シェイクスピアがお好きだとは知りませんでしたわ」

「ぼくはみんなと観劇するのが好きなんです」

「ぼくはシェイクスピアが好きだ」メアリーの真うしろからチャールズが言葉をはさむ。「特に悲劇がね」

その声にわずかに残るスコットランド訛りに、メアリーはいらだたしさを覚えた。これまで気に留めたこともなかったが、今夜のチャールズの声は、イングランド人とスコットランド人のどちらになるか決めかねているように響く。「変わったことを言うのね」メアリーはそう返した。

わたしがロデリックとの縁談をためらうのも同じ理由からかもしれない、とメアリーは内心でつぶやいた。どこに住んでいようと、自分自身は足の先までハイランド人だと感じる。そして、たとえあの心地よい響きの訛りなしでも、アランは熱い血潮と恐れを知らぬ心を持つハイランダー以外の何者でもない。彼はなよやかさや優柔不断さとは無縁だ。一方、ロデリックはチョウ一匹さえ驚かせることもできないだろう。チャールズとなると、羽をむしり取ってしまいそう。

チャールズは左右がくっつきそうな眉をさらに寄せた。「何が変わってるんだ?」

「悲劇が好きと言うのは、愛や幸せよりも、死や殺人、裏切りが好きと言うのと同じでしょう」

「悲劇のほうが、より現実的だ」チャールズは椅子に腰を沈めると、その視線を舞台ではなく向かい側のボックス席へと向けた。「アラン・マクローリーとワルツを踊ったそうだな」

誰と踊ろうがあなたには関係ないでしょう、とメアリーの心は即座に反発した。事実、余計なお世話だけれど、チャールズはこの社交シーズン中、すでにグレンガスク卿相手に騒ぎを起こしている。わたしが何か軽はずみなことを言ったばかりに、締結されたばかりの休戦協定が破られるようなことがあってはならない。「たまたまふたりともキツネの仮面をつけていて、彼はわたしが誰か気づいていなかったの。わたしは面倒なことになるのを避けたのよ」

「あいつとは二度と踊るな」

メアリーは自分の鼓動が聞こえるようになるまで息を止めた。「あんな偶然は二度と起きないわ。ところで、きいてもいいかしら？　マクローリー一族とは和平を結んだのではなかったの？」

「抗争中ではないというだけだ。休戦は平和とは別物さ」

それにはなんと返そうかとメアリーが思案していると、ロデリックが小さな笑い声をたてた。「きみのいとこのことは気にしないで、レディ・メアリー。ぼくはこの平和を楽しんでいるよ。おかげで思いがけなく、歓迎すべき機会が舞いこんできたからね」

「そうだな」淡々とした低い声でチャールズが言う。「そして戦争となれば、その機会はほかの者の手に渡る」

いとこの言葉は興味深く、気がかりでもあった。チャールズはこの休戦協定にひどく不満なようだけど、それは父が言っていたことが関係するのだろうか？　マカリスター家はキャンベル家と同盟を組むのにやぶさかではないものの、クラン間の抗争に巻きこまれることは望んでおらず、もしキャンベル家とマクローリー家のあいだでふたたび血が流れたら、次に氏族長が孫娘の夫に指名するのはチャールズだから？　そう考えて、メアリーの背筋を震えが駆けおりた。

休戦が保たれようと破棄されようと、気の進まない相手との結婚からは逃れられないらしい。そしてメアリーの花婿となるのは、クラン間の情勢次第でロデリックにもチャールズにもなりうる。どちらにも心は引かれないけれど、退屈な男性と残酷な男性なら、ためらうことなく前者を選ぶ。もっとも、三番目の選択肢を与えられたら、わたしはどちらとも結婚はしない。

メアリーが物思いにふけっているあいだに舞台の幕があがった。今夜はスコットランドの戦いの物語である『マクベス』のほうがふさわしいけれど、それでは観客の中にいる一部のハイランダーたちの血が騒いで、じっとしていられないかもしれない。

その一方で、メアリーは『ハムレット』を最後まで観ていられるか自信がなかった。観客席をはさんですぐ向こう側にいる男性のせいで落ち着かないのは別としても、この戯曲には劇中劇や嘘、偽り、裏切り、暗殺、そして自殺が詰めこまれている。登場人物が全員不幸に終わる残酷さを考えると、チャールズのお気に入りの戯曲なのもうなずけた。四〇分ほどすると、メアリーの視線はいつの間にか、マクローリー一族が座る暗くなったボックス席へとさまよっていた。

クランのためにわたしが結婚させられるように、マクローリー一族はアランを同盟のための駒に使おうとしているのかしら？　それとも、彼は仮面舞踏会の前からディアドラ・スチュワートと……ああ、彼と踊ったのがついゆうべのことだなんて信じられない。スチュワート・クランの氏族長の姪は、社交界でも評判の美女だ。でもそんな女性に求婚しようという男性が、キツネの仮面をつけたほかのレディをワルツに誘ったのはどういうこと？　それに今朝の一件は？　なぜ明日も昼食に誘うの？

「ちょっと失礼します」メアリーはささやいて立ちあがった。「すぐに戻ります」

「ぼくが一緒に行こう」ロデリックが腰をあげかける。

「わたしにはおかまいなく。せっかくの殺人を見逃してしまうわ」

「メアリー」彼女の母親がたしなめた。

「ごめんなさい。殺人が好きなのはチャールズだったわね。すぐに戻りますから」レディが用を足すのに男性の手伝いは無用だと気づいたらしく、ロデリックはうなずいてふたたび腰かけた。

　ボックス席にいる残りの人たちにも小声で断ってから、メアリーは出入口に引かれたカーテンのあいだから滑りでた。ロビーにはほかにも観客の姿がちらほらあったが、飲み物やオペラグラス、膝かけを運ぶ従僕の数がそれをうわまわっている。中にはふわふわした小型犬を抱えている者さえいた。

　壁に寄りかかり、メアリーは少しのあいだ目を閉じた。ええ、わたしは二一歳で、いくら祖父にかわいがられているといっても、いずれはクランの意向に従って嫁がされるとわかっていた。わかってはいたけれど……マクローリーとの休戦の約束は、結婚話を先延ばしにすることはあれ、差し迫ったものにすることはないと思っていた。

深々と息を吸ってまぶたを開けたメアリーは小さな声をもらした。男性が階段をあがり、こちらへ向かってくる。従僕ではなく、犬を抱えてもいない。けれども黒とグレー、赤の三色が交錯する、見事なキルトをまとっている。自分の両親がいるボックス席に男性がそれ以上近づく前に、メアリーは背中を起こして彼のほうへと急いだ。

「ここで何をしているの、アラン？」ささやいて、相手の腕へと伸ばしかけた手をはっと止める。この男性は友人ではない。彼は……新しい知人で、本当なら出会うべきではなかった相手、なぜかほんの少しだけ心が引かれる相手にすぎないのだ。

「『ハムレット』を観ていると、他人事とは思えなくてね」アランは魅力的なスコットランド訛りでゆったりと言った。「それに、わけのわからないひとりごとを言っていないで、さっさとおじを始末しろと、ハムレットに野次を飛ばしてやりたくなる」明るいブルーの瞳が彼女を見据える。「きみのほうは、なぜ逃げてきた？」

「わたしも同じね。あの劇は欺瞞《ぎまん》ばかりだわ。わたしは喜劇のほうが好き」

「なるほど」彼はメアリーの背後をのぞくようにして、カーテンが引かれたキャンベル家のボックス席のほうを見た。「ぼくと踊ったことをチャールズ・カルダーに責められなかったか？」

わたしを心配して、わざわざ劇場の向こう側から来てくれたの？「わたしの記憶では、そう言って非難したのはあなただったわよね」

彼女の心をざわめかせる笑みが、アランの口元に浮かんだ。「きみはずいぶん率直だな」

もう少し声を落としてもらおうと、メアリーは体を近づけた。ここからほんの七メートルほど先にはいとこのチャールズがいて、婚約が決まったも同然の相手からは八メートルと離れていない。「当たりさわりのない物言いもできるけれど、率直に言うほうが誤解は少ないわ」

「では、率直にきこう。デラヴィアからはもう求婚されたのか？」

メアリーは片方の眉をつりあげた。「あなたはディアドラ・スチュワートに求婚したの？」

「いいや」アランは足を踏み換えて、彼女の両親がいる方向へ目をやった。「ここだけの話にできるか？」

彼はわたしに、この話はふたりのあいだの秘密にするよう求めている。驚いて衝撃を受けるべきなのに、メアリーの心は落ち着いていた。思い返せば、これまで彼と交わした言葉はすべてふたりきりの秘密だもの。「ええ、誰にも言わないわ」

「ならば話そう。ディアドラの父親とおじが、羊の放牧地に転換した土地の一部を耕作地に戻して、ふたたび小作人を受け入れることに同意したのち、ぼくは彼女に求婚することになる」

「あなたは彼女との結婚を望んでいるの？」無意味でばかげた質問だったが、メアリーは問いかけずにはいられなかった。

「いいや。ディアドラは……いいお嬢さんだ。しかし、ぼくには物足りない」メアリーを見おろす。「それで、デラヴィアは？」アランはふたたび彼女の視線をとらえて続けた。「きみはぼくの質問に答えていない」

「ロデリックは父と交渉中よ」ゆっくりと言う。「彼の父親と、わたしの祖父を交えてね」

「きみは彼との結婚を望んでいるのか？」

「いいえ」メアリーはアランと同じ口調で返した。このことを話せる相手は――話したい相手は――彼をおいてほかにはいない。「わたしには物足りない。でもキャンベルとマクローリーの抗争がいまも続いていたら、わたしの夫となるのはチャールズ・カルダーだったんですもの、それよりはましね」

アランが顔をしかめた。「カルダー？　あいつはしつけが必要な犬も同然だ」

メアリーはアランを見つめた。たとえ彼のクランの名前がなんであろうと、広い肩を隠しきれていないグレーの上着に細身の黒いベスト、そして大胆な色合いのキルトをまとったその姿は……力強く、魅力的だ。彼の目には、わたしはどんなふうに映っているのかしら？

「チャールズのことは好きではないわ、でもわたしのいとこよ」

アランは肩をすくめた。「きみが何者かはわかっている。それに悪気はなかったが、ゆうべはきみに迷惑をかけたこともだ。だが、謝る気はない」彼女のほうへゆっくりと足を踏みだす。「それについて、きみはどう思う？」

「どう思えばいいのかわからないわ。どのみち関係ないんじゃないかしら。お互い、それぞれのクランのために、まわりから勧められた相手と結婚するんですもの。そうでしょう、アラン・マクローリー?」

彼は頭を傾けると、すっと顔を寄せて、メアリーの唇に唇を重ねた。あたたかな唇は驚くほど甘美で、ウィスキーと罪の味がした。

いつの間にかアランの胸にてのひらを広げていたのに気づき、彼女は急いで腕をさげて拳を握りしめた。「あ、あなたは、キャンベル家の娘にキスをしたのよ」自分の耳にも声がかすれて聞こえた。「あなたなんて雷に打たれればいいんだわ」

アランが首を横に振る。波打つ黒髪がひと房、その額に落ちた。「ぼくはキャンベルの娘にキスをしたんじゃない。きみにキスをしたんだ、メアリー」かすかな笑みを浮かべてうしろにさがり、くるりと背中を向ける。「それから、ぼくは雷は怖くない。まだ結婚してはいないんだ、ぼくも、きみもね」アランは彼女を振り返った。「明日、また会おう」

遠ざかる背中を見つめて、メアリーは唇へと手をやった。彼はマクローリーの男で、わたしはキャンベルの娘だ。ふたりは友人同士ではない。でもふたりの関係がなんであれ、にわかに興味深くなってきた。


サラブレッドの駿馬《しゅんめ》ダフィーにまたがり、犬とともに朝駆けから戻ってきたアランは、屋敷の前の私道でラナルフに迎えられた。ハイドパークにある乗馬用道路《ロットン・ロー》は紳士たちで混み合い、駆けるというより、のろのろと馬を歩かせてきただけだ。紳士たちが朝の空気を求めてやってきていたのか、それともご立派な乗馬服を見せびらかしに来ていたのかは、アランにはわからなかった。

「着替えてこい、これから〈ホワイツ〉に行く」黒馬の手綱をつかみ、ラナルフが言った。「馬番のような格好では、あの紳士クラブには入れないぞ」

犬たちや馬と同様に息を切らして馬をおりると、アランは兄の穏やかな表情をしばし眺めた。自分のクランの氏族長が――自分の兄が――ササナックと結婚することに関してぼくがどう感じていようと、シャーロットのおかげで兄が幸せなのはたしかだ。そして、そのことには感謝してもいい。「悪いが、ぼくは行けない」兄に告げる。「今日の昼食はフォーダムと先約があるんだ」乗馬中に遭遇したかつての戦友には、そう口裏を合わせるよう頼んであった。

「では、フォーダムも連れてこい。シャーロットの父親から誘われたんだ。マイルズも来るし、ディアドラの父親のアレン卿、それにトリフセンも顔を出す。おまえも礼儀をわきまえて同席しろ」

「ぼくにも予定がある」思わずむきになって言い返した。「兄上はイングランド流に礼儀正しくやっていてくれ。それにぼくをアレンに引き渡すのは、耕作地に戻す土地の広さが決定してからだろう」アランはラナルフがグレンガスクから連れてきた馬丁のデブニーに手綱を渡した。

屋敷へ向かおうとするアランの前に、ラナルフが立ちふさがる。「アレンとトリフセンは、ここロンドンの商人たちから信頼されている。彼らはドラゴン退治しか能がないハイランダーを相手に取り引きはしない」

「彼ら？　スチュワート一族のことか？　それとも商人たちか？」

「両方だ」

「よかったじゃないか。兄上はこの二カ月ですっかり変わり、いまではササナックと変わらない」アランは乗馬用の手袋を取りながら、兄をよけて進んだ。「つい数カ月前までは、ササナックになんと思われようが兄上は気にしなかった。そしてマクローリー・クランは、ハイランドのどのクランにも負けないだけの勢力を誇っていた。小指を立てて紅茶をたしなむ連中の助けにすがらなくてもね」

「その〝連中〟とは誰を指してるんだ？　スチュワート一族か？　それともシャーロットの家族か？」

「両方だよ」

「アラン」

「礼儀正しいところを見せたいなら、キャンベルの連中やフェンダロウ卿を昼食に誘ったらどうだ？」

「いいかげんにしろ」

アランは歩きつづけた。「だったら、ぼくにかまわないでくれ、ラン」

「私はおまえに、わがクランの今後の話をしているんだ、アラン」

「話す必要はないさ、ぼくは氏族長じゃないんだ。兄上が決めたとおりにやってくれ」

数百年にわたるイングランド人との戦いを、ラナルフが水に流す気ならそうすればいい。ハイランド人が武器を携帯することも、キルトを身につけることも、バクパイプを演奏することも禁じられ、ハイランド人同士の内紛で土地を焼かれて追いだされた者たちがいることさえ許すというのなら、それはラナルフの勝手だ。だが、ササナックと仲よくやるという兄の新たな方針のつけを誰が払うことになるのかは、忘れさせるわけにいかない。

アランが玄関にたどり着くと、オーウェンが扉を開けた。「乗馬は楽しめましたか？」

「ああ、オーウェン。だが、ついつい北へ向かってまっしぐらに馬を走らせそうになったよ」

従僕兼執事は小さく笑った。「本気でそうされるときは、私も連れていくのを忘れないでください」

どうやらロンドンにいやけが差しているのはぼくひとりではないらしい。もっとも、オーウェンのほうがここには数週間長く滞在しているが。アランは帽子と手袋を渡し、階段をとんとんと駆けあがった。昨日の夜は、兄の命令と自身の良識にそむいて劇場でメアリーを探し、彼女に口づけまでした。

なぜそうしたのかは自分でもわからない。ただ、メアリーは美しく、深紅のドレスをまとったその姿は罪深いほどで、無性にキスがしたくなった。ふたりはそれぞれのクランの中で、よく似た状況に置かれているとわかったが、あのキスは同情からしたものではない。この胸に感じる思いを解き明かすまで、あのキスの本当の意味は謎のままでいい。いまはっきりわかるのは、自分が〈青い子羊亭〉で会う約束を守ろうとしていること、そして兄に嘘をつき、侮辱までしたことだけだ。それもこれも、キャンベル家の娘との昼食へ行くために。本当なら、レディ・ディアドラを昼食に誘うべきときに。

従者はいないので、アランは汗に濡れた乗馬服をひとりで脱ぐと、冷水を張らせておいた浴槽に足を入れた。冷たいが、シネック湖でひと泳ぎするときのように息を奪われるほどではない。そのあとグレーの上着と茶色のベストを身につけ、バックスキンの膝丈ズボン《ブリーチズ》の裾を、つややかに磨かれたヘシアンブーツにたくしこんだ。これでよし。イングランド風の装いだが、人目を引くほど派手ではない。

「オーウェン、貸し馬車をつかまえてくれ」階下へ戻りながら声をかける。

「かしこまりました、アランさま。誰かお供をつけましょう」

「いや、その必要はない」灰色のビーバー帽を取って頭にのせる。先週まで、アランはこんな無駄なものをかぶったことは一度もなかった。「知らなかったのか？　われわれは休戦中だ」

「知っていますとも。長く続くとは思えませんがね」

「それでいい。警戒を怠るな、オーウェン」執事に続いて屋敷の外に出る。オーウェンが私道の端まで行って流しの馬車に合図を送るあいだ、アランは玄関先の段上で待っていた。

しばらくすると、オーウェンが馬車を引き連れて戻ってきた。「ササナックたちのことはこれまでより少しは信頼してもいいと、旦那さまからは言われました」馬車の扉を開けながら言う。

「だったら、おまえはそうするんだな。ぼくは両方の目をしっかり開けておく」そんな気分ではなかったが笑い声をあげてみせ、アランは狭苦しい馬車に乗りこんだ。「クレイン・ハウスにやってくれ、マドックス・ストリートだ」オーウェンに聞こえるよう、フォーダム子爵ウィリアム・クレインの屋敷の名前を大きな声で告げ、さらに住所もつけ足す。そこからはまた別の馬車をつかまえて、エリス・ストリートにある〈青い子羊亭〉まで行くつもりだった。

もしこのことをラナルフに知られたら、ぼくは鼻をつぶされて尻をブーツで蹴られたのちに、グレンガスクに帰るよう命じられ、そこで花嫁が届けられるのを待ってろと言われることだろう。だが、兄も二兎《にと》を追うことはできない。これまでどおり、自分たち以外は何者にも頼らないマクローリー一族でありつづけるか、キャンベル一族を除くすべてのハイランダーと同盟や友好関係を築いて、毎朝ササナック相手にごきげんようの挨拶をする、半端なイングランド人になりさがるかのどちらかだ。

そして自分たちが何者であるかをラナルフが選択し、スチュワート家の娘と弟が結婚する日取りを決めるまでは、アランは自分が好きなようにするつもりだった。ゆうべのキスのおかげで、今日はメアリー・キャンベルと会うのが楽しみだ。彼女があのキスに怒り、チャールズ・カルダーや自分の父親に報告している可能性もある。そうなったら休戦協定はおしまいだ。もし彼女が怒っていなければ、その場合はさらに興味深い。

「わたしはメイドの仕事を首になってしまいます、お嬢さま」〈青い子羊亭〉の裏手にある厩舎の前で、クロフォードはおろおろと手をもみ合わせた。

「あなたはわたしに言われたことをやっているんですもの。誰も首にはしないわ。それはわたしが許しません」教会の鐘が鳴るのをいまかいまかと待ちながら、メアリーはメイドをなだめた。

「お嬢さまに言われたことをしているのが、うしろめたいのではありません」メイドが反論する。「お嬢さまが危険なことをされているのに、旦那さまと奥さまに報告を怠っているのが心配なんです。お嬢さまは婚約されているも同然なんですよ、レディ・メアリー」

あちらこちらでさまざまな音色の鐘がロンドンの空に響き渡る。一時だ。いまならまだ分別を取り戻して屋敷へ帰ることができる。マクローリー家の男に――たとえそれがアランのようにハンサムな男性であっても――悩ましい思いをかきたてられることなどない、従順な娘になることができる。「まだ婚約はしていないでしょう。それに危険なことをするわけじゃないわ、クロフォード。ほら、あなたは街でお買い物でもしてきて。二時半にまたここで会いましょう。それか、お店の中まで呼びに来てちょうだい」

メイドは顔をゆがめて泣きそうになりながらも、うなずいた。「かしこまりました、お嬢さま。どうか、どうか、お気をつけくださいませ」

「ええ」

メアリーはクロフォードが通りの向こうの雑然とした店並みへ歩み去るのを見送った。メイドは少し歩いては振り返り、惨めそうなその姿は、餌抜きで犬小屋へ戻れと言われた子犬を思わせた。帽子店の中に彼女の姿が消えると、メアリーはゆっくり息を吸いこんだ。

わたしはロンドンの――それも上品な地域ではない――喧騒のまっただ中にいて、おそらく生まれて初めてこの街とひとりで向き合っている。メイドに気をつけるよう言われたけれど、ここでは本当にそうする必要があった。

普段から護衛がついているわけではないものの、マザリング・ハウスの外でひとりになったことはこれまでなかった。不安、それに恐怖さえ感じてもよさそうなものなのに、どちらも感じない。胸を占めているのはどきどきする期待感だ。

もちろん、〈青い子羊亭〉の中に入らなければ何も始まらない。店では敵が待っている。そしてメアリーは、不埒《ふらち》で魅力的なその敵を嫌いにならなければいけない理由を、まだ見つけられずにいた。頭の中は彼のことでいっぱいで、ロデリックとの結婚を考えて悲嘆に暮れることさえない。そうね、とメアリーは自分に認めた。わたしはロデリックとの結婚を、自分にとっての不幸だと感じている。

背筋を伸ばして店の入口へと歩み寄り、青いペンキがはげかかっている扉を押し開けた。店内では五、六人の男性と、二、三人の女性が、さまざまな形の木製テーブルについている。スコットランドへ旅したとき、馬を替えるのに立ち寄った宿によく似た雰囲気だが、いま彼女のまわりで飛び交っているのはロンドンの下町訛りだ。

店の奥手で人影が立ちあがり、メアリーの心臓はどくんと跳ねた。口元は勝手に笑みを描き、唇を引き結ぶ間もなかった。いまこの瞬間、わたしは両親の言いつけを破ることを選んだのだと、彼女は気がついた。この午後のひとときだけ、わたしはキャンベル一族よりも、自分自身を優先させた。体が震えそうになりながらも、メアリーはアランがいるテーブルまで、できるだけ優雅に足を進めた。

「本当にいらしたのね」そう言って、彼の向かいの長椅子に腰かける。

アランも自分の席にふたたび腰をおろした。「きみのほうこそ」

彼が自身の手に視線を落とし、メアリーは何か言われるのかと不安になった。ふたりがしているのは危険な火遊びで、見つかった場合を考えると、この昼食に危険を冒すだけの価値はないと言われるの？　すべてそのとおりだけれど、そんな言葉は聞きたくない。こうして彼の前にいるだけで、大胆でいけないことをしている気分になれるのに。

アランがふたたび視線をあげた。その顔に浮かぶ微笑みに、メアリーは膝の力が抜けるのを感じた。「こうしてはどうだろう？」ゆっくりとした口ぶりで彼が言う。

「何かしら？」

「最初からやり直すんだ。お互いに名前も顔も、家族についても何も知らない。ぼくはハイランドから来たばかりのアラン、そしてきみはウィルトシャー出身のメアリー。ふたりとも決まった相手はいなくて……いまここで初めて出会った。どうかな？」

メアリーは手を差しだした。ためらうことなく、アランがその手を取って握手する。触れ合った肌がちりちりとしびれたのは、緊張しているせいだろうか？「わたしはメアリー。はじめまして、アラン」

彼の笑みが深まった。「では、きみのことを聞かせてくれ、メアリー」

# 5

「そんな早くに父親を失うなんて、わたしには想像できないわ」メアリーはそう言って、アランが食事のあとに頼んだ、ほっぺたが落ちそうなほどおいしいティーケーキをもうひとつ手に取った。

「父の死ですべてが変わった」そう言ったあと、アランは店主に合図して、紅茶のおかわりを頼んだ。

彼は前にもこのお店に来たことがあるのかしら、とメアリーは思った。どの料理がおいしいかも知っているようだ。もっとも、わたしと比べれば、アランはこういう大衆的な食堂にも慣れているのだろう。「あなたは心から憎んだでしょうね。わたしの祖父が——」

彼が片手をあげてさえぎる。「その話はやめよう」

両家の歴史は深く絡み合っているものの、アランとのおしゃべりで、マクローリーとキャンベル、それにマカリスター、スチュワートの名前を避けるのは意外にも簡単だった。二七年間、彼が不信感と怒りの大半を誰へ向けてきたのかはメアリーも知っている——彼女の家族がマクローリーの名前を何度あしざまに罵ってきたかをアランが知っているのと同様に。

そして、クラン間の応酬は悪罵だけでは終わらない。彼女はうなずいた。

「そうね、じゃあ、あなたはロンドンへ来たのはこれが初めて?」メアリーは話題を変えた。

彼が、長く黒いまつげの下から自分を見あげるまなざしは楽しげに見えた。「いいや。うちは兄弟全員がオックスフォード大学へ行ってるんだ。まあ、弟のベアーが一度でも本を開いたことがあるのかは疑問だが。だから、学友たちと一緒に二、三日ロンドンへ繰りだしたことはある。それに所属していた連隊が半島戦争から帰還した際には、ジョージ王子の前で行進をさせられた」

「軍隊にいたの?」

ふたり同時に同じティーケーキへと手を伸ばし、指が重なり合う。そしてどちらもその手を引こうとはしなかった。これが友情の始まりだとしたら、その友情はわたしが知っているものとは違う。エリザベスやキャスリーンの手を握っても、体がぞくりと震えはしない。やがてアランはメアリーのてのひらをくるりと上に向け、そこにケーキをのせた。

「ああ。四年間、在籍した」

「でも、マク——その、あなたはイングランド人を避けるために、ずっとハイランドにいたんでしょう。どうしてイングランドのために戦ったの?」

彼は肩をすくめた。「ハイランド人も君主への忠誠を示すよう奨励されていた。ぼくが行かなければ、ベアーが行っていただろう。弟の頭は頭突きには向いているが、考えるのには不向きだ。あいつでは、さっさと戦死していたよ」

「ごきょうだいと、とても仲がいいのね」マクローリー家が固い絆で結ばれているのは知っていたが、それが互いへの愛情に基づくものだとは、なぜか考えたことがなかった。そもそも、これまで彼らについて考えたことはあまりない。スコットランドにいる祖父にめったに会いに行けない元凶ぐらいにしか思っていなかった。

「そう見えるかな？」アランの口元にゆっくりと笑みが浮かぶ。「そう。生きていくために、お互いに支え合ってきたからな。ぼくにとっては三人ともかけがえのない友だ。きみはいとこたちとは親しいのか？　ざっと四〇人はいるようだが」

メアリーはくすくすと笑った。「父は弟がふたりに妹が三人いるの。最後に数えたときは、わたしのいとこの総数は一三人だったわ」

「だが、きみ自身はひとりっ子だ」

「ええ」ケーキをかじって、少し間を置く。「兄がいたの、ウィリアムよ。祖父の名前をもらったその子は、わたしが生まれる前に亡くなっているわ。ほんの数日だけの命だったみたい。誰もそのことに関してはあまり話さないの。わたしを産んだあとも、母は長いこと臥《ふ》せっていたわ。それで、これ以上子どもをもうけるのは危険だと判断したそうよ」

「きみたち一族のことは知り尽くしていると思っていたが、きみの話には驚かされてばかりだ、メアリー」アランはテーブルに身を乗りだすと、手を伸ばして彼女の指の背をそっと叩いた。何気ない仕草なのに、明るいブルーの瞳が彼女の視線をとらえた瞬間、戸惑うほど官能的な感覚が指から体へと伝わった。

「驚いているのはわたしも同じよ」そう応えて、会話に気持ちを集中させようとする。「おじゃいとこたちからあなたたち兄弟の話を聞いた夜は、ベッドの中でがたがた震えて眠れなかったものだわ。あなたたちはブーツの中に極細の短剣を隠し持っていて、その刃はわたしの一族の血でつねに真っ赤に染まっている、なんて話もあったのよ」

「ああ、それならいまもブーツに入っている」

メアリーは目をしばたたいた。「えっ？」

アランはテーブルの下へと手をやり、鋭利な古いナイフを取りだした。汚れひとつついておらず、仕留めたシカの皮をはぐのにハイランド人が使うたぐいの道具のようだ。

「持ってはいるが――」真剣なまなざしになり、ナイフを鞘《さや》に戻す。「このナイフがきみの親族の血で汚れたことはない。そういえばつい先週、チャールズ・カルダーを殴りつけて、拳にはあいつの血がついたな。だが、ぼくはきみの親族にナイフやライフルを向けたことは一度もない」

「あなたを信じるわ」いま、アランはわたしの一族の命を脅かしたことはないと断言した。でも、それはどうして？　ふたりでいても危険はないと、わたしを安心させるため？　けれど彼に何かされることはないのはわかっていても、安全だとは感じない……いけないことをしている気分になってしまう。

店の扉がふたたび開いた。ふたりがテーブルについて、おいしいローストチキンとマデラ酒を楽しみはじめてから――マデラ酒を飲んでいるのはメアリーで、アランはウィスキーのあと紅茶に変えた――数分おきに新しい客が入っていた。昼食時には近隣の商人や銀行事務員に人気の店らしく、メアリーにとっては好都合だった。アランとは思いがけないほどたくさんの共通点を見いだしているとはいえ、一緒にいるところを知り合いに見られれば、ふたりきりのおしゃべりはそこで終了となる。そして今日が終わる前には、メアリーはロデリック・マカリスターかチャールズ・カルダーと結婚させられているだろう。どちらが彼女の夫となるのかは、父がマクローリー一族に宣戦布告をするかどうかで決まる。

アランがメアリーの背後へと視線を向けた。その眉間にふいにしわが刻まれ、彼女の体に緊張が走った。「きみのメイドが店主に話しかけようとしている」立ちあがりながら、彼がささやく。「きみの名前を告げるんじゃないか？」

いつの間に、そんなに時間が過ぎていたの？「ええ、偽名を使うようには言っていなかっ――」

「ミセス・クロフォード」アランは呼びかけて、メイドを手招きした。

「まあ、よかった、お嬢――」

「ミセス・フォックスが待ちくたびれていますよ」彼は悠然と言葉を継いで、メアリーに顔を向けた。「では、きみはお義母《かあ》さんと一緒に先に帰宅していてくれ」

メアリーはアランにくすりと笑みを返した。クロフォードをわたしの母に仕立てあげたうえに、即席で偽名を考えたのね。ミセス・フォックス。気に入ったわ。彼との出会いにちなんでいるのに加えて、ありふれた名前だ。「迎えに来てくれてありがとう、お義母さん。ミスター・フォックスはこれから工場に戻らなければならないの」立ちあがりながら、聞かれてはまずいようなことを口走らないよう、メイドに目顔で命じる。

「え……ええ」クロフォードはしどろもどろに返事をした。「い、家に帰る時間ですものね、さあ、行きましょう」

アランはテーブルに硬貨を置いて店主にうなずきかけたあと、メアリーの手を取って扉へと導いた。「また会いたい」低い声でささやく。

「まあ、ミスター・フォックス、わたしに道を誤らせる気？」理由もなく声がかすれてしまった。

「ああ、そうらしい、ミセス・フォックス」

「不埒な方ね」

彼がにやりとする。「そうだな、ぼくは不埒な男だ。何か問題でも？」

「それぞれほかに決まった相手がいて、家族に見つかればただではすまないということだけよ」問題ならほかにも一〇〇万ほどはありそうだけれど、悩むのはあとでいい。いま必要なのは度胸だ。ほんの数日前まで、自分が危険に魅力を感じるようになるなんて思いもしなかった。それがいまは笑いだしてしまいそうなほど、この危ないお芝居を楽しんでいる。

「では、神父の前で誓いの言葉を口にしたところで、ふたりの関係は終わりだ。それまではお互いに家族に見つからないようにしよう」メアリーを自分の胸へと引き寄せ、アランは顔を近づけた。

今度は心の準備ができていた。自分の唇に重なる彼の唇のぬくもりも、ふたりの体が引かれ合う感覚も予期していた。それでもアランのキスはメアリーの吐息を奪い、あたたかな渦が背筋を駆けおりて、体がじんとしびれた。ああ、やっぱりこんなことは問題だらけだわ。どれほど彼に魅力を感じても、このキスの先には破滅しかない――なのに、彼のことしか考えられない。

「わたしは水曜の夜に、ペンローズ伯爵夫妻の屋敷で開かれる晩餐会に出席するの」唇を触れ合わせたままささやく。

アランはもう一度キスをすると、ひと呼吸してから彼女の手を取り、苦虫を噛みつぶしたような顔をしているクロフォードの腕にかけさせた。「すばらしい偶然だな」ゆっくりと言う。「ぼくも招待されていたはずだ。いや、招待されていたのは兄か。どちらにせよ同じだ」

あと一度だけキスをしたかったのに、メイドがメアリーの手をつかむや、店の外へと引っ張っていった。「こっ、これは――ど、どう――」

「クロフォード、何も言わないで」メアリーは急いでさえぎった。メイドはいまにも脳卒中を起こしそうだ。

「で、で、でも……キスをなさったんですよ！」いきなり言葉が飛びだし、クロフォードがあわてて口を押さえる。

「お願いだから大声を出さないで。いま、わたしはミセス・フォックスで、あなたはわたしの母親なのよ」メアリーは手をあげて、通りがかった貸し馬車を止めた。

「あ、あの男は下品な悪党で、マクローリーなんですよ。旦那さまがなんとおっしゃることか――ああ、アルカーク公爵閣下に知られたらどうなさるんです？　あの男はお嬢さまをたぶらかしてるんですよ」

「誰にも知られないよう、お互いに気をつけているわ。両家は何百年も争っているんですもの、そろそろ誰か仲よくなってもいいでしょう？」

「お言葉ですが、誰かと仲よくなさりたいのなら、デラヴィア卿とそうなさいませ。あのマクローリーの男はお嬢さまを傷物にして、そのことを世間に吹聴《ふいちょう》する気かもしれないんですよ！　ああ、なんて恐ろしい。そんなことになれば、奥さまは心臓発作を起こしてしまいます」

　それだけではない。もし露見したら、一瞬のうちに休戦協定は吹き飛び、全面抗争の口火が切られる。まさかそれがアランの狙いなの？　わたしを誘惑したのちに恥をかかせて、キャンベル家がマカリスター家と手を組むのを阻止しようとしているの？

　彼についてこれまでわかったことを考え合わせると、それはありえないように思えた。一緒におしゃべりをしたときのアランは……誠実な印象だった。しかもその誠実さは、マクローリー一族に対してだけではない。彼の前では舞いあがってしまうものの、わたしは愚かな娘ではないし、そうならないよう気をつけている。深入りする前に――まだしていなければの話だけど――わたしのほうからちゃんと踏みとどまろう。ふたりとも、それぞれクランへの義務を負う身なのだから。

だけど、水曜の夜の晩餐会へ行くことにはなんの問題もないはず。

アランは自分の行動を説明できなかった。兄が領民のために打ちだす革新的な試みを裏で支え、近隣のクランの反応を推し量り、大きな問題が起きればすぐに飛んでいく男でありながら、自分で自分がわからない。

ハイランドで目を引く娘もこれまでに何人かいた。お互いに少しばかり楽しんで、欲望を満たし、あとはもとの暮らしに戻る。そんなあと腐れのないつき合いにアランは満足していた。

だが、メアリーの場合は違う。たしかに彼女とはこれで二度キスをし、昨日帽子店につき合ったときから、美しいモスリンのドレスのボタンを外して、やわらかな肌に舌を滑らせるところを想像している。路面からの振動がじかに伝わる貸し馬車の中で、アランはふいに座り心地が悪くなって身じろぎした。

しかし、メアリーには肉体的に引かれているだけではない。ふたりきりでおしゃべりをして、すでに彼女のことは、妹を除くほかのどの娘よりもよく知っている。それ以上に、彼女と会話をするのは楽しかった。たとえ自分の考え方とは違っていても、彼女の世界観が好きだ。彼女が好きだ。アランが予想していなかったのはその点だった。

〝はい、アラン卿〟、〝いいえ、アラン卿〟と礼儀正しく繰り返すばかりのディアドラ・スチュワートより、メアリーには一〇〇〇倍興味をそそられる。ディアドラは社交界でも指折りの美女という評判で、言われてみればたしかに美人だとは思うが、彼女の美しさは陶器の人形のそれだ。そして人形にはなんの情熱もない。率直な物言いをする、秋色の髪のレディとは比べようもなかった。

ギルデン・ハウスに戻ったときにはすでに時刻は三時をまわり、アランは屋敷の前でラナルフが待ち構えて、このつむじ曲がりめと怒鳴られるのをなかば覚悟していた。欲望に体がうずいているのにメアリーとはキスをしただけで終わり、その鬱憤を晴らすのには、兄弟喧嘩はうってつけかもしれない。それとも、兄の怒声を浴びれば心の迷いも吹き飛ばされ、愚かなことをしでかす前に彼女を忘れられるだろうか？

だが玄関ホールで彼を待っていたのは兄ではなく、妹のロウェナだった。

「ああ、やっと見つけたわ」ぱっと顔を輝かせて笑う。妹は兄の前でも愛らしいスコットランド訛りを隠し、ハノーヴァー姉妹をまねて、イングランド南部の上品なアクセントで話した。

「ぼくは昼食に出かけたとオーウェンから聞かなかったのか？」アランは妹の頬にキスをした。ジェーン・ハノーヴァーもいるんじゃないかと、近くの部屋をのぞきこみそうになるのを必死にこらえる。「ギルデン・ハウスに何か用か、ウィニー？」

「お兄さまに用があるの」腕に抱きついて、アランを居間へと引っ張る。

ほかには誰もいないのを確認すると、アランは止めていた息をようやく吐きだした。そしてソファにしずしずと座るロウェナの横に腰をおろした。社交界にデビューしたくて妹がロンドンへ家出するまでは、アランは彼女のよき相談相手だった。この数週間はお互いにあわただしく、ゆっくり話をする時間がないのを寂しく思っていたところだ。

「さあ、ぼくはここにいるぞ」くつろいだ声で促す。「なんの相談だ、妹《ピュアー》よ？」

ロウェナは胸を大きく膨らませて息を吸いこんでから、ふうっと吐きだした。

「まずはひとつ目ね。お兄さまはどうしてジェーンを嫌いなの？　彼女はお兄さまに夢中なのよ。ふたりが結婚すれば、わたしたちは義理の姉妹になれるのに」

「おいおい、そういう質問の場合には、〝今日はご機嫌いかが〟とか〝外はいいお天気ね〟とか、前置きから入るものだろう」アランは短く笑った。

妹がふくれっ面をする。「相手がお兄さまなら必要ないわ。ねえ、質問に答えて」

「わかった、わかった。ジェーン・ハノーヴァーのことは嫌いではないよ。やさしくていいお嬢さんだし、家出してきたおまえが突然玄関先に現れたときも、家族を説得して、おまえを滞在させてくれたんだろう」

「そうしてくれたのはシャーロットよ。それはいいから、続けて」

そうだったのか？　ラナルフの婚約者が？　「ロンドンへ出てくるまで、おまえはシャーロットとは面識がなかったんじゃないのか？」

「ええ、彼女とは手紙のやりとりもしたことがなかったわ。でも、とても親身になってくれて、ランがわたしを連れ戻しに来たときは、腰に手を当てて、わたしをどこへも行かせないって言ってくれたのよ」

「じゃあ、その口論がきっかけで、あのふたりは恋に落ちたのか？」

「それはランに聞かないとわからないわ。さあ、いまはお兄さまとジェーンの話よ」

「いいか、ぼくには政略結婚の話があるのを別としても、おまえが姉妹を欲しがっているからという理由だけで、ジェーンと結婚することはできないだろう。それにランが結婚すれば、おまえにはシャーロットという義理の姉ができる」

ロウェナはしょんぼりとした。「でも、ジェーンはかわいいのに！」

「ああ、彼女はかわいい。そしてまだ一八歳だ」

「それはわたしも同じでしょう。でも、ランはわたしをおばかさんのラックランと結婚させたがっているわ。だから、一八歳は若すぎるということはないわよ」

どうやらほんの数週間のあいだに、ラックランは輝ける鎧《よろい》をまとった騎士から、おばかさんにまで格さげされたらしい。このことはラナルフの耳に入れておくべきだろう――まだ兄が弟と口を利く気があればの話だが。しかし妹を納得させるのに、ラックラン・マクティは使えそうだ。

「ウィニー、おまえはグレンガスクにいたとき、金魚のふんみたいにラックランにつきまとい、ため息をついては、あいつをじっと見つめていたじゃないか」

「そんなことしてない――」

「そして、あの短足はいつもおまえから必死で逃げまわっていた」

「ラックランの脚は短くないわ。お兄さまと同じくらい、すらりと長い脚をしているわよ」

アランはにやりとした。「なんだ、あいつのことがまだ好きなのか」

ロウェナはむっとした顔で兄をにらみつけて立ちあがると、ソファと暖炉のあいだを行ったり来たりしだした。ぼくにも胸にわだかまる感情を打ち明けられる相手がいたら、とアランは内心で思った。妹に相談すれば、思いとどまらせてくれるだろうか？　だが、それにはメアリーのことを話さねばならなくなる。

「ラックランなんて嫌いよ」ようやくロウェナが言い返した。「わたしがハイランドを出てから、まだ一度も手紙さえよこしてくれないんだもの。わたしはただ、彼の脚は短くないと事実を言っただけ」

ロウェナはマントルピースの前で立ち止まり、そこに飾られた陶器の犬の背に指を滑らせた。その置物はどこから来たのだろうとアランはふと思ったが、イングランドで細々した調度品をそろえる手間を省くため、ラナルフはこの屋敷を家具付きで購入したことを思いだした。個人的には、むきだしの壁と空っぽの棚を見ているほうがましだ。もっとも、ぼくは兄と違い、ササナックになろうとしているわけではない。

「だが、ぼくの言いたいことはわかるだろう」アランは続けた。「ジェーンは狩猟期最後のウサギであるかのように、ぼくを追いまわしている。彼女はまだ若く、世間知らずで、はい、はい、と言ってばかりだ。ぼくとジェーンが一緒になっても幸せにはなれないことは、おまえだって本当はわかっているはずだぞ」

ロウェナがため息をつく。「そうね、本当はわかってるんだと思う。ああ、でも、ジェーンと姉妹になれたら楽しかったでしょうね」

「ぼくは楽しくないし、ジェーンも自分の憧れは幻想にすぎなかったと気がつけば楽しくなくなるさ」そう言いながら、アランの脳裏に別の若いレディの顔が浮かんだが、それは婚約間近の相手のものではなかった。メアリーのことはほとんど知らない。そしてもしマクローリーとキャンベルが結婚したら、大地が裂けてハイランドを丸ごとのみこむと古くから言い伝えられていた。

アランはばかげた夢想を頭から振り払った。メアリーとの結婚が頭に浮かんだのは、それがあまりにも荒唐無稽だからだ。何も真剣に考えたわけではない、どのみち、ぼくの未来は兄の手ですでに決められている。「これはひとつ目だと言っていたな。ふたつ目はなんだ？」

「ランと口論していたでしょう。わたし、お兄さまたちが仲たがいするのはいやなの。どんな問題があるにしろ、仲直りしてちょうだい」

「そう簡単ではない、ピュアーよ。おまえはスコットランド人ではないふりができるだろうが、ぼくにはできない。ぼくはササナックにはなりたくないんだ。それなのにラナルフときたら……ササナックの意見を気にしたり、社交界での味方を増やすために、何百年もいっさい関係がなかったクランと同盟を結ぼうとしたり……。いったいいつからマクローリー一族はこうなったんだ？」

「時代は変わっているのよ、アラン――」

「ああ、そうだろうとも」徐々に言葉が熱を帯びる。「何もかもが変わった、ラナルフとおまえのせいでな！　ウィニー、おまえは六週間前にグレンガスクを飛びだし、ラナルフはそれを追った。それからすべてが変わったんだ」

　ロウェナは兄をじっと見つめると、両手を腰に当ててつかつかと歩み寄り、スコットランド訛りでまくしたてた。「そう。じゃあ、お兄さまはマクローリー家がハイランドで孤立したまま、四代も五代も前の誰かがわたしたち一族の祖先に膝を屈したという理由で、いまもマクローリー家に従っている者たちだけがいればじゅうぶんだと考えているのね？　アン・ソアードの村の外には友人も味方もいらないというの？　村のパン屋のマギーがイングランドの政治について、ランに教えてくれるのかしら？」

「ウィニー、ぼくは――」

「お兄さまは、先週バーリン卿に銃を向けられたときに頭を撃ち抜かれればよかったと思っているのかもしれないけれど、わたしはあの事件をきっかけにランが休戦協定を結んでくれてほっとしているの。時代は変わっているのよ、アラン。ランはロンドンに出てきたからこそ、わたしたち一族が何をすべきか客観的に見ることができるようになった。クランが消滅することなく、ここロンドンと故郷の両方で、繁栄するためにね」ロウェナは息を切らして立ち尽くし、愛らしいグレーの瞳に涙を浮かべて兄をにらみつけている。

「ああ、おまえの言い分はわかった」アランは乱暴に言った。九歳年下の妹に説教をされるのは、以前なら我慢ならなかった。たしかに何かが変わりつつあるな。

　だが、変わらないこともある。ラナルフはめかしこんだイングランド人たちと会食できるのに、ぼくはキャンベル家の娘とダンスを踊ることさえ許されない。彼女の手を取ったのはまったくの偶然だったのに。そして、それを妹に説明することはできない。

いや、できるだろうか？　アランはしばらくのあいだ、ロウェナをじっと見つめた。

「ぼくの話を秘密にできるか？」静かな声で問いかける。

「もちろんよ。きょうだいなんですもの」ロウェナのほうは言いたいことを言ってすっきりしたらしく、残念ながらスコットランド訛りはふたたび消えていた。

どんな話をしても、妹は秘密を守ってくれるだろう。だが胸にある淡い思いを声に出してしまえば、吹きガラスを急いで冷ましすぎたときのように、パリンとはかなく砕けてしまう気がした。

それにメアリー・キャンベルとは……まだ三度しか会っていないのではないか？　それでは特に打ち明けることもない。たいした理由もなくこんな秘密を背負わせては、妹を悩ませるだけだ。「いや、今度にしよう」アランはそう言って立ちあがった。

「本当にいいの？　そういえば、ディアドラ・スチュワートはお兄さまに好意を持ったようよ。とてもハンサムで、ハイランド風の方ね、って言われたわ」

「それはいったいどういう意味だ？　ぼくはハイランダーだ。ハイランド風なのは当然だろう」しかしハイランドの血が流れていながら、ディアドラにはハイランドを思わせるものは何ひとつなかった。一方、メアリー・キャンベルは……どこで育ったにしろ、彼女はハイランダーだ。

「さあ、わたしにはわからないわ。今度きいてみましょうか？」

「いや、やめてくれ。ウィニー、このあとはハノーヴァー・ハウスに戻るのか？　それともビリヤードで兄に挑戦する時間はあるか？」

妹の顔にいつもの愛らしい笑みが浮かぶ。「お兄さまを打ち負かす時間ならあるわ。一ゲームしたあと、ハノーヴァー家まで送ってちょうだい」

アランはロウェナに続いて出入口へと向かった。妹の眉間に寄ったしわと同じくらい簡単に、すべての問題や悩みを消し去ることができればいいのに。「ああ、いいだろう。ただし、打ち負かされるのはぼくじゃない」

声を殺して罵り、ラナルフは半開きの扉の陰へと隠れて、弟と妹が廊下を通り過ぎて階上に消えるまで息を止めていた。ここぞ立ち聞きするのは不慣れで、うまくやったとは言えない。しかし問題を抱えている家族は、家長である自分のもとへ来て相談するのが、これまでマクローリー家のならわしだった。何が問題なのかを、家長が盗み聞きしてまで探らなくてはいけないほうがおかしい。

長兄の方針を支持して、イングランド人をもっとよく知るべきだと意見するあの立派な口ぶりを聞けば、妹が賢いレディに成長したのはよくわかる。これでロウェナに関しては、あとは結婚の心配をすればいいだけだ。

グレイ子爵ラッククラン・マクティを、ムンロの補佐役としてグレンガスクに残してきたのは間違いだったかもしれない。だが、そもそもラックランに振り向いてもらえなかったから、ロウェナは家出を決意したのだ。そしてあとを追ってきたラナルフも、自身のクランが長年戦いつづけてきたイングランド人を妹に見せる必要があると考えて、最終的にはロンドン滞在を認めた。それにもちろん、彼がシャーロットと出会ったこともある。

妹もラッククランから離れていれば恋しさが募るだろうと、ラナルフは考えていた。何しろ、大きくなったらラッククランのお嫁さんになる、と子どもの頃から言いつづけてきたのだ。ふたりのことは放っておいても時が解決するだろう。

目下、ラナルフが心配しているのはアランのほうだ。何かあるようだが、それがなんなのかはっきりしないのが気になる。たまにはアランとおしゃべりでもしたらどうだと、ラナルフ自ら妹を呼んだというのに、弟はろくにしゃべりもせず、妹にさえ打ち明けられない問題を抱えているのが察せられた。アランが何に頭を悩ませているのであれ、問題は深刻だ。

そしてそれがどんな問題であっても、弟が行き先を誰にも告げずにロンドンの街を出歩くのを見逃しつづけるわけにはいかなかった。休戦協定があろうとなかろうと、キャンベル家は――デイリー家もガーデンズ家も――信用できたものではない。アランならひとりでも大丈夫とはいえ、ここロンドンでは、マクローリー家は数の上では圧倒的に不利だ。それをわかっていながら、弟は屋敷からたびたび姿を消している。

アランは騒ぎを起こそうとしているのか？　いや、それは考えにくい。ディアドラ・スチュワートとの縁談から逃れるために、マクローリー家とキャンベル家をふたたび敵対させようとしているのなら話は別だが。抗争中の相手と同盟を組むのは愚か者だけだ。それは誰もが知っており、そしてスチュワートの氏族長は愚か者ではない。アランがキャンベル家を嫌悪しているのはたしかだが、弟は論理的な人間でもある。マクローリー一族は和平を必要としていて、商人たちと強いつながりを持つスチュワート家との同盟は確実な利益を生むのと同時に、ロンドンでの味方の数を増加させるとアランも理解しているはずだ。

最後の手段として、ラナルフはアランの身の安全のために彼をグレンガスクへ送り返し、ディアドラを連れていくまでそこで待機させることも考えていた。しかしそうすれば兄弟のあいだには、妹ですら埋めることのできない亀裂が生じることだろう。そうなる前に、さらなる情報が必要だ。それもできるだけ早く。許されざる発言を、兄弟のどちらかがしてしまわぬうちに。

「ねえ、クロフォード、やっぱりやめましょう」メアリーは自分の牝馬《ひんば》、アルバの手綱を繰って、メイドのまわりをぐるりと一周した。「わたしは馬に乗っているのに、あなたは歩いてついてくるなんてみっともないわ」

「でも、少なくともおそばにいることはできます」メイドが反論する。「それに馬でのお供なら、デイヴィスがおりますでしょう」少し距離を置いてついてくる馬丁を身振りで示す。

デイヴィスは、メアリーの父がロンドンの廏舎で飼っている数多くの馬の一頭にまたがっていた。

「わたしが馬で出かけるときは、いつもデイヴィスのお供付きよ。なぜあなたまでついてくるのかわからないわ」

もちろん本当はわかっている。ハイドパークへは朝の乗馬に何度も出かけているが、これまではアラン・マクローリーと知り合いではなかった。そして彼と知り合ったとたん、クロフォードは自分も同行すると言いだしたのだ。メアリーがそれを我慢しているのは、メイドが昼食のことを両親に言いつけなかったからだった。

「お嬢さまは乗馬をお楽しみくださいませ。わたしはただそばにおりますので」

その日は快晴で、公園は乗馬を楽しむ人たちで混み合っていた。笑みを浮かべて友人や知人に挨拶をしつづけていると、一〇分もせずに頬が痛くなった。メアリーは若者たちが悠然と馬で駆け、馬術と見事な乗馬服を見せびらかすのに賛辞を送った。それは晴天のときには必ず行われる盛大な行進のようなもので、誰もが自分の役目を心得て、その役を演じていた。

しばらくすると、この騎馬行進の流れに逆らう一頭の黒馬が目に留まった。見事なサラブレッドが幌付き馬車《バルーシュ》をよけて優雅にすれ違い、こちらへ――メアリーのほうへと近づいてくる。黒馬にまたがる男性は、この恒例の行進に参加する気はないらしい。黒髪は風に乱れ、明るいブルーの瞳はユーモアと知性に満ちている。力強く引きしまった顎とまっすぐなまなざしからは、自信と力、そしてハイランド人のプライドが伝わってきた。

エリザベスとその姉に目をやると、馬を止めて、軽量四輪馬車《フェートン》に乗っている知人と言葉を交わしている。メアリーは生い茂った木立のほうへとアルバの馬首を転じた。馬を急《せ》かしはしなかった。それではまわりの注意を引いてしまう。黒馬が進路を変更し、彼女の前に立ちふさがった。

「ここで何をしているの?」彼女は声を低めて尋ね、垂れさがる枝をよけて首をすくめた。

「ササナックの観察だ」アランがにやりとする。「乗馬服姿のきみも、なかなか魅力的だな」

メアリーは頬が熱くなった。「ありがとう。あなたも乗馬服がよくお似合いよ」

「そうか? 妹はぼくも伊達男たちのまねをして、普段から帽子をかぶるべきだと言うんだが、こんなやたらと細長くてつばの狭い帽子になんの実用性があるんだ?」

「帽子をかぶるのは伊達男たちだけじゃないわ」言い返しながらも、心の中ではアランの意見に同意した。帽子に実用性がないとは思わないけれど、それなしでも彼はうっとりするほど魅力的だ。もちろん、マクローリーの男性にしては、だけど。

「ききたいことがある」アランが黒馬を近づけて問いかけた。「きみはどう思っている?」

「なんのことかしら?」

「ぼくたちふたりのことだ。今朝目が覚めると、ぼくは真っ先に、今日もきみに会いたいと思った」手を伸ばしてメアリーの腕に指を滑らせる。「朝その目を開いたとき、きみは何を考えた?」

その質問に答えるべきかはわからない。アラン・マクローリーに森の中でキスをされて、陶然としているところで夢から覚めたのだから。でも彼の前でなら……ありのままの自分でいられる。「あなたに会いたいと思ったわ」思いきって言う。「それに、あなたにキスをされたいと思った」

アランは鐙《あぶみ》を踏みしめて身を乗りだし、メアリーの唇を唇でとらえた。彼女の全身がかっと熱くなって鼓動が乱れ、頭の中が真っ白になった。ついばむようなキスがゆっくりと唇をほぐし、若いレディにあるまじき思いをかきたてる。

「あなたの名前がマクローリーでなければよかったのに」メアリーはささやいた。

アランが唇を少しだけ離した。侮辱してしまったかしらとメアリーは心配したが、彼の口元にゆっくりと笑みが浮かんだ。「世間から見ればキャンベルとマクローリーでも――」低く、やわらかなスコットランド訛りでアランが言う。「ぼくにとって、きみはただのメアリーだ。明日も乗馬に出かけるのなら、またここで会おう。水曜の夜の晩餐会まで毎日」

「でも、わたしたちの……お相手のことはどうするの？」ふたりとも婚約間近なことを口にするのは気が重かった。それ以上に、彼らの名前を口に出したくない。

ハンサムな顔が一瞬悩ましげに陰った。「きみはもう結婚しているのか？」

「いいえ、もちろんまだよ」

「ぼくもだ。きみが誰のものでもない限り、ぼくはきみにキスをしつづける」

メアリーは吐息をつき、もう一度アランのキスを受け入れた。「じゃあ、明日も雨が降らないよう祈りましょう」

ふたりのためを思うのなら、雨降りのほうがいい。雷が空を切り裂き、雹《ひょう》が降り注ぐほうが。でも甘いキスを二、三度交わすだけだもの、問題はないわよね？

# 6

「それはどういう質問だ？」フェンダロウ侯爵は娘に問い返し、片方の眉をつりあげた。微笑を顔に張りつけたまま、メアリーはクッション張りの馬車の座席にもたれた。

「休戦協定とかロデリックのことがあったから、ずっと気になっていたの。それで、お父さまはご存じなの？　何が発端でマクローリーとのあいだに抗争が起きたのか」

夫と並んで座るフェンダロウ侯爵夫人が、膝の上で両手を組む。「ロデリックといえば、二日前に宝石商を屋敷へ呼んだそうですよ」

メアリーは石炭のかたまりが胃袋の底に転がり落ちたかのように感じた。そうね、休戦協定がふたたび破られる前に同盟をたしかなものにしようと、誰もが急いでいる。けれど、わたしは心の準備ができていない。あれから毎日アランと会ってキスをしているけれど、終わりにするにはまだ物足りない。彼を憎まなければならない理由を誰か教えてくれなければ、きっと今夜もまたキスをしてしまう。

「宝石を買い求めるのはロデリックの自由だが、われわれが決めた条件をわが父が承認するまでは、メアリーへの贈り物は慎んでもらわねばな」

「では……お父さま方のあいだでは話は決まったのね？」メアリーはなんとか穏やかな声を保って尋ねた。

「ほう、やっと興味が出たか？」皮肉めかして父親がちらりと一瞥する。

「ええ、当たり前でしょう？」

「この縁談の話をしてからというもの、おまえは毎日のように友人たちと乗馬や買い物に出かけていたではないか。留守中に少なくとも二度、ロデリックがおまえを訪ねて来ている。詫《わ》びの手紙ぐらい送ったのか？」

送るつもりではいた。でも便せんにロデリックの名前を書きつづると、この縁談があまりにも現実味を帯びてしまい、心は夢想に逃避した。「明日、ちゃんと手紙でお詫びします」これ以上この話題について話すのは避けたくて、メアリーは言った。「ところで、さっきの質問は？　そのせいで数々の騒動が起きているのに、クラン同士が不仲になったいきさつについて、わたしは何も聞かされていないわ」

侯爵は不機嫌そうに目を細めた。「それについてはおまえの祖父に尋ねるのが一番だろう。帰宅後に手紙を書いてはどうだ？」

それでは返事が来るのはずっと先だ。「ええ、そうね。でも、なんだかお父さまもご存じないような言い方だわ」

「口がすぎるぞ、メアリー」父親は厳しい声をあげ、さらに目を細めた。「抗争のきっかけとなった出来事があるわけではないのだ、簡単には答えられない。現在の抗争の背景には、

五、六〇〇年にも及ぶ戦いに、政治的衝突、王たちや領土をめぐる問題がある。おまえが生まれたのが一〇〇年前でないことを感謝することだ。当時はキャンベル・クランとマクローリー・クランは、動物ではなく互いを狩り合っていたのだからな」

「過去の争いの中には、いまでは解決しているものや、忘れられたものもあるんでしょう？」

「われわれは決して忘れない」父親は息をついた。「古い諍《いさか》いは新しいものに取って代わられる。それは太陽がのぼるのと同様にたしかなことだ。マクローリーがハイランドで最大の勢力であることはおまえも知っているだろう。小作人のために学校を建てたり、新たな仕事を創出したりなど、連中がくだらないことをやるたびに、われわれの領民の中にまで、それに感化される者が出てくる。連中のせいで、まるでわれわれ一族が耕作や狩猟という代々続いてきた生活を嬉々《きき》として捨てているように見えるが、イングランドがハイランドから買い入れるのは羊毛だ。ヘザーでも、魚でも、バクパイプでもない。なのにマクローリーどもは、自分たちこそが正義だと言わんばかりだ。連中がごろつきと無法者の集まりなのは誰もが知っている。あいつらは悪党だ、例外はひとりとしていない」

やっぱり、この質問はおじいさまにすべきだったのかもしれない。父の口調からも言葉からも、マクローリーに対する考えを改めようという思いはまったく感じられない。たとえマクローリーの血を引く者はみな聖人であると神のお告げがあったとしても無理だろう。そして彼らは聖人からはほど遠い。

「あんな一族はハイランドにずっとこもっていればよかったんですよ。兄弟の中でも一番の大男、ベアーというあだ名の三男までがロンドンに出てきた日には、わたしたちは誰ひとり安全ではありませんわ」大げさにぶるりと体を震わせ、母親は肩にかけたショールをさらにきつく巻きつけた。

マクローリー一族を、あるいはせめてアランを弁護する言葉がメアリーの喉まで出かかった。たとえばキャンベル家の分家で、最も緊密な同盟関係にあるガーデンズ家は、ここ数週間で少なくとも二度、故意にグレンガスク侯爵ラナルフ・マクローリーを挑発して騒ぎを起こしている。ほかにも何者かが侯爵邸の廐舎に放火しているが、メアリーの知る限り、その事件に関してはマクローリーと敵対する者たちですら、侯爵に非はないと見ていた。

ふたつのクラン間の諍いは、その多くが流言や意地の張り合いが原因なのではないだろうか？　ここ数日で、メアリーはそう考えるようになっていた。すべての元凶となった事件が過去にあればよかったのに。マクローリーの祖先が身の毛もよだつような非道行為を働いたのなら、キャンベル一族が深い恨みを抱くのも即座に理解できるし、アラン・マクローリーのことはすべてわたしの頭から叩きだしていた。彼とキスをしたいなんて金輪際思わないし、あのスコットランド訛りや笑い声を楽しむことも二度となかっただろう。そして誇らしさと喜びを胸にロデリック・マカリスターの花嫁となり、ハイランドでキャンベル家がいっそう栄えるのに貢献していたに違いない。

「率直に言うが」声をやわらげて、父親が言った。「おまえはわが氏族長の最愛の孫娘だ。いずれ莫大《ばくだい》な財産と土地を相続することが決まっている。従って、結婚相手を選ぶ際には細心の注意を払わねばならない。一族の資産がほかへ流出するのは、キャンベル家としては望ましくないのだ。そこへ、この休戦協定が見逃すことのできない好機をもたらした」

「それがマカリスター家ね」

「そう、マカリスター家だ。この機を逃せば、おまえはいとこの誰かに嫁ぐこととなる。私や祖父の爵位、それに付属する領地を相続することはできなくとも、キャンベル家の直系として、おまえは重要な地位を持つ」

すべておなじみの話だ。女ではアルカークとフェンダロウの爵位は継承できないし、父のあと氏族長となるのは、父の弟たちの誰かか、メアリーのいとこの中で最年長のジェラードとなる。爵位も氏族長の地位もなし。けれど、クランが選んだ相手と愛のない人生を送ることが約束されているほどには重要な存在――それがクランにおけるメアリーの立場だった。

「ロデリックのほうが、チャールズよりいいお相手よ」いつもながら、母の言葉は父よりも単刀直入だ。「そしてチャールズのほうが、クランになんの利益ももたらさない相手よりはましです。最も恐ろしいのは、あなたがお友だちと遊んでばかりいて、婚期を逃してしまうことですよ。それでは誰の得にもなりませんからね」

母の言葉に胸を締めつけられながらも、メアリーはくすくすと笑ってみせた。

「ええ、それは絶対に避けなければね」

「本当にそうですよ。それではマクローリーにあなたを嫁がせるのと変わりません！」侯爵夫人はぶるりと体を震わせた。「ああ、恐ろしい。万が一にもそんなことになれば、天地がひっくり返ったような大騒ぎになるわ」

　この状況から逃れる術を考えつくよりも先に馬車が止まり、赤と黒のお仕着せ姿の従僕に手を差しだされて、メアリーは石畳へとおり立った。橙《だいだい》色がかった黄色い光が、ペンローズ・ハウスの窓という窓からあふれている。伯爵が――というより伯爵夫人のほうだろうけれど――考えるごく内輪の晩餐会は、辞書の定義どおりではないものの、招待状を手にすることが羨望の的になるほどには、招かれる者は限られていた。

　これまで何度も騒ぎを起こしていることで有名なグレンガスク侯爵が、その弟とともに招待されているのは少し意外だったが、ペンローズは――今度は夫人のほうではない――〝興味深い〟人物を歓迎する傾向がある。メアリーの父親でさえ、グレンガスク侯爵が興味深い人物であることは認めるだろう。彼女の意見としては、弟のほうはそれ以上に興味深い。

　屋敷に入って幅の広い階段をあがり、さらに多くのろうそくに煌々《こうこう》と照らしだされた客間と食堂へと進む。深紫色のドレスをそわそわと撫でつけたり、結いあげた髪からふわりと垂らした巻き毛を鏡で確かめたりしたくなるのを、メアリーはじっとこらえた。アランは来ているかもしれないし、来ていないかもしれない。どちらにしても、ここでは彼に知らんぷりをしなければ。マクローリー兄弟がいることに気がついたら、メアリーの父親は口実を作り、妻と娘をさっさと馬車に乗せて帰宅しかねないのを別としても、今夜はアランとひと言もしゃべれない可能性もあった。

　広々とした客間には少なくとも六〇人の客が詰めこまれ、仕立てのいい衣装に身を包んだ貴族たちが廊下にまであふれていた。メアリーはぎゅうぎゅう詰めの中になんとか体を滑りこませたが、自分の足元さえ見えそうになかった。屋敷の女主人であるペンローズ伯爵夫人は、従僕に人込みをかき分けさせてメアリーの母親のもとへやってくると、ドレスにしわを寄せたり、髪型を崩したりしないよう慎重に抱擁を交わしてから、いつものようにパリの最新ファッションについておしゃべりを始めた。このふたりはつい三日前にも、昼食で同じ話題に花を咲かせたばかりで、まだ話すことが残っているのが不思議だ。メアリーは足を踏まれないよう気をつけながら、顔に笑みを張りつけて母の隣に立っていた。

今夜の招待客の中にはキャスリーンもエリザベスもいないものの、ほかに友人が何人か出席しているはずだ。それにおそらくロデリック・マカリスターも。レディ・ディアドラ・スチュワートは十中八九、招かれているだろう。母たちのおしゃべりに相づちを打ちながら、メアリーはふと顔を横に向けた。するとそこには彼女を見おろすブルーの瞳があった。

「グレンガスク卿」驚きをのみこんでつぶやく。この侯爵とアランが兄弟なのは一目瞭然だ。でもアランの顔のほうがほっそりとしていて、頬骨の線や輪郭も……兄ほど険しくはない。どちらがよりハンサムかは、この社交シーズンで熱い議論の的になっているとはいえ、当然ながらメアリーがいるときにその話題が持ちだされることはなかった。もし意見を求められたら、彼女は弟のほうに一票を投じただろう。

「レディ・メアリー・キャンベルだな」スコットランド訛りのある声が低く響いた。

誰かの手が肩をつかみ、メアリーは一歩後退させられた。「グレンガスク」背後から父の冷ややかな声があがる。どうしよう、大変なことになったわ。

公の場であからさまに無視するよりも、クラン同士の仲を悪化させることがあるとすれば、それは大勢の前で罵り合いとなることだ。このふたりの男性はファッションについて語らいそうにはない。それぞれ右足をわずかに踏みだし、武器こそ持っていないが、まるでこれから決闘でもするかのようだ。メアリーがアランに惹かれているだけでも問題なのに、この状況の深刻さはそれをはるかに超えていた。

「フェンダロウ卿」耳慣れた穏やかな声が聞こえ、グレンガスク侯爵の背後からアランが進みでた。「まだお目にかかったことがありませんでしたね」手を差しだす。「アラン・マクローリーです」

メアリーは息をのんだ。父は無礼な人間ではないが、キャンベル家の男で、いずれはキャンベル・クランの氏族長となる――グレンガスク侯爵がマクローリー・クランの長であるように。アランはメアリーの父親をまっすぐ見つめ、彼女はその落ち着き払った表情と微笑を浮かべた口元に目を奪われた。この瞬間の彼は、噂されているような無法者にはまったく見えない。強靭《きょうじん》な体に恐れを知らぬ魂を持つ、ハイランダーそのものに見える。

周囲がなりゆきを見守る中、メアリーの父は逡巡《しゅんじゅん》し、それから手をあげてアランと握手をした。「フェンダロウだ」うなるように告げ、不快感をあらわにしない程度にすばやく手を引っこめる。「こちらへ来なさい、メアリー」娘の腕をつかんで言った。「伯爵にもご挨拶をしなければ」

「この前の夜はダンスの相手をしてくれてありがとう、レディ・メアリー」アランがそう続け、立ち去ろうとしていた彼女の父親は凍りついた。「あのときは驚かせてしまったようだ。だが、たかだかキツネの仮面ひとつのせいで、休戦協定が破棄されることを望んでいる者はわれわれの中にはいない」

メアリーは大きくうなずきたいのをこらえた。アランは、マクローリー一族は協定を遵守すると父の前で断言した。でも……なんのために？　もしかして、焦って新たな同盟に走る必要はないと、政略結婚は不要だと、遠まわしに伝えているの？　彼に何か言葉を返さなければ。わたしの言葉ひとつで、伯爵邸の客間が抗争再開の場に変わる。そうなれば誇りのために人が死に、わたしはチャールズ・カルダーに嫁がされる。「ワルツがお上手ですのね、アラン卿」

フェンダロウ侯爵は、娘の腕に痣《あざ》が残るほど、握っている手に力をこめた。

「来るんだ、メアリー」

ついていかなければ、引きずってでも連れ去られそうだった。腕を引かれながらアランを振り返ると、彼はメアリーをまっすぐ見つめている。その顔には笑みが浮かんでいた。

深紫色のドレスがなめらかな曲線を描くメアリーの体を包み、どれほど意志の力を発揮しても、アランは父親に連れられて歩み去る彼女のヒップが揺れるさまから目を離すことができなかった。美しい秋色の髪はビーズの飾りとともに細かく編まれて結いあげられ、卵形の顔を縁取るゆるやかな巻き毛が緑色の瞳を引き立てていた。彼女の姿にアランは飢えを募らせた。食べ物よりも、はるかに根源的なものに対する飢えを。

ラナルフが彼の肩をつかんだ。「いまのはいったいどういうつもりだ？」ささやきながら、弟の正面にまわって顔を突き合わせる。

身長は兄のほうが数センチ高いだけだが、アランの心の中で、ラナルフはつねに大きな存在だった。それがこうして向き合ってみると、兄は……ただのひとりの男だ。大柄ではあるものの、アラン自身も体格はいい。そして体の大きさでは、ムンロはふたりの兄をうわまわる。これまでは兄に言われるがまま、クランの掟《おきて》に従ってきた。だが兄が正しい道を進んでいるのか、初めてわからないと感じる。自分の道は自分で切り開くべきときが来ているのだろうか？

「私はおまえに質問をしたんだ」小さくうなり、弟の肩を握る手に力をこめる。

「われわれは休戦中だ」アランは自由なほうの肩をすくめた。「兄上はいまにも相手を拳で殴りつけそうな形相だった、だからぼくがあいだに入ったんだ」

「その話ではない。彼女にダンスの礼を言っただろう」

「つばでも吐きかければよかったのか？」

ラナルフが半歩近づく。「仮面舞踏会の翌日に彼女のあとをつけ、ばかにするなと警告したのではなかったのか」

くそっ、そう言ってごまかしたのを忘れていた。「ああ、そうだ。そしてこれで彼女も、その父親も、われわれは社交的につき合える仲だとわかっただろう」アランは急いで頭を働かせて応えた。ぼくはいつからレディに見とれて、ぼろを出すような愚か者になったんだ？「最近、兄上がササナックたちとの交流に励んでいるのはそのためのはずだ。子どもやかわいいペットがマクローリーに襲われることはないと、人畜無害なところを見せたいのだろう？　いまやわれわれは戦士ではなく商人だと」

「なぜだろうな、おまえの頭の中には、われわれ一族のことがあったようには見えなかったのだが」

「そうか？　ぼくは兄上の代わりに握手をして、われわれが休戦協定を守っているところを見せた。一方、兄上は腰を低くすることなく威厳を保てた。ああでもしなければ、兄上は月が沈むまでフェンダロウとにらみ合っていただろう」あとずさりして、肩をつかむ兄の手から逃れる。「ぼくはどちらでもよかったがね」

「おまえの頭の中にあるのが本当にそれだけならいいが」低く落ち着き払った声で、ラナルフが返した。「結婚から逃れるには、休戦協定を終わらせるのが手っ取り早い方法だ」

アランはかぶりを振った。「ぼくはキャンベル一族との抗争再開は望んでいない」

「ほう？　ほんの一週間でずいぶん考えが変わったな。なぜだ？」

メアリー・キャンベルと親しくなったと告白するか、嘘をつきとおすか。いまこそ決めなければ。「クランの長は兄上だ。この一週間で何が変わったかぐらい、自分で考えたらどうだ」自分の妻となる女のために、マクローリー家が変わらねばならないと兄が一方的に決めたのでなければ、ぼくの返事も違っていただろう。アランは兄の目をまっすぐにらみつけ、避けることのできない喧嘩に備えて拳を握りしめた。だが、どちらかが最初の一撃を浴びせるよりも先に、おじのマイルズがふたりのあいだに割って入った。

「ごきげんよう、ふたりとも」あたたかな笑みを浮かべて、スワンズレー子爵マイルズ・ウィルキーが挨拶する。「レディ・ペンローズはレディ・フェンダロウと特に親しくしているから、今夜はキャンベル家も来ているだろうと伝えておきたかったんだが、どうやら少し遅かったようだ」

ラナルフは最後にもう一度、不満げに弟をにらみつけた。「そのようだな。次は出席を承諾する前に知らせていただきたい。アランがフェンダロウと握手をした」

マイルズは両方の眉をつりあげた。「それは……本当に？」

「ああ。ランに礼儀正しくしろと言われたのでね」

「なるほど。ところでラナルフ、きみに頼まれていたとおり、カーンズ・スタンリー、それにドライデンと会合の約束を取りつけてきたよ。火曜日に昼食会を開く。あとはアレンを呼んでくれれば、きみが求めている取り決めもまとまるだろう。それで……」

ふたりが話しこんでいる隙に、アランはひしめき合うササナックたちの波の中へと紛れこんだ。マイルズがそばにいればラナルフは心配ない。イングランド人の銀行家や、イングランド人と同化したスコットランド人に取り入る方法を、ふたりで心ゆくまで論じることだろう。それに飽きたら、今夜はひ弱で猫背のイングランド人がたんまり集まっているんだ、そいつらと仲よくやればいい。

今夜、ロウェナとジェーン・ハノーヴァーには別の予定があり、今年ロンドン社交界にデビューした若い淑女たちの半分をハノーヴァー・ハウスへ招待し、晩餐のあとにゲームを楽しむことになっている。その光景を想像しただけで、アランはレースとフリルの山に埋められる悪夢にうなされそうだった。ラナルフでさえ、男性はご遠慮いただくわとシャーロットに言われてほっとした様子だった。

とはいえ、それでラナルフが夜中に自邸を抜けだし、シャーロットの寝室の窓へと壁のツタをよじのぼるのをあきらめてくれるかはわからない。アランとしては、兄がひと晩ぐらい家にいてくれることを願っていた。深夜にこっそり出ていく物音を聞き逃さないよう、片目を開けて眠るのにはそろそろうんざりだ。ラナルフの秘密の外出はすべて弟の知るところで、それどころか毎回あとをつけられているのを知ったら、兄は怒り狂うことだろう。しかし考えの違いがあろうと、ふたりは兄弟だ。たとえ何があろうと、最後の息を吐くまで、ぼくは兄を守る。

飲み物がのったトレイを手に従僕がそばを通りかかり、アランはグラスをひとつ手に取ると、味わうことなく飲み干した。メアリーがどこにいるのか探しに行きたい。彼女の父親が近くにいなければ、言葉を交わせるかもしれない。自分の行為がどれほどばかげているかはわかっている。今夜は若い娘がほかにもいて、声をかければ喜んでひとけのない部屋へとついてくるだろう。なのに、ぼくは大勢の娘たちの中でただひとり、キャンベルの血が流れる娘に心を奪われている。

自分がいかなる狂気にとらわれたのであれ、抗《あらが》う気はなかった。メアリーのそばにいたい。一緒に過ごした時間はまだじゅうぶんではない。毎朝彼女の笑みを見ても、短い口づけを交わすだけでは、余計に思いが募るばかりだ。自分が彼女にどこまで求めているのかは……それをゆっくり思案することさえ、誰も彼もに邪魔される運命らしい。

「こんばんは、アラン卿」消え入りそうなか細い声が、喧騒の中で耳にかろうじて届いた。

立ち去りたいのをこらえて、アランは振り返った。「レディ・ディアドラ」会釈をする。

彼女は黒髪を頭のてっぺんでひとつにまとめ、濃紺のドレスを着ているせいで、青白い肌はほとんど透けるようだ。「ドレスがよくお似合いだ」お世辞を言い、メアリーを探して室内をさまよう視線を無理やり目の前のレディに据えた。

ディアドラは膝を折ってお辞儀をした。「ありがとうございます。あとで音楽の演奏があるそうですわ。そのときは隣に座ってもよろしいかしら？」

アランはダンテが描く地獄の下層に放りこまれた気がしたが、顔をしかめまいとした。ディアドラに非はない。自分も彼女の考えを確かめることぐらいすべきだろう。

「きみはぼくとの縁談をどう思う？」

大きな茶色の瞳が上を向き、彼と視線を合わせる前にふたたび下へとさがった。

「あなたはとてもハンサムな方ですわ。それにもちろんこのお話は、両家が最善と考えたことです」

「ああ、だがきみはどうなんだ？」なおも問いかけた。「きみ自身は何を望んでいる？」

ディアドラは慎み深い笑みを浮かべた。「わたしの望みは最善を尽くすことです」

「何に対して？」

「それはもちろん……家族と夫の求めに応じることに対してですわ」

もちろんそうだろう。そしていまやアランは、自分自身にフォークを突き立てたい気分になっていた。「すまないが、ちょっと失礼する」声を絞りだして告げる。

「ええ、わかりました、アラン卿」

なんてことだ。たったの五分、ディアドラとふたりで話をしただけで死にたくなった。これが一生続くのは想像を絶する。これまでも彼女との結婚には不満や腹立たしさを感じていたが、いまや恐怖と戦慄を覚えるほどだ。アランは向きを変えて、部屋の片隅へと足を進めた。

若い男女の輪の中にようやくメアリーの姿を認め、重かった胸がすっと軽くなった。大きな声で歓談しているまわりの者たちとは違い、彼女は口をつぐんでいる。緑色の瞳は誰かを探して室内を漂っていた。それが自分であるようにアランは祈った。

新たにグラスを手に取り、壁際に沿って歩きながら窓へ近づいて街路を見おろした。すぐうしろにいるメアリーはこちらに背中を向けている。息を吸いこんでから、アランはささやいた。

「今夜は立錐《りっすい》の余地もないいな」

大勢が談笑する声で室内は空気が振動せんばかりだが、メアリーからはなんの反応もない。アランはもう一度息を吸いこんだ。周囲にけげんな顔をされることなしに、窓に向かってどこまで大きな声を出せるものだろうか？　それともメアリーは彼の声が聞こえたものの、背中合わせに会話をしているところを人に見られるのを心配しているのか？

「今年は特に招待客が多いわ」喧騒の中で奏でられた心地よい調べのように、メアリーのやわらかな声がアランの耳に届いた。「ペンローズ卿は先月、ドナテッロの彫刻を手に入れたの。それをみんなに見せたかったようね」

「つまり彫刻を見せびらかすためにこの晩餐会を？　客たちは知っているのか？」

「ええ、ほとんどの人は。でも伯爵家の晩餐会に招かれることはめったにないから、みんなふたつ返事で応じたようよ」

「ぼくは大理石のかたまりを見にここへ来たのではない」通りかかった貴族がアランにちらりと目をやったが、彼が振り返ると急いでどこかへ立ち去った。

「庭園に池があるわ」そう伝えるメアリーの声は吐息のようにささやかだ。「わたしは晩餐のあと、そこでお散歩をしようと思っているの」

そこならふたりきりになれる。「では、ぼくも散歩につき合おう」

「ええ……あなたのお兄さまがこっちへ向かってくるわ。ああ、向こうからはデラヴィア卿もよ」

「行くんだ、メアリー。きみは何も心配しないでいい」そう言いながら、アランは貧弱なロデリック・マカリスターの顔面をふいに殴りつけたくなるのをこらえた。カーテンを指でまさぐり、手に持ったグラスを口に運ぶ。そこで中身がウォッカだと初めて気がついた。ウォッカは苦手だ。ウィスキーには少なくとも個性がある。

「外は真っ暗だろう、面白いものでもあるのか？」弟の隣で足を止め、ラナルフが問いかける。

「外には空気がある」アランは答えた。「ここよりもたっぷりと」

ラナルフがうなずく。「たしかにこんな夜はハイランドが恋しくなるな」

アランは兄に向き直った。「だったら故郷へ帰ろう。シャーロットを――なんならハノーヴァー家の全員を連れていけばいい。こんな街からは出ていくんだ、何かが起きる前に」絶望感が胸にずしりとのしかかり、声から力が抜けた。どちらを向いても破滅しかない。そして自分が最も心を引かれる方向には、わが一族にとって最大の災い、キャンベルが待ち構えている。

「その話をここでするつもりはない、弟《ブラー》よ。それに私は危険に背を向けて逃げはしない」

「危険だって？　まだ休戦中だろう。もし協定が破られるのなら、こんなグレンガスクから遠く離れた場所にいるべきではない」いやな予感がしてならなかった。ロンドンを発《た》たなければ――それも今夜中に――ぼくはこの手で協定に終止符を打ってしまうのではないだろうか？　出会ってまだ一週間だというのに、メアリー・キャンベルから離れていることができない。ぼくが欲しているのはキス以上のものだ。ぼくは彼女を求めている。

「私にはまだここでやるべきことが残っている」ラナルフが冷ややかに告げた。「故郷が恋しいのなら先に帰れ。私の指示に従う気がない者をここに置いておく必要はない。だがロンドンを離れたからといって、われわれがクランに果たすべき責任から逃れられたとは思うな」

「兄上はディアドラと話をしてみたのか?」アランは声をひそめて問いかけた。「彼女の頭の中には脳みその代わりにちっぽけな石が入っているだけだ」

部屋の反対側で銅鑼《どら》が鳴らされ、終末の鐘のごとくとどろいた。「みなさま、晩餐の準備ができました」これが人生初の食事であるかのように、ペンローズ伯爵がもったいぶって告げる。「どうぞお好きな席におかけください。ただし、ご自分の配偶者や家族の隣には座らないというルールだけは、どうかお守りいただきたい」

何がおかしいのか、客たちのあいだから笑い声があがる。ササナックの晩餐会には数えるほどしか出席していないが、アランはそのルールが特に珍しくないのを知っていた。翌年も招待されたいのなら、こうして主催者のご機嫌を取るものなのだろう。スチュワート家との話がどう転ぼうが、アランは来年ロンドンにいるつもりはなく、そもそも今夜ここへはメアリーに会いに来ただけなので、無理に愛想笑いはしなかった。

客たちが客間から食堂へ流れはじめると、ラナルフがアランの肩に手を置いた。

「キャンベルどものそばに座るんじゃないぞ」弟にささやく。「スチュワート家との同盟がかかっているんだ、絶対に騒ぎを起こすな。ディアドラでは不満なら、頭の中にもう少しましなものが入ってる姪はいないか、スチュワートの氏族長にかけ合おう」

アランは肩をすくめて兄の手から逃れた。「兄上の頭には何が入ってるんだ？　小石が入っているのは他家の者ばかりとは限らないぞ」

「おまえとは、今夜ギルデン・ハウスへ戻ってから話をする」ラナルフの声には感情も抑揚もなかった。兄の怒りを買った証拠だ。

「ああ、楽しみにしているよ」

アランは兄を振り返ることなく食堂に入り、長いテーブルをぐるりとまわって、ブロンドのかわいらしい娘と相当な高齢の婦人のあいだに座った。老婦人は白髪を引っつめてまぶたを持ちあげ、なんとか目を開けているようだ。これなら、カモのローストやサマープディングの味についてのおしゃべりでうんざりさせられることもないだろう。彼のすべての意識は、テーブルの真ん中より少し先の位置で、丸々とした禿《は》げ頭の男と顎が長い老人のあいだに座っている秋色の髪のレディへと向けられた。もし彼女の隣にいるのがデラヴィアであれば、ぼくはどうしていた？　それが気に入らなかったのはたしかだ。ああ、腹の底から気に入らなかっただろう。

「自己紹介も自分たちでするのかしら？」若いほうの女性がうわずった声で尋ねてきた。顔をうつむきかげんにして、まつげ越しにこちらを見あげている。

「あなたは口を閉じてらっしゃい」顔の皮膚を髪でぴんと引っ張っている老婦人が、たるんだ胸に寄りかかるようにしてアランの前に身を乗りだし、若い娘に告げた。「あなたみたいな美しい花は、黙って観賞されていればいいんです。おしゃべりは醜い者たちにまかせなさい」

「でも――」

「ご婦人の言うことは気にしないで」向かいの席の男が助け船を出し、若い娘に手を差しだした。「アデント卿トマスです」

ブロンドの娘はほっとした様子で彼の指を取り、握手をした。「レディ・コンスタンス・オーヴァトンですわ」

アランは白髪の女性に視線を戻した。「あなたに自己紹介をするのは気が進まないな」ゆったりとした口調で言う。「醜いのを自分で認めるようなものだ」

老婦人は大口を開けて笑った。「あなたは例外にしてあげますよ、お若い方」自分の反対隣に座っている、顎が脂肪に埋もれた男を不快そうに一瞥してから、しなびた手をアランに差しだす。

彼は青白い指を取って会釈した。「アラン・マクローリーです」

「グレンガスク卿の弟さんね。正式な呼び名のアラン卿を使わないのはなぜかしら？」

「偉ぶって聞こえます。今夜は特に地位をひけらかしたい相手もいないので」

手をさげて、老婦人がふたたび笑い声をあげる。「気に入ったわ。わたくしはレディ・フォーサイス・ヘンドリー、あなたの前でももちろん偉ぶりますよ。貴族は莫大な税金を払っているんですからね、威張るのは当然です」

アランは頬をゆるめた。「見事な威張り方だ」

「長年の経験の賜物《たまもの》ですよ」

声がうわずりっぱなしのレディ・コンスタンス・オーヴァトンの相手はアデント卿にまかせて、アランは辛辣な物言いのヘンドリー伯爵未亡人を話し相手に食事を進めた。兄が座っている位置は確認済みだ。長テーブルの上座近くで、おじのマイルズはその数席先。メアリーの両親は、娘の向かい側に何席かあいだを置いて座っている。普段のアランがキャンベル家を警戒するのと同じように、あそこからマクローリーに目を光らせているのだろう。ディアドラの席はアランの席に近く、そのひと席手前にはロデリック・マカリスターが座っていた——望まれざるゲームにおける、望まれざるふたつの駒だ。

「あなたは独身だと聞きましたよ」レディ・F——そう呼ぶよう老婦人が主張した——が言った。

「ええ」とりあえず、いまのところは。「孫娘さんにぼくを狙わせるおつもりですか？」

伯爵未亡人はてのひらをぴしゃりとテーブルに打ちつけた。「いいえ、まさか。わたくしの孫娘は救いようのない愚か者よ。まったく、両親にそっくりでね。あれはペティグリュー卿に嫁がせようと思ってるの。あの男にも少しは苦労させなきゃ」

アランは笑い声をあげた。「あなたは残酷な方だ、レディ・F」

「ええ、そうよ。それで、どなたなの？」

唐突な質問に、彼は片方の眉をさげた。「どなた、というと？」

「あなたは若く独身で、この社交シーズンにおいて美しさでは一、二を争うお嬢さんの隣に座っているのに、わたくしとおしゃべりをしている。ひげのあるほうがご趣味なのか、心を引かれている方がいるかのどちらかでしょう」

初対面の相手にさえ見抜かれるとは、今後はもっと気をつけなければ。いまさら反対の席に向き直って、レディ・コンスタンスに愛想を振りまいたところでわざとらしいだけだと、アランは苦笑を浮かべたままでいた。「ぼくはハイランドの男です。ハイランドの女性にしか興味はない」

「では、来るところを間違えたわね、アラン・マクローリー。ここにはハイランドの女性はいませんよ」

実際にはふたりいる。どちらもイングランド育ちだが、ハイランドの魂が宿っているのはそのうちひとりだけだ。片方の娘とはアランは会話をする気もなく、もう片方の娘には近づくことさえ禁じられている。「だからこうしてあなたとおしゃべりをしているんです。あなたがいなければ、居眠りしてオニオンスープに顔を突っこんでいたところだ」

「それはわたくしもですよ。もう五〇歳若ければ、イングランド女性のよさをあなたにお教えできたのにね」レディ・Fはアランの手の上に自分の手をそっと重ねたが、その仕草からは色気よりも親愛の情が感じられた。「あなたとグレンガスクがスコットランドの正装をまとってランスフィールド家の舞踏会に現れたとき、わたくしもあの場におりましたのよ。この老いた胸までときめいたわ。わたくしの曾《そう》祖母はマクドナルド家の出身でね、あなたたちのおかげで、そのことを誇らしく思いました」

　組織的な牛泥棒で有名なマクドナルドの血を引いているのが自慢できることかは疑問だが、老婦人の心情を理解して、アランはうなずいた。「アルバパックブラー」〝スコットランドよ永遠に〟

　数年前なら、この言葉を口にしただけで、スコットランド人は牢獄行きにされかねなかった。だが、レディ・Fは笑みを浮かべてただうなずいている。どうやらササナックはひとり残らず愚か者というわけでもないらしい。アランにも、ササナックの友人は何人かいた――ともに戦場で戦ったフォーダム子爵ウィリアム・クレインはそのひとりだ。しかしそれを除けば、ササナックの中にも友好的な者がいるかもしれないとは、これまで考えもしなかった。ましてやレディ・Fのように面白い女性がいるとは驚きだ。だが、彼女にはスコットランドの血が流れているのだから、それで説明はつく。

　料理が出されるたびに、アランは急いで平らげないよう気をつけた。さっさと庭園へ行きたいものの、全員に食事を急かすことはできない。〝待つのも喜びのうち〟と誰が言ったのかは知らないが、そいつは後頭部を一発殴られるべきだ。彼もメアリーもすでにクランの掟と命令を破っており、それぞれの家長が出席しているこの晩餐会でこっそり逢い引きすれば、今度こそは正面切っての反抗となるだろう。それなのにアランの頭を占めているのは、彼女が庭園に現れるかどうかということだけだった。これが意味することはわかっていた。ぼくはこの世で最も近づいてはならない女性に心を奪われつつある。そしてメアリーに会うためだけに、自分自身とクランを危険にさらそうとしているのだ。

ディアドラ・スチュワートは椅子から腰が滑り落ちるぎりぎりまで身を乗りだし、アラン・マクローリーから、テーブルのさらに下手に座るレディ・メアリー・キャンベルへと視線を移した。どういうことなの？　わたしはすべて教えられてきたとおりにきちんとふるまった。お相手となる男性に好意を抱いていることを示してにこやかに微笑み、愛想よく素直に受け答えをした。

父からは、わたしがアラン・マクローリーのもとへ嫁げば、スチュワート家が所有する商船の数も、出荷する農作物の量も増え、ハイランドへ足を運ぶことなしに領地を管理できるようになると言われていた。今夜、人込みに紛れてアランがささやきかける相手はわたしのはずだった。庭園で彼と密会するのもわたしのはずだった。そこで彼が何をするつもりかはわからないけど……。

もしアランに誘われてふたりきりになるのが自分だったら、とディアドラは想像してみた。そこでふたりは接吻し、わたしはうっとりと微笑んで、〝なんて魅力的でいけない方なの〟と言うんだわ。ああ、考えるだけで胸がどきどきして失神してしまいそう。

けれど、アランに誘われたのはわたしではなかった。彼がメアリーを盗み見るさまを眺め、ディアドラの心は沈んだ。仮にほかの相手との――わたしとの――結婚を彼が承諾したとしても、いまのままでは惨めな思いをするばかりだ。キャンベル家とマクローリー家のあいだで、わたしは道化役にされる。スチュワート家とマクローリー家が縁談によって同盟関係を築こうとしているときに、当のアランが宿敵の娘と人目を忍んで会おうとしているのはどういうこと？

この密会がフェンダロウ侯爵に知られれば、社交シーズンが終了するのを待たずに、メアリーは田舎にある屋敷へ送られるだろう。そうなったらアランもクランの方針に従い、わたしに目を向けてくれるかもしれない。ええ、そうよ。わたしは社交界の華とみんなから呼ばれているんですもの。メアリー・キャンベルは社交界にデビューして三年になるけれど、彼女が美しいと称されるのは耳にしたことがない。

ようやく女性たちが席から立ちあがり、ディアドラは少し離れたところで椅子に座っているフェンダロウ侯爵に目を留めた。休戦協定を守ろうとしているグレンガスク侯爵に相談することもできるけれど、それではおそらくアランがハイランドに送り返されてしまう。マクローリー一族が全員引きあげることになれば、スチュワート家は用なしとなる。やっぱりフェンダロウ侯爵に話そう。きっと適切に対処してくださるはず。これはスチュワート家だけでなく、マクローリー家とマカリスター家、それにキャンベル家の利益につながる。これほど賢い解決策がほかにあるかしら？

# 7

ブランデーと葉巻を楽しむ男性陣を残して女性たちが部屋を出ていくのと一緒に、メアリーは母親について食堂をあとにした。使用人が客間の反対側にある両開きの扉を開け放ち、その先に続きの間が現れていた。袋詰めのジャガイモみたいにぎゅうぎゅう詰めだったのに、なぜもっと早く開けなかったのかしら？　さっぱり理解できなかったが、息をつける空間があってもなくても、どのみちそこに長居するつもりはなかった。

「お母さま」そう呼びかけて、フェンダロウ侯爵夫人のパウダーブルーの袖に触れる。「ちょっと失礼します。すぐ戻りますから」

母はうなずきながらも、巨大なダイニングテーブルについてのレディ・ペンローズとの会話に気を取られている。「席を取っておくわ。長くなってはだめよ」

メアリーは胸を高鳴らせながら階下におりると、廏舎に面した使用人用の出入口から外へ出た。こんなことをして誰に会おうとしているのか両親にばれたら、大変なことになるだろう。そう思うと、どきどきすると同時に恐ろしくなった。すでにめまいを起こしそうだ。そのうえアランに会って、あの魅惑的な声でささやかれ、キスされるとしたら。

庭の小道に沿って松明《たいまつ》が灯されていたので、その池は簡単に見つかった。金色の鱗《うろこ》が火の明かりを受けてオレンジ色にきらめくのを、メアリーは人目につかないベンチに座って見つめた。アランは彼女がひとりきりになるのを見計らい、オオカミの群れのようなマクローリーたちを率いて襲うつもりに決まっている、とクロフォードは言った。さあ、ひとりになったわ。見えているでしょう。彼がそんなに危険な人物なのかどうか、この目でしっかり見極めてやるわ。

とはいえ、本当はすでに答えを知っている気もしていた。でなければ、わざわざ外に出てきたりはしない。危ない橋を渡るスリルに興奮しているのはたしかだが、身の危険は不思議なほど感じなかった。メアリーはアランを信用していた。それにしても、これほど彼に惹かれてしまうのは、スリルで気持ちが高ぶっているせいなのかしら？　それとも純粋に彼に魅力があるから？　将来性に引かれているのでないことはたしかだ。彼とのあいだに未来などないのだから。ふたりで一緒に歩む未来など。

「男たちは壺《つぼ》をまわして用を足すと知っていたかい？　誰もテーブルを離れなくてすむように」池のうしろをまわってきたアランが隣に座った。

近づいてくる足音さえ聞こえなかった。「では、何を口実に外へ出てきたの？」

「立ちあがって兄にうなずきかけ、ふつうに扉から出てきたよ。兄は礼儀を重んじるから、新しい友人を置いてぼくを探したりはしない」アランはメアリーの右手を取り、持ちあげて指を見つめた。ゆっくりと指を絡めてくる。

「父と握手をしたわね」

アランが微笑むと、それだけで彼女の体の奥が熱くなった。「ラナルフと殴り合いを始めてほしくなかったからね。美しい令嬢の目の前で」

これはまた、ずいぶんやさしいことを言ってくれるのね。だが、メアリーにはまだ不安が残っていた。もっとも彼にキスをされたら、不安などすべて忘れてしまうだろう。

「考えていたのだけど」ゆっくりと切りだす。「こんなことをしても自分たちを苦しめるだけだわ。どんどん苦しくなるばかりよ」

首をかしげたアランに、ついうっとりしてしまう。「とうとうデラヴィアから求婚されたのか？」

「いいえ、でも宝石商を自分の屋敷に呼んだそうよ。それに彼のお父さまが金曜日にロンドンへ来るらしいわ」

「二日後じゃないか」

「そうよ。あなたとスチュワート家のほうは？」

「来週、昼食会がある。縁談はほぼまとまりかけている」

メアリーの背筋を、また別の恐怖が走った。「まだ終わりにする心の準備ができていないわ……あなたとのことを」

彼女の視線をとらえたブルーの瞳が松明の光の中で暗く陰った。たとえイングランドの正装をしていても、アランは驚くほど野性的に見える——洗練された上着とベストをいやいや着せられた生粋のハイランダーに。権力ならすでにじゅうぶんすぎるほど持っているので、キャンベルの家柄にも、権力を握ることにも関心がない。そんなところがたとえようもなく魅力的だった。

「ぼくもこれきりきみを見つめられなくなるのは耐えられない、美しいメアリー。これを最後の会話にも、最後のキスにもしたくない」彼女の手をぎゅっと握る。「デラヴィアはきみにやさしくしてくれそうか？」

メアリーはうなずいた。「ええ、たぶん。ひどい人ではないのよ。ちょっと……さえないだけで」

「嫌いな男や怖い男のところへ、きみを行かせるわけにはいかない。どんな結果になるにせよ」

メアリーにはアランが本心からそう言っているのがわかった。心に響いてくるのだ。でもこの人はもうじき美しいディアドラ・スチュワートと結婚するのだと思っただけで、自分が遠からず結婚することを考えたときと同じくらい胸が苦しくなった。そうなっても、わたしのことを思いだしてくれる？　恋しがってくれる？　はっきりそう尋ねてしまいたくなり、その必要はないと思い直した……どちらにとっても残酷すぎる。

「でも、まったく別々の人生を生きている夫婦はたくさんいるわ」できるだけ軽い口調を装った。「だから、きっと耐えられるでしょう」

「耐えられる、か」アランは苦々しげに繰り返した。「知り合ったばかりなのに、きみのことが頭から離れない。まるで……ひそかに兄を裏切っている気分だ。だから自分に言い聞かせている。兄は分別と称してササナックどもの友人になりさがっているじゃないか、ぼくが自分の気持ちに素直になって、キャンベル家の令嬢にキスをしてどこが悪いんだ、とね」陰になった顔に、ゆったりとした笑みがふたたび浮かんだ。「〝耐えられる〟状況に落ち着くのは明日になってからだ」

メアリーは、目の前にある広い肩にもたれたい気持ちを必死に押しとどめた。そんなことをすれば、別れがいっそうつらくなる。二週間前には名前しか知らず、やたらと喧嘩をふっかけ、女性をかどわかしては捨て、ことあるごとにキャンベル家に盾突く荒くれ者だと思っていたなんて。話に聞いていた顔のない怪物は、実際会ってみれば恐れていた人物像とはかけ離れていた。

「あなたの気持ちはよくわかるわ、アラン。わたしもずっと同じように葛藤しているから。わたしも……できることなら……あなたと」

「それなら」彼が指でメアリーの顎を持ちあげて唇を重ねた。背筋を熱いものが走り、彼女はアランを迎え入れた。この人について言われていたことの一部は本当だったのだ。キスは罪深い味がした。この唇はわたしのものではないから。ほかの女性から盗んだキスだから。

メアリーは目を開くと、自由なほうの手でアランの胸を押した。「もうキスしないで」そう言いながらも、わずかに開いた彼の唇から視線をそらせなかった。「こんなことをしてもつらくなるばかりだわ」

「わかっている」アランは片方の目を細めた。「ぼくもすごく歯がゆいよ、メアリー。だからきみに何か名案があるなら聞かせてくれ」

案ならいくつか考えた。でも実行すれば、アランがフェンダロウ家の玄関先で撃たれ、メアリーはチャールズ・カルダーと結婚させられるものばかりだった。

「握手をして、お互いの幸せを願いましょう」

「ぼくの提案は違う」彼はいつものゆったりとした口調で言った。「別れは明日にとっておいて、いまはもう一度キスをする。今夜のきみは蜂蜜みたいな味がするな」

「たぶん夕食の――」

アランの口にふさがれて、最後まで言えなかった。両手を彼の背にまわして体をぴったり寄せようとしたところで、いきなり抱きあげられる。気づいたときにはアランの膝の上にいて、たくましい胸にもたれかかっていた。ヒップの下で彼が高まるのが感じられ、メアリーの体にふたたび熱いしびれが走る。アランはわたしの家柄が欲しいのではない。そんなものがなくても、わたしを求めている。なんて官能的なのだろう。彼の言うとおりだ。さよならは明日まで待つことができる……。

「アラン・マクローリー！　その薄汚い手で娘に触るな！」

アランはメアリーを立たせてかばうように背中に隠してから、その怒鳴り声の主が誰かを悟った。ブーツに忍ばせたナイフに手を伸ばしながら、拳銃を手にしたフェンダロウ侯爵と向き合った。つまり休戦協定は破られたのだ。自分のせいで。アランはゆっくりと背筋を伸ばした。侯爵の手はぶるぶる震えている。このままではメアリーが偶発的にけがをする危険がある。

「メアリー」怒りをあらわにしたフェンダロウ侯爵が、空いているほうの手で手招きをした。「こっちへ来なさい。さあ」

「お父さま、銃をおろして。ひどいことが起きる前に」メアリーがこわばった声で言った。

アランの肩に手を置いたが、父親がびくりとしたのを見て、すぐに引っこめた。

「きみは離れていろ」落ち着き払って聞こえることを願いながら、アランは告げた。頭の中にいくつもの筋書きが浮かんだが、そこには自分がこの池で死ぬ結末になるものも含まれていた。「ふたりとも撃たれる必要はない」

「誰も撃たれる必要なんてないわ。お父さま、お願いよ、その拳銃をしまってちょうだい！　そもそも、どうしてそんなものを持っているの？」

メアリーは動いたが、アランの横に並んだだけだった。彼は共同戦線をありがたく思う一方で、それが問題を解決する役には立たないことも知っていた。これはメアリーの家族が彼女に演じてほしい役ではないからだ。馬車道で叫び声があがり、アランは歯を食いしばった。彼女の父親に見つかるより悪いことがあるとすれば、この場に兄が加わることだけだ。このまま逃げたらどうなるだろうという考えが一瞬頭をよぎった。フェンダロウは何年もライチヨウしか撃ったことがないだろうし、そのとき使ったのは拳銃ではないはずだ。しかし自分が逃げれば、メアリーひとりにこの修羅場を押しつけることになる。そして、マクローリーの人間は決して戦いから逃げたりしない。

「アラン！」ラナルフが大声をあげながら、おじのマイルズを引き連れて庭に飛びだしてきた。その背後には屋敷からぞろぞろ出てきた招待客たちが小走りで続き、アレン卿とディアドラもその中にいた。デラヴィアの姿も見える。全員集合か。最高だ。

「いったいなんの騒ぎだね？」ペンローズ伯爵が問いかけたが、騒動の少し手前で立ち止まり、断固とした声は尻すぼみになった。

「その安っぽい拳銃をおろせ！」ラナルフが叫び、晩餐会の主催者とは違って、銃口が向けられた先へまっすぐ突進する。彼はアランをにらんでからメアリーに視線を移し、ふたたび弟を見た。「アラン」いらだちをあらわにする。「おまえというやつは――」

「さがっていろ、ラナルフ」アランは応えた。「兄上には関係のないことだ」引き金を引く機会を与えずにフェンダロウ侯爵から銃を取りあげることならできそうだった。だがアランが少しでも動けば、ラナルフが飛びだすだろう――兄の命を危険にさらすことは絶対にできない。休戦協定を踏みにじった時点で、すでに危険にさらしていたとも言えるが。

「兄弟のどちらだろうと知ったことか」フェンダロウ侯爵がうなった。「メアリー、こっちへ来なさい。さあ」

「ごめんなさい、アラン」小さな声が肩のうしろからささやく。「わたし、いったいどうしたら――」

「お父上のもとへ行くんだ。今夜のところはどうすることもできない」アランはささやき返した。両手を体の脇から離し、身構えた姿勢でメアリーの父親をじっと見据える。出し抜けに、この男性をもっとよく知っていたら状況は違ったのだろうかと考えた。しかし、ハイランドを捨ててやわなイングランド流に染まったハイランド人には目もくれないのがマクローリーだ。

メアリーがのろのろと父親のほうへ歩いていく。アランはハイランドに届いたロンドンの新聞で、似たような醜聞をいくつも読んだことがあった。いつも最後には、娘を略奪しようとしたごろつきを父親が撃つか、それ以上の恥になるのを恐れる両家のあいだでそそくさと結婚が取り決められるか、そのどちらかに落ち着くのだ。後者の結末は考えられない。メアリーと彼のあいだでは。

背筋を伸ばしたメアリーのこわばった肩に、アランは危険を承知でちらりと目をやった。自分がまともに考えられなかったために、というより、彼女を腕に抱いて笑い声を聞く以上のことをあれこれ考えていたために、ふたりをこんな立場に陥らせてしまった。こうなった以上、デラヴィアが交渉から手を引いたりしないよう、できるだけ穏便にことをすませる以外にない。

「ここで弟を殺すつもりか？　こんなに大勢の目撃者が見ている前で？」ラナルフがすごみのある声で問う。かつて、彼に銃を向けてきた敵はその声ひとつで逃げ帰った。

フェンダロウ侯爵は拳銃をおろし、それをポケットに押しこんだ。「いいや」きっぱりと言う。「こんな……常軌を逸したふるまいに大事な協定を無駄にされたくないからな。だがその代わり、そいつには」アランに向かって指を突きつけた。「ロンドンから出ていってもらおう」

ラナルフがいくら弟に腹を立てていたとしても、自分の家族に関することを他人から指図されるのは同じくらい不快なことのはずだった。しかも指図したのがキャンベル家の長男とあってはなおさらだ。アランはふたりのあいだにいつでも踏みだせるよう身構えた。

「喜んで同意する」ラナルフはそっけなくうなずいた。「弟には明日の日没までにロンドンを出ていかせよう」

アランはあっけにとられて兄の横顔を見つめた。歯を食いしばって拳を握りしめ、冷ややかな目をしたラナルフは、譲歩する気も相手の要求をのむ気もなさそうに見える。しかし、その口から出た言葉は誰の耳にも明白だった。

フェンダロウ侯爵がメアリーの腕をつかんで屋敷へ引っ張っていった。ふたりの目指す先にちょうどデラヴィアがいたので、まるで侯爵はいまこの場で娘を彼に引き渡そうとしているかに見える。だが当のデラヴィアは頭を振り、さっさとその場を離れていった。くそっ。これで事態はさらに悪くなった。青ざめた頬に灰色の影を落としたメアリーは、父親につかまれても抵抗しなかった。美しい緑色の瞳でアランの顔をじっと見つめたまま、庭から引きずられていった。

ペンローズ・ハウスの扉の中に入ってしまったら、彼女には二度と会えないだろう。アランは氷のように冷たくなった胸でそれを確信していた。まるで肺に砂が詰まっているみたいだ。どのみちいずれはこうなっていたのだ。でも、まだ早すぎる。心の準備ができていない。

「ラナルフ」

兄がアランのほうを向いた。「おまえのたわごとは、これ以上ひと言も聞きたくない」頭ごなしに叱りつける。「顔も見たくない。馬車に乗ってギルデン・ハウスに帰れ」

「ラン――」

「行け」

アランは毒づいて向きを変えると大股で歩いて廏舎を越え、その先の通りに出た。呼び止めようとするデブニーを無視して馬車を通り越し、ヒル・ストリートをひたすら歩きつづける。行儀が悪いと叱られて寝室に行かされるいたずら小僧のように馬車に座ったりしたら、怒りが煮えくり返るだけだ。

角を曲がったところで、別の馬車が馬に鞭《むち》を当てながら追い越していった。ランプの明かりを受けて、扉に描かれたキャンベル家の紋章がきらりと光る。メアリーも家族から厳しい叱責を受け、罰として家に送り返されたのだ。最初に思いついたのは、馬車を追いかけて、悪いのは自分だと主張することだった。だが、いまアランがマザリング・ハウスに乗りこめば、丸くおさまるものもおさまらなくなるだろう。

それにたとえ乗りこんだところで、何ができるというのだ？　これ以上問題を起こさないと誓い、メアリーがデラヴィアと結婚できるようあと押しするのが関の山だ。彼女には、あの男と結婚してほしくない。いや、誰とも結婚などしてほしくない――少なくとも、ぼくが、いったい何を望んでいるのか自分自身で確かめるまでは。

くそっ。〝頭の切れるマクローリー〟としての評判ももはやこれまでか。ムンロでさえ、女性の親に首根っこを押さえられたことなどないというのに。まして最悪なのは、ここ数日というもの、とりわけ今夜は何かが始まった気がしていたことだ。とてつもなくすばらしかったかもしれない――きっとそうに違いない――何かが、いままさに始まろうとしている。メアリーがキャンベルではなく、ぼくがマクローリーでさえなかったら。

ところがいまのアランはほかの誰でもなく、マクローリーの氏族長の弟であり、だからこそ言い渡された罰を受け入れ、おとなしく故郷へ帰ろうとしていた。北へ、ハイランドへ、グレンガスクへ。これでこの件はおしまいになり、忘れ去られることはなくても、二度と話し合われることはない。交渉の達人であるラナルフは、スチュワート家にいくらか譲歩することになったとしても、望んだ同盟を実現するだろう。そしてこの先、ぼくの一生はディアドラとの退屈な会話に捧げられるのだ。しかし、メアリーはそれよりひどい事態に直面するかもしれない。そしてそれはひとえに、ぼくのどうしようもない思いあがりのせいだ。

顔をしかめ、路上のごろつきが難癖をつけてくるのをなかば願いながら、アランはユニオン・ストリートに達し、南へ折れるべきところで北に折れた。メアリーの行く手に待ち受けるものを誤解しているとしたら、自らさらなる厄介事を引き起こそうとしていることになる。それでも知る必要があった。彼女は大丈夫だと確かめたい。

アランは歩きつづけた。もうひとつ角を曲がったところでこぢんまりした屋敷の階段をのぼり、ライオンの頭の形をした真鍮製のノッカーを扉に打ちつける。今夜の思いつきは必ずしも名案ぞろいとは言えなかったが、彼はこれが例外であることを切に願った。そうでなければ、これは破滅への第一歩――あるいはとどめの一撃――になるかもしれない。

扉がさっと開かれ、お仕着せを着た年配の男が現れた。「アラン卿」そう言って首をかしげる。「フォーダム卿とお約束でしたでしょうか？　今夜はお出かけになっていらっしゃいますが」

アランはうなずきながら、いまだに考えをひとつにまとめようとしていた。

「子爵に伝言を残していきたいのだが」

「かしこまりました、閣下」執事は脇によけて、アランを居間へ案内した。「書き物机の中に紙とペンがございます。お茶でもお持ちいたしましょうか？」

ウィスキーを飲みたいのはやまやまだが、このあと数時間は自分に備わった機知のすべてが必要になる。「お茶をもらえればありがたい」こうしているうちにも、残された時間は刻々と過ぎていく。このときようやく、アランはくよくよ後悔するのをやめた。そして疑問や希望に答えを出さないまま残していくことより、行動を起こすことを選んだ。

「あの男を逮捕させる。それがわたしのすべきことだ」フェンダロウ侯爵は言い放ち、自宅の書斎を行きつ戻りつした。

メアリーと母親は机の向かいに並んだ椅子に座っていた。侯爵夫人は首を左右に振りながら闊歩《かっぽ》する夫の姿を追い、メアリーは組んだ両手に一心に視線を注いでいた。それが拳を固く握りしめずにいられる唯一の方法だからだ。そうでもしなければ、足を踏み鳴らしてわめいてしまいそうだった。誰かがちょっと耳を傾けてくれさえすれば、きっとわかってもらえると信じているかのように。

「うちの娘を誘惑するとは」父親は次第に声を荒らげた。「アルカーク公爵の孫娘を！　無礼者めが、そろいもそろって！　父上に知らせることにする。戦争になるぞ」

「やめて！」メアリーは口をはさんだ。顔からは血の気が引いている。「そんなことしないで、お父さま！　彼がわたしにキスするのと同じだけ、わたしも彼にキスしていたのよ！　そう言ったでしょう」

「いいかげんにしなさい、メアリー！」母親が鋭くたしなめた。「向こうは男性よ。これはすべてあちらの責任です。あの男があなたをたぶらかし、道を誤らせたの。あなたは婚約間近なのですよ。こんなことは……絶対に許せません」

「お母さま、それは――」

「そういうことか」父親がふたたび口を開き、指を鳴らした。「休戦協定をなかったことにする、それがマクローリーの狙いだ。そうでなければ、なぜグレンガスクが弟におまえを追わせたりする？　それになぜあれほど都合よく、あんなに混み合った晩餐会の会場で、わたしがおまえを見つけるよう仕向けたりした？　やつらはキャンベル家にマカリスター家と縁組をしてほしくないのだ」

「お父さま、わたし――」

「向こうはすでに兵士を配置につけているかもしれない。休戦協定は破られたという言葉を待って、われわれを皆殺しにするつもりだろう」フェンダロウ侯爵は大股で窓に向かい、外をじっと眺めてから、暗殺者がいまも植えこみに身をひそめているのではないかと恐れるようにカーテンを引いた。

「アランとわたしは偶然出会って、お友だちになったのよ」メアリーは母親がまた黙らせようとすると声を張りあげた。「休戦協定があるのに、何が問題なの？」

「おまえの言うところの〝問題〟は、おまえがレディ・メアリー・キャンベルだということだ。わからないのか？　おまえは手当たり次第に男とキスしたりしてはいけないと、なぜいまさらわたしがわざわざ言って聞かせなければならんのだ？　それもよりによって宿敵のクランの男と」ここで侯爵はふいに口を閉じた。「キスだけだったのだろうな？　まさか汚されたわけではあるまいな？　マクローリーに？」

「なんですって？　もちろん違うわ――知り合ってまだ一週間なのよ！」

「それだけあれば、わたしたちにじゅうぶん恥をかかせて、家族の未来を危険にさらすことはできたようだがな。会場を去るとき、ロデリックはわたしたちを見ようともしなかった。アラン・マクローリーがおまえにキスしたと聞いて、チャールズがどう言うと思うんだ？」

メアリーの胸に重苦しい不安が広がる。それはアランにキスをしたからではなく、両親にそれを止められたからだった。縁談が破れた場合に備え、チャールズ・カルダーは彼女が思っていたよりもはるかにうまく両親に取り入っていたからでもある。そしてグレンガスク侯爵が、アランは明日の日没までにロンドンから出ていくと言ったからでもあった。きっとデイアドラ・スチュワートをうしろに従えて。

その不安をメアリーはうまく説明できなかった。なんといっても、まだ二一歳なのだ。彼はロミオではないし、彼女もジュリエットではない。それはたしかだ。これはひと目ぼれとは違う。でも、そこにはたしかに何かがあった。何かが始まり、何かが彼女とアランの心に触れようとしていた。お互いに、そのときが来たら終わりにしようと話していたけれど、彼と別れることは最初から無理だったのだといまはわかる。

「もう階上《うえ》にあがって寝なさい、メアリー」父親が命令し、ついに歩みを止めた。「あらゆる点で全面的にわたしはマクローリーを非難する。だが個人的に、一番がっかりさせられたのはおまえだ。これからはいろいろなことが変わるぞ。父上のお気に入りだからといって、もう甘やかしはしない。どう考えても、おまえが家族の立場を危うくするようなふるまいをするわけがないと、無条件に信じることはできなくなった」

その言葉はいっそう不吉に響いた。アランと友だちになったとすでに宣言したいま抗議しても、父親をさらに怒らせるだけだろう。よそよそしくうなずいて立ちあがり、メアリーは書斎の扉へ向かった。「おやすみなさい、お父さま、お母さま」

ふたりは応えなかった。こんなに怒った両親を見たのは生まれて初めてだ。それもそのはず、両親をがっかりさせるどころか困らせることすら、これまで一度もしたことがなかったのだ。メアリーは自分がキャンベル家の一員であることを誇りに思っているとは言えなかったが、それは裏を返せば、キャンベルだから損をしていると感じたことが一度もなかったからでもあった。だが祖父のことも、祖父が大きな尊敬を集めていることも誇りに思っていたし、その祖父の孫娘であるのを誇らしく思っていた。おじいさまは両親と同じように怒るだろうか？　マカリスター家との同盟を推し進めているのは本当におじいさまなの？　孫娘がそれを台なしにしたいま、おじいさまはどうするのだろう？　もうわたしには会いたくもないかしら？　手紙を書いてくれることも、ハイランドから小さな贈り物を送ってくれることもなくなるの？

クロフォードが二階で待っていて、上等な深紫色のイヴニングドレスから寝間着に着替えるのを手伝ってくれた。メイドの顔には〝だから言ったでしょう〟と書かれていたが、メアリーはそれを口にする隙を与えなかった。もちろん、わたしだってわかっていた。けれど、危険を冒す価値があると思えたのだ。いまでもそう思えてしかたない。

メアリーはその夜ほとんど眠れず、アランが壁をよじのぼって寝室の窓から入ってきてくれればいいのに、となかば本気で願っていた——奪われたいとか一緒に逃げたいというのではなく、この出来事を話し合える人にそばにいてほしかったのだ。これまでに起きたことを整理し、どうすれば事態を改善できるのか、ふたりで考えてみたかった。

けれどもアランが現れないまま朝が来て、八時少し前になるとクロフォードがカーテンを手早く開けはじめた。「急いでください、お嬢さま」メイドはどちらかというと地味な、緑と茶色のモスリンのドレスを衣装戸棚から出してきた。

「急ぐって、どうして?」メアリーは眠れぬ夜のうちにできた髪のもつれにブラシを当てた。「あと何時間も誰も出かけないのに」

「さあ、わかりません。旦那さまが、すぐに朝食におりてくるようにと」

今日一日かけて、娘に自分の祖先と義務、マクローリーとの抗争の歴史をたっぷり思いださせようという計画かしら? あるいは、休戦協定はなんとか存続し、キャンベル家とマカリスター家は引きつづき同盟関係にあるとロデリックを説得できたのかもしれない。メアリーは眉をひそめた。ロデリック。アランとのキスと会話を知ってしまったあとで、あの人と退屈で変わりばえのしない人生を歩んでいけるだろうか? 〝アランとだったら〟といういくつもの仮定を頭の片隅に押しこめて。

でも、たとえそうなったとしても、アランと出会ったのを悔やむことはできなかった。彼がいなければ、人生で最高に面白い会話をせずに終わるところだったのだ。微笑みかけられたときの、宙に浮くようなふわふわした感覚も味わえなかった。アランを知らないままで一生を終える——それは、いま足元に広がる惨事よりずっと悲惨なことに思えた。

「あっ、そうでした、お手紙です」クロフォードがいきなり出した大声に、メアリーは飛びあがった。今朝は何かとばたばたしていたものですから」メイドが折りたたまれた書状をポケットから取りだして手渡す。「忘れるところでした。今朝は何かとばたばたしていたものですから」

メアリーは眉をひそめて書状を裏返した。「レディ・ジョアン・クレイン」声に出して読む。知らない名前だ。住所はリーヴスィズ・ミューのきちんとした地域だったので、肩をすくめて封を破ると手紙を開いた。

〝親愛なるレディ・メアリー〟今度は黙読した。〝あなたをよく存じあげているわけではありませんが、お元気にしていらっしゃることがわかればとてもありがたく思います。なんらかの理由で現在の状況が理不尽であると思われたなら、どうかわたしにお知らせください〟

なんなの、これは？　短い書状の最後のひと折りを開くと、黄色と白のモスリンの端布が床にはらりと落ちた。

瞬時に理解して、全身がかっと熱くなった。すばやくかがんで端布を拾い、ぎゅっと握りしめる。アランがこれを持っていたんだわ、帽子店でのあの朝からずっと。彼が持っていたことすら知らなかった。それに連絡する手立てを見つけてくれたのね。いまもわたしのことを考え、わたしを心配してくれている――わたしが彼を思い、心配しているように。

胸をときめかせたのは一瞬で、メアリーはすぐに冷たい現実に叩きのめされた。連絡を取れても取れなくても、アランがマクローリーであることに変わりはないのだ。彼が日没までにロンドンを出ていくことも、おそらく階下でロデリックが待っていることも変わらない。だから、このレディ・ジョアンへの手紙で告げるしかない。わたしは元気です、そして……いい、あなたもお元気でいらっしゃることを願っています。それから、このことは――それがなんであるにせよ――これでおしまいにしましょう、と。

クロフォードが髪をピンで留めつけると、メアリーは手紙とモスリンの端布を書き物机の引き出しにしまい、父の説教を受けに階下へおりていった。

そして朝食室の入口でぴたりと足を止めた。両親はいつもの席に座り、表情は思ったとおり険しく曇っている。だが、メアリーが凍りついた理由は両親ではない。父親の右隣の彼女の席に座っている人物――それはロデリックではなかった。

「おはよう、メアリー」そう言って微笑んだのは、チャールズ・カルダーだった。

マクローリーへの復讐《ふくしゅう》に燃えているはずの人物がにこやかに微笑んでいる光景が、メアリーを恐怖に陥れた。今朝、このいとこを微笑ませることといえばひとつしかない。ついにマカリスター家が同盟を離れたのだ。

「座りなさい、メアリー」父親が命じた。「折り入って話し合わなければならないことがある」

# 8

「心配するな、ウィニー。兄上が決めたことだ」アランは新しく買ったヘシアンブーツを、ササナックの男たちが屋外でかぶるばかげたビーバー帽と一緒に旅行用トランクに投げ入れた。

四週間前にロンドンへ駆けつけたときには、清潔なシャツを一枚持ってきただけだった。いまトランクに入っているのは、すべてこちらで買い求めたものだ。そのどれひとつとして、二度と必要になることはなさそうだった。グレンガスクの教会がイングランドの劇を上演することにでもなれば、衣装として使えるかもしれないが。

「でも、ランだって自分の結婚式の準備をしているのに」ロウェナの頰を涙が伝った。「あと数週間もすれば、どうせみんな家に帰るのよ。ランと一緒にここを発てばすむことでしょう」

アランは、なぜか化粧台にのっていた小さな磁器のキツネを持ちあげた。

「これはおまえからか？　それともラナルフから？」妹に尋ねる。

「わたしからよ」

「そうか、ありがとう」そのキツネを、やはりここで買い求めたクラヴァットの小さな山の中に突っこむと、トランクの隅に押しこんだ。

「謝るわけにはいかないの？」ロウェナが食いさがった。「みんなのためにキャンベルをひそかに調べて、彼らが本当に休戦協定を守っているかどうか確かめていたんだ、って言えばいいのに」

アランは首を横に振り、自分もそれとまったく同じ嘘を、メアリーと一緒にいるところを見られた言い訳にできると考えていたことを脇に置いた。その話には真実味があったとしても、いまでは過去のことになった。「だめだ、妹《ピュアー》よ。女が欲しいからといって敵と和解できるのはラナルフだけだ。残りのぼくたちは、言われた相手と言われたときに結婚する。だからおまえも気をつけろ。キャメロン家には独身の息子がいるそうじゃないか。しかも、つまらないやつだが五七歳。おまえと三九歳しか離れていないからな」

「そんなことを言うものではないわ、アラン。特にシャーロットのことを。ハノーヴァー家のみなさんは本当にいい人たちなんだから」

「たしかにそうだな。ぼくだって、ハノーヴァー家との友情にけちをつけるつもりはない。兄上が、ササナックだろうとハイランドを逃げだしたスコットランド人だろうと、見境なく握手していることに腹が立つだけだ。でも、兄上は自分が思ったとおりにできる。ぼくはできない。見てのとおりさ」

「ばかみたい！」ロウェナは片足を踏み鳴らして抗議した。「ランと話しなさいよ！　家族じゃない。家族はお互いを追い払ったりしないものよ」

「それは違うな、ウィニー」アランは妹が背を向けるのを待ってから、かけてあった上着のポケットに拳銃を滑りこませ、もう一挺《ちょう》をトランクに忍ばせた。メアリーのことをどれだけ思っていたところで、両家が最高にうまくいっているときですら、アランはキャンベル家の人々に好かれていたわけではない。いまごろ彼らの多くがアランを追いかけようと、口から泡を飛ばして激怒しているだろう。「ランはマイルズを三年間も追放したんだぞ、ドネリーズにいい顔をしたからといって」

「でもそれは、そのせいでベアーが撃たれたからよ。今回はあのときとは違うわ。それにランはマイルズおじさまのことを許したじゃない」

「ああ、たしかに。ササナックの社会で案内人が必要になったときにな」

ロウェナは胸の前で腕を組んだ。「じゃあ、このままロンドンを出ていくのね。叱られた犬みたいに尻尾を巻いて」

アランはベッドをまわりこんで縁に腰かけ、妹と向き合った。「誰にどう思われようと、ぼくはキャンベル家と問題を起こしたくない。こんな厄介事を引き起こすつもりじゃなかったんだ。だから、ああ、そうとも、出ていくよ。叱られた犬みたいに」

「こんなのいやよ」

しばしばアランは、ラナルフの過激な決定を丸くおさめるマクローリーの外交官という立場に置かれてきた。ラナルフがグレンガスクのふたつの村に学校を建て、一二歳未満の子ども全員をそこへ通わせると決めたときもそうだった。まあ、その気になりさえすれば、兄は自分で外交を務めることもできるのだが。

「なんでも好きなようにできるのはラナルフだけだ。そんなことがまだわからないのか？　選ぶ権利があったら、ぼくがディアドラ・スチュワートと結婚すると思うか？　勘弁してくれ。金づちとだって、もっとましな会話をしたことがあるくらいだぞ」

ロウェナは眉間にしわを寄せ、探るような目で彼を見た。「アラン、まさかメアリー・キャンベルに恋をしているんじゃないでしょうね？」

スコットランド訛りがところどころ混じっているということは、妹は心底驚き、取り乱しているに違いない。別のときであれば、そのことでからかっていたかもしれないが、今朝は面白がる気分にはなれなかった。メアリーがこの騒動のためにぼくよりも高い代償を支払わされていないことを確認したい。それさえわかればロンドンを去ってもいい——ぼくが身を引くことが彼女のためになるのなら。もちろん、デラヴィアがメアリーに近づくあと押しをするのはいやだが、チャールズ・カルダーよりはまだましだ。

自分はできるだけのことをして、フォーダムにあの手紙を届けてもらった。返事をよこすかどうかはメアリー次第だ。もし返事がなければ、彼女はこの先どうするか決断する必要がなくなってほっとしているのかもしれないし、ぼくと同じようにどうすればいいかわからずにいるのかもしれない。どちらなのかは知るよしもない。アランは流れに翻弄されて混乱していた。ふたりのあいだにあると思えたものがなんだったにせよ、それをつかみ損ねた喪失感でいっぱいだった。

「いまはまだわからない、そうだろう？」妹がなんらかの答えを待っているのはわかっていた。「ぼくはディアドラに差しだされた担保。まあ、そんなところだ」

「でも、ランには話したの？　お兄さまが知ったら、もしかして――」

「ぼくを誰だと思ってるんだ、ロウェナ？　階下《した》に行って、お兄さま《ブラー》にやさしくしたらどうだ？　おまえも家に帰る必要があると決めつけられる前に」

それには衝撃を受けたらしく、ロウェナは涙ながらにアランをきつく抱きしめると、寝室を出ていった。彼は息をふうっと吐いて立ちあがり、荷造りを再開した。自分はもっと前向きで、もっと慎重な人間のはずだったのに。ラナルフと仲直りするという希望を妹に与えてやっても、罰は当たらないはずだ。

仲直りできるとは、とうてい思えないとしても。ラナルフはペンローズ家の晩餐会以来、アランとひと言も口を利かなかった。だがそれより悪いのは、このロンドンへの旅が兄を変えてしまったことだ。どんな理由があるにせよ、アランには理解できなかったし、マクローリー一族にとって一番いいことだとは思えなかった。ほかの誰をクランに迎えるにしても。

アランはようやくトランクを閉めて革ひもをバックルで留め、蓋を固定した。意志の力を総動員して、マザリング・ハウスへ乗りこんでメアリーの様子をこの目で確かめたいという衝動を払いのける。彼女が手紙を受け取れるように手配したじゃないか。直接会いに行ったりしたら、複数の人間の命が失われることになりかねない。

「アランさま」オーウェンが入口から声をかけた。

「ああ、入れ」

部屋に入ったら疫病が移りかねないと恐れてでもいるかのように、オーウェンは廊下にとどまった。「デブニーが大型の馬車に馬をつないでいることをお知らせに来ました。三〇分後に出発です。デブニーがご自宅までお送りします」

「ピーターに貸し馬車を借りに行かせた。マクローリーの紋章のついたあの怪物には乗っていかないよ。それに護衛は必要ない」アランは眉根を寄せた。「自分でまいた種は自分で刈り取る」とはいえ、もうじき彼とディアドラはラナルフがまいた種を刈ることになるわけだが。

「それは――仰せのとおりに、アランさま。旦那さまにお伝えしておきます」うなずいてから咳《せき》払いをする。「フォーダム卿からお手紙です」

扉に駆け寄ってオーウェンの手から手紙をひったくりたいのを、アランはなんとかこらえた。「返事が早いな。ロンドンを発つことになったという伝言を、ゆうべ残しておいたからな」扉に近づきながら手を差しだす。「それをぼくに渡すことは許されているのか、それとも兄上の許可が必要なのか？」

オーウェンはさっと姿勢を正した。「お出しになる手紙を留め置くようにとだけ言われています」

つまり兄は、弟がこれ以上問題を起こさないとは信じられないわけだ。驚くことではない。

それにしても昨夜、フォーダム子爵ウィリアム・クレインの家に立ち寄っておいて本当によかった。アランは執事の手から書状を受け取り、書き物机のところへ行ってそれを読んだ。寝室の扉はわざと開けたままにしておいた。

息を吸いこみ、手が震えているのは怒りのせいだと自分に言い聞かせながら手紙を開封する。便せんの一番上に、フォーダム独特の手書きの文字が記されていた。

〝これは今日の午後二時一七分に届いたものだ。無事にグレンガスクに着いたら手紙をくれ、このばかやろう〟

残りの文面は、それとは違うもっと優雅な文字でしたためられていた。ほんの一瞬、アランは目を閉じた。メアリーが返事をくれた。どんな内容が書かれていることを願えばいいのか自分でもわからない。いや、違う。どんなことを読みたいかはわかっている。ただそれが、絶対によい結果につながらないのもわかっているのだ。

アランは目を開いた。〝親愛なるレディ・ジョアン〟声に出さずに読み、頭でメアリーの声を聞く。〝もっとお近づきになりたかったのですが、あいにくロンドンにはいられなくなりました。こんなことになってしまって、心から残念に思います。わたしを結婚させるときが来たと両親が決めたのです。明朝早くにマザリング・ハウスを発ち、ウィルトシャーの街道沿いにあるフェンダロウに向かいます。そこで二週間後に、いとこのミスター・チャールズ・カルダーと結婚することになっています〟

アランはいったん読むのをやめた。怒りが全身にわきおこる。マカリスター家が手を引いたのだ——ほかの誰でもなく、ぼくのせいで。メアリーがいとこを嫌っていることを知らなかったとしても、チャールズ・カルダーがずる賢く残酷な男なのは知っている。次の数行で、メアリーが彼と結婚することに同意した納得のいく理由が挙げられない限り、この結婚を許すわけにはいかない。どうしても許せない。

アランはふたたび文面に目を落とした。

〝希望の言葉や賢明な教えをいただけるなら、レディ・ジョアン、ありがたくちょうだいします。そしてどうか、わたしたちがもっと親しくなれなかったことで、わたしがあなたを責めてはいないことをわかってくださいね。たしかにわたしたちの友情は始まったばかりでした。そしてわたしに言わせれば、わたしたちの好意は一方通行ではありませんでした。わたしがそう信じたいだけなのかもしれませんが〟

「こんちくしょう」アランは食いしばった歯のあいだからつぶやいた。「くそっ、くそっ、くそっ」

〝お返事は期待していませんが、わたしのことを尋ねてくださったので、きちんと本当のことをお答えしたくて筆を取りました。本当に楽しかったあのひとときを思いだしながら。メアリーより〟

彼女もこれを……ふたりのひとときを終わらせたくなかったのだ。少なくともその点については、ぼくは間違っていなかった。だが、メアリーの気持ちがなんの助けにもならないこともわかっている。彼女を助けることにはならない。アランは一番近い窓へと歩いた。カルダー、マカリスター、スチュワート――その誰ともいっさい関わりたくなかった。谷の向こう側のキャンベル家をにらみつけるために、あといくらか人員を増やせたところで、それが何になるというのだ？　とりわけキャンベル家とマカリスター家の同盟が白紙になったいまとなっては。すべては無意味で、なんのためでもない。それなのにぼくとメアリーが、その代償を支払わなければならないのだ。

指の下で窓枠が割れた。木枠を握りしめていた両手をゆるめても、怒りといらだちは胸の中で燃えつづけている。アランはしわくちゃになった手紙を伸ばし、もう一度読んだ。

メアリーは、自分がいつロンドンを発ち、どこへ向かうのかを具体的に書いている。はっきりと救援を求めているわけではないが、ぼく――厳密にはレディ・ジョアン――の助言を欲しがっている。それはメアリーが絶望し、不幸せになろうとしているからだ。ぼくと同じように。

半開きの扉をノックする音がして、アランは振り返った。「ぼくの時計が止まっていたようだな」わざとゆったりした口調で言う。

「はい」オーウェンが応える。先ほどに輪をかけてむっつりと不機嫌な顔をしていた。「貸し馬車が下に来ています。デブニーがダフィーに鞍《くら》をつけましたから、お望みなら乗っていただくこともできます」

アランはうなずき、オーウェンと一緒にいるふたりの従僕のほうを身振りで示した。

「おい、トランクはひとつだぞ。それとかばんがひとつだけだ」

「ピーター・ギリングにお供させるように言われています、アランさま。グレンガスクに戻られるまでお守りして、そのあとレディ・ディアドラが到着するまで、その……お行儀よくされていることを確かめさせるように、と」

「だめだ。ひとりで行く。ぼくは四年間もフランス軍と戦ったんだ、おまえやピーターと同じようにな。キャンベル家の連中を近づかせないことくらいできるさ、必要とあらば」

オーウェンがしかめっ面をさらにしかめた。「旦那さまはお許しにならないでしょう」

執事に近づきながら、頭の中では使用人を連れていては不可能になりそうな筋書きがいくつも渦巻いていた。アランは家の奥を指さした。「それなら兄上が自分でぼくにそう言えばいい。兄上が気に入ろうと気に入るまいと、ぼくの知ったことか」

「私は——はい、アランさま」

従僕たちはトランクとともに消え、アランは最後にもう一度、ここ数週間使っていた寝室を見てまわった。アナグマを追いつめたところの壁はぼこぼこのままだったが、それを除けば、ごくふつうのササナックの家のササナックの部屋だった。でも、わが家ではない。グレンガスク以外にわが家はない。そしてラナルフの怒りがおさまらなければ、残りの家族が戻ったあと、そのわが家でも歓迎されないことになりそうだった。

そのうえ、たったいま真剣に考えはじめたことの半分でも実行すれば、ハイランド全体を敵にまわすことになるかもしれない。アランはゆっくりと、馬でロンドンまで駆けてきたときに着ていた古い狩猟用の上着を身につけた。あのときはひどくあわてて、ラナルフがイングランド女性にうつつを抜かしていることを本心から心配していたのだった。くそっ。こんなことならグレンガスクにいればよかった。

「ピーターが一緒に行く」ラナルフが扉のところから言った。「おまえはキャンベル家とのあいだで血を流すのにじゅうぶんなことをしでかしてくれた。そうなれば戦争になることがわかっていて、おまえを殺させるわけにはいかない。それに家族の義務を逃れたいからといって、おまえをそのへんの農家の娘と結婚させるわけにもいかないからな」

くそっ。いま抗議したり言い返したりすれば、ラナルフは考えるだろう、弟はさらに問題を起こす気だと。だからアランは黙ってうなずいた。こちらの言い分がどうあれ、兄は何も聞きたくないはずだ。それに実際メアリーが明日ロンドンを離れるのなら、ここにいてもしかたがない。そのことに反論する理由はもはやなかった。「じゃあ、ピーターは御者と一緒に乗ればいい」

二匹のスコティッシュ・ディアハウンドが、ラナルフを押しのけて部屋に入ってきた。張りつめた空気を察して、どちらも尻尾をさげている。アランは二匹の体をとんとんと叩いてやった。「兄上を守るんだぞ」そう指示してから、兄には触れることも目を合わせることもなく、その横を通り過ぎた。

階下では従僕たちが馬車のうしろにトランクを積み終えて、アランの馬、ダフィーの鞍にかばんを縛りつけていた。アランが外に踏みだすと、ロウェナが居間から飛びだしてきて、彼に抱きついた。「本当に悲しいわ、アラン」妹はすすり泣いている。「行ってほしくないのに」

ロウェナの顎を指で持ちあげる。「泣くな、妹《ピュアー》よ。死ぬわけではあるまいし。故郷のハイランドに戻るだけだ」

「わかってる。でも、ランはかんかんに怒ってるわ」

「喧嘩したら、いつだってそうじゃないか」ゆっくり言い含めると、アランは妹の腕を振りほどいてダフィーに歩み寄り、その背にまたがった。「物事にはいろいろな見方があるのさ。兄上には兄上の見方がある。それがいつも正しいとは思えない。いまの兄上は家族を何より優先する男には見えない。だからぼくにも、自分の面倒を自分で見るときが来たのかもしれないな」

「それはどういう意味、アラン？　心配になるじゃない」

彼は無理に笑顔を作った。「どういう意味でもないよ。しばらくは不平を言っても、結局いつも兄上の言うとおりにしているだろう」

ただし今回はそうしないかもしれないが。片目の御者の隣に座ったピーターにうなずくと、アランはダフィーの脇腹を膝で蹴った。

ラナルフは弟のしたことが気に入らなかった。だがこうして罰を与えながら、図らずもぼくが欲しかったものをくれることになった。それは時間だ。たとえそれがピーター・ギリングという子守り付きの時間だったとしても。しかし、その時間を使ってこれからぼくがしようとしていることを、兄が気に入らないのはたしかだ。メアリー・キャンベルが気に入るかどうかは、明日になれば答えが出るだろう。

四〇時間でこんなにすべてが変わってしまうなんて。わずかふた晩前、メアリーは人生で最も楽しく刺激的な瞬間を味わっていた。それがつかの間のひとときになることは覚悟していたとしても。ところがあんなにひどい事態になってしまったので、彼女の一部はいまも途方に暮れていた。

馬車の窓から外を眺め、移りゆく景色に視線を据えてみても気はそぞろで、月のない真夜中と同じくらい何も見えていなかった。アランは一六時間ほど前にロンドンを発ち、いまメアリーが向かっているのとは逆の方角を目指しているはずだ。彼にとっても災難だった。

「今朝のミスター・カルダーはずいぶんご機嫌でしたね」クロフォードが向かいの座席で身じろぎをした。

「当然でしょう」メアリーは婚約したばかりの相手の名を聞くだけで、胃がむかむかした。「望んでいたものがそっくり手に入ったんだから。父にわたしの居場所を告げ口したのがあの人だったとしても、驚かないわ」

いくら腹を立てていても、なぜ両親が娘をチャールズと結婚させることにしたのか、メアリーには理解できなかった。いとこの誰ひとりとして特に魅力があるとは思えないけれど、よりによってチャールズだなんて。これは罰――それも文字どおり一生ものの罰――以外の何物でもない。

「アラン・マクローリーがロンドンを去って噂が下火になった頃を見計らって、ご両親を説得してみてもいいかもしれませんね」希望を持たせるかのように、クロフォードはあいまいな笑みを浮かべた。「血が流れたわけでないのなら、デラヴィア卿が交渉の席に戻ってくるかもしれません」

「父が婚約発表を新聞に載せていなかったとしても、ロデリックからの手紙によれば、どんな報償付きであろうと、わたしのような品のない女性とはいっさい関わる気はないそうよ」

「それは紳士らしからぬ物言いですね」

「ええ。でもチャールズだって、わたしが彼との結婚に同意しなければ、アランとわたしがキャンベル家に与えた損害の代償をどうしてもマクローリー家に払ってもらわなければならないだろうと言ったのよ。紳士なんてどこにもいないわ」メアリーは奥歯を嚙みしめた。チャールズは明らかに休戦協定にひびが入ることを見越して待っていたのだ。そして両親は、体面を汚された娘の救済を〝申しでた〟いとこにほとんど感謝せんばかりだった。これほどの悲劇でなかったら、ばかばかしくて笑えただろう。

両親は手まわしよく新聞で婚約を発表し、すでに日取りまで決めていた。どうしてそんなに急ぐのかはわかっている。早く根まわしをするほど、祖父が仲裁に乗りだす可能性が低くなるからだ。そんな機会があったとしても、祖父がメアリーを救うために何かしてくれたかどうかはわからないが。祖父は彼女をロデリックと結婚させたがっていたのに、その計画を踏みつけにしてしまったのだから。それに加えてチャールズ・カルダーは以前から祖父にこびを売っており、祖父がこの騒ぎをグレンガスク侯爵より深刻に受け止めないはずはなかった。そしてグレンガスク侯爵は自らの弟を追い払った。祖父には何人もの孫娘がいる。ベアトリスかメイヴィスが、祖父のお気に入りとしてメアリーの後釜に座ることになるだけだろう。

車輪のたてる音が変わり、メアリーがまばたきをして目の前の世界に焦点を戻すと、馬車は宿屋の敷地に入っていくところだった。もう〈巨人のパイプ亭〉だ。この調子では、フェンダロウ・パークにもじきに到着し、あれよあれよという間にチャールズと結婚させられることになるのだろう。

従僕のトマスが馬車の扉を開けて踏み段を押しさげた。「ゴードンが言うには、道がよかったそうです。ですから、一時間ほど昼食を召しあがって脚を伸ばしていただけます。そのあいだに馬を替えておきますから、お嬢さま」

メアリーは差しだされた手を取って踏み段をおりた。「ありがとう、トマス」従僕がクロフォードに手を貸すあいだに宿屋のほうを見た。この前、社交シーズンの初めに両親とこの宿屋に立ち寄ってから、たったの二カ月しか経っていないの？　まるで何年も昔のことみたい。数十年も。

中に入ると、クロフォードがハムと焼きたてパンの盛り合わせを注文し、ふたりは長いテーブルに席を取った。昼時なので、軽く何か食べようという旅行者と地元の人たちで宿屋の休憩室は混み合っている。前回立ち寄ったときは気さくな冗談が飛び交うこの雰囲気を楽しんだけれど、今日のメアリーはそんな気分になれなかった。

閉じこもって膨れていられる個室を頼みかけたとき、部屋の奥に座った男性が目に留まった。古ぼけた麦わら帽子を頭にのせ、ビールを片手に明るいブルーの瞳でまっすぐ見返してくる。メアリーは息をのんだ。

農夫の帽子をかぶり、すり切れてつぎの当たった茶色の上着を着ていても、すぐにアランだとわかった。心臓が早鐘を打ち、胸の中でねじれた結び目がゆるむ。ふたりのひとときは、まだ終わっていなかったのかもしれない。手紙を読んで来てくれたの？　ふたりきりでさよならを言う機会が欲しいだけ？　それとも、あの最初の夜にダンスを断ってくれたらよかったのに、と言いたいの？　自分でも、彼と踊らなければよかったと思いそうになる――あのとき情熱に触れて未来を夢見てしまったために、不可能なことを切望するようになったのだから。

アランは裏口のほうへ頭を傾けてから、立ちあがって休憩室を出ていった。メアリーは心を決めるまでもなく自分が立ちあがっていたことに気づいた。「小川まで歩いてくるわ」クロフォードに告げる。「頭をすっきりさせないと」

「わかりました、お嬢さま」クロフォードも立ちあがる。「日傘を取ってきましょうか？」

「いいのよ。あなたはここで食べていて。人目の届くところにいるから」メアリーは作り笑いを浮かべた。「考えたいことが山ほどあるの」

クロフォードは、いまさら考えても遅すぎると言いたげな顔をした。それはたしかに正論だが、暴風に巻きこまれたかのようなアランとの出会いに論理が通用するとは思えなかった。理屈でいえば彼と口を利くべきではなかったし、ふたりはお互いを嫌うべきなのだ。生まれ持った名字のせいで。

外に出たとたん、あたたかい手につかまれて建物の陰へと引っ張られた。

「ここで何をしているの？」メアリーは小声で尋ね、その場でキスしたい衝動と必死に闘った。

「ここでは何も」二度と耳にできないと思っていた、魅惑的なスコットランド訛りだった。「こっちだ」アランはメアリーの手を取り、宿屋の裏手にある木立の中へ連れていった。小川に浸食された土手をおり、危なっかしい石橋を渡って、向こう側の土手をのぼる。そうしてアランはようやく彼女と向き合った。「北へ向かう途中で、少しまわり道をしたんだ」ゆったりした口調で言う。「きみと話がしたかったから」

彼の口がゆがんでかすかに悲しげな微笑みになると、メアリーはそれ以上こらえきれなかった。襟をつかんで顔を引き寄せ、唇を重ねる。アランもそれに応じるように彼女の背中を木に押しつけ、キスを返してきた。メアリーは飢えていた。この飢えを満たすことができるのはアランだけだ。

「手紙を読んだよ」彼はメアリーの顔を両手で包みこみ、ふたたびキスをした。「助言が欲しいと」

「いとこを殺すという以外の助言がね」アランの目に光る決意を見て、彼女は少し不安になった。

彼はほんの少し身を引いた。「あいつと結婚することに同意したのか?」

「わたし……そうよ。あの人はうちの両親の不安につけこんだの。休戦協定とあなたをずたずたにするとほのめかしたわ。もしわたしが彼の〝申し出〟に同意しなければ」

アランはしばらく彼女の目をじっとのぞきこんだ。そこに何を探しているのか、何が見えるのを願っているのかわからなかったが、やがて指の背でメアリーの右頰を撫でた。彼女は小刻みに体を震わせた。「ぼくが間違っていたらそう言ってほしい、メアリー。ぼくには扉がふたつ見える。ひとつ目の扉を開けると、きみの家族がきみのために決めた、このばかげた状況がある」

「この状況を招いたのはわたしたちよ、そうでしょう」

「そうだな。ぼくたちは出会うべきではなかったし、一緒にいたいと思うべきでもなかった。休戦協定を結んでいても、両家はお互いになんの関係も築くまいとしている。それどころか、両家とも戦いのための兵士を増やそうとやっきになっている。なぜぼくがきみにキスをしたのか、誰もきかなかった。きみには誰かがまともな質問をしたかい?」

「いいえ、誰も。両親は、手遅れになるまで祖父にわたしの結婚を知らせないよう念を入れただけよ」メアリーは首をかしげた。「ふたつ目の扉を開くと何があるの?」

「きみは〈巨人のパイプ亭〉から姿を消し、ぼくとふたりで一緒に北を目指す。マクローリーもキャンベルもマカリスターもスチュワートも無視して、どうなるかやってみるんだ」

そんなことを言われるかもしれないと予想はしていた。けれど、実際に耳にするとひどく大それたことに聞こえて、メアリーはかすかな体の震えを止めることができなかった。

「レディ・ディアドラは？　スチュワート家は手を引いたの？」

アランは顔をしかめた。「いいや。彼らはマクローリーとの同盟で得られる利益を手放したくないらしい。だが、ぼくはそれを差しだすつもりはない。ぼくたちに少しでも可能性があるのならね、メアリー」

「わたしは傷物になるわ。いまよりもっと」

「ああ、そうだな、世間一般には。だが、ぼくたちのあいだではそうではない。ぼくは午後の戯れを楽しむためにここへ来たわけじゃないんだ。これまで一度も……きみに対して感じるような気持ちになったことはなかった。きみも同じように感じてくれているとぼくは思っている。ぼくはハイランドから来たばかりのただの男で、きみはただのミス・フォックスだったとしたら、ふたりがどこに行き着くのかぼくは知りたい」アランはメアリーの手を握った。「きみに約束する。一緒になる運命ではないとふたりで判断したら、ぼくがきみをアルカークまで送り届ける。少なくともきみは、カルダーに縛りつけられる前におじいさん《シェナー》と話ができる」

メアリーの心臓が高鳴った。これまで生きてきて、逃亡するなど考えてみたこともなかった。そう、子どもの頃に何度か、ハイランド行きの郵便馬車に乗って祖父――アランが呼ぶところのシェナー――のもとへ逃げようと思ったことならあった。でも、それは何年も前のことだ。両親への怒りやいらだちがおさまると、いつでも決まって、もし実行していたらどんなに怒られただろうと怖くなったものだった。

メアリーは目を閉じた。これは論理的に下せる決断ではない。希望、魅力、そして信頼の問題だ。アランがどこのクランに属していようと、彼女が思いを寄せ、心残りのあるただひとりの男性であることに変わりはなかった。そして彼はまた、受け入れがたい状況からメアリーを救いだすために何かしてくれた唯一の人でもある。

「あなたと一緒に逃げたら、チャールズはあなたを殺そうとするわ」そう言って、彼女は目を開いた。

「過去一〇年のあいだに、あいつがぼくを殺そうとしなかったのはここ二週間だけだ。ぼくは殺されかけることに慣れていると言ってもいい」

メアリーは彼の襟を引っ張った。「どういう意味？」

「ぼくはここにいる、そうだろう？　きみにぼくと一緒に来てほしい。どうかしてるのはわかっているが、ぼくの体じゅうが、きみをあきらめたくないと言ってるんだ。戦わずに黙ってあきらめたりしたくないと」

それを聞いて、彼女の心臓がまた高鳴った。「それで、もしわたしたちが本当にうまくいったら？」

ゆっくりとやさしく、アランはふたたび口づけた。「そのときは世界中にざまあみろと言ってやる」両手をメアリーのヒップへ滑らせる。「こんなことをして罪深いと言われるかもしれないが、ぼくに言わせれば、そうしなければそれこそ何倍もの罪を犯すことになる。ぼくたちがこの扉を開けて進まなかったらね。ふたり一緒に」

「でも、決めるのはわたしよ」

彼はうなずいた。「そうだ。きみが望まなければ、ぼくはきみをさらうことはできない」

もし無理強いされていたら、拒否しただろう。けれどアランは選ぶ権利をくれた。それにひとつ目の扉はもれなくチャールズ・カルダー行きで、ふたつ目はアランと一緒になれる可能性がある――たとえだめでも、祖父と話すことはできる。だとしたら、決断するのは簡単だった。実のところすでに説得されたも同然だったが、がつがつしているように見られたくなかったので、メアリーは少しのあいだためらってみせてから告げた。

「わたしをさらって、アラン・マクローリー」

「喜んで、メアリー・キャンベル」

# 9

アランはふうっと息を吐きだした。昨日からずっと止めていたような気がする。なんとメアリーが一緒に来ることに同意してくれた。これでディアドラとスチュワート家はそろって破滅することになるかもしれない。それに自分も、ラナルフがかたくなな姿勢を崩さなければ、あとに続くことになりそうだ。

「それなら、あまり時間はないぞ」ふたたびメアリーの手を取り、空き地へと導く。そこには貸し馬車が待っているはず――ピーターが御者を言い含めてロンドンへ帰し、ラナルフに報告させようとしていない限りは。馬車が見えてきたとき、アランは思わず安堵の息をもらした。

「やっぱり！」

アランは悪態をつきながら、さっと振り向いた。スカートを膝までたくしあげたメイドのクロフォードが、全速力で草地を走ってくる。「急ごう」彼はうなるように言って足を速めた。

「あの金切り声では、宿屋にいる人たち全員の関心を引いてしまうわ」メアリーがアランの手を引っ張った。「しいっ、クロフォード！」

メイドはわめきたてるのをやめたが、速度は落とさなかった。そしてアランに指を突きつけた。「あの農夫はあなただったのね、マクローリー。わかっていましたとも！」

彼は背筋を伸ばした。「アラン卿と呼べ」そっけなく言う。メアリーがメイドをどうすることにしようと、ササナックの使用人から指図を受けるつもりは毛頭ない。

それが望ましい効果をもたらしたのか、メイドはアランを罵倒するのをぴたりとやめた。いくらがっしりした女性でも、彼のほうがずっとたくましいことに気づいたのかもしれない。クロフォードはそれでも肩を怒らせて、腹を立てたニワトリのように威張って言った。

「ア、ア、アラン卿、すぐにレディ・メアリーの手をお放しください。さもないと、もっと金切り声を張りあげますよ」

「クロフォード、そんなことはさせないわ」メアリーが彼の手をきつく握ったままで言った。アランには、そのことがほかの何より重要に思えた。彼女はぼくと一緒に来たいのだ。

「いいえ、させていただきます。誓ってそうしますとも」

「それはいただけないな」アランが空いたほうの手の指を振ると、ピーターが馬車のうしろをまわって姿を消した。「いいか、ぼくの計画の大半は、まあ、たいした計画ではないとしても、メアリーの家族がどこを探せばいいかわからないことにかかっているんだ。メアリーがぼくと一緒にいると叫んでまわっても、彼女のためにはならないんだぞ」

「あなたとどこへも行かなければ、そのほうがよっぽどお嬢さまのためになります」

ピーターはメイドの後方にある木立の外れに現れた。この従僕はどうやら、軍隊にいたときに学んだことを忘れていなかったらしい。両手に布のベルトを持ち、背後からメイドに忍び寄る。アランが小さくうなずくと、音もなく跳びかかった。

メイドの口に布を噛ませ、ふたりがかりで両手足をつかんで地面に横たわらせる。

「ロープを取ってこい」腹部を膝蹴りされて、アランはうなった。「くそっ！　木に縛りつけてやる」

「やめて！」メアリーが叫び、彼の両肩を押した。

「北へ姿を消す時間を稼げないなら、きみをフェンダロウへ連れていって、この手でカルダーに引き渡したほうがいいくらいだ。だが、ぼくはそんなことはしない」

メアリーはメイドの顔のそばにひざまずいた。「じゃあ、クロフォードも連れていきましょう」

アランは目をしばたたいた。膝の横からはいまも、くぐもった悪態が聞こえてくる。

「なんだって？　休みなく吠える女を連れて、どうやって逃げるというんだ？」

「メイドがいたほうが、わたしたち一行の体面が整うわ」

ピーターがクロフォードの両脚にロープを巻きつけ、スカートも一緒にたくしこんだ。

「そもそも、これはかなりお粗末な思いつきだ、アランさま」もごもごと言う。「誰が娘をさらったかフェンダロウが知ったら、キャンベル家は総出で、シカを狙うオオカミみたいにわれわれを追ってきますよ」

「クロフォードはわたしたちが〈青い子羊亭〉や公園で毎朝会っていたことを、両親に告げ口することもできたのよ。でも、そうしなかった」メアリーは続けた。「わたしに一緒に来てほしいなら、わたしのメイドをこんなふうに扱ってほしくないわ」アランを見あげて緑色の瞳でにらむ。

「立たせてやれ」アランは言い、立ちあがってうしろにさがった。

「わたしたちの味方はひとりだけでしょう」メアリーは続けた。「彼女がわたしたちと運命をともにしてくれたら、成功する可能性が二倍になるわ」

「半分になるかもしれない。彼女が協力しなければな。立たせてやれと言っただろう、ピーター」

不機嫌な顔を向けてから、ピーターはメイドの脚を縛ったロープをほどいた。

「私だって味方というわけではありません。それははっきりさせておきますよ。旦那さまに、アランさまから目を離すな、キャンベルの連中を近づけるなと言われました。ロンドンに駆け戻ったら目を離すことになるから、ここにいるだけです。でもこいつらは、どっちもキャンベルじゃありませんか。アランさまのせいで私は首だ。間違いない」

「ふたりの身元はぼくも知っている。おまえは首にはならないよ。ぼくに頼まれたとおりにしたからといってな」アランはメイドに片手を差しだしたが、彼女は鋭い目でにらみつけて自分で草の上に座った。

クロフォードは猿ぐつわをぐいと引っ張って外すと、それをピーターに投げつけた。

「あなたがレディ・メアリーを傷物にするのを手伝うもんですか」

「傷物にするつもりはない。ぼくは彼女と結婚するつもりなんだ」背後でメアリーが息をのむ音がして、アランは振り向いた。「そんなに驚くことはないだろう。ぼくたちはきっと仲よくやっていける。きみだってそう思っていなければ、あの手紙をぼくにくれたりしなかったはずだ。それにもう言ったじゃないか。きみのベッドでひと晩過ごすだけのために、こんなことをしているわけではないと」

「でも……こちらの結婚からあちらの結婚へ、都合がいいからといって簡単に乗り換えるわけにはいかないわ」メアリーは眉をひそめた。「そもそも、あなたとわたしの結婚には都合のいいことなんて何もないじゃない」

アランは片腕を彼女のウエストにまわして引き寄せた。「ではとりあえず、救出ということにしておこう」低い声で言い、メアリーの口を自分の口でふさぐ。逃げるためには、どうしてもキスしなければならないかのように。

「それで、もしあなたが不適切きわまりない結婚にお嬢さまを承諾させられなかったら？」クロフォードは膝立ちになってから、よろよろと立ちあがった。「そのときはどうするつもり？」

「ぼくはすでにきみの女主人に約束した」アランはメアリーの上を向いた顔をじっと見つめた。「そのときは彼女を直接、キャンベルのところへ送り届けるつもりだ。ぼくと一緒にならないとしても、彼女をチャールズ・カルダーと結婚させたくない。彼に都合がいいからといってね」

メイドは乱れたドレスからほこりを払った。「でしたら、お嬢さまのお供をします。あなたがアルカーク公爵閣下に生きたまま皮をはがれるところを、この目で見るために」

やれやれ、楽しい旅になりそうだ。アランはメアリーを放して微笑んだ。

「では、そろそろ出発しようか？」

ダフィーはとりあえず馬車のうしろにつないでいかなければならないだろう。メアリーを前に抱いて馬に乗っていきたいのはやまやまだが、彼女は貴婦人の装いをしているし、アランは農夫のような身なりだった。かなり人目を引いてしまう。それを避けるためなら、当面のあいだ美女と意地悪女と三人で馬車に乗るのも我慢できる。

「ありがとう、アラン」メアリーがささやいて、馬車に乗せようとする彼の頬に口づけた。もう一度ささやいてキスしてくれるなら、自分自身をキャンベルに引き渡してもいいくらいだった。こんなことをしていいわけがないのはわかっている。メアリーにかけられた魔法が命取りになるかどうかは、いまはまだわからない。そのあとクロフォードにも手を差しだしたが、彼女は自力で馬車に乗りこんだ。

アランは馬車に足を踏み入れてから、体を傾けて扉から半分出した。メイドに尻を蹴られて外に落とされ、メアリーを奪い去られないよう、窓枠にしっかりとつかまりながら。

「ハワード、南西に向かって少し走らせてくれ」

片目の御者は、ピーターがよじのぼってふたたび隣に座ると、帽子を持ちあげた。

「仰せのとおりに、ミスター・フォックス」

馬車ががたんと揺れて動きだし、アランは扉を閉めて席についた。進行方向を向いた座席から、ふた組の目が自分を見つめているのに気づく。愛する女性をさらうはずが、メイドまで一緒についてきた。ムンロが見たら大笑いするだろう――それから兄を殴って尻もちをつかせようとするに違いない。それも当然だ。ぼくは仲間と家族の忠誠を、ほかの男と婚約している女性のためにどぶに投げ捨てたのだから。ムンロでさえ、こんな愚かな――そして危険な――ことはしない。

だが、少なくともメアリーは微笑んでいた。「ミスター・フォックスに戻ったの？」

「ぼくたちに似合いの名前だろう。きみはミセス・フォックスだ」アランはにらみつけてくるメイドをちらりと見た。「当面のあいだは、だけどね。体面を取り繕うために」

「体面ね」クロフォードが小ばかにするように言う。「お嬢さまの服が入ったトランクを、全部置いてきてしまったんですよ」

「では、きみはぼくたちの味方につくんだな？」アランはゆっくりと言いながら、メアリーの手を引いて自分の隣に座らせた。「みながレディ・メアリー・キャンベルを探しているときに、それらしい格好はさせられない」

「なんとかなるわ」メアリーが口をはさんだ。「レティキュールにいくらかへそくりが入っているの」小さな袋をクロフォードの隣の座席の上に置く。

「服ならぼくが買うよ。馬も」アランはメイドにとげのある視線を向けてから、メアリーに注意を戻した。「北へ行くまで、ずっとこの馬車に閉じこめられていたくはないだろう」

「たしかにそうね」彼女はアランのほうを向いた。「なんだかあなたは、こうなることをすっかり見越していたみたい」

もしそうなら、メイドも従僕も引き連れていなかっただろう。「いいや。昨日きみの手紙を読んだときにきみを助けたいと思ったが、ロンドンを出るまで、どうすればいいのか見当もつかなかった」

「わたしも何も思いつかなかったわ」メアリーは顔を曇らせた。「結婚することになるのはもちろん覚悟していたけれど、ロデリックに背を向けられたからといって、まさか両親がすぐさまチャールズに乗り換えるとは思ってもみなかった」少しのあいだ目を閉じる。「この先どうなるとしても、あなたはわたしに機会をくれたのよ、アラン」

「それを言うなら、お嬢さまがこの人に機会を与えたんですよ。ミスター・カルダーのようなまともな男性の代わりに、お嬢さまと結婚する機会を」クロフォードが口をはさみ、窓のほうへ顔をそむけた。そうすれば彼ら――というより彼――を見なくてすむとでもいうように。「たとえデラヴィア卿が交渉の席を離れたとしても、ミスター・カルダーと別々に時を過ごすことくらい簡単でしたのに。政略結婚をした人たちは、みんなそうしているんですからね。このままでは、すべての愛する人たちから離れることになるんですよ」

「また猿ぐつわを嚙まされたいのか、クロフォード？」

アランが続けようとすると、メアリーが彼の頰に手を当ててキスをした。少なくともメイドの熱弁をまともに取り合ってはいない――本来はそうすべきだとしても。アラン自身を含む全員が、彼が騎士道精神からこんなことをしたのではないのを知っていた。メアリーが欲しい一心からだった。しかし彼女は敵方の名家に生まれた貴婦人で、アランのほうもクランを背負っていく立場の貴族だ。物事は一定のやり方で進めなければならない。彼はすでにそのやり方を曲げられるだけ、折れる寸前まで曲げていた。

「三時間前には、追いはぎのふりをして馬車を襲い、きみをさらおうと決心しかけていたよ」アランは白状した。さすがにそれは無謀すぎただろうが、そうしていればメイドに首を突っこまれることはなかった。「だがそのとき、馬を替えるために宿屋で休憩するだろうと思いついたんだ」

メアリーがにっこりした。「覆面と銃に訴えなくて正解だったわね。お供をしていた従僕のトマスは武器を持っていたの。撃たれていたかもしれないわ」

「追っ手を混乱させられるといいんだが。今日のところは南西に向かい、明日は北を目指す。ロンドンとエジンバラを結ぶグレート・ノース・ロードは避けてね」

「そんなことをしても無駄です」クロフォードはどうやら、ふたたび猿ぐつわを噛まされることはないと、あるいは少なくともメアリーがそれを許さないと踏んだらしい。「トマスとゴードンが地元の世話役に知らせて、世話役が民兵を招集するに決まってます。あなたはアルカーク公爵閣下の孫娘を誘拐したんですよ、このならず者」

「誘拐ではないわ」メアリーが反論した。「わたしは逃げているの。おじいさまのところへ。

それにそのことは別としても、アランはわたしを人生で最も大胆な冒険に連れだしてくれたのよ」彼女はアランの手の中で指を丸めた。「あなたみたいにわくわくさせてくれる人は初めて、わかるでしょう」

ではメアリーはまだ、ぼくと結婚することに同意したわけではないのだ。それはおそらく彼女にとって、最後の橋を燃やし、あと戻りできなくなるのも同然なのだろう。

「ぼくたちはずっとお互いへの疑念を植えつけられてきた。一〇日間というのは、それに比べたらわずかな時間だからね。よかったよ、ぼくが辛抱強くて」そして彼女のほうは聡明《そうめい》で論理的な考え方をする、きわめて合理的な女性だ。ぼくと結婚するのが最高の解決策だと納得させる必要があるのなら、喜んでそうしよう。

アランは武者震いした。メイドがどれだけおしゃべりだとしても、彼女の言うことを頭から無視するわけにはいかなかった。「クロフォードは口から出まかせを言っているのか？それともきみたちのところでは、従僕はロンドンのきみの父上に伝える前に民兵を動員したりするのかい？　どう思う？」武装した兵士たちが日暮れ前に馬で追ってくるようなら、計画の一部を変える必要がある。

「いいえ、そんなことはしないと思うわ。まず自分たちで宿屋とその周辺を探すでしょうね。クロフォードもいなくなっているわけだから、何が起きているのか見当もつかないはずだもの。トマスは最終的には御者のゴードンをロンドンにやって、父にわたしがいなくなったと知らせるでしょう」

「そうしたら、おかわいそうなあなたのお母さまは心配でたまらなくなるでしょうね」メイドが口をはさんだ。「お父さまもですよ」

「やめて、クロフォード。あの人たちはわたしをチャールズと結婚させることに同意したのよ、彼がどんな人かを知っていながら。ええ、わたしは両親に恥をかかせたわ。それでもふたりの娘には違いないのに。だから両親にはそこまで同情を覚えないわ」メアリーはアランに注意を戻した。「父は馬で宿屋に駆けつけ、自分であのあたりを捜索するはずよ。わたしの痕跡が見つからないとなったら、北のキャンベルへ伝言を送るでしょうね」そこで言葉を切り、初めて心配そうな顔になった。「あなたが関わっているのではないかと疑うと思うわ。そうなれば、父があなたのお兄さまを訪ねるでしょう」

アランを躊躇させたのはそこだった。一人前になってからというもの、彼は家族を守り、家族のために生きてきた。この一〇〇年のあいだで、マクローリー家とキャンベル家が初めて結んだ休戦協定をぶち壊した者として、みなに責められることになるという考えが頭から離れない。だがいまは、そうさせたのはラナルフだと非難できる。そしてクランと弟のどちらかを選ぶとなれば、兄は自身の新しい生き方を守るのに必要なほうを選択するだろう。

「ラナルフはぼくとの縁を切ったも同然だ」アランは言った。「ぼくを罵り、自分にはいっさい責任はないと言うだろう。それから、マクローリーの領地にぼくを入れてはならないという伝言をグレンガスクのムンロに送るだろうな。スチュワート家にも」アランはムンロのために、ラナルフが末の弟をディアドラとくっつけようとしないことを願った。兄とぼくはよくムンロを血のめぐりが悪いとからかってはいるが、弟はばかではない。あの女性に耐えられるのは、よほどのまぬけだけだろう。

「それでもこれが名案だと思っているわけですか？」クロフォードが両手を膝の上で重ね、哀れみ深い顔を作ってみせた。「どこに行く当てもないんですよ、お嬢さま――収入も、服も、未来も何もない。それだって、もし本当にこの人と結婚したらの話です。しなかったら、この人よりお嬢さまのほうがずっとひどいことになります。お願いです、宿屋に戻らなければなりません。手遅れになる前に！」

メアリーでさえ、心配そうな顔になった。これを本物の誘拐にしないためには、彼女にいくつかはっきりさせておく必要がある――いまいましいメイドが怪物のように襲いかかってこないところで。アランは拳で馬車の屋根を叩いた。「ここで止めてくれ」

ぼろぼろの古い馬車が停止した瞬間、メアリーはアランの向こうにある扉の取っ手に手を伸ばした。「外の空気を吸わないと」もごもごとそう言いながら踏み段をおり、道を渡ってその先の木立のほうへ大股で歩いていく。

今朝、メアリーは絶望していた。アランが宿屋に現れたことは、たとえ彼に惹かれていなかったとしても、天の恵みに思えただろう。でも、いま冷静になってみれば、一時間前より状況が改善したとはお世辞にも言えなかった。

肺にじゅうぶんな空気を吸いこむことさえできない感じがする。アランが好きだからといって、自分がよく知る世界から逃げることを選ぶなんて、どうかしているのではないかしら？　チャールズ・カルダーの件を父に考え直してもらえる可能性もわずかにあったのに、破滅と貧困を選ぶだなんて。戻ってくるよう、ロデリックを説得できる可能性もなくはないのに？　そして幸せになって……ふつうに暮らせるかもしれなくても？

「メアリー」

アランが彼女を追って木陰に入ってきた。「向こうへ行っていて」メアリーは静かに言った。「少し考える時間が必要なの」

「時間ならいくらでもあげるよ」魅惑的な訛りだ。彼は明らかにサイズが小さすぎる、古ぼけた上着の肩を引っ張っている。

どうしてもっと早く気づかなかったのかしら？　自分がどれほど愚かだったかということに。「だったら行って」そう言っても、アランは動かなかった。

「その前にひとつ、きみに言っておきたいことがある」彼はまっすぐ伸びたカシの木の幹に寄りかかり、足首を交差させてメアリーを静かに見つめた。彼女はふいに気づいた。ここがこの人の居場所なんだわ。シャンデリアやきらびやかな照明の下ではなく、戸外で、長身の体と広い肩を動かせる空間があって、風がこめかみから漆黒の髪をなびかせることができる自然の中が。

「わたしがあなたと一緒に来ることに決めたのよ、アラン。でも、いまになって結果をあれこれ考えはじめてしまった。もっと前にそうすべきだったのだけれど、あなたに会えてあまりにも……ありがたく思ったものだから」ありがたいというのは実際のところ正しい言葉ではないけれど、うれしくて有頂天になって興奮したことを認めても、ちっとも知的には聞こえない。

「それでいまはもう、あまりありがたくなくなったわけか。あのおせっかいに口を酸っぱくして言い聞かされたから？」

「クロフォードの言うことにも一理あるわ」

「そうだな。それは認めるよ。では、次はぼくの番だ」「ここ最近は賛成できないことばかりだった」アランは低く垂れさがった枝から一枚の葉を摘み取り、手でそれを裂きはじめた。「ここ最近は賛成できないことばかりだったが、ラナルフは家族全員がしっかり守られ、各自がちゃんとやっていけるよう念を入れてきた。万が一、兄やクランに何かあったときのためにね。だから、きみとぼくの家族やクランとのつながりが断たれたとしても、きみに新しい服や馬、家、馬車の一台や二台買うくらいの金なら、ぼくは不自由しない」

「あなたはわたしをチャールズとの結婚から救ってくれた」

「ああ、きみにキスをして、デラヴィアを追っ払ったあとで」

「一方的に唇を奪ったわけではないわ」メアリーは正直に認めた。「けれど、ひとりの男性の腕から別の腕へ飛びこむ女にはなりたくないの。クロフォードに言われて、祖父が会ってくれなかったらどうしたらいいんだろうと考えさせられたわ。祖父が結局、わたしをチャールズと結婚させることに決めたらどうしよう、と」

「きみが不安になるのはわかる。そうならないほうがおかしいくらいだ。だが、ぼくのことを三人の中で最低の悪魔だと思ってほしくない。ぼくはきみが欲しいし、きみもぼくが欲しい。そこから始めよう。ハイランドまでは長い道のりだから、見極める時間はたっぷりある。ぼくたちが……仲よくやっていけそうかどうか」

「あなたはすごく理性的なのね」

「分別のある男として知られているよ」アランは背筋を伸ばした。「ぼくはきみと結婚する、メアリー・キャンベル。しかしいまは、きみに傷つけられている。ぼくを欲しいなら、きみのほうが本気でぼくに求婚しなければならなくなるぞ」粋な笑顔を見せてから、彼は馬車へぶらぶらと戻っていった。

去っていく背中にうっとり見とれていたことに気づき、メアリーはまばたきをして視線をそらした。アラン・マクローリーが魅力的な男性だという事実には反論できないけれど、彼に惹かれていることと、この状況でどう問題を解決するかということはまったく関係がない。彼の出現はむしろ問題を起こすのに役立ったのだから。たしかにわたしはアランが好きだ。ロデリックやチャールズとは比べものにならないくらいずっと。けれど、まだ知り合って一〇日の相手が端整な顔で機知に富んだ会話をするからといって、こんなに重大な間違いを犯すことはできない。ましてや相手も同じように政略結婚から逃れようとしている場合には。

だから当面、祖父に会うために北へ送り届けてもらうことにしておいたほうが、ずっと道理にかなっている。だってアランがロンドンに乗りこんでくるまでは、すべてが完璧に……

快適だったのだから。ありきたりで、つまらなくさえあったけれど、快適ではあったのだ。またそうなれるかもしれない。もし祖父に、孫娘をチャールズと結婚させるという考えを捨てさせることができれば。

現時点では身内のクランよりも宿敵に対してずっと好感が持てるが、昔の生活に戻れるかどうかは、アランの魅力に屈して求婚するというばかげたまねをしないこと――そしてアルカークにたどり着いて、祖父の慈悲にすがることにかかっている。

メアリーはゆっくり息を吸いこむと、馬車へ戻っていった。クロフォードを連れていくと言い張ったのは大正解だった。メイドがいるおかげで評判は傷つかず、おまけにクロフォードはことあるごとに、アランに屈するのがどれだけ間違っているかを指摘してくれるだろう。キスをするだけなのに、まったく。今日だけで何回キスしたかしら？　そのくらい、たいした害はなさそうに思えてならない。

ええ、そうよ、クロフォードがいてくれてありがたいわ。それにちっともうるさくなんかない。

「それで、進むのか、それとも戻るのか？」アランが手を差しだした。

メアリーは指先を握り、そのあたたかさと強さを努めて気にしないようにしながら、馬車の中に足を踏み入れた。アランに魅了されまいと心を決めたことは、知られないほうがいい。知られれば、グレンガスク侯爵の計画を無視してまでわたしとハイランドへ逃げても、じゅうぶんな見返りが得られないと思われるかもしれない。というより、得られるものなど何もないと。ああ、どうしよう。アランだって、わたしと同じかそれ以上に大変なことになっているのに。それなのに彼はそこに座り、期待のこもったまなざしでこちらを見つめている。

「進みましょう」メアリーは言った。それを聞いて彼が微笑んだのを見て、かすかに胸が熱くなった。でも、これは消化不良か何かのせいということにしておこう。

馬車は午後遅くまで、ほぼ南西に進んだ。アランが御者に、街道から外れたところにまともな宿屋を見つけるよう命じ、日が暮れて間もなく馬車は〈二度落雷したカシの木亭〉の庭でがたがたと揺れて止まった。

「ピーター、ふた部屋取ってくれ」アランが険しい顔の従僕に硬貨を投げた。

「はい、アランさま」

「その呼び方はやめろ。ここではマクローリーではないからな」

ピーターは顔を赤らめて言い直した。「はい、ミスター・フォックス」

メアリーはアランの手を取り、彼の隣におり立った。当初は、自分のために馬を買ったりせずにお金を取っておいたほうがいいと彼に言うつもりだった。クロフォードと馬車の中にいるほうが安心だから、と。けれども五時間にわたって石やわだちを乗り越えるたびに尻を打ちつけられたあとでは、馬を手に入れるのはすばらしい考えに思えた。メイドに数時間にらまれつづけたことを別としても、そう思えてしかたがない。

アランが彼女の手を握ったまま言った。「朝になったら村へ行って、きみに服を見つけてくるよ。あのがみがみ女に、きみたちふたりに必要なもののリストを作らせてくれ」

「クロフォードを行かせてもいいのよ」

「だめだ」彼は身を寄せて声を落とした。「彼女は読み書きができるんだろう?」

メアリーはうなずいた。「ええ」

「それならしばらく目を離さないほうがいい」

ざらざらした袖に片手でつかまり、彼女はアランの硬く引きしまった体に少しもたれかかった。不作法ではないだろう、このくらいなら。「クロフォードが父に連絡しようとすると思っているの?」

「ああ、ミセス・フォックス。彼女なら、きっとそうするね」

「ピーターは? ひとりで行かせたじゃない」

「あいつは読み書きができない。それによくわかっている。いまぼくがしていることより悪いことがあるとすれば、怒り狂ったキャンベルの騎馬隊にぼくがつかまるところを見ること以外にないとね」

クランの抗争や、特にマクローリー家についての恐ろしい逸話にはメアリーも慣れっこになっていたが、自らの死を招くに違いない出来事についてアランがあまりにも平然と話すのには驚いた。「ピーターとクロフォードが一緒でなかったら、部屋をいくつ取っていた?」

「ひとつに決まっているだろう。ぼくたちは夫婦なのだから。そのことをくれぐれも覚えておいてくれよ。あとで誰かがききに来たとき、みながぼくたちを夫婦として記憶しておいてくれないと困るからな」アランは眉をひそめた。「クロフォードはきみの母親ということにしようか？　いまのままだと、ハイランダーとレディ、お付きのメイドに見えてしまう」

「彼女はわたしのためにお芝居をしてくれると思うわ。でもどんな細工をしたって、あなたはハイランダーよ」

「きみだってそうさ。アクセントが多少おかしいだけで」

ハイランダーと呼ばれたことはない。祖父だけは、メアリーという名前をスコットランド流にゲール語で〝ミュア〟と呼ぶ。そして自分の心の中では、それが本当の名前だとずっと感じていた。「わたしが言いたいのは、あなたをハイランダー以外に取り違える人はいないでしょう、ということ」

アランがまた魅力たっぷりに微笑んだ。「ちょっといい考えがあるんだ」

ああ、たとえ泥まみれで修道服を着ていたとしても、この人は記憶に残るだろう。どうか宿屋に女性がひとりもいませんように。ふいにアランが泥しか身につけていないイメージが頭に浮かび、必死の思いでそれを振り払った。そうよ、よくやったわ、メアリー。

ピーターが宿屋の出入口のところでふたりを迎えた。「二階にふた部屋確保しました、アラ――ミスター・フォックス」

「ありがとう。トランクを階上へ運んでくれるかな、ピーター、頼むよ」アランがはっきりとしたロンドン訛りで言った。クロフォードでさえ目をむいている。「なんだ？」耳元でささやかれたメアリーは身震いした。「ぼくがササナックの言葉を聞いていなかったとでも？」

「いいえ。ただ……驚いた、上手だわ」彼女はささやき返した。

「それはどうも」アランは振り返ってクロフォードの腕を取り、反対側へ引き寄せた。「一緒に来てください、マザー・グレーヴズ。お部屋にお連れしましょう、義母上《ははうえ》」

メアリーは咳をしたふりをして笑いを噛み殺した。アランを険しい目つきでにらみつけているクロフォードは、本物の不機嫌な義理の母のように見える。メアリーは初めて、うまくやりおおせる可能性もあると思えてきた。

宿屋の主人はピーターに重そうなトランクを階上に運ばせ、こぢんまりした部屋のひとつに入れさせた。メアリーのものは何も入っていなかったが、誰にもそんなことはわかるはずがない。全体として見れば、数時間しかなかったことを考え合わせると、アランは驚くほどうまくやってのけた。

「女房がかたまり肉を鍋で蒸し焼きにしてます」宿屋の主人のミスター・ジェサップが言い、頭をひょいと横に動かした。「階下で一時間後にご用意できますよ」

「それはありがたいわ」メアリーは応えた。「今夜はみな、おなかがすいていますの」

「じゃあ、たっぷり召しあがってください」

夕食の時間までに、〈二度落雷したカシの木亭〉は満員になっていた。どうやら街道を避けているのは彼らだけではなかったらしい。こういうなんでもない村の人通りを外れたところにある宿屋はどこも安いからだ、とアランは言っていた。けれどもメアリーは、ほかの客たちの何人が望まない人生から逃げているのだろう、と思わずにいられなかった。

彼女は望まない人生を生きてきたわけではない。ただ、いきなり不運な展開になってしまったというだけだ。そしてその展開は、いまもめまぐるしく変わりつつある。横目でアランを見ると、村の鍛冶屋の話を聞いてのんきに笑っている。マクローリー家の一員がメアリーに面倒を――彼女自身のせいもあって――引き起こし、結果的にアランが彼女をそこから逃がしてやろうと骨を折る唯一の人物になるとは、なんとも皮肉な話だ。

それにしてもアランは、なんて上手にここに溶けこんでいるのかしら――わたしよりも、よほど上手に。ここにいるのは社交界とは無縁の人たちだ。自分で自分の面倒を見て、自分の荷馬車を走らせ、自分の服を修繕することが当たり前の人たち。メアリーの周囲の貴族たちなら下層階級の無教養な庶民と見下すところだが、ある意味、この人たちには自由がある。アランがいまそうしているように、この瞬間を生きている。自らの役割を昔から教えこまれてきたレディの目には、その姿はどこまでも魅力的に映った。たとえその役割を放棄しはじめたレディであっても。

でも、これはおとぎばなしを夢見るのとは次元が違う。かわいそうなトマスとゴードンはおそらく大あわてで〈巨人のパイプ亭〉に引き返し、もしゴードンがそこに馬車を残して馬を借りたら、いまごろはすでにロンドンへ帰り着いているかもしれない。両親はメアリーが行方知れずになったことを知ったかもしれない。娘が逃げたと思うだろうか？　それとも誘拐されたと？　両親が彼女の言い分に聞く耳を持たなかったことや、初めてにして唯一の軽率な行動を狡猾《こうかつ》で非情な男に娘を手渡す口実に使ったことに、もしこれほど腹を立てていなかったら、少しは同情を感じたかもしれなかった。

けれどもそんな感情はなく、メアリーはアランの隣に座って、農夫のミスター・ビリングズが頑固きわまりない豚と、奥さんが育てたカブについて話すのをくすくす笑いながら聞いていた。みなと一緒に《バーバラ・アレン》を歌い、アランが加わったときには美しいバリトンに聞きほれた。彼はもちろんその歌を知っていた。なんといってもスコットランド民謡なのだから。

今夜、ふたりが一緒になる運命を信じるのは簡単なことだった。ここではレディ・メアリーでもなく、キャンベルの氏族長の孫娘でもなく、キャンベル家の一員ですらない。家柄を理由に気に入られようとしたり、結婚しようとしたりする人はひとりもいない。宿屋の女主人のミセス・ジェサップに髪を褒められたとき、メアリーはそれが本心から出た言葉だと信じられた。

アランがようやく立ちあがり、手を差し伸べた。「そろそろ階上へ引きあげないと」偽のイングランド訛りで言う。「明日は朝早い。行こうか、ミセス・フォックス？」

ぞくぞくするような震えがメアリーの背筋を伝った。「そうね、ミスター・フォックス」

今夜、アランの口と手で素肌に触れられる以上に欲しいものは何もない——それでも彼の魅力に抗うという決心は変わらない。けれど、もし彼が求めてきたら、もしふたりが夫と妻がするようにひとつのベッドで眠ったら、とても抵抗できないとメアリーにはわかっていた。

クロフォードもテーブルから立ちあがった。「今夜はわたくしと一緒に寝てくれるわね」わざと大きな声で言い、メアリーを自分とアランのあいだにはさんだ。「わたくしは旅が苦手なのを知っているでしょう」

「あら」メアリーは口ごもった。本来なら、その救いの言葉に感謝するべきなのに。「もちろんよ、お母さま」

アランをすぐうしろに従えて、ふたりは階段をのぼっていった。最初の扉のそばで立ち止まると、メアリーは背後で立ちのぼる彼の熱を感じた。誰も行動を起こしたくないようだったが、お互いをにらみ合ったままひと晩じゅうそこに立っているわけにもいかない。まったく。メアリーはメイドの向こうに手を伸ばして扉を押し開けた。

「どうぞ、お母さま。わたしもすぐに来ますから」

メイドは一歩も動かなかった。「わたしがここにいるのは評判をお守りするためです、お嬢さま。わたしは自分の義務をしっかりと果たすつもりです」

流れるように優雅な動作でアランが進みでて、どっしりした体格のメイドを軽々と抱えあげると、扉の内側におろした。「さあ、これでいい」

クロフォードが顔を真っ赤にした。「こんな手荒な――」

終わりまで言わせずに、彼は扉を閉めた。「あの女には我慢の限界だ」苦々しげに言う。

この人と一緒にいるだけで、もう立派なおとぎばなしだわ。メアリーはそう思った。純潔を奪われても、何もいいことはない。相手がマクローリーとなればなおさらだ。たとえこの人であっても。「そのほうがいいのよ、アラン」彼女は言った。「もしふたりがベッドをともにしたら、わたしたちの選択の幅はずっとせばまってしまうもの」

明るいブルーの瞳がメアリーをじっと見た。「きみが望まない限り、指一本触れはしない」アランはようやく小声で言い、片手をあげて一本の指で彼女の頬を撫でてみせた。「きみが望まないのなら。美しい人。クロフォードが何を望もうが関係ない。これはきみとぼくのあいだのことだからね、美しい人。だから今夜は、きみが入りたいほうの扉を開けるんだ。あのメイドがまた邪魔しようとしたら、おんぼろ馬車の屋根に縛りつけてやる」

彼の声は真剣だったが、クロフォードが馬車の屋根でわめいている姿を想像して、メアリーは吹きだした。「彼女、悔しくて死んでしまうかもしれないわ」

アランが目を細めた。「きみをぼくのベッドに誘っているんだよ、メアリー、愛しい人」

ああ、どうしよう。「クロフォードの言うことには説得力があるわ、だって」口ごもりながら、彼の袖を引っ張る。「たしかに出すぎたまねかもしれないけれど――」

壁に押しつけられて、熱く激しい口づけでさえぎられた。ああ、もう、天にものぼる心地だ――彼のキスは天国とは無縁のはずなのに。その罪深い口で、もっと堕落させてほしい。

給仕をする女性が階段をのぼってきた。メアリーはアランを押しのけようとしたが、鋼のような体と壁のあいだにしっかりはさみこまれて動けなかった。女性は忍び笑いをもらしつつ、ふたりの脇を通り過ぎていった。女性が廊下の先の扉に消えると、アランは顔をずらして、メアリーの耳をそっと噛んだ。「ぼくたちは夫婦だ。ぼくはしたいときにきみにキスできる」顎の線へと唇をさまよわせる。「いま、きみにキスしたい」

メアリーの膝から力が抜けはじめた。床にくずおれないように、両腕を彼の肩にまわす。

体じゅうが……吐息をついていた。豊かな黒髪に指を絡めながら、彼女は体を強くアランに押しつけた。

彼女の肩のうしろで扉がきいっと音をたてた。「おやめなさい！」クロフォードが怒りの声をあげる。

アランが片手を伸ばし、ふたたび扉を閉めた。「ぼくの部屋へ一緒に来てくれ、メアリー」彼がささやく。

ああ、こんな。冷静かつ論理的に決断を下す、いつものメアリーではなくなっていた。アランへの欲求に翻弄され、想像すらしたこともないようなことをすでにしていた。そしてそんなことをしても、いま彼女が直面する問題は少しも解決しそうにない。「クロフォードのところへ行かないと」メアリーはささやき、われながらなんて気乗りのしない声だろう、と思った。

アランがハイネックのドレスの首元を引きさげて、喉に唇を押し当てる。「行くな」うわずった笑い声をもらし、メアリーは彼の腕から抜けだすと、うしろを手探りして扉の取っ手を押しさげた。「おやすみなさい、ミスター・フォックス」声を絞りだし、部屋に入って扉を閉めた。気が変わる前に。

# 10

しばらくのあいだ、アランは廊下の冷たい石壁に額を押し当てていた。これでもハイランダーと言えるのか、まったく。マクローリーが聞いてあきれる。小柄なレディとそのメイドに追っ払われるとは、なんたることだ。

メアリーがその扉の向こうにいるのに、彼はいまも廊下にいる。この状況が今夜変わることはないだろう。自分の将来――と命までも――を、彼女のために危険にさらす道を選んだというのに。出会って一〇日のあいだに、アランの存在意義そのものが覆されてしまったようだった。どれだけメアリーを組み敷きたくても、どれだけ自分のものにしたくても、今夜は引きさがって辛抱するしかなさそうだ。

体のほうも納得がいかないようだったが、下腹部をこわばらせたまま、いつまでも廊下に突っ立っているわけにはいかない。アランは罵りの言葉をつぶやくと、欲望を振り払うように何歩か進んで次の扉を開けた。愚かなササナックにはなれなくても、紳士になることはできる。この先どうなるにしても、メアリーは力添えを必要としていたのだ。アランは彼女を助けたことの代償を求めるつもりはなかった。自分が最終的に払うことになる代償がどんなものになろうとも。

「お戻りですか、アランさま」ピーターが窓辺の椅子から立ちあがった。「ベッドをご用意して、明日の服をお出ししておきました。われながら立派な従者になれそうな気がしてきましたよ」

「ありがとう、ピーター」ここふた晩の眠れぬ夜が肩に重くのしかかってきて、アランはベッドの端に沈みこむように腰をおろした。「ぼくがいましていることに、おまえが賛成じゃないのはわかっている。ぼくも自分で説明がつかないくらいだ。だが、彼女がチャールズ・カルダーに引き渡されるところはどうしても見たくない」

ピーターはふたたび椅子にどさりと座った。「卑劣な悪党から女性を救うのは大賛成ですよ」従僕は言った。「でも、あの方と結婚するつもりだとおっしゃいましたね、先ほど。そんなことをしたら旦那さまに殺されてしまいます。レディ・ディアドラとの結婚話を進めていらっしゃいますから」

ラナルフに対する不満を説明してもよかったが、メアリーが自分を信頼して馬車に乗った瞬間から、アランは彼女のこと以外考えられなくなっていた。「そんなにディアドラがいいなら、兄上が結婚すればいいさ」

「レディ・シャーロットをあきらめたりなさらないでしょう」

「ぼくだってメアリーをあきらめない。血を流して戦うことなくあきらめたりしない。いったん戦う覚悟を決めたら、兄上はぼくを殺せと命じるかもしれない。だが教えてくれ、ピーター。ぼくがあと先を考えず闇雲に突っ走ったことが、いままで一度でもあったか？」

従僕は首を横に振った。「いいえ、ありません。だから信用してほしい、そう言われるおつもりでしょう？　先にお答えしますと、それでも今回はどうかされていると思いますよ。そして、どれだけ厄介な状況かをおまえから教えられたくないとおっしゃるなら、本当にどうかしてますね」

賛同者がいれば心強いのはたしかだが、アランはそれをピーターに期待していたわけではなかった。生まれたときからキャンベルを憎んできたハイランダーに、それは無理というものだ。「反論はできないよ。ただ、彼女の安全を守る力になると約束してくれ」いったん言葉を切る。「ぼくからでさえも守ると。彼女にどんな危害が加えられるのも見たくない」

「それならお約束できます。あの方を守るためにアランさまを裏切ることを命令されない限りは」

ラナルフより従僕のほうがよほど話がわかる、とアランは思った。「ありがとう」

ひとつうなずいて、ピーターは立ちあがった。「では、行きます。厩舎に私の毛布を用意したと馬丁が言ってましたから。ハワードの隣でなければいいんですがね。あいつ、くさいんですよ、とんでもなく」

従僕の哀れな声に吹きだしそうになるのをこらえて、アランはブーツを履いた片足を突きだした。「こいつを脱ぐのを手伝ってくれたら、ベッドの半分をおまえにやるよ。今夜はそっち半分は必要ないからな」孤立無援ではない。たとえ半分でも協力してくれる者がいるじゃないか。

アランは翌朝、誰よりも早く起きてダフィーに鞍をつけ、丘を駆けあがってクラウリーという小さな村へ向かった。ギルデン・ハウスを発つときに四人分の旅費を支払うことになると知っていたら、もっとたくさん現金を持ってきていただろう。請求書をグレンガスクからロンドンへ送ることはもちろんできるが、そんなことをすれば彼――彼ら――を見つけるのは朝飯前になってしまう。

まだいまのところは、散財しなければなんとかやっていけそうだった。ドレスとヘアブラシ、そしてクロフォードが書きだしたリストの品物をそろえるのに数ポンドを使った。だが、厩舎にいる美しい鹿毛の牝馬を買うとなると、持ち金のほとんどを使ってしまうことになる。その馬を買うのはあきらめ、クロフォードに我慢ならなくなったときには馬車をおりてダフィーにまたがることもできる。しかし正直に言えば、メアリーにはずっとそばにいてほしかった。自由に話すこともできないようでは、男が女に何を説得できるというのか。

苦肉の策で、馬の請求書をフォーダム子爵ウィリアム・クレイン宛に送ることにした。あの男なら、つべこべ言わずに支払ってくれるだろう。彼にはできるだけ早く返済しよう。あとはメアリーの失踪を知ったラナルフが、フォーダムを訪ねて請求書のことを尋ねないように願うばかりだ。

〈二度落雷したカシの木亭〉に戻ると、アランは買った品物の袋をふたつ二階へ運び、メアリーの部屋の扉をノックした。扉が細く開き、悪意に満ちた片目が彼を見た。

「ミスター・フォックス」

「マザー・グレーヴズ」彼は応えた。「これを買ってきました。三〇分後にメアリーと階下においでください。朝食をとりましょう。できれば早めに出発したいので」

「レディ――いえ、ミセス・フォックスは、そんなに短時間では身支度ができません。こんなものはどれも着られるとは思えませんし、どちらにしても」

「三〇分後に階下へ行きます」メアリーの声が部屋の奥から聞こえた。「ありがとう」

「どういたしまして」アランはメイドをにらみ返した。「あなたにも少し買っておきましたよ。何か燃やしたくてたまらないのなら、どうぞ」

「ふん」メイドは袋をひったくって扉を閉めた。

「まったく」小声でつぶやくと、アランは自室に戻り、ピーターを起こして自分の荷物をまとめた。

この逃避行の成功を宣言するには早すぎたが、怒り狂ったキャンベルやマクローリーの大群に追われることなく最初の夜を生き延びることはできた。そしてアランは、明日の朝には自分のベッドにいるのが従僕ではなくなると自らに言い聞かせた。ふたりは一緒になる運命であることをメアリーに証明するのだ。それを示すたしかな方法をひとつだけ知っているが、それは別々のベッドで眠っていてはできないことだった。

レディ・シャーロット・ハノーヴァーは婚約者のほうに視線を送った。今朝だけで一五回は盗み見ていた。ラナルフ・マクローリーはいつでも笑顔を絶やさない男性ではなかったが、ときおり微笑むくらいはする――特に彼女に対しては。だが、今日はそれすらしなかった。これでもう四日になる。

「一緒に来てくれなくてもよかったのよ」彼女はついに口を開いた。その声は、正面の数メートル高いところにしつらえられた説教壇に立つ神父の声よりずっと低く抑えられていた。

「文明人は教会に通う、そうだろう？」ラナルフも同じく低い声で応えた。

「そうね。でも言ったでしょう、グレゴリー神父の説教は限りなく拷問に等しいって」

「静かになさい、シャーロット」母親が彼女の左側からささやいた。ラナルフの右側に座った妹たちのほうがずっとうるさかったが、なんといってもロウェナとジェーンはハイランドの悪魔とは婚約していないのだからしかたがない。

「許しについての洞察を深めたいと思っているんだ」ラナルフがいっそう声を低めた。

なんのことを言っているのか、もちろんすぐにぴんと来た。アラン・マクローリーがペンローズ家の晩餐会でフェンダロウ侯爵の娘を膝にのせているところを見つかった一件について、ロンドンじゅうを探しても知らない人はいないだろう。シャーロットは最初、信じられなかった。分別があって理性的なアランらしくない。けれどもラナルフ自らが、その出来事は事実だと認めていた。

「メアリーのことはよく知らないけれど、いつも感じのいい人よ」彼女は小声で言った。「それにすごくきれい――」

「その件を話し合うつもりはない」ラナルフがきっぱりと言う。「アランはディアドラ・スチュワートと結婚するのだ」

グレゴリー神父はとがめるような視線をラナルフに送ってから、不品行の罪についての話をだらだらと再開した。シャーロットは息を吸いこみ、たとえラナルフが話し合う気になったとしても、もっとプライバシーを確保できる場所へ行ってからのほうがよさそうだと判断した。できれば壁の厚い部屋がいい。

ジェーンはマクローリー家のふたりにはさまれて座っていた。ひとりは小柄で繊細、もうひとりはそびえるように大柄で鉄のような筋肉をまとっている。「エリザベスから聞いたの、レディ・メアリーは二日前の夜明けにロンドンを出発したんですって」ジェーンはひそひそ声で言った。「それに新聞に婚約発表の記事が出ていたわ、チャールズ・カルダーと婚約したって。いとこにあたる人よ」

「あいつか」ラナルフがうなる。「おそらくデラヴィアが手を引いたのだろう――マカリスター家は神経質だからな。それで父親が、これ以上問題を起こす前に、だらしない娘を追い払ったのだ」

「でも、アランはあの人が好きなのに」ロウェナが、シャーロットが見慣れた幸せそうな顔とはほど遠い表情で言った。「それにこう言っていたわ。チャールズ・カルダーはろくな男じゃ――」

「アランがなんと言おうと関係ない」ラナルフがさえぎった。「あいつのことをあとひと言でも口にしたら、おまえもハイランドに帰ることになるぞ」

ロウェナは啞然《あぜん》として、両手を膝の上で重ねると正面に向き直った。ジェーンも同じようにした。未来の義兄に自分も追い払われる心配からというよりは、友人との結束と支持の表明としてそうしたようだった。

「意地悪ね」シャーロットは言った。彼がわたしのことも追い払えると考えているなら、大間違いだ。「ウィニーはアランが大好きなのよ」

歯がこすれてきしむ音が聞こえてきそうなほど、ラナルフは口を固く引き結んでいた。

「グレンガスクできみを危険な目に遭わせるわけにはいかない。キャンベル家との小競り合いは、下手をすれば抗争に発展しそうな雲行きだ。アランのやつが、休戦協定からたった二週間でほぼ台なしにしてくれたからな。あいつを許すことはできない」

グレゴリー神父が咳払いをした。シャーロットは一瞬、ラナルフが教会を出ていくのではないかと思った。だが、どうやら神父の鼻声とばかげた長話を聞かずにすむ幸せと、野蛮だと噂されることを天秤《てんびん》にかけたらしく、彼は椅子に座り直して神父に優雅に手を振った。

「どうぞお続けください」厳かに言う。「〝快楽の泥水〟のところから」

こんな話をしながら、説教の流れを把握しているなんて。シャーロットはじっと動かない彼の横顔にゆっくりと笑みを向けた。「あなたは驚くべき人ね、ラナルフ」

彼の口元がゆるんだ。「快楽について私がいま考えていることを知ったら、神父は卒倒するだろうな」

それを聞いたシャーロットは、残りの説教のあいだそわそわせずにいられなくなってしまった。快楽を教えてくれた男性の隣で。

ようやく全員で主の祈りを唱えると、ひとりよがりの快楽に屈する前に他者を思いやるようにと諭して、グレゴリー神父は信者を解放した。ラナルフが妹に手を差し伸べ、ロウェナはその手を取ったものの、すぐに放した。

「もう帰ってもいいんでしょう?」そう尋ねながら、兄から目をそらす。

「ああ。私も忍耐力の限界だったよ」

一同が教会を出てラナルフのバルーシュに向かっていると、一頭の馬が全速力で庭に駆けこみ、彼らの目の前で土煙をたてて止まった。ラナルフが全員をかばうように馬の前に踏みだしたとき、シャーロットはようやく危険を察知した。

「旦那さま!」

驚いたことに、馬から飛びおりて駆け寄ってきたのはラナルフの従者、オーウェンだった。オーウェンは教会の庭にいるほかの礼拝者のことを気にも留めなかったが、彼らのほうはひとり残らず振り返って注目しているようだった。

「どうした、オーウェン?」ラナルフが怒鳴り、庭の真ん中で従者と向き合った。「キャンベルの連中がアランを追いつめたわけではないだろうな?」その声はこわばって険しく、怒りと心配が等しく混ざり合っていた。

「いいえ、旦那さま。そういうことではないと思います。ですが、ギルデン・ハウスにお戻りになり、確かめていただく必要があるかと。あそこに来ているのです、キャンベル家の者が」

ふたりの背後でロウェナが息をのむ。シャーロットの背筋を冷たいものが走った。いまはだめ。ハイランドに行くのは怖くない、向こうでも安全だと、ようやくラナルフを説得したばかりだというのに。

「どのキャンベルだ？」ラナルフが大股でバルーシュに向かいながら尋ねる。

「フェンダロウ侯爵とチャールズ・カルダーです。家の中には入れませんでした。ふたりとも屋敷の前で待たされて不服そうでしたが、私が自分で旦那さまを呼びに来ることにしました」

ラナルフはうなずくと、振り返ってシャーロットの手を取った。「家へ帰る手段を見つけてくれるか？」

「ええ、家族には。でも、わたしはあなたと一緒に行きます」

「きみが？」

「そうよ。もし彼らが暴力を振るうつもりだったとしても、証人がいれば考え直すのではないかしら」

「わたしも行くわ！」ロウェナが宣言した。バルーシュに乗りこもうとふたりをまわりこみ、そのうしろにジェーンが続く。

「だめだ。危険な目に遭わせるわけにはいかない。誰のことも」

シャーロットの父親が前に進みでて自分の妻に手を貸し、バルーシュに乗せた。

「私たちはもう、きみのクランの一員じゃないか、グレンガスク。それにどんなトラブルも直接知るほうがいい」

そっけなくうなずくと、ラナルフもシャーロットが馬車に乗るのに手を貸した。

「では、好きにするといい。議論している暇はないからな」

御者のデブニーは速すぎるほど通りを飛ばしたが、それでもまだ遅いように感じられた。新聞に掲載されたレディ・メアリー・キャンベルの婚約発表には、チャールズ・カルダーの名が婚約者として出ていた。どんな手を使ってその立場におさまったにしても、カルダーはアランが自分の婚約者の唇を奪ったことに腹を立てているのかしら？　機知に富んだ頭の切れるラナルフの弟を、カルダーが追いつめたの？

シャーロットは胸が締めつけられた。アランに何かあったら、ラナルフは打ちのめされるだろう。弟に腹を立てて声を荒らげることがあっても、彼らは兄弟であり、親友でもある。ラナルフにとっては家族がすべてだった。

ギルデン・ハウスの私道に馬車が入っていくと、馬に乗ったふたり連れが待っていた。白髪交じりのフェンダロウ侯爵と、しゃれた黒い服を着たチャールズ・カルダーだ。ふたりだけだったが、それがよい兆候なのかどうか、シャーロットにはわからなかった。

「フェンダロウ」ラナルフが歯切れよく声をかけ、扉を開けて馬車からおりた。「自宅まで来るとは何事だ？」

年上の侯爵が馬をおりた。「ここでは話せない」

「この人たちは私のクランの一員だ。隠すことは何もない」

「ではきくが、きみの弟はどこだ、グレンガスク？」カルダーがきいた。馬に乗ったままなのは、ラナルフに見あげさせるためだろう。

「ここにはいない」ラナルフがゆっくり進みでた。「フェンダロウと私で約束をして、私はそれを守った。きみには関係のないことだ」

「大ありだ」カルダーが言い返すと、馬が不安そうに動いた。

「私の娘とその一行は二日前の午後に〈巨人のパイプ亭〉に立ち寄った」フェンダロウが割って入った。普段の自信は消えている。「娘とメイドは馬車に戻らなかった」

シャーロットは息を止めたが、ラナルフは顔をしかめただけだった。「おたくの娘とは知り合いではないが、婚約発表の記事は読ませてもらった。デラヴィアが彼女を追いかけているとばかり思っていたが。彼女がきみと結婚したがったのか、カルダー？　それともきみが好機を逃さずにこそこそ入りこんだのか？」

ついにカルダーが地面に飛びおりてラナルフに大股で歩み寄ったが、それはちょっとした失敗だった。ラナルフのほうが長身で、肩幅も広いとあっては。「きみには関係のないことだ」ラナルフの言葉をまねして、カルダーは怒鳴った。

「弟は三日前の日暮れにここを発った。そうさせると言ったとおりにな。弟には使用人をひとりつけ、無事に北へ戻るよう見張らせている。おたくの娘が姿を消したのなら探す手伝いはするが、われわれが失踪に関係しているわけではない」

「応援を頼みに来たのではない、グレンガスク」アルカーク公爵の息子が言った。「すでに男たちを探しに行かせた。きみに求めたいのは誠実さだ」

「それなら、すでに示したはずだ」

フェンダロウ侯爵はうなずき、ふたたび馬にまたがった。「休戦協定を破るつもりはない。いまのところはな。だが、きみの弟が娘の失踪に関わっているとなったら、キャンベル家は雷のようにきみたちに襲いかかることになる」

そう言い捨てると、侯爵はカルダーを従えて帰っていった。ロウェナの顔は蒼白《そうはく》になっているし、ジェーンに至ってはいまにも吐きそうに見える。でも考えてみると、ジェーンはアランに好意を持っていたのだった。木曜日には彼が出発するので泣いていたくらいだ。両親も少女たちと同じく困り果てているらしい――けれど、風変わりなマクローリー一族と親戚づき合いをすることを前向きに考えていたはず。もうそんなふうに考えていないのかもしれない。

「ラナルフ？」シャーロットは静かに声をかけた。彼の落ち着き払った表情からは何も読み取れない。

彼はわずかに身じろぎをした。「雷は少しも怖くない」ゆっくりと言って、オーウェンとデブニーに来いと合図を送る。「うるさいだけだ」

「はい、旦那さま？」

「デブニー、マイルズを呼んでこい」おじの名を挙げて指示する。「オーウェン、使者を見つけてきてくれ。北に伝言を送る。速いやつを頼む」

男たちがそれぞれ走り去ると、ラナルフは大股で家へ向かった。スカートをたくしあげながら、シャーロットも急いであとを追った。「どうするつもり？　アランが関わっていると考えているの？　わたしたち、スチュワート家に援軍を頼んだほうがいいかしら？　ロンドンにいる一族は彼らのほうが多いから」

ラナルフが戸口で振り向いた。「きみが〝わたしたち〟と言うとぞくっとするよ、愛する人《レアナン》」

「質問をはぐらかさないで、ラナルフ」

「まったく、きみは手ごわいな。スチュワートには知らせない。もしアランが本当に関わっているのだとしたら、あいつがディアドラとの取り決めを投げ捨てたことを、まだ知らせたくない」

シャーロットは一心に見つめて、彼が考えていることを読み取ろうとした。

「もしアランがレディ・メアリーをさらったのなら、どうするつもり？」

「あいつを殺してやる。キャンベルに頼むまでもない」ラナルフは憎々しげに悪態をついて家の中に消え、残りの一行は私道に立ったまま取り残された。

もちろん彼はアランを文字どおり殺すと言ったわけではない——シャーロットはそう信じていた——でも、殺すのとたいして違わないほど厳しい罰にはなるだろう。おじのマイルズ・ウィルキーはドネリーズ家の甘言に弄されてクランの情報をもらしたために、三年間も絶縁されていたのだ。もしアランがメアリー・キャンベルと逃げたのなら、その罪はもっと重いものになる。

ロウェナは兄を追って家の中へ急いだが、シャーロットの両親は私道にとどまっていた。「行きましょう」シャーロットは言った。家族の誰かに言わせるわけにはいかない。「何をすべきか、彼は考えなければならないから」

父親がうなずき、妻に手を貸して馬車に乗せた。「そのとおりだ。あとで手紙を送って、助けがいるかきくことにしよう。ジェーン？」

ジェーンは押し殺したすすり泣きをもらした。「アランにはディアドラと結婚してほしくなかったわ。でも、こんなのそれよりずっとひどい！　わたしが彼を振り向かせられなかったからいけないのね」

「あなたのせいではないのよ、ジェーン」シャーロットはできるだけ淡々とした口調を装った。「いずれすべてがあるべきところにおさまるでしょう。きっとそうなるわ」ギルデン・ハウスのほうへ愛情のこもった微笑みを向ける。ここ数週間で、シャーロットは幸せな結末を心から信じるようになっていた。誰だって完璧な相手を見つけられると思えてしかたがない。何か奇跡的なことが起こって、どうかみんなが救われますように。

「こんばんは。ようこそおいでくださいました、ミスター・フォックス、ミセス・フォックス」宿屋の主人は二重顎の顔をほころばせた。普段から陽気な男なのかもしれないし、ヘレフォードシャーのウィグモアを訪れる客は珍しいので、この日の午後遅く彼らが——あるいはアランの硬貨が——到着したことがよほどうれしいのかもしれない。

「ありがとう」アランは上手な偽のアクセントで応じた。「こちらの牛肉のローストリブは絶品だと聞いてね」

メアリーは顔に笑みを張りつけ、この人は料理のほかにどれだけの嘘をつくつもりだろうと考えた。偶然見つけるまで、この宿屋の名前さえ知らなかったというのに。

宿屋の主人はおなかを軽く叩いてみせた。「自分で言うのもなんですが、ミセス・キャッスルマン——うちの女房のローストリブはうまいですよ。それにローストターキーはもっとうまい」

「どうする、ミセス・フォックス？」愉快そうに目をきらめかせながら、アランが横目で彼女を見た。「リブにするかい？　それともターキー？」

「ターキーをいただきたいわ」

「よしきた！　そうこなくちゃ。火のそばにおかけになっていてくださいね。今夜は冷たい風が吹きます。私が言うんだから間違いありません。村の集会所で開かれるダンスパーティーに出られるおつもりなら、何かくるまるものを持っていかれたほうがいいですよ、ミセス・フォックス」

アランの眉がわずかにさがり、疲れているのでパーティーには出席できそうにないと口から出かかっているのを見て、メアリーは急いで声をあげた。

「まあ、ダンスパーティーがあるの！　でも、よそ者がお邪魔してはご迷惑ではないかしら、ミスター・キャッスルマン？」

「いえ、いえ！　人が多いほうが楽しいですからな。九時ぴったりに始まります。じゃあ、こうしましょうか？　女房にダンスを約束してるんです。だから私たちがお連れしましょう。暗い中で集会所を見つけるのは難しいかもしれません。墓地の裏手にあるもんですから」

「それはありがたいわ」アランの腕が手の下でこわばるのを無視して、メアリーは言った。

宿屋の主人が小さく笑う。「よかった。このあたりじゃ見かけないお顔を、今夜は見られそうですね」

夕食の注文を取ると、主人はテーブルを離れていった。アランは明らかに反論しようとしていたので、メアリーは彼の腕を放して向き合った。「ええ、おとなしく身をひそめて夜明けに出発したほうが安全で賢明なことくらいわかっているわ。でも、あなたとダンスがしたいのよ」

彼は口を開いて、また閉じた。「つかまったら、つかまったときだな」ようやくそう言うと、明るいブルーの瞳にゆっくりと笑みが躍った。「今夜、きみをぼくの腕に少なくとも抱けるわけだ」

「ダンスパーティーに出るなんて戦略的に問題だ、と却下されると思ったわ」

「この旅自体が戦略的に問題だらけさ。でもだからといって、やってみてはいけないということにはならない」

ふたりのうしろからクロフォードとピーターが階段をおりてきた。メイドはため息をつかんばかりの顔だ。たしかにクロフォードは一行の体面を保ってくれていた――祖父の屋敷の玄関前に立つことになったら、大いに感謝することになるだろう。一方でメアリーは、このメイドがいるがゆえに、この冒険の終着点がアランの腕の中ではなくアルカークになるのではないかという気もしていた。

この二日間、クロフォードはクモのように待ち構え、あらゆる機会をとらえて襲いかかっては、この旅を続ければ失うことになるものを残らず彼女に思いださせた。いまも鞍と一緒に馬車のうしろに縛りつけられていないのは、アランが辛抱強いおかげだが、しつこい小言はさすがの彼にも重荷になりつつあった。クロフォードはこの芝居でひと役演じてくれているものの、メアリーとてそんなに念を押されなくてもわかっている。まっすぐ祖父のところへ行き、アランとはそれまで距離を置くほうが……安全だということくらい。

もちろん最初はそう考えた。でも彼を知れば知るほど、安全策には意味がなくなるばかりだ。ええ、一生涯の偏見を乗り越えるのは大変なこと。しかも結婚だなんて……。アランに出会うまではそんな可能性すら考えてみたこともなかったのに、いまでは考えることをやめられなくなってしまった。もっとふたりきりの時間が欲しい。馬の背にまたがって、わだちのついた古い道を走る以外の時間が。そして彼をにらみつけるクロフォードと一緒に馬車に乗っているのより、もっとずっと長い時間が。

アランがメアリーの指先を握り、口づけた。「きみと踊るよ。どんな男もぼくを止められはしない」そう言って、彼女の先に視線を投げる。「それからどんな女も」

彼が席を外してピーターと話をしに行ったとき、クロフォードはごつごつした木製のテーブルでメアリーのすぐ隣に座っていた。「またわたしのまわりに防護柵を張りめぐらせるつもり？」メアリーがベンチの端へ体をずらして少し離れると、メイドはすかさずその距離を詰めた。

「わたしはレディのメイドです」クロフォードが言う。「お嬢さまの評判が汚されるのを黙って見ていたら、わたしのいる意味がありません」

「熱心に務めてくれて感謝しているわ、クロフォード。本当よ。でも、彼と話をするのを邪魔したりしてほしくないの。単にチャールズとお父さまの命令から逃げているだけではないのよ。これは違う人生を歩む機会なの」思ってもみなかった人生を。

冷たい茶色の目がメアリーの視線をとらえた。「あの人がうまくやりおおせる見込みは薄いですよ、わたしに言わせれば。マクローリーとキャンベルの両家がわたしたちを追いかけているでしょうから、妻になったとたん未亡人になるのが落ちです」

「彼だけなのよ、わたしが何を望んでいるかを尊重しようとしてくれているのは」

「それはわたしの知ったことではありません、お嬢さま」

たしかにクロフォードの知ったことではないだろう。けれどもメアリーにとっては大事なことだった。誰が彼女の境遇と幸せを心から気にかけてくれているのか、やっとわかったのだから。足元から根こそぎ引っこ抜かれるまでは、そこにあるのが当然だと思っていた人々や物のありがたみも知った――手遅れになる前に、パズルのすべてのピースを解読する必要がある。いいえ、なんでも考えすぎていたのかもしれない。自分のまわりをじっくり観察するだけでよかったのだろう。クロフォードの真向かいに、たったいま片目を細めながら座った男性のことも。

「ひとつうかがいたいことがあります、マザー・グレーヴズ」アランは宿屋の主人がテーブルに焼きたてのパンを持ってくると背筋を伸ばした。

「あら、いったいなんでしょう?」メイドはよそよそしく問い返した。彼女がどちらをいやがっているのか、メアリーにはわからなかった――〝マザー〟と呼ばれることか、アランに礼儀正しく話さなければならないことか。

「ぼくたちの結婚式ではダンスをなさらなかった」彼はあたたかな微笑みを浮かべ、テーブルの向かいに手を伸ばしてメアリーの手を取った。「あのときは痛風の具合がよくありませんでしたからね。ですが今夜は義理の息子と踊ってもらえますか?」

「ああ」ミスター・キャッスルマンがテーブルのかたわらで足を止めた。「義理のお母さんと仲直りしようとするとは、なんて賢明な男性だ」テーブルにちぐはぐなグラスをいくつか置く。「私の義母はごろつきを雇って宿屋を襲わせ、私を撃たせようとしましてね」

「そんな!」メアリーは叫び、クロフォードがそれをヒントに妙な考えを起こさないことを願った。「でも、いまはもうそんなことはないのでしょう?」

「ありません。ごろつきとつき合う前に、よく考えてくださいね」そう言って、宿の主人は派手にウィンクをした。

「冗談を言っているのね！」メアリーはにっこりした。

「美しいレディに嘘はつけません、ミセス・フォックス。義母ですよ、このパンを焼いたのは」

アランが笑った。その声はなぜか、イングランドのアクセントが完璧だったのと同じくらい、スコットランド人の笑い声だった。喜びがあふれているせいかもしれないし、その瞬間は恐怖を忘れていたからかもしれない。理由はどうあれ、メアリーはその笑い声が好きだった。いつでもそばで聞いていたかった。

メアリーもくすくすと笑いだし、ふたりの視線が絡み合った。ずっとふたりきりでもかまわない。どこのクランでも関係ない。祖先伝来の土地でも、新天地でも、こうして笑い合って生きていくのは——彼は大いに魅力的だった。

「きみの笑顔はすばらしい」宿屋の主人が新しい客を迎えに行くと、アランが言った。「胸があたたかくなったよ」

「いいえ、今夜は踊りません」クロフォードがいきなり宣言し、メアリーは飛びあがった。いやだ、ほかにも誰かいたことを忘れていたわ。

「クロフォード、別に踊ってもいいのよ」

「いいえ、よくありません。お嬢さまだって同じです。村のダンスパーティーですって？

あなたはアルカーク公爵閣下の孫娘なのですよ」メイドは少なくとも声を低く保っていた。

「今夜は違うわ」メアリーは言葉を返した。「今夜、わたしはミセス・フォックスよ。そしてあなたは今夜、宿で足を休めたほうがいいわ、お母さま」

「私はね、アラ――ミスター・フォックス」ピーターが主人の隣から口をはさみ、クロフォードに怖い目でにらまれた。「私はこのご一家の一員ではありませんが、リールダンスが好きなんです。そのための服装ではありませんけどね、これでは。キルトを身につけていない男に、ちゃんとしたリールは踊れません」

「もういい、ピーター。ぼくはササナックということになっているんだぞ。思いだしたか?」従僕が眉間にしわを寄せた。「ああ、そうでした。でも、気に入りませんね。私はあいつらみたいに話せません」

「だからおまえはぼくのスコットランド人の従僕ということになっているんだ。それにおまえにはここに残って、何も問題が起きないか見張っていてもらいたい」

「それならできます、ミスター・フォックス」

ピーターが警戒しなければならない問題が自分の親戚一同のことだと知りながらも、メアリーは思わずほっとしていた。アランと彼女がしていることに賛同するかしないかは別として、この従僕は手を貸そうとしてくれている。クロフォードのことを思うと、感謝してもしきれないほどだった。

夕食を終えると、アランは外にいるハワードのために食事を運ばせた。御者は馬車の中で寝ると言い張っていた。どうやら誰かにその馬車――御者は〝彼女〟と呼んでいる――を盗まれはしないかと恐れているらしい。片目の御者はこんな事態になったことをどう思っているのだろう、とメアリーは考えた。これまでのところ、寂しい道を選んで進むことに対して一度も不満の声はあげていないようだけれど。

　厨房から出てきた丸々としたコックが染みのついたエプロンを外すと、きれいな黄色のシルクのドレス姿になった。メアリーは、二階に戻ってアランがなんとか手に入れてくれた深緑のシルクとレースのドレスに着替えられたことに感謝した。それはロンドンで着るどんなドレスよりも簡素だったが、ここウィグモアでは完璧だった。

「では、まいりましょう」ミスター・キャッスルマンが先に外へ出て、スパイシーな香りのする夏のバラに縁取られた狭い小道を進んでいった。

　アランの腕に手をかけ、彼が大きな歩幅をメアリーとキャッスルマン夫妻に合わせてせばめるのを見て、彼女は思わず笑みを浮かべた。もしハイランドで過ごすことを許されていたなら、そこでもこんな夜を経験できたかもしれない。この古風な小さい村で、宿敵だったはずの男性と腕を組んでいるなんて。そう思うだけで、まるで地に足がついていないように身も心もふわふわする。

「何を考えているか教えてくれたら一ペニー払ってもいいよ、愛しいメアリー」アランがささやいた。

　彼女はおとぎばなしの世界から自分を引き戻した。「そんな大金に値するほどのことは何も考えていないわ」

「きみは月明かりみたいに微笑んでいる」

「月明かりみたいな微笑みって、どんな感じ？」ひとりで考えているより、彼と話すほうがずっと楽しい。

「謎めいていて、どこか魔法のような微笑みだ」アランは迷わず答えた。

ああ、またため息がもれてしまう。彼ほど魅力的な男性から追いかけられては、逃げきれる望みはない。いったいどうすれば、この人に抗えるというのだろう？　たとえ拒むことが最善であるときでも。「あなたがマクローリーでなければよかったのに」

アランは少し歩をゆるめ、年配の夫婦とのあいだに距離を置いた。「またそこに逆戻りか？キャンベルとマクローリーに？」

「そこを離れてすらいないわ。チャールズやほかのいとこに追いつかれたら、どんなことになるかわかっているの？　そのことを真剣に考えてみた？」

「メアリー、ぼくは生まれたときからきみの家族を憎んできた。彼らがぼくを憎んできたのと同じようにね。ぼくの父はキャンベルの一員に殺されたという噂もあるくらいだ。だが、きみをひと目見た瞬間にすべてが変わった」アランは腕にかけられた手に自分の手を重ねた。「きみの質問に答えると、ああ、キャンベルの連中がぼくたちを見つけたらどうするかはわかっているよ。ぼくを殺そうとするだろう。そうなれば、ぼくも彼らを殺そうとする。マクローリーが先にぼくたちを見つけても、きみと引き裂かれる前にぼくは彼らとも戦うつもりだ」

アランはそれを淡々と語った。メアリーはしばらく彼の横顔を見つめていた。そよ風になびく黒髪を、自信にあふれた物腰を、そしてすべてを見通しながら彼女だけを見つめているような落ち着いたまなざしを。「あなたはちっとも怖くないのね？」

官能的な口が弧を描く。「きみの親戚は怖くないよ。ぼくたちが一緒になるべきではない理由をきみが見つけてしまうのが怖い」

ふたたび歩きだしてしばらくすると教会が見えてきた。月明かりを受けて白く輝く墓石に囲まれ、黒々とした建物が浮かびあがる。キャッスルマン夫妻は墓地の端を横切っていったが、アランは低い石垣の外をまわりこんだ。

「ぼくたちに何もしていない、かわいそうな人たちの上を歩く必要はないからね」そう説明する。「宿屋の主人は血がつながっているんだろう」

「あなたが怖いのは死者の魂を怒らせることと、わたしというわけね」ハイランダーというのはたしかに変わった人たちだ。

「まあ、そんなところだ」彼はメアリーの髪に頬を寄せた。

その親密なしぐさに、彼女はつま先までかっと熱くなった――彼に気づかれていませんように。「わたしのまわりの男性たちは群れをなして遠出するわ」急いで言う。「オオカミみたいに。本人たちは絶対に認めないでしょうけれど、ひとりでマクドナルドやマクローリーに出くわすのが怖いのよ。それに引きかえあなたときたら、五〇人ものキャンベルがわたしを

——わたしたちを探しているのを承知のうえで、わたしをダンスパーティーにエスコートしているんですからね」

「まさかそんな戦略を取っているとは彼らも思うまい。それはきみも認めるだろう」アランはにやりとして、それから真剣な表情になった。「本当のことを言おう、メアリー。ぼくは心配でたまらない。彼らがぼくたちを見つけ、きみを無理やり連れ帰ってカルダーと結婚させるのが。ぼくがしたことのために、カルダーがきみをひどい目に遭わせることも。きみが自らの心の声ではなくクロフォードの言うことを聞いてしまうのが怖いし、ハイランドに着いて、おじいさんのもとへ連れていってほしいと言われるのではないかと恐ろしい。きみがぼくと一緒にいることを選ばないかもしれないと思うと、怖くてどうしようもないくらいだ」そこで息を吸いこんで肩をすくめる。「だが、キャンベルが怖いかって？　まさか」

少し前方で扉が開いた。その向こうには光があふれ、音楽の調べが満ちていた。それは象徴的な光景だった。アランと一緒に中に入れば、もうあと戻りはできなくなる。大きな意味のある扉。その扉を開くことは、彼がすでにした選択をメアリーもすることを意味した。彼女のクランを捨てて、ふたりの人生を選ぶことになる。ここで宿屋に引き返せば、まだ元の人生に戻ることもできるだろう。チャールズ・カルダーかロデリック・マカリスターと結婚することになったとしても、ならなかったとしても。元の人生に逆戻りすれば、家族が彼女の代わりに決めたことをなんでも受け入れなければならない。家族が決めた相手と、それが誰であっても結婚しなければならないのだ。

それがいやなら、見知らぬ他人の輪に入り、すべてのしがらみをかなぐり捨てるほうを選ぶこともできる。メアリーはアランの腕をぎゅっとつかみ、ダンスパーティーのざわめきと光の中へ足を踏み入れた。

# 11

ピーター・ギリングは宿屋の酒場の席から目をあげて、大柄な女性が誰もいない談話室に入っていくのを見ていた。紳士だったら立ちあがり、ビールでもどうかと席に招くべきなのだろうが、そもそも自分は紳士ではないし、あの女がアランを見下しているのも気に食わなかった。マクローリー家はその祖先をハドリアヌス皇帝よりずっと前の、ヴァイキングや古代ケルト族までたどることのできる名家だ。それをあのメイドときたら、好きな女をさらって逃げているからといって、アランさまをあざ笑うとは。

ああ、そうとも、アランさまはキャンベルの娘を選んだ。それは正気の沙汰とは思えないし、危険なことだ。でも自分としては、あくまでもグレンガスク侯爵の指示に従うつもりだ。アランさまをお守りし、無事にハイランドへ帰るのを見届ける。それ以外はすべて二の次。いや、まあ、正確にはほとんどすべて二の次だ。アランさまがレディ・メアリーをさらったことと、いま一行がたどっている道筋をグレンガスク侯爵に知らせる方法があったなら、とっくにそうしていただろう。しかし、その情報を伝達するには、他人に口伝えで手紙を書いてもらわなければならない。そして、アランさまはほかの誰にも彼らが何をしようとしているのか知らせてはならないと言い、頑として譲らなかった――無理もないことだが。

ビールを飲み終える頃、クロフォードが談話室を出て二階へあがっていった。そろそろ外に戻り、キャンベルやガーデンズやデイリーがやってこないか道路を見張る頃合いだ。長いバーカウンターをゆっくり行き過ぎながら、ピーターは給仕の女が背を向けるのを待って手を伸ばし、クロフォードが翌朝の郵便馬車のために置いていった手紙をつかんだ。

それを上着のポケットに突っこんで宿屋を出る。その手紙に何が書かれているのか読むことはできなくても、想像はついた。そしてピーターはマクローリーの氏族長に連絡を取る方法を見つけても見つけられなくても、キャンベルにこちらの居場所を教えるつもりはなかった。ほかの誰かが教えるのを許すつもりもない。自分の目の黒いうちは。


地元の民兵、キャプテン・エヴァースがカントリーダンスを踊っている。あの足の蹴りあげ方からいって、スコットランドの血が流れているのかもしれない。どこのクランか見当もつかなかったので、アランは舞踏室で赤い上着を着ている六人とのあいだにできるだけ距離を保った。

「ミセス・フォックスはお金持ちなんでしょうね」ミセス・キャッスルマンが少し離れたところから声をかけた。「わたしはミセス・ノーランドに一シリング払って髪を結ってもらっていますけど、あんなふうに手の込んだ髪型にはしてもらえないもの」

アランは笑みを浮かべて、村のパン屋と踊るメアリーから顔をそむけた。「妻もその母親も貴婦人のメイドなんですよ」何気ない口調で噂話をするように、ササナックの硬い母音をやわらかく発音する。「女主人が使用人の結婚を許さなかったので、ぼくたちはここにいるというわけです」

これほど面白い噂話は聞いたことがないというように、ミセス・キャッスルマンが近づいてきてアランの右腕をつかんだ。「まあ、ひどい！」好奇心を隠しきれずに声をあげる。「ご夫婦でその一家に仕えていたんですか？」

「間接的には」昼間の移動中にこしらえた話を披露できて、アランは内心喜んだ。「ぼくは事務弁護士として雇われていました」ウィグモアのような小さな村では、裕福で学があるといえばまず事務弁護士だろう。馬二頭と馬車を所有し、御者と従僕を連れて旅をしていてもおかしくない職に就いていることにする必要がある。誰かに事務弁護士の仕事を頼まれない限り、怪しまれることはないはずだ。そして真実からは遠く離れているだけに、うまくいけば追っ手をさらに混乱させることもできるかもしれない。

背の高い痩せた女性が、アランの左腕をつかんだ。「どこの一家だい？」彼を見つめて茶色の目をしばたたく。「モリソンだろう、賭けてもいいよ。レディ・ラドローは以前、手に斧《おの》を持って娘の求婚者を追いかけた人だからね。聞いた話だけどさ」

「答えられるわけがないでしょう、ファニー、無理よ」宿屋の主人の女房が口を出した。「その家族の耳に入ったら、気の毒なミスター・フォックスは二度と仕事を見つけられなくなってしまうわ」

「そのとおりです、ミセス・キャッスルマン」カントリーダンスの演奏がフィナーレ近くで音を外したところで、アランは女性たちから離れることにした。バイオリン弾きの少なくともひとりはエールを飲みすぎたようだ。「では失礼して、妻と踊ってきます」

アランはダンスフロアの端でメアリーをつかまえた。彼女は息をはずませて微笑んでいる。緑色の瞳がきらめくのを見て、危険を冒してでも今夜ここに来る価値はじゅうぶんあったと彼は思った。たとえどれだけ危険でも。

「ミセス・キャッスルマンを口説いていたの？」メアリーはアランが差しだしたレモネードのグラスを受け取ると、一気に半分ほど飲んだ。

「いや。あのおかみさんは料理上手だが、ぼくの目にはたったひとりの女性しか見えていないからね」アランは左袖のレースをまっすぐに直すふりをして彼女に触れた。

「だから誰とも踊らなかったの？」

思わせぶりな会話を楽しむ気はないということか。ぼくの誘いの言葉に耳を傾けたら、拒めなくなりそうで不安なのかもしれない。そういうことにしておこう。

「あのパン屋がきみにダンスを申しこんだから嫉妬していたんだ」アランは答えた。「きみと踊る夢と、無料ビスケットの大皿をせしめる夢が同時に打ち砕かれた」

メアリーは笑った。「あなたがパン屋さんの気を引こうとしていたとは知らなかったわ」

ああ、その笑顔。その唇をいますぐ奪いたい。だがササナックの古風な村でそんな大胆なふるまいをすれば――たとえ夫婦であっても――間違いなく注意を引き、人々の記憶に残ってしまう。「実は女性陣が、きみはレディなのではないかと勘ぐりはじめていた。しゃれた髪型ときれいな言葉遣いで、そう思ったらしい」

メアリーは眉をひそめた。「じゃあ、あの作り話をしたの？」

「ああ、説明しておいたほうがいいと思ってね。何かの拍子に真実を知られてしまう前に」

「クロフォードはわたしの髪をわざとおしゃれにしているのかしら？　最新の流行を追うのが習慣になっているだけだと思うけれど」顔をしかめる。「気づくべきだったわ。ごめんなさい」

「謝らないでくれ、美しい人。ぼくは今夜ずっと、そのピンを抜いて、きみの秋色の髪に指を通すところを頭に思い描いていたのだから」

それに応えるように、袖から糸くずを取るふりをして、メアリーがアランの腕に触れた。

「本当に？」そうささやき、恥じらいに頰を染める。

「ぼくの目に映るきみがどれだけ美しいか、きみにじゅうぶん伝えられていないとしたら、結婚を承諾するように説得できる見込みは薄そうだ」

「あなたに誘惑されるのが、だんだん楽しくなってきたみたい」彼女はいつものように素直に認めた。

「ぼくにキスされることもかい、メアリー？」ウィグモアのほぼすべての住人があたりにひしめく中で、アランは半歩彼女に近づいた。

「わかっているくせに。わたしが迷っているのは、あなたと逃げるのが最高の解決策なのかどうか、確信が持てないからよ」

「飛び立ってみなければ飛べるかどうかはわからないよ、愛しい人《レアナン》」その言葉を待っていたかのように、でこぼこ楽団がワルツを奏ではじめた。アランは手を差し伸べて息を止め、彼女が手を預けてくれるのを待った。議論するのは賢明な口説き方とは言えないかもしれないが、メアリーは率直であることを尊重し、アランは彼女を尊重していた。

「これと飛ぶこととは違うわ」メアリーは彼の手を取り、もう片方の手を肩にのせた。

「違わないさ、きちんとやれば」にやりとしたアランは、空いた手で彼女のウエストを抱くと、大きく一歩前に踏みだした。バランスを崩したメアリーがはっと息をのんで手につかまってくると、その背をそらすように低く沈めてから、ふたたび抱き起こして立たせ、リズムに乗ってワルツを舞いはじめた。

「注目を集めるようなことをしてはいけないはずでしょう、アラン」メアリーがとがめると、彼ははっとするほど魅力的な笑顔で頬を寄せてきた。

「まったく。仮にも夫婦だというのに、お行儀よくワルツを踊らなくてはいけないとはね」ましてや妻役の女性は、いずれ本物の妻になってくれるかもしれないのに。メアリーに恋い焦がれるこの気持ちの半分でも、彼女がぼくを好きになってくれさえしたら。

楽団の奏でる心地よいリズムに乗ってくるくると舞っていると、部屋のほかのすべては背景に消えていった。腕の中にいる女性しか見えなくなった。出会ったとき、彼女にはアランを恐れて嫌う、もっともな理由があった。ふたりに共通点があることを、ましてやお互いを好きだということを見いだせるほど長く会話するのさえできないはずだった。

「グレンガスクのことを聞かせて」メアリーが視線をさげて彼の唇を見つめる。「お屋敷のことを。お兄さまのことではなくて」

「元は要塞だった建物だ」生まれ故郷をもう一度目にできるだろうか、とアランは一瞬考えた。「だから壁は一メートルもの厚みがある。四階建てで、色は灰色と白、ディー川を見おろせる。カロデンの戦いのあと、祖父が一階と二階に窓を作った。ササナックとの戦いに敗れたのだから、日没を見て感傷にひたってもいいだろう、と言ってね」

「スコットランド人らしいわ」彼女は笑みを浮かべた。

「そうなんだ。そういうつもりだったかどうかはわからないが、祖父はグレンガスクを明るくした。屋敷の中も外もだ。〝やつらはわれわれの戦う能力を奪った。だが、目までは奪えなかった〟と言っていた」アランは一瞬微笑んだ。「祖父はいろいろと名言を残したんだ。それはともかく、じっとしていなければならなくなったために、祖父は以前より故郷に注意を向けるようになった。領地の農民たちに」その先を語るのはためらわれた。クランが領民に対して取ってきたやり方が、昔からマクローリーとキャンベルの抗争の主な原因なのだ。腕の中にメアリーを抱いているときにそれを指摘することは、限りなく愚かなふるまいだろう。「とにかく、きみの質問に答えるなら、グレンガスクは不規則に広がる大きくて美しくて古い建物だ」

「あなたのおじいさまが浄化政策《クリアランス》と戦うことに決めたのはなぜなの、アラン？」

単刀直入だな。たしかにメアリーは物事の核心を追い求めたがる。それが自分の心となると、話は別のようだが。「祖父はわれわれが敗れたことを受け入れられなかったのだろう。それにほかのクランと違って、アバディーンやエジンバラのスコットランドの事業に財産を投資していたからね。そのおかげでぼくたちには土地と現金が遺されて、ササナックの税金を支払うために羊を放牧する必要はなかった。祖父はいつも言っていたよ、〝クランがわれわれの強さを保った、だからわれわれにはクランの強さを保つ義理がある〟と」

「本当に名言をたくさん残したのね」

「ああ」

「あなたが話してくれたことは、わたしが子ども時代に聞かされた話とはずいぶん違うわ」

「ほう。悪魔のマクローリー家について、いったいどんな話を聞かされていたんだ？」

「マクローリーは古いヴァイキングの財宝を掘り当て、その金塊を使って軍隊に身辺を守らせた。だから近隣のクランのところへも、のうのうと出かけていける。あなたのお兄さまは領地に学校を建て、事業を興して、ほかのクランの領民がそれぞれの氏族長に対して反乱を起こすようけしかけた」

「極悪非道だな、それは。想像力豊かなことだ」アランは彼女を引き寄せた。

「でも、わたしたちのクランが憎み合っているのは、噂や作り話のほかに何か理由があるはずでしょう」

「ぼくと結婚すべきではない理由を、いまも探しているのか？」

メアリーは顔をしかめてから、すぐに表情をやわらげた。「あなたのクランとわたしのクランが実際のところなぜ反目し合っているのか、解明しようとしているだけよ。もしその理由が単に、キャンベル家は領民を顧みないとマクローリー家が一方的に考えているだけだったり、マクローリー家は武力でほかのクランをつぶす気ではないかとキャンベル家が勘ぐっているだけだったりしたら……。そうね、大勢の人々がこれといった理由もなく命を落としたことになるわ」

二世紀以上に及ぶ抗争の中には襲撃や虐殺などの惨烈な衝突もあったとアランは言いかけたが、それは口にしないことにした。メアリーの言うとおりかもしれない。彼女の五つ上の代の曾祖父が彼の五つ上の代の曾祖父の足をうっかり踏み、そのときに報復を恐れたことがすべての敵意の始まりになったのかもしれない。ぼくの父親が殺されたのは、大きすぎる足をした祖先が足を踏まれたからかもしれないのだ。

「アラン？　わたしに怒っているのではないわよね？　あなたの論法をけなすつもりはないの」

「怒るわけがないだろう、メアリー」

「だって、たとえ始まりはばかげたことだったとしても、いまお互いに疑ったり憎んだりしているのには、それなりの理由があるはずよ」

アランは首を横に振った。「ぼくたちのあいだにはわだかまりはない。だから、それを言い訳に使わないでくれ。ぼくを欲しくないなら、そう言ってほしい。それでもきみをアルカークまで無事に送り届けるよ。約束は守る」

「あなたを欲しくないなんて言えないわ、アラン、こんなに欲しいのに。ただ、わからないの、わたしたちが――」

「黙って」彼はダンスフロアの端へ移動し、メアリーの手をしっかり握ったまま一番近い扉へ向かった。

「どうしたの？　何をしているの？」

「きみがぼくと話したいと言うから話をした。きみがぼくとダンスを踊りたいと言うから踊った」扉を開けて、涼しく暗い外へと導く。「きみがぼくを欲しいと言うから、宿屋に戻って、ぼくはきみのものになる」

メアリーがおびえたような声をもらした。このまま乱暴に引っ張っていくのは大ばか者のすることだろう。こんなに遠くまで来られたのは、辛抱強く彼女に接してきたからだ。アランは墓地の手前で止まった。

「気が変わったのならそれでもいい、愛しい人」しかたなく言う。「だがぼくを追い払うつもりなら、いまそうしてくれ、頼むよ。一緒に部屋へ入ったら、きみを放すわけにはいかなくなる」

メアリーが彼の手をつかんだまま言った。「いいわ、行きましょう。でも、亡くなった村人を踏みつけてはだめよ。縁起でもないわ」

ふたりは教会の裏にある墓地を迂回《うかい》し、イソップ童話の『キツネとブドウ』に出てきたような小道を進んでいった。アランの記憶が正しければ、それはじらされたあげくに飢えを満たせないキツネの話だった。やれやれ、今夜ぼくはそのキツネになるつもりはない。

ふたりは裏口から中に入り、できるだけ物音をたてずに階段をのぼった。アランは今度こそ、メイドに邪魔されたくなかった。クロフォードはこれまで驚くほどの有能さで妨害してきた。あのがみがみ屋を起こしてはならない。

静かに扉を押し開けてメアリーを先に通す。つま先立ちで入っていく彼女のシルクのスカートが脚にまとわりつくと、アランの下腹部がびくんと反応した。口うるさい旅の仲間は夜通し耳をそばだてているに違いない。部屋に入るとすばやく扉を閉め、鍵をかけて、扉の取っ手の下に椅子を押しこんだ。

「まあ」メアリーがくすくす笑いながら小声で言った。「クロフォードは熊じゃないわ」

「ああ、違う。もっとたちが悪い。熊が襲ってきたら撃てるが、彼女には馬車で席を譲らなければならない」

「メイドが一緒に来るのは大事なことだったのよ」

「もしきみが元の人生を取り戻したいならね」

彼女は肩をすくめた。「わたしの元の人生をひっくり返したのはあなただわ」

アランは扉の前から動かなかった。ここまで来て議論したいわけではない。こちらからふっかけたわけでもない。しかし、言わずにはいられなかった。「そう、ぼくがひっくり返したんだ。だが、きみもひっくり返されたがっていた。でなければ、ぼくとダンスをしたりしなかっただろう」

「いちいち言い返さないで」メアリーが言う。

「全部その手につかんでから、どれを手放すか考えるのはやめるんだ」手放されるのが自分でないことを、アランは天に祈った。彼女の信頼をじゅうぶん勝ち取れただろうか？　本当は望んでいない立場に彼女を追いこんでいるのか？　そうは思えない。「きみの家族は最初きみをろくでなしとくっつけようとして、その翌日には血に飢えた愚か者と結婚させようとした。ぼくの家族は、ロンドンに家族がいるというだけの女性とぼくを一緒にさせたがっている。ぼくたちはそんな家族に借りがあると思うか？」

メアリーはしばらくじっと見つめてから、大股で近づいてきた。叩かれるかもしれないとアランが身構えた瞬間、彼女は両腕を首に巻きつけて、激しく口づけてきた。

「あなたはわたしに人生を変える機会をくれたわ」唇を触れ合わせたまま言う。

アランは両手で彼女のウエストを持ちあげて顔の高さを合わせ、唇を押し当てた。ぼくがしたことといえば、残酷で不愉快な男との結婚からメアリーを救いだそうとしたことだけだ。彼女をさらったのは自分のためでもあった。「きみもぼくの人生を変えてくれたよ」

肩を押されると、彼はメアリーを床におろし、つぎの当たった古い上着を脱ぎ捨てた。考える時間を一秒でも与えたらメアリーの気が変わってしまうと確信しているように、唇をいっときも離さず、彼女があえぎ声をもらすまで舌と歯でもてあそぶ。舌を絡めながら闇雲に服を引っ張っていると、隙間風が吹きこみ、小さな暖炉で火がはぜた――この瞬間、生涯忘れられないだろう感動が心に植えつけられた。

アランは彼女を抱きあげるとベッドに運んで横たえ、覆いかぶさった。

「シャツを脱がせてくれ、愛しいきみ」持てる忍耐力と意志のすべてをかき集める。

唇を触れ合わせたままうれしそうに笑いながら、メアリーが両手でシャツの裾をズボンから引っ張りだした。アランは頭の上に両手をあげ、彼女から身を浮かせた。粗い綿の生地が頭を撫でていく。メアリーがそれを取ってベッドの脇に落とした。

「座って」彼女は両手でアランの胸を押した。「あなたを見たいの」

片目を細めてしかめっ面を作りながら、彼は従った。押されてもチョウに羽で叩かれるようなものだったが、メアリーの要求を断ることなどできそうになかった。彼女の腿にまたがり、膝立ちになって背筋を伸ばす。アランの下に横たわった彼女は秋色の髪がピンからほつれ、顔を赤らめていた。

「男の裸の胸なら、前にも見たことがあるだろうに」彼はゆったりとした口調で言った。

「あなたのは初めてよ」メアリーはかすかに震える片手を伸ばし、喉から胸へ、さらに腹部へと指を走らせた。「傷があるわ」

「ぼくには兄弟がいるんだぞ。それにフランス人たちと戦ったこともある」アランは肩をすくめた。「ぼくを止められるものは何もない。さあ、今度はぼくがきみを見る番だ、メアリー」

アランはシルクのドレスの裾をつかんで膝の上まで押しあげ、彼女が腰を浮かせるとさらに上までまくっていった。むきだしの腿、脚の付け根でカールする茶色い茂み、平らな腹部をじっくり眺める。視線を感じて鳥肌が立っていた。

「腕をあげてごらん。全部見せてくれ」

目に不安を宿しながらも、メアリーがためらわずに腕をあげる。背中をそらしてドレスを脱ぐのを手伝いさえした。ドレスを脇に投げると、アランは膝を折り曲げて座り、うっとりと彼女を見つめた。肌は上質のクリームのように白く、あちこちにそばかすが散っている。乳房は丸く誘うように盛りあがり、彼の手にちょうどおさまる大きさだ。微笑みながら両手と膝をつき、彼はメアリーに覆いかぶさった。硬いものがズボンを押しあげていたが、とりあえずそれは気にしないことにした——どうしても自分のものにしたい女性を目の前にして、男が我慢できる限界までは。彼女が素直に認めるかどうかにかかわらず、メアリー・キャンベルはぼくの花嫁になるのだ。メアリーに歓びを与え、彼女もぼくが欲しくてたまらない状態にする、そうして彼女を自分のものにする——永遠に。身をかがめ、ゆっくりと深くキスをして、彼女の唇を開かせる。

アランはなめたり甘噛みしたりしながら、喉から肩へと口づけていった。彼を見ようと頭をもたげるメアリーを上目遣いで見ながら、片方のピンクの乳首に舌を這わせる。

はっと息をのんだ彼女がアランの髪に指を絡めて、頭を引き寄せた。

「アラン」吐息混じりのかすれ声は、胸の先端を口に含んで強く吸うと、深いあえぎ声に変わった。

ああ、こんなにもメアリーが欲しい。彼女にも、ぼくを欲しがってもらわなければ。身をよじって片肘に体重をのせ、もう一方の手を彼女の下腹部へと滑らせる。腿をやさしく撫でてから奥のひだに分け入り、少しずつ中に指を沈めていった。メアリーは一瞬びくっとしたが、アランは口で乳房を愛撫しながら同じリズムで指を動かした。ああ、彼女は熱くしっとりと濡れている――ぼくのために。

呼吸が次第に浅く速くなり、メアリーは彼の指が与える快感に身もだえして、震えながらあえぎ声とともに絶頂を迎えた。彼女の爪が頭皮に食いこみ、血が出たかもしれないと思ったが、アランは気にしなかった。

「ごめんなさい」荒い息をつきながら、メアリーがかすれた声で言う。「痛かった?」

「いや」彼はそこでようやく頭をもたげた。「気持ちがよかったみたいだね?」

「あの、ええ」

「よかった。もっとほかにもあるから」

「わたし……まあ、もっと?」

「そうさ。まだ始めたばかりだ」

「それなら、あなたも残りの服を脱いで」メアリーが微笑む。「なんだか自分がすごく悪い子になったみたい」

アランはふたたび膝立ちになり、彼女を引き起こして座らせた。「さあ、頼むよ」メアリーの両手を取って自分の腰に導く。

何を頼まれたのかわからず、彼女はしばしためらっていた。「ああ」やがてそっと息を吐きだし、ズボンのボタンを外しはじめる。不慣れな作業にメアリーが苦戦しているあいだ、アランは歯を噛みしめて耐えた。「うまく外せないわ」彼女はボタンと格闘しながら顔をしかめた。

「うまくやろうとしなくていいんだ」からかっているような声にならないよう、細心の注意を払って言った。

「どうすればいいかわからないのは好きじゃないの」

「なるほど、でもそれが愛の営みのすてきなところだよ。考えるのをすっかりやめてしまっても、どうすればいいかは体が知っている。この営みはきみやぼくよりずっと古くから、この世に存在するわけだからね」

メアリーが手を止め、顔をあげて彼を見た。「考えるのをすっかりやめることなんてできるの？」

「きみを弟のムンロに紹介しないとな。あいつが最高の実例だ」

「アラン」

彼はメアリーの両手を包みこんだ。「ただ、きみが気持ちのいいことをすればいいんだ、メアリー。ぼくたちはいまここに一緒にいる。それ以外のことはどうでもいい」彼女の腕を取って自分の肩にまわさせ、うつむいてもう一度キスをする。今夜のメアリーは罪の味がした。甘くてスパイシーで、とても平静ではいられないほど魅力的だ。

アランはふたりのあいだに手を入れて最後のボタンを自ら外すと、ズボンを腿へと押しさげた。やれやれ、助かった。永久に押しこめておかなければならないかと思った。

　彼の肩に腕を巻きつけたまま、メアリーがふたりの体のあいだを見おろした。

「じゃあ、それがするのね」

「するのはそれじゃない、ぼくだ」

「では、してみせて、ミスター・フォックス」小声でささやく。

「喜んで、ミセス・フォックス」アランは体を離して尻もちをついた。「ブーツを脱ぐのを手伝ってくれるかい？」

　メアリーはダンス用の靴を脱いで放り投げると、膝立ちになってブーツのかかとをつかんで引き抜いた。もう片方も同じように脱がせたあと、両方のブーツを脇によけ、ズボンを脚から引きさげて脱がせてくれた。これでそれも自由になったし、これがふたりのあるべき姿だった――一緒になることが。メアリーが感じていたぎこちなさも消えたらしく、彼女は好奇心と欲望の浮かんだ瞳でアランの顔をちらりと見ると、彼の脚のあいだにおずおずと手を伸ばしてきた。屹立《きつりつ》したものをそっと指で包みこむ。「これをズボンの中におさめておくなんて、とても快適とは思えないわ」

「まあ、おとなしくしているときには、これほど立派ではないからね」解放してやるまでに、男はいったいどのくらい持ちこたえられるものなのだろう？　「だが、そこを蹴られたら痛いどころではない。顎に拳を食らったときより、ずっと速くへたりこんでしまう」

「でも、どうやって――」

「もしよかったら解剖学の質問はあとまわしにしてもらえるかな、お嬢さん？　ぼくがきみを抱いたあとに。この瞬間を永遠より長く待っていたような気分だ」

メアリーは彼の高まりを放し、目の前の胸に体を押しつけてまた口づけた。「じゃあ、抱いて」そっとささやく。

二度言う必要はなかった。アランは両手を彼女の背中にまわし、キルトのかかったベッドにふたたびふたりで横たわった。キスをして、彼女のなめらかな体に両手を走らせ、秘めやかな部分のそばまで触れる。だが、これ以上我慢できそうになかった。この瞬間をあまりにも長く待ちすぎていた。メアリーの腿のあいだに体を入れて、脚を大きく開かせる。

「来て、アラン」彼女が急きたてるように息遣いを速めた。

「少し痛い思いをすることになるが、最初だけだ」

「大丈夫よ。お願い」

我慢できる限界までゆっくりと慎重な動きで、アランは身を沈めていった。なんて熱くてきついんだ。抵抗を感じたところで止め、美しい緑色の瞳を見つめながら一気に貫く。メアリーがはっと息をのみ、その音を彼はキスで受け止めた。彼女の指が肩に食いこんでもじっと動かず、根元まで包みこまれたままでいた。これで彼女はぼくのものになった。

「力を抜いて。中でぼくを感じてごらん」

メアリーの目がうっとりと半開きになった。「ああ、なんてこと」小声でつぶやく。

彼女の手がせわしなく背中を撫でまわす。アランはいったん腰を引き、そしてまた貫いた。

「まだ痛いかい、愛しいメアリー?」

彼女が首を横に振る。「いいえ。感じるわ……もう一度して」

アランはにやりとした。「喜んで」何度も抜き差しを繰り返す。最初はゆっくり、やがてどんどん激しく速く、メアリーの脚が腿に巻きついてくるまで。突き入れるたびに宣言している気分だった――彼女はぼくのものだ、もう二度と放さない、と。

「ああ、もっと」メアリーがあえぎ、背中を弓なりにした。

アランは何度でも、その願いをかなえてやった。そしてメアリーがのぼりつめたのを感じたとき、彼もうなり声とともに絶頂を迎えた。長いあいだ彼女を抱きしめ、ふたり一緒に身を震わせた。

キャンベルよ、できるものなら、ぼくたちを止めてみろ。マクローリーもかかってこい。この冒険が次にどこへ向かうにせよ、ぼくたちふたりはずっと一緒だ。

# 12

メアリーは自分を見おろす熱を帯びたブルーの瞳を見つめ、なんとかして考えをまとめようとしていた。けれども口からは、〝もっと〟とか〝ああ、そこ〟などというはしたない言葉や、自分の中にずっといてほしいとアランに懇願する言葉しか出てこなくなってしまったようだ。これほどみだらで、でもわれを忘れるほど……幸せな気持ちにはなったことがない。

満足げな笑みを浮かべたアランが顔をさげ、またキスを浴びせてきた。息が詰まり、心臓まで止まりそうなキス。彼の体がメアリーの上で――そして中でも――動く感覚は、このうえなくすばらしかった。アランが手を伸ばし、髪からピンを一本ずつ抜いていく。

「あなたは――これは、いつもこんなふうなの？」メアリーは震える声を絞りだした。長い三つ編みをほどかれて、背筋に快感の震えが走った。

「いや」彼のスコットランド訛りが素肌に響いてくる。「きみがぼくを解き放ってくれたからだよ、愛しいメアリー。身も心も」

こんなにロマンティックなことを言われたのは初めてだ。アランのように自信にあふれた男性からそんな言葉をかけられて、彼女は心の底まで震えた。「わたしも解き放たれたわ」

アランの微笑みが深まる。「よかった。きみには少し解放が必要だったからね」

彼が言っていた〝考えるのをすっかりやめる〟というのがどういうことか、メアリーは初めて知った。めくるめく感覚、狂おしい愛撫……何もかもに圧倒された。そもそも、なぜアランに抗っていたのかさえ、よく思いだせなかった。考えてみれば出会ったときから、アランにとってはメアリーがキツネの仮面をつけたレディにすぎなかった最初の夜から、彼は魅惑的で強い欲望をかきたてられる禁断の男性だった。

「何を考えているんだ？」アランが片方の腕を彼女の背中の下に差し入れて持ちあげ、仰向けになった自分の上にのせた。「後悔しているのではないといいんだが」

後悔ですって？　またすぐに抱いてほしくてたまらないくらいなのに。でも、クロフォードに知られてしまう。それですべてが変わるだろう。いいえ、すでに変わってしまった。けれど、悪いほうへ変わったとは思わない。たとえどんな結果になるとしても。

「後悔するわけないでしょう」メアリーは応えた。

「きみがそう言ってくれるのを永遠に待っていたような気がするよ」アランが小さく笑う。「とこしえの愛を誓ったわけではないにしても、今夜はその言葉だけで満足だ」てのひらで彼女の肩から背中を撫でおろし、ヒップを包みこんだ。

「またしたいわ」メアリーは彼の顎に口づけた。

「ああ、するとも」アランは羽根のように軽々と彼女を持ちあげると、ベッドの自分の隣におろした。「だが、今夜はだめだ」

「どうして?」

「だめ?」彼がベッドの端に遠ざかり、メアリーは体を起こした。「どうして?」

アランがズボンを拾いあげ、肩をすぼめるようにしてそれをはいた。引きしまり、しなやかな筋肉がついた完璧な体だ。「きみがぼくを欲しがっているからだ」

彼女は顔をしかめた。「それはいったいどういう論理なの?」

にやりとしてシャツを手に取ると、彼は頭からそれをかぶった。「明日、馬車に揺られながら、きみがぼくに触れてもらいたがっているところを見たいからだよ、愛しい人。この旅を始める前からぼくがきみを求めていたように、きみにもぼくを求めさせたい。そして明日の夜また抱かれるときのことを、きみに思い浮かべてほしいんだ」

あたたかな震えがメアリーの背筋を伝いおりて……そこにとどまった。「そのときまでにわたしの気が変わったら?」

「変わりはしない」踏みつけるようにしてブーツを履くと、アランはベッドのそばに戻り、彼女のうなじを手で包みこんで長くやさしいキスをした。「ここからスコットランドまで、毎晩きみを抱く。きみはそれから決めるといい。それでもまだおじいさんと元の人生へ駆けこみたいか、ぼくと新しい人生を歩みたいかを」

アランは扉を押さえていた椅子をどけ、鍵を開けて廊下に踏みだした。ほとんど閉じかけた扉の隙間から、体を差し入れて言う。「このことで、あのがみがみ屋に意地悪を言われたら、ぼくのせいにするといい。彼女に何を言われても、ぼくは痛くもかゆくもない。では、また明日の朝に」

そう言って、アランは扉を閉めた。まさか、ふざけているだけだわ。すぐに戻ってきて、また服を脱ぎ捨て、ベッドへ入ってくるに決まっている。メアリーは体の片側に体重をかけてしなを作り、ほどいた髪を片方の肩にかけた。ふしだらな感じがしたが、痛々しいとか滑稽よりは、そう見えたほうがいいと思いながら。

彼のブーツの足音は宿屋の談話室へおりていく階段の方向に遠ざかったきり、戻ってこなかった。メアリーは顔をしかめた。本当にこのまま置いていくなんてひどいわ。ええ、たしかに思いきり堪能したし、満足感も得た。でも、いまも皮膚のすぐ下で欲求がうずいている。これでどうやってまともに考えろというの？　将来について論理的な決断を下せるわけがないでしょう？　アランのことしか考えられないのに。

ふうっと息を吐きだすと、メアリーはベッドの端まで転がり、立ちあがってドレスを表に返してから足を踏み入れた。自分の部屋は廊下のはす向かいにあり、ほとんどの人がまだダンスパーティーにいるはずなので、わざわざボタンを留めようとも髪を整えようともしなかった。クロフォードだけはごまかしたいところだが、この身なりでは、メアリーが何をしていたかメイドは瞬時に悟るだろう。そしていま、メアリーはそのことに罪悪感さえ覚えなかった。

靴を履き、廊下を横切って自分の部屋に入る。クロフォードが本を開いていた書き物机から立ちあがった。「お嬢さま、こんなに早く……」声が小さくなり、すでに曇っていた表情がいっそう暗くなった。「ご両親はさぞかしがっかりなさるでしょう、レディ・メアリー。

ミスター・カルダーがどんな反応をされるかは、想像することしかできませんけれど」

「わたしはチャールズ・カルダーのものではないのよ、クロフォード。もう違うの。非難するのはやめて。寝ることにするわ」

メイドは口をきつく結んだまま、ドレスを脱ぐのに手を貸した。「お父上には、あの人に無理強いされたとおっしゃればいいでしょう」少しして口を開いた。「それに、彼がわたしたちふたりを誘拐したと言わなければなりません。もちろんわたしが証人になります。あとは子どもができなかったことを祈りましょう。マクローリーは……。そうですね、彼のことを話し合う必要はありません。でも、まだ望みはあるかもしれませんよ。あなたの評――」

「やめて！　もうたくさん。そんな小言を延々と聞かされると、頭皮をクモが這っているみたいにむずむずするわ。わたしたち以外には誰も何も知らないの。この先も知られることはない。わたしが祖父と話をして、この騒ぎを丸くおさめるまでは。そして誰にもアランを傷つけさせたりするものですか」

最後の部分が最も肝心だった。チャールズ・カルダーにも、ほかのいとこたちにも絶対に、アランの髪一本たりとも触れさせてはならない。もちろん彼は自分で自分を守れるけれど、大事なのはそこではなかった。彼が傷つけられるかもしれないと考えただけで……心臓が止まりそうだ。

それに、子ども？　どうしてそのことを思いつかなかったのかしら？　欲しいのはアランだけだ。彼に触れたかったし、彼の手でわたしに触れてほしかった。それ以外のことはどうでもよくなっていた。だけど子どもができたら？　もしわたしが妊娠したら、両家は平和に暮らす道を見つけなければならなくなるだろう。アランとの家族を持つことができる。毎朝目覚めたときに彼がいるだけでなく、あの目や表情を娘か息子の中に見られるなんて。

メアリーは身震いした。明日の夜がはるか先に思われた。それまでに落ち着いて考えよう。できればふしだらではないことを。そして祈ろう。マクローリーとキャンベルの物語が幸せな結末を迎えますように、と。

「ビールをごちそうさせてください、アラ……ミスター・フォックス」ピーターの声が、ほとんど客のいない酒場の奥から響いた。

アランは彼のテーブルに向かった。従僕が呼びかけてくれて幸運だった――自分がここではスコットランド人でないことをほとんど忘れていた。「ぼくがごちそうするよ」そう応えて女給に合図を送る。

「本物の紳士でいらっしゃる」ピーターがろれつのまわらない舌で言った。ハイランダーがそこまで酔うとは、かなり前から飲んでいたに違いない。

「見張ってくれているはずではなかったのか」アランは低い声で言い、向かいのベンチを引き寄せて座った。

「ちょっと腹をあっためようと思いまして。ダンスパーティーからお早いお戻りで？」

「ああ」

ピーターはアランをちらっと見た。「で、そのことはこれ以上おききしないほうが?」

「ああ、きくな」

言葉にしたら、この夜を台なしにしてしまう気がする。アランはメアリーの初めての男になった。そしてなんとしてでも、ただひとりの男になるつもりだった。彼女はつかの間、論理さえ脇に置いた。そのことが希望をくれた。いずれメアリーは自分のクランより彼を選ぶことができるかもしれない。

乱れたベッドに裸のメアリーを置いてあの部屋を出るには、強い意志の力が必要だった。しかしこちらが追いかけている限り、彼女がどれだけ本気なのか確信が持てないままになる。この先にふたりを待ち受けているものを考えたとき、どこまで行く気があるのか、どれだけ本気なのか、メアリーは自分自身で心を決める必要があるのだ。アランは自分が何をするつもりかはわかっていたが、この旅を生き延びるだけではなく一緒に未来を作るためには、ふたりの覚悟が必要になる。あろうことか、彼は意図的に予防策を講じずにメアリーを抱いた。彼女はアランの子どもを宿しているかもしれない、いまこのときにも。

給仕が運んできたジョッキの中身を喉に流しこみ、それがエールではなく苦いビールだったと気づいて、アランは目をしばたたいた。父親になるかもしれないとは。これが一年前のハイランドで、相手がどこかの女だったら、そう考えただけでうんざりしただろう。マクローリーにそんな不注意は許されない。だが、いま彼が感じているのは……完全に満足とまではいかなくとも、満ち足りた気持ちだった。これは自分が歩もうとした道であり、隣を歩こうとしてくれる女性と一緒なのだ。ただひとつ不たしかなのは、彼女がそのことに気づいているのか、まだ気づいていないのかだった。

「ずいぶん静かですね、ミスター・フォックス」ピーターがジョッキからちびちびと飲んだ。「私がここにいるあいだは、ハワードに廏舎の屋根裏から道を見張らせてます。私もすぐにまた戻ります」

「ぼくたちの居場所がすでに誰かに見つかったとは思っていないよ、ピーター。だが、うしろを振り返るのをやめていいとも思えない」

「前もよく見たほうがいいでしょうね。彼女はキャンベルです。ええ、たしかにべっぴんさんですが、キャンベルは信用ならない。微笑みかけながら、腹に短剣を突き刺してきますよ」

「ぼくの腹は安全だ。メアリーはぼくを傷つけたりしない」とりあえず身体的には。

「そうですかね。私はあの女たちのどちらも信用できません」ピーターはまた椅子にもたれ、もうひと口飲んだ。「このままずっと、このいまいましい国を走りまわって、こういう居心地のいい宿屋に泊まりつづけるんですか？　死が追いかけてくるのを待ちながら？　やつらがわれわれの痕跡をまだ見つけていないとしても、いずれは見つけますよ」

「死がぼくを追いかけているのはたしかかもしれないが、相手はいまも間違った場所を探していることに賭けてもいい」それがノース・ロードを避けた理由だった。キャンベル――とラナルフ――は何が起きているのかに気づいたら、北への最短ルートを探すだろう。目指す奇妙な一行が、そこから八〇キロ西にいるときに。

「ほう。私は旦那さまのことをよく知っていますし、旦那さまはあなたのことをよくご存じだ。いくら賭けますか？　弟は楽な道を選ばなかったはずだという結論に、旦那さまが達しないほうに」

いいところを突いている。くそっ。「明日はもう少し速度をあげよう。安全のために」アランは言った。「必死で逃げているようには見えないが、今週中にハイランドに着ける程度には」

「はい。それはここ二週間に聞いた中で、一番うれしいご指示です。ですがいまもまだ、あっちに着いたらキャンベルの女と結婚なさるおつもりですか？」

「そうだ、承諾してもらえればな。彼女がぼくの妻になるよりもアルカーク公爵の孫娘でありたいかどうかにかかっているだろう」

「ばかな」

「ばかな？」

「ずいぶん腰抜けになってしまったんですね。マクローリーの男は、誰にも自分の人生の道筋を決めさせたりしなかったはずです。欲しいものがあれば、それを手に入れる方法を見極める。歯、爪、剣、銃、知性のどれが必要なのか」ピーターは人差し指でこめかみを叩いた。「旦那さまがそうしているように。彼女が欲しければ手に入れるまでですよ」

アランは二杯目のジョッキが一杯目に取って代わると同時に眉をひそめた。一杯目の中身はかなりすばやく消えた。「ラナルフはササナックになりさがろうとしている」彼はぼやいた。「そのまねはしたくない。兄上はシャーロットに要求を突きつけてなどいない。自分をねじ曲げて、彼女の望むものになろうとしているだけだ」

「彼女のほうが求婚したんですよ。旦那さまは膝をついてもいなければ、頭をさげてもいません、私が聞いた話によれば」

「いまは頭をさげっぱなしじゃないか」

「旦那さまはスチュワート家やササナックの貴族に頭をさげてるんじゃなくて、話し合いをしてるんです。あの人たちがハイランドに所有している土地を買い取ろうとしているんですからね。ロンドンにいては領地の管理も大変だ、買ってくださいと頭をさげてるのはあっちのほうですよ。月が変わる前には、旦那さまがスコットランドに所有する領地面積はジョージ王子のそれを超えるそうです。少なくともオーウェンはそう言ってます」

なんだって？　ラナルフが土地を買い取っていることに、なぜぼくは気づかなかったのだろう？　いつも兄が相談を持ちかけるのはぼくなのに。たしかにラナルフは協力を求めてきたが、シャーロットを喜ばせたいという理由でイングランド貴族と親しくなろうとしているのだとばかり思っていた。ロンドンでの商業活動のためにスチュワート家と同盟を結ぶのを決めたのと同じように。ラナルフがイングランド貴族やスチュワート家の所有する土地を買い取っていたなんて、ぼくはまったく知らなかった。

ピーターが心配そうな顔になった。「言ってはいけないことでしたか？　旦那さまがアランさまと領地拡大について議論したくないと思っておられるのは知っていたんですが。オーウェンは秘密だとは言ってなかったもんですから。それに土地が必要なことはみんな知ってます。キャンベルやガーデンズ、デイリーの連中が彼らの領地から追いだした小作人たちを、大勢受け入れたんですから――」

「いいんだ、ピーター」アランはさえぎった。何か見逃していたのなら自分が悪いのだ。そんなにメアリーに気を取られていたのだろうか？　それなのに、シャーロットにのぼせあがっているとラナルフを責めていた。とんだ見当違いだったようだ。兄はロンドン滞在中の時間を、新たに受け入れた者を含む領民のために、土地を広げるために使っていたのか。それなのにこうして、ぼくは愚かにもキャンベルとの休戦協定をぶち壊してしまった――これ以上ないくらい最悪のタイミングで。

「そう言ってくださってありがとうございます、ミスター・フォックス」ピーターはほっとした顔をした。

「いや。こちらこそありがとう、ピーター。ぼくはとんでもない愚か者だったのかもしれない。それに気づいてもいなかった」ほぼ確実に許されないほど愚かなことをした。だが、その価値はあっただろうか？　その問いには胸を張って答えられる。メアリーがぼくを愛してくれているなら、その価値はじゅうぶんにあった。

「さて、そろそろ見張りに戻るとします」従僕はよろめきながら立ちあがった。「ハワードだけでは不安ですからね」

アランは無理に笑みを浮かべた。「干し草の屋根裏から落ちるなよ。ハイランドじゅうの女が嘆き悲しむことになる」

「はい。それとササナック女の半分も」ピーターは上着のボタンを留め、ポケットからごわごわの手袋を出した。「忘れるところでした」手袋にはさまった封筒を差しだす。「あの女がこれを明日の郵便に出そうとしたのが目に入ったんで、中身を確かめたいかもしれないと思いまして」

「どちらの女だ？」手紙を受け取ってひっくり返すと、マザリング・ハウスの住所がきれいに表書きされていた。

「えらが張ったほうです。クロフォードですよ。自分の居場所をキャンベルの誰かに知らせようとしたんじゃないでしょうか」

「ああ、そうらしい」アランはためらいもせず、簡素な封ろうを破って開けた。何がなんでも、あのメイドにメアリーの両親宛の手紙を送らせるわけにはいかない。便せんをさっと開いた。

〝親愛なるフェンダロウ卿〟それを読んだアランは顔をしかめた。怒りがわいて、紙に指が食いこむ。〝万が一この前の手紙が届かなかった場合に備えて、ふたたびお知らせいたします。アラン・マクローリー卿はレディ・メアリーとわたしを〈巨人のパイプ亭〉から力ずくで連れ去りました。わたしたちはいまウィグモアという村にいて、朝になったら北を目指して出発します。わたしは全力を尽くしてこの逃亡を遅らせるつもりですが、誘拐犯はわたしたちをハイランドへ引きずっていくことを決意しています。そうなれば、この大惨事が公になるのを防ぐには手遅れでしょう。すでに手遅れかもしれません。どうか一刻も早く来てください！　変わらぬ忠誠とともに、ユーニス・クロフォード〟

「ピーター」アランは低い声で言った。「おまえとハワードで元気な馬を二頭、馬車につけてくれ。それから階上に来て、荷物をおろすのを手伝ってほしい。二〇分後に出発する」

「はい、アランさま。おききしても――」

「この手紙は二通目だ。キャンベルはわれわれの居場所を知っている。あるいは、すぐそばまで来ているかもしれない」

従僕の真っ赤な顔が少し白くなった。「馬をつけてきます」

ピーターがあわてて出ていくと、アランは階段を駆けあがった。メアリーの部屋の扉を押したが、鍵がかかっていた。拳で扉を激しく叩く。「メアリー！　ここを開けろ！」

部屋の中で言い争うような声が聞こえたあと、扉が音をたてて開いた。「どうしたの？」メアリーはアランが買ってきた寝間着を着て、眠そうな目で尋ねた。

もしこれほど怒っていなかったなら、彼女のそんな姿に完全に気を取られていただろう。しかしアランは何も言わずに手紙を手渡し、メアリーの横をすり抜けて部屋に入った。うなりながら奥へ進み、モブキャップにハイネックの寝間着姿でベッドのこちら側に立つメイドに指を突きつけた。「最初の手紙になんと書いた？」

クロフォードは青白い顔の縁を灰色にしながらも、顎をあげて言った。「あなたにはお話ししません、このならず者」

「ぼくのことは好きなように呼べばいい。だが、もう一通の手紙のことは話してもらう」アランは大きく一歩踏みだし、背の高さを利用して、相手がさらに見あげなければならないようにした。反抗的な姿勢を服従に変えるために。

しかし、それにはなんの効果もないようだった。「わたしはあなたに雇われているわけではありません」クロフォードが宣言する。

「ぼくは――」

メアリーが彼を押しのけた。「何をしたの、クロフォード?」問いただし、便せんをてのひらに打ちつける。「最初の手紙をいつ送ったの? 何を書いたの?」

メイドは表情を変えなかった。「わたしはフェンダロウ侯爵閣下にお仕えしています。旦那さまがご不在の場合、わたしは旦那さまの評判をお守りするために必要なことをなんでもするつもりです。そしてご家族の評――」

「アラン、二ポンド持っている?」メアリーがさえぎり、クロフォードに背を向けて彼に手を差しだした。

アランは無言でポケットから硬貨を二枚出し、メアリーの手に置いた。あの世への船賃だけ渡してメイドを土の中に埋めるならシリング硬貨を使ってくれたほうがありがたかったが、彼女に手を出されては拒めなかった。

ところがメアリーは硬貨をつかむと、クロフォードには目もくれず、そのまま部屋を出ていった。メイドはすぐに追おうとしたが、アランが横に踏みだして行く手をふさいだ。

「どこにも行かせない」

「大声を出しますよ」彼女が言い返す。

「空からカラスが落ちてくるまで叫ぶがいい。彼女は父親が決めた人生を歩みたくなかったから、ここにいるんだぞ」

「お嬢さまが決めたことではありません」

メアリーが出ていったときより険しい表情で階段をのぼってきた。「それはおまえの誤解だ、クロフォード」アランは振り向いてメアリーを見た。「大丈夫か、メアリー？」

「ええ。持ち物をまとめるのを手伝ってくれる、アラン？」

「ああ。ここを出ないとな。つかまる前に」

腕を縛られたクロフォードが部屋の隅からにらむ前で、ふたりはメアリーの新しい服と化粧品を、アランが彼女のために買った小さなトランクに放りこんだ。メアリーはナイトドレスを着替えるために、緑色の簡素なモスリンのドレスを持って、廊下の向かいにあるアランの部屋へ行った。彼も一緒に行きたくてたまらなかったが、クロフォードから目を離すわけにはいかなかった。このメイドはきっと向かいの部屋までついてきて、ロンドンへ帰るか、ここで父親の到着を待つようメアリーを説得しようとするだろう。そんなことをさせてたまるか。

ピーターが階段を駆けあがってきたので、アランは自分のトランクに荷物を詰めるあいだ、彼にクロフォードを見張らせた。荷造りが終わり、トランクを廊下に運んで床に置く。

「できたぞ、ピーター。急いで全部積んでくれ」

「はい、アランさま」

メアリーが戻ってきたので、アランは背中にまわって三つのボタンを上まで留めた。

「あのがみがみ屋をどうしたい？」そう問いかけて、クロフォードをもう一度にらむ。メアリーがそれでもメイドにお供をさせたいのなら、反対するつもりはなかった。ただし移動中も縛り、毎晩猿ぐつわを嚙ませてベッドの支柱にくくりつけておくのが条件だ。

「わたしにまかせて」メアリーが言った。それまでに聞いたことがないほど断固とした口調だった。

「その男と一緒にいたら、誰も助けることができないほど汚されてしまいますよ。その人はあなたの家族の敵というだけでなく、ハ、イ、ラ、ン、ダ、ーなんですから。野蛮人じゃないですか。これはわたしの責務です。あなたとあなたの評――」

「もう違うわ、クロフォード。あなたを解雇します」メアリーは息を吸った。「それに、わたしもハイランダーだということを思いだすべきだったわね。わたしたち全員を侮辱する前に」

メイドは口を開き、また閉じた。川の堤防で死にかけている魚みたいに。

「わたしを雇ったのはあなたのお父上です」ようやく声を出す。「あなたが解雇することはできません」

「でも、解雇したのよ」メアリーが振り向くと、先ほどダンスを踊った鍛冶屋が金づちと木材を手に二階へやってきた。「お願いします、トマス」

クロフォードはあわてて両手で胸を覆った。あれだけ辛辣な女性にしては不釣り合いなほど、女の子らしい動作だった。知らない人に寝間着姿を見られるのが恥ずかしくてたまらないようだ――アランが部屋に入ってきたときはひるみもしなかったのに。

「これは――何をなさるおつもりですか？」

「あなたがこれ以上、問題を起こさないようにするの」続いて酒場の女給がパンをひとかたまり、水の入った水差し、コップがのったトレイを手にして現れた。メアリーはうなずいてそれを受け取り、扉の内側に置いた。「さようなら、マザー・グレーヴズ」

鍛冶屋が閉めかけた扉を、アランは片手で押さえた。論理的な愛する女性がメイドの処分方法を考えだしたことには驚かなかったものの、感心した。「ちょっと待ってくれ」もう訛りを隠そうともせずに言った。フェンダロウが彼らの居場所を知っているのだから。

部屋に入ると、頭から湯気を立てて怒っているメイドに用心深い目を向けながら、衣装戸棚を開けて、そこに残っていた飾り気のないモスリンの黒いドレスを取った。クロフォードがわめいて跳びかかってきたが、アランはすばやく廊下に出て扉を閉めた。クロフォードが金切り声をあげ、中から扉を押してくる。彼が肩で扉を押さえているあいだに、トマスが扉の枠に渡した厚板に釘を打ちつけた。

「あの人をどうすればいいんですか？」女給はがたがた音をたてる扉を不安げに見た。

「何もしなくていい」アランは答えた。「彼女にはきみたちに払う金も、着る服もない。明日かあさって、ぼくたちのことをききに誰かがやってくるはずだ。彼女を自由にするのは、その男たちにまかせればいい。彼らがそうしたいと言ったらね。その頃には、ぼくたちはとうにウェールズへ入っているだろう」

嘘の行き先なのは見え見えだったが、女給と鍛冶屋が動揺していて気づかないことを願うばかりだった。メアリーがアランの腕を取り、ふたりは一緒に階段をおりて『キツネとブドウ』の宿屋をあとにした。アランは物語のキツネと同じくらい、いまもじらされている気分だったが、彼の物語の中では褒美を手にできないよう邪魔立てする者はいなかった。

アランは馬車の外でピーターの腕をつかんだ。「おまえがぼくの無謀な行動を快く思っていないのは知っている」低い声で言う。「だが、おまえのおかげでぼくたちは命拾いしたかもしれない。だからありがとう、ピーター・ギリング」

メアリーはアランの腕を放して進みでると、ピーターの赤くなった頬にキスをした。

「ありがとう、ピーター」彼女も礼を言った。「あなたがわたしたちに機会をくれたのよ」

従僕はよれよれの帽子を持ちあげた。「キャンベルのやつらに追いつかれるのはごめんですからね、あなたにはすまないが、お嬢さん」

「あら、わたしもごめんよ」メアリーは応え、馬車に乗りこんだ。

「北へやってくれ、できるだけ速く」アランは言った。「これ以上ぐずぐずしている暇はない」

「おふたりをハイランドまで無事に送り届けてみせますよ、アランさま。もしできなかったら、気がすむまで罵ってください」

ダフィーとジュノー――アランがメアリーのために買った牝馬――を馬車のうしろにつなぎ、一行は夜に向かって駆けだした。豪華な旅の日々は終わった。キャンベルの者たちから逃げきることができなければ、ふたりはともに過ごす未来を失うことになり、アランは命まで失う羽目になるだろう。そして正直なところ、どちらを失う運命のほうが悪いのか、いまの彼にはわからなかった。

「本当にごめんなさい」メアリーが横の暗闇から言った。

アランは手を伸ばして彼女の手を探り当て、隣に引き寄せた。「なぜ謝るんだ、愛しいメアリー？」

彼女の手がアランの手の中で震えた。「あなたは最初からクロフォードを連れてきたくなかったのに。わたし……わたしが元の生活を取り戻す可能性を残しておきたかったばかりに、こんなことになってしまって。でも、彼女があんなふうにわたしを裏切るとは思ってもみなかったのよ」

「ぼくたちは、自分たちの人生をひっくり返しただけではなかったんだ」彼は顎の下にメアリーを抱き止めた。乱れたままの髪は、冷たく暗い馬車の中でレモンの香りがした。「クロフォードの人生もひっくり返した。彼女は自分が最も得をする状態に物事を戻そうとしたんだよ」

「追いつかれてしまうかしら？　父とチャールズに？」

「どうだろうな。最初の手紙が届いたかどうか、いつ届いたのかによる。クロフォードがぼくたちのたどった道のりを、どの程度知っていたかにも」

「かなりよく知っていたと思うわ」メアリーが彼の手を握った。「あなたにけがをしてほしくないの、アラン」

「ぼくだってしたくないさ、愛しい人。それにきみの一族にもけがをしてほしくない」

「数週間前はそんなふうに思っていなかったでしょう？」

アランは暗闇で苦笑いした。「数週間前は、キャンベルのことを鋭い剣越しにしか見たことがなかったよ。だがいまは、きみの一族の幸せも考えるようになった。彼らはきみのクランだからね」いざ戦う羽目になっても、自分の身を守る以上のことができる自信はある。無駄に軍隊で経験を積んだわけではない。しかしメアリーの父親の体に銃弾で穴を開けてしまっては、ふたりが望むような未来は訪れないだろう。だから、そんな状況は避けなければならない。

「クロフォードのドレスを奪ったのね」少しして、メアリーが強くしっかりした声で言った。「ああ。そうすれば、窓から抜けだそうとするのをあきらめてくれるかもしれないと思ってね。賢い作戦だったよ、部屋に閉じこめるとは」

「本当は鼻をへし折ってやりたかったのだけど」メアリーが体を動かし、見えなくても彼を見あげているのがわかった。「あなたの妹さんとわたしはあまり違わないような気がしてきたわ。あなたたちが彼女の周囲につねに護衛を置いているのは知っているの。あなたたちのクランが、彼女をハイランドいち美しい花と呼んでいることも。クロフォードを雇ったのは父だった。普段メイドを雇うのは母の仕事よ。彼女は父がわたしにつけた護衛だったのかもしれないわね」

アランは少しのあいだ、そのことを考えた。「たしかに妹が家出をしたとき、メイドのミッチェルが素直にそれを手伝ったのとはまるで違うな」ゆったりした口調で言う。クロフォードは彼が気づいていたより、ずっと大きな脅威だったのかもしれない。そう考えると、これから幾晩も眠れそうになかった。

メアリーのついたあたたかなため息が、彼の頬をそっと撫でた。「これからどうするの、アラン？」

「一緒にいる。それがぼくたちのすることだ」

「そう言ってくれるのはうれしいけれど、計画としては漠然としすぎていると思わない？」

小さく笑いながら彼女の口を探り当て、アランはやさしくキスをした。このキスさえあれば生きていける。「いや」本心からつぶやく。「大事なのはそれだけさ」

# 13

ムンロ・マクローリーは大きな灰色の牡馬《ぼば》、サターンからおりた。腕の毛が逆立ち、空を見あげなくても天気が変わることがわかる。それでも目をあげてみれば、グレンガスク・ホールの私道からは、谷の向こうで黒々とした雲が逆巻いているのがよく見渡せた。

「日暮れまでに嵐になるというところか？」隣に立つ引きしまった体つきの男が、同じ方向を眺めながら問いかけた。

「それより前だな。だから夕食をとっていったらどうだ、ラック？」

グレイ子爵ラックラン・マクティがうなずいた。「そうしたほうがよさそうだな。おまえにひとりぼっちでべそをかかせるのはかわいそうだ。泣き虫のでっかい鬼みたいに玄関ホールをうろつかせるわけにはいかない」

「べそなんてかくものか」

「ラナルフとウィニーがここを離れて七週間以上になる。アランが行って四週間だ。連絡くらいはあるのか？」

「ああ、ときどきな」アランだけが定期的に手紙をよこしていたが、ここ一週間というもの音沙汰なしだった。「おまえのほうが、おれよりよく知っているだろう？　ウィニーがあの気取った香水付きの手紙を毎日おまえに送ってきているんじゃないのか？」

ラックランは顔をしかめ、二頭の馬を連れていくために馬丁が現れると正面玄関のほうを向いた。「忘れてたよ。彼女がぼくに手紙を書かなくなったのを知っているくせに」

「ハンサムなササナック貴族でも見つけて、忙しいのかもしれないな。ラナルフには——きれいな女性がいるらしい。聞いたところによると」

「ササナックはウィニーをハイランドから連れ去っていく。そんな結婚をラナルフが許すわけがないだろう」

「何週間か前なら、おれもその意見に賛成した。だがそれを言うなら、兄上がイングランド女のとりこになるわけがないほうに一〇〇ポンド賭けていただろうよ。イングランドにいると魂まで変わってしまうと言われているからな」そんな言い伝えがあるのか本当は知らなかったが、長兄の行動を説明する助けにはなる。そしてそれがラックランの心を揺さぶるなら、一石二鳥だ。彼はこれまでロウェナを、親友のおさげ髪をした幼い妹としてしか見られないようだった。それでもラナルフは彼らに一緒になってほしいらしく、ムンロもあと押しをするつもりだった。

玄関に着くと扉が開いたが、クーパーはふたりを入れるためにうしろへさがることなく戸口に立った。「お手紙です、ムンロさま」執事は書状を差しだした。「特別な配達人が届けに来ました。特急便だそうです。いま、ウィリアムにムンロさまを探しに行かせるところでした」

ムンロはそれを受け取った。「馬で出かけていたんだ、ダンカン・レノックスと新妻の顔を見に」

「それとダンカンの妹たちもだろう」ラックランがつけ加えた。「一番上の妹のソーチャは、きみに微笑みかけられて気を失いそうになっていたぞ」

「ばかを言うな。あの子はまだ一六歳じゃないか。ちょっと黙ってろ、これを読むから」

宛名はラナルフの黒々とした飾り気のない手書き文字だった。ムンロはグレンガスクの封ろうを破って手紙を開いた。最初の数語で思考は止まり、血が凍りついた。「ランの書斎へ、ラック。来てくれ」

ラックランをうしろに従えて屋敷の中に入ると、ムンロは広い廊下を大股で歩いていった。壁には歴代のマクローリーたち、氏族長、戦士と長老の肖像画がかけられている。誰もがふさふさとした黒髪と鋼色の目をして、グレンガスクと領民を守るためなら死ぬまで戦うことを誓っていた。そして誰もがキャンベルを憎んでいた。

「何事だ、ベアー?」ラックランが扉を閉め、きれいに片づいたラナルフの書斎でふたりきりになった。「顔が青ざめているぞ」

「青くなって当然だ。聞いてくれ。〝ベアー、キャンベルとの休戦協定は修復不可能になったようだ。私は――〟」

「たいしてもたなかったな」ラックランが口をはさむ。「だが、それほど驚くことではないだろう」

「このあとだ。〝乗り手を集めて南の国境を目指してくれ。アランがメアリー・キャンベル、つまりアルカークの孫娘と一緒に北へ向かっている。追いかけているキャンベルの連中にアランが殺されないように守り、あいつがその女性と結婚するのを阻止するのだ。どんな犠牲を払っても〟最後のところは強調されてる」

「なんてことだ」ラックランがつぶやき、顔色を失った。「キャンベルと？　アランが？」

ムンロの注意を引いたのは〝結婚〟という文字だった。アランがアルカーク公爵とその一族をあざ笑うために、公爵の孫娘とベッドをともにするのならわかる。だが、結婚だと？　それは兄が正気を失ったとしか言いようがないほど筋の通らないことだ。ムンロはラックランをまわりこんで扉を開け放った。「クーパー！　ウィリアムを呼んでこい！　アンドルーとコナーも。それから全員分の馬に鞍をつけろ」

「いったい何人引き連れていくつもりだ、ベアー？」ラックランが尋ねた。

「必要なだけ」

「家に戻って、かばんを取ってくる」

ムンロは扉に向かう友人の行く手をふさいだ。「だめだ。紋章の言葉を知っているだろう。〝マクローリーはつねにグレンガスクとともにある〟おまえはここに残ってくれ」

ラックランは眉をひそめた。「ぼくはマクローリーじゃない」

「おまえのおばあさんはそうだった。クランの人間はそれを知っている。おまえには、ここにいてもらわないと。問題が起きているならなおさらだ」

少し考えてから、ラックランはうなずいた。「ならばそうしよう。だがそれは、このことが引き起こすかもしれない事態に備えるためだ、ベアー。きみたちがキャンベルの連中に出くわしたら、戦いになるとわかっているからな」

「ああ。だから急がなくては。誰かがアランを殺さなければならないのなら、それはラナルフでなくてはいけない。でなければ、おれだ。あの大ばか野郎め」

アランほど頭が切れなくても、もし兄が本当にメアリー・キャンベルと逃げたのだとしたら、ふたりが大惨事を引き起こしていることくらいムンロにもよくわかった。血を流さずにこの状況を切り抜けられるとは思えない。そして、その血はほぼ間違いなくアランのものだろう。

「大ばか野郎め」ムンロは繰り返した。


メアリーは夢を見ていた。ハイランドの居心地のいいコテージの快適なベッドでアランと一緒に眠っていたら、巨大な熊の姿をした父親がいきなり現れ、鋭いかぎ爪でアランの胸を切り裂いた。ぎょっとしてのけぞった拍子に、頭のうしろが何かにぶつかった。

「痛っ」アランがのんきな声を出し、顎をさすった。「どうしたんだ?」

ここはハイランドの居心地のいいコテージではなかった。北へ疾走するおんぼろ馬車の中だ。アランの肩にもたれ、腕に包まれているうちに眠ってしまったらしい。それがわかっても、あの瞬間の恐怖や、すくみあがるような……喪失感も消えてはくれなかった。

「ただの夢よ」そう答えたものの、夢と呼ぶにはあまりにも生々しい情景だった。

でも、うちの家系には魔女や魔法使いはいないはず——わたしの知る限りは。夢や茶葉やタロットカードで未来を言い当てられるなら苦労はしない。それに、父親が熊になれるとはどうしても思えなかった。怒った犬になって月に向かって遠吠えするのがせいぜいだろう。家族の中で熊の猛々しさを持つ者がいるとすれば、それは祖父だけだ。

「夢の中で、ぼくも一緒にいたかい？」アランが茶目っ気たっぷりに、メアリーの髪のひと房を耳にかけて尋ねる。「ふたりとも裸だった？」

「ええ、あなたも一緒だったわ」彼女は頭に居座る残像を振り払おうとした。「でも、裸ではなかった。と思うわ。ベッドで毛布をかけていたから、わからないけれど」

「ふたり一緒に？　それなら裸に決まっている」

「アラン」

「なぜ急に目が覚めたんだ？　楽しそうな夢じゃないか」

「いい夢だったわ。熊に変身した父がわたしたちを見つけて、あなたに爪を立てて殺そうとするまでは」

「ああ、なるほど。それなら動揺するのもわかる。ただし、きみのお父上は熊ではないし、スコットランドにはそもそも熊はいない。いなくなったんだ」アランはにやりとした。「それはそうと、いびきをかいていたよ」

憤慨しながらも、話をそらしてくれたことに感謝して笑いながら、メアリーは彼の膝を叩いた。「嘘よ！」

「いや、かいていた」彼は言い張った。「小さくてかわいらしい、いびきだったけどね。子羊の鳴き声みたいな」

「あなただって、けたたましいいびきをかいていたわよ。ゾウの雄叫びみたいな」彼女は大げさに応酬した。

「ぼくはいびきなどかいていない、眠っていなかったんだから」

メアリーはアランの顔がよく見えるように、馬車の角に体をずらした。改めて彼を見るために。引きしまった顔はのんびりと楽しそうなままだが、夜明けの空のようなブルーの瞳は陰りを増し、ほの暗い馬車の中で鋭く光っていた。顎の輪郭と目の下には暗い影が差している。最後にぐっすり眠れたのはいつだったのだろう？　きっとロンドンを発つ前のことだ。

「だったら眠って」彼女は手を伸ばしてアランの顎に指を走らせた。「わたしが見張っているから」

彼はメアリーの顔を、同じように一心に見つめ返した。「後悔しているのかい、メアリー・キャンベル？　ぼくと出会わなければよかったと思っているのか？」

傷つきやすい人。いまのアランはそう見える。そしてその気になりさえすれば、メアリーはいくらでも彼を傷つけることができた。「実はそのことをずっと考えていたの」素直に認める。「でも、わたしの状況はそれほど違っていたとは思えないのよ、たとえあなたと出会わなかったとしても。休戦協定が結ばれるとすぐ、父はロデリックに近づいた――たぶん祖父の命令だったんでしょう。もし協定がしばらく破られなかったら、わたしは彼と結婚させられていたでしょうね。協定が破られれば、そう、わが家の玄関前でおこぼれを待ち構えていたチャールズと。ふたりのどちらも……わたしの心に火をつけることはできなかったわ」

アランがそうしたように。「そして、わたしを救いだそうと駆けつけてくれる人はいなかった」

メアリーはため息をつき、言いたいことをよく考えてから言葉にした。「あなたの家族がロンドンに来る前、祖父はわたしにもう少し時間を与えるよう両親を諭してくれていたの。でもいずれは、両親が認めた男性たちの中から誰かを選ばなければならなかったわけだから、結婚相手を自由に選べると思っていたわたしが間違っていたのね。それに、いまならよくわかる。父はわたしの意見とは関係なく、しつこくチャールズ・カルダーを押しつけてきたでしょう。結局、うちの両親に気に入られるための時間と努力を惜しまなかったのはチャールズだもの。あの人はうちの両親に尽くしていたと言ってもいいくらいだわ。わたしのことなどそっちのけで」

「つまりマクローリーの男に出会っていなくても、ぼくがきみにキスしていなくても、どのみち彼らのどちらかに足かせをはめられていたということか」

「そうなっていたでしょうね。あなたが現れなければ、そうね、ロデリックはチャールズよりは多少やさしかったかもしれないけれど、たいしてましだったとも思えないわ。それにその場合、わたしの望みを聞いてくれる人はひとりもいなかったわけだから。応援してくれる人は誰もいなかったはずよ。わたしがいくらチャールズ・カルダーとは結婚したくないと言っても。あの人は残酷で陰険で、わたし……あなたがしてくれたように彼に触れられると考えるだけで耐えられない」アランと話すようにほかの男性と会話を楽しむところは、想像すらできなかった。

「それなら、ぼくはロンドンへ行ったかいがあったよ」アランは静かに言った。

メアリーは彼の腕にふたたび触れた。数分ごとに触れていないと生きていけない気さえした。「でも、あなたのほうは？　わたしと出会ったことを後悔していない？　美しいハイランド女性に追いかけまわされているんでしょう。あなたと結婚したい女性は何十人といるはずだもの。ディアドラはとてもきれいな人だし」

「たいていの場合、女たちが追いかけるのはラナルフだ。去年は兄がスチュワートの女性と結婚するという噂があったが、結局そうはならなかった。いつディアドラを押しつけられたとしても兄とは喧嘩をしていただろうけど、ラナルフとのあいだがどれだけ険悪になっても、ぼくは我慢できる。しかし一般的に言って、そうだな、クランの中にはマクローリーの花嫁になりたい女性がたくさんいるのは事実だ。相手はぼくたち兄弟の誰でもいいんだろう」

「違うの、家柄がいいからという意味ではないわ。わたしが言いたかったのは……ほら、あなたはわたしが出会ったほかのどんな男性よりハンサムだから」

「そうなのか？」アランは眉間にかすかなしわを寄せた。「それはぼくにはわからない。ポケットに鏡を入れて持ち歩いているわけではないからね。ぼくにわかるのは自分の気持ちだ。きみと一緒にいるときほど、生きていると実感したことはない。この気持ちを感じずに人生を歩んでいきたくはなかった。きみを知らずにね。だから答えはノーだ。ぼくはきみに出会ったことを悔いてなどいないよ、愛しいメアリー。これっぽっちも」

メアリーは座席の背にもたれ、ふいにあふれた涙をこらえようとした。こんなにうれしいことを言われたのは生まれて初めてだ。もしこれがおとぎばなしなら――そう思えてしかたない――数少ない、本当にありそうな物語のひとつなのかもしれない。この危険で悪魔のようにハンサムなハイランダーと、どこかで未来を築けるのかもしれない。彼は心から、わたしと歩む未来を望んでいるのだから。

わたしも前を向き、父や祖父や友人たちにどう思われるか気にするのをやめ、自らの幸せを優先した自分はクランの裏切り者だと考えるのをやめたなら、そこから壮大な冒険を始めることができる。彼との壮大な冒険を。

アランが彼女を見て首をかしげた。「勇敢にもきっぱり答えたご褒美に、キスくらいしてもらえると思ったんだが」

メアリーはにっこりした。「自由を求めて命がけで逃げているようなときに、どうしてわたしを笑顔にできるの、あなたって人は？」

「ぼくの魅力のなせる技さ。さあ、キスをしてくれ。早く」

「そうね、ちょっと考えてみ――」

アランがすばやく体を近づけて唇を奪った。メアリーは気づくと仰向けにされていた。両腕を彼の肩にまわし、長く深いキスに唇を開くと、興奮が背筋を駆けおりて脚のあいだで渦巻いた。

「いつ馬を替えるの？」彼女は片手をふたりのあいだに差し入れ、アランのシャツをズボンから引っ張りだした。

「三〇分後くらいかな」彼が唇を離して見おろす。「どうしてほしいか言ってごらん、愛しい人」

メアリーは息をのんだ。レディは抱いてほしいと頼んだりしないものだ。そもそもレディなら、スコットランドとの国境を目指して疾走する馬車の中で男性とふたりきりになったりはしないけれど。それにレディなら、自分が望みもしない結婚のために、いまごろは花嫁衣装を準備していただろう。

「あなたが欲しいの、アラン」メアリーは彼の顔に落ちかかった髪を払った。

アランの口元がほころぶ。「何をするために？　ローン・ボウリングとか？」

「あなたと……ひとつになりたい」

彼が片方の眉をあげた。「ほう？　どんなふうに？」

メアリーは頬を染めた。「わたしの服を脱がせて、体の隅々までキスしてほしいの」思いきって口にすると、その褒美とばかりにアランは微笑み、唇で彼女の顎の線をなぞった。

「それだけ？」

話し方さえ忘れてしまいそうなほどぼうっとしているのに、自分はよく頑張っているとメアリーは思った。「わたし……わたしの中に入ってきてほしいの、アラン。いまここで、お願い」

「それなら、早くそう言えばいいのに」膝立ちになり、片方の肩で座席の背に寄りかかってバランスを取りながら、アランはズボンのボタンを外して腿まで押しさげた。突きだした男性の証《あかし》からいって、彼もメアリーに負けないくらい彼女が欲しかったらしい。

昨夜のアランはゆっくりと慎重でやさしかった。今日はまるで別人のように、自分が求めるもののことしか考えられなくなっているらしい。彼の欲望を受け止めるのだと思うと、どきどきする。

アランはドレスの裾から両手を差し入れると、膝から腰の上まで一気にまくりあげた。そしてメアリーの肩の上に両手をつき、脚を膝で押し広げて身を沈めてきた。

彼女は息をのんだ。いきなりアランの大きなものに満たされた衝撃が、一瞬にして恍惚《こうこつ》とした歓びに変わる。大きな叫び声をあげてしまわないよう唇を噛みながら、彼の背中の筋肉に指を食いこませ、体をのけぞらせて密着する。

ああ、なんてこと。どちらもほとんど服を着たままなのに、これまで生きてきた中で最も親密で官能的な瞬間だった。息ができるようになると、メアリーはアランの顔を引き寄せてキスをした。何度も突かれるたびに、ふたりの体が揺れる。世界は消えてなくなり、聞こえる音といえば馬車のきしみと荒い息遣い、そして彼がもらす歓びの低いうめき声だけだった。

動きがどんどん速く、深く、激しくなり、メアリーはあえぎ声とともにまた絶頂を迎えた。アランもすぐあとに続き、彼女を奥まで激しく貫いて、そこで熱いものを解き放った。すでにメアリーは、この瞬間を心ゆくまで味わうようになっていた。将来も、いまの状況も、何もかも、どんな不安も消えてなくなる瞬間。これは……これ以上のものは考えられない。ふたりはその瞬間を、お互いにしか見いだすことができなかった。

ようやくアランが彼女の肩から頭を上げ、ふたたびキスをした。「きみに頼まれた体の隅々にまでキスをする件は、ちゃんとしたベッドを見つけるまで待ってもらわないとな」そっとささやく。

「約束よ」

馬車の屋根を拳が叩き、メアリーは飛びあがった。「旦那さま、宿屋があります。ハワードが馬を替えたいそうです」ピーターの声がした。

「よし」アランが大声で叫ぶと、彼女の体の中にその震えが伝わってきた。「立って脚を伸ばして、何か食べられるぞ」

彼は軽く顔をしかめながらメアリーから体を離し、また膝立ちになってズボンの前を閉めた。ドレスをウエストのあたりまでまくりあげられた姿を見られたくなくて、メアリーもあわてて身を起こし、スカートをおろしてしわを伸ばした。「どのくらい走っていたのかしら？」カーテンを横に引くと、薄い陽光に照らされた木々の影が長く伸びているのが東の方角に見えた。

「七時間と少しだ。ここで朝食をとって、そのあとまた北を目指そう。乗馬に切り替えたければ、次に馬を替えるまで馬に乗っていってもいい」アランはいたずらっぽい笑みを浮かべた。「ここでくつろいでもいいけどね」

「それもいいわね」メアリーは応えた。「でも、少し馬に乗りたいような気がするわ。馬車のばねがどんどんさびついていくみたいですもの。最初はいくらか利いていたのだとしても」

「そうかもしれない」彼が同意する。「快適に過ごすための乗り物ではないんだ。だが、速度は速い。いまはそれがありがたいよ」

一分と経たないうちに、馬車は道からそれて停車場に止まった。まだ少し震えて息を切らしながら、メアリーはピーターが馬車の扉を開けて踏み段を押しさげるのを待ち、早朝のひんやりとした空気の中におり立った。「ここはどこ?」

「ハワードが言うには、バンベリーのすぐ南だそうです」ピーターが答える。「それじゃあさっぱりわからないと言ったら、マンチェスターの五〇キロほど南だと言ってました」

アランもピーターも、それで納得したようには見えなかった。メアリーは地理の勉強にもっと精を出しておくのだったと思いながらつけ加えた。「じゃあ、きっとヨークの一三〇キロ南西くらいね」

アランの表情が少し晴れた。「じゅうぶんとは言えないが前進には違いない。あんなにのんびりと田舎をうろつかなければよかったと言いたいところだが、それでは嘘になる」

メアリーには彼の言いたいことがよくわかった。たとえその分の距離を稼げていたとしても、古風な宿屋に泊まり、ウィグモアのパーティーに出かけてダンスをしなければ、人生で最も輝かしいひとときを経験することはできなかっただろう。

「フォート・ウィリアムまで、あとどのくらい？」

「ヨークからきみが言っただけ離れているとしたら、三〇〇キロと少しかな。この馬車でこの道を走っていけば、少なく見積もっても三日はかかる」

その口調で、彼が考えていることがわかった。おそらく四日か五日はかかるのだろう。そしてこのおんぼろ馬車では、キャンベルより前を走りつづけることはできない。つかまるのは時間の問題だ。「アラン、わたし――」

「何か食べよう、ミセス・フォックス」彼は微笑んだが、目は笑っていなかった。「少なくともぼくは腹ぺこだ」

「このまま災難が襲ってくるのを待つつもりなの？」メアリーはアランの袖をつかんだ。

「災難はまだぼくたちの居場所を見つけていない。北へ向かう道はいくつかある。いまのところ、ぼくたちはまだ追いつめられていないよ」

「マクローリーがこんなに楽天家だとは知らなかったわ」

アランがにやりとして、今度は目が躍った。ちょっと得意げな表情だ。そもそもここまで追いつめられたのは、クロフォードを連れていくとわたしが言い張ったせいだ。裏切られていたことがわかったときに彼女を部屋に閉じこめたのは正解だったとはいえ、偉そうなことは言えない。

「ああ、そうさ」アランは言った。幸い、彼女の考えは読まれなかったようだ。「マクローリーの人間は、いまも妖精やおとぎばなしを信じている。少なくとも弟のベアーは本気でね」

その宿屋の屋根は左にかしぎ、アランは扉を開けるのに二度強く押さなければならなかった。かけられた看板からは〈なんとかの黒いなんとか〉としか読み取れなかったが、かすかに残る色あせた線から、〈魔女の黒いやかん亭〉もしくは〈魔女の黒い大釜亭〉かもしれないと推測できた。いずれにせよ客を大歓迎しているようには見えず、中に入るとき、メアリーは思わずアランに身を寄せた。

「郵便馬車なら月曜まで来ない」低い不機嫌そうな声が暗がりから言った。「マンチェスターで待ったほうが身のためだ」宿屋の主人はろうそくを二本しか買えないらしく、それがそこにある唯一の明かりだった。朝日を入れるために開け放つことのできそうな窓も、ひとつも見当たらない。

「馬車なら自家用がある」アランは偽のアクセントで言った。今回は、目の前にいながら姿の見えない男の訛りをまねて。「馬を替えて、卵とトーストを食べたい」

「金はあるのか？」

「馬と食べ物はあるのか？」アランが返した。

ずんぐりむっくりの男が談話室の奥からよたよたと姿を現した。「あんたの役に立ちそうな馬が二頭いる。置いていく馬の干し草代を、誰かがそいつらを連れていくまで払ってくれるのなら」

「食べ物は？」アランは戸口から動かないまま促した。空いたほうの手を右のポケットに入れていることに、メアリーは遅まきながら気がついた。拳銃を持っているの？　待ち伏せされると思っていたのかしら？

「ポーチドエッグなら出せる。だが、トーストはない。何せパンがないからな。先払いで三シリングだ」

アランはゆっくり前に一歩踏みだし、太った男をメアリーの視界からさえぎった。

「いったいそれは何人前のポーチドエッグの値段だ？」喧嘩腰に言う。「ふっかけようというんだな」

「この先の宿屋はマンチェスターのすぐ南にある」主人が言った。「そこでもポーチドエッグは食べられるぞ。トーストも」

いまの口調とは裏腹のすばやい動きでアランが硬貨を投げ、男は器用にそれを受け止めた。

「ミルクも頼む」

にやりと口をゆがめて、その男はふたたび暗がりの中によたよたと消えた。

「準備ができたら持ってくる。ろうそくがのったテーブルが一番きれいだよ」

男がいなくなると、アランは明かりのついたテーブルにメアリーを連れていき、ベンチを引いた。「いまのはどういうことだったの？」彼女は尋ねた。

「ぼくたちを無理に足止めしようとするかどうかを試したんだ」

「ここで待ち伏せされているのではないかと思ったわけね」

アランも向かいに腰かけた。「たしかに、待ち伏せされている可能性はある。用心しているだけだよ」

メアリーは背後の暗がりを肩越しに振り返って見ずにはいられなかった。

「追いつかれるまで、あとどのくらいだと思う？　慰めは言わないで。本当のことを言って」

アランは顔をしかめ、彼女の手をそっと握った。「わからない。クロフォードが手紙を送ったのはあの二日前だったかもしれないし、四日前に〈巨人のパイプ亭〉から送っていたかもしれないからね。どちらにしてもその手紙は、遅くとも二日前にはロンドンに着いただろう。その一時間後にきみのお父上とカルダーが発った場合、すでにふたりが出発していて配達人が追いかけたのではないと仮定した場合だが、最長で一六時間差というところかな。最短で一三時間差だ」

「それなら悪くないわ」

「だが今夜には一二時間差に迫り、明日の夜には五時間になるだろう。いまの馬車では、血統のいい馬に乗った男たちからは逃げきれない」

メアリーの全身に寒気が走る。「馬車を置いていったら？」その計算が何を意味するか、わかるように説明してもらう必要はなかった。あさっての朝には、キャンベルがすぐ背後に迫っているということだ。そして……いいえ、そんなことは考えたくもない。

「残りの三〇〇キロ以上を馬で走ろうというのか？　あの荒れた道を？」

つまりアランはわたしにそんなことはできないと思っているわけね。実際どうだろう？　フェンダロウ・パークで乗馬をするときは数時間は乗るけれど、長時間全速力で走ったことはない。何日もほとんど休まず走るなんて、なおさらだ。「ほかにできることがある？」

「メアリー、これはぼくたちが決めたことだ。もうあと戻りはできない。行けるところまで馬車で行き、そこから馬に乗ってハイランドへ行けるかどうか決めよう」

「つかまりたくないわ、アラン」

「ぼくだってそうさ」

「違うの。わたしは家に戻ってチャールズと結婚したくないし、反抗した罰としてどこかに閉じこめられるのもいやよ。ハイランドに行きたいの。あなたと一緒に」

彼の表情が少しやわらいだ。「ぼくも同じことを望んでいるよ、愛しいメアリー。だが、ここから馬で走ったら、フォート・ウィリアムまでもたないだろう。いまのところ、ぼくたちにはまだ少し時間の猶予がある」

それはもちろん彼女がもたないという意味だったが、アランは少なくともはっきりそう言わずにいてくれた。またしても、メアリーには彼の決断に反論できるだけの人生経験が不足していた。自分が貢献できそうなことは何もないように思える。だから引きさがることにした。

「馬で行くべきときになったら」アランをまっすぐ見つめて言う。「迷わず乗っていきましょう。わたしはひるまないし、足手まといにもならないわ」

彼はメアリーの手を取り、指の関節に唇を押し当てた。「そんなことは少しも心配していないよ。なんといっても、きみはハイランドの女性なのだから」

# 14

無愛想な宿屋の主人が目の前にポーチドエッグを置いたことにも、アランはろくに気づいていなかった。もっとも、いまの彼の注意力では藁《わら》を食べていたとしても気がつかなかっただろう。

メアリーはハイランドに行きたいと言った。ぼくと一緒に。今度ばかりはアランも彼女の言葉を信じた。彼女の声の中に真実を感じることができた。メアリーは元の人生を取り戻そうとしているのではない。不幸になるのが目に見えているチャールズ・カルダーとの結婚を回避したいからというのでもない。もちろん、彼女がこんなにも急いで逃げているのは、家族かアランかという選択を迫られるのを先延ばしにしたいからだという可能性も残っている。もし追っ手につかまれば、メアリーは自分の立場を明らかにしなければならなくなるのだ。

鋭く息をつき、アランは朝食の最後のかけらを口に放りこんだ。メアリーは正直な本当の思いしか、ぼくに告げたことがない。だから、もし疑念があるのなら、彼女に尋ねればいいいだけだ。だが、ぼくは尋ねないだろう――理由はどうあれ、そして状況次第で今後は変わりうるとしても、メアリーはぼくを選んでくれたのだから。

それゆえアランが心を砕くべきことは、キャンベルの者たちよりも早くハイランドに着くようにするということだけだった。いったんスコットランドに入ってしまえば、イングランドの法律が要求する面倒な手続きはなしで結婚できる。それに、ハイランドの山あり谷あり川ありという地形に追っ手がかなり苦労することになるのは目に見えていた。

アランが考えないようにしているのは、メアリーに家族を与えてあげたいという部分だった。こうして追われている限り、そんなことはほぼ不可能だ。それに新たに巻き起こった敵意が入り乱れているさなか、身を隠すほうが楽なのに、アランの家族は――メアリーの家族も――先頭に立って敵に立ち向かおうとするだろう。ラナルフかムンロが自分のせいで負傷する、あるいは最悪の場合、殺されてしまうかもしれないと考えると、アランは胸がきりきりと痛んだ。

メアリーの父親がもっと理屈の通じる人間だったなら、そしてラナルフがもう少し人の話に耳を傾ける人だったなら、すべては平和なやり方で進んでいたかもしれない。つまり、そう、マクローリーとキャンベルの同盟だ。そうなれば、お互いを攻撃し合うのではなく、クラン同士が手を結んでひとつになれたかもしれない。どちらの一族も愚かだったのだ。しかし、だからといってアランはメアリーをあきらめるつもりはなかった。

「きみの乗馬服を取ってこよう」彼は生ぬるいミルクを飲み干すと立ちあがった。

「アラン、もしわたしの家族が先に国境に着いたとしたら、わたしたちはどうなるの？」

「いまは彼らが間違った道を進んでいることに期待しよう」ゆっくりと言う。「もし追いつかれたら、彼らにどれほど憎まれることになろうと戦う覚悟はできている」

「あなたはわたしの父を傷つけるようなことはしないと言ったわ」

「傷つけたいとは思っていないよ。だが、お父上がきみをカルダーのもとへ引きずり戻そうとするのを見過ごすつもりはない。それにお父上はひとりでは来ないだろう。同行すらしていないかもしれない。先導役はカルダーかな。あの男なら躊躇せずに撃てるんだが」

メアリーは長いテーブルをまわりこむ途中で足を止めた。「あなたにそんなことはできないわ」

「いや、できるさ」

「チャールズはキャンベルの氏族長の孫よ、アラン。もしあなたが一族の者をひとりでも殺したら、彼らはわたしたちをどこまでも追ってくるわ」

アランはちらりと彼女を見た。「ぼくはグレンガスク侯爵の弟だぞ、きみも知ってのとおり。いまはまだ、ぼくが兄の後継者だ。すでに勘当されているのでなければの話だがね。カルダーだって、ぼくを殺したらまずいことになるはずだ」メアリーにウィンクしてみせる。物事はなるようにしかならない。いま、どの道が続いていて、どの道が行き止まりかを賭けても、あとで困るだけだ。それは命取りにもなりかねない。

メアリーは憤慨しつつも、彼に微笑みを向けた。「チャールズの頭の中では、あなたはわたしの意思に反して、わたしを誘拐したことになっていると思うわよ」

「そうなると、ぼくの頭に穴を開けても、おとがめなしということになりそうだな」アランは言った。「そしてぼくはといえば、愛しいきみが泣くのは見たくない」テーブルに両手をつき、彼女のほうに身を乗りだす。「キツネ狩りに行ったことは？」

メアリーが鼻にしわを寄せるのを見て、彼は思わずそこにキスしたくなった。

「ええ、一度だけ。好きにはなれなかったわ」

「そのキツネは、きみをずいぶん走らせたんだろうな」

「野山をあちこち引っ張りまわされたわ」彼女は右手をアランの左手に重ねた。「でも結局キツネは死んだのよ、アラン。このたとえ話は気に入らないわ」

宿屋の扉がきしみながら開き、朝の光が不格好な長方形に部屋を照らした。

「馬の用意ができました、ミスター・フォックス」ピーターが言った。

まったく、よりによってこんな間の悪いときに、そう呼ぶのか。「ぼくたちが逃げていることは彼らも知っているし、もう追ってきているんだぞ、ピーター」アランは従僕に告げた。

「ミスター・フォックスとはそろそろお別れだ」

「でも、やっと覚えたのに」ピーターは大きく息を吸った。「馬車へどうぞ、アランさま」

「その前にハワードと何か食べてくるといい。一〇分で戻れよ」

「はい、アランさま。ありがとうございます」

アランはメアリーに目を戻した。「ぼくが言いたかったのは、キツネ狩りは簡単ではないということだ。キツネというのはずる賢いんだよ。あとひとつ、フォート・ウィリアムに着いたら、ぼくをつかまえられる者などひとりもいないということは言っておきたかった。ハイランドはぼくの庭だからね」彼はにやりとした。「あそこまで行けば、このキツネには一〇〇〇もの隠れ家がある」

メアリーは立ちあがり、彼の頬にキスをした。「それなら、わたしはその隠れ家にあなたと引きこもっていたいわ。けれど、いずれにしても早く行かないと」

アランは外に出ると、宿屋の裏に置かれた馬車の上によじのぼって、メアリーのトランクの蓋を開けた。彼女に買っておいた乗馬服とブーツを引っ張りだし、下にいる彼女に渡してから地面に飛びおりる。

「あそこへ戻るより、馬車の中で着替えたいのだけど」メアリーが宿屋を指して言った。

「その気持ちはわかる」アランは馬車の扉を開け、手を貸して彼女を乗りこませた。「外を見張る必要がなければ、ぼくも一緒に中に入りたいくらいだよ」

メアリーが微笑んで扉にもたれる。「あなたが一緒にいたら、わたしはいつまで経っても着替えられないわ」

アランは顔をあげて彼女にキスをした。「そうだろうな」またしても欲望がこみあげてくる。彼はドレスの前をつかんで彼女を見つめた。「知っているだろう、きみはぼくのものなんだ」

緑色の瞳がきらめいた。「そして、あなたはわたしのものよ」

アランはゆっくりと彼女を放した。「ああ、そうだ」

メアリーが扉を閉めると、アランは馬車の車輪にもたれた。彼はいつも問題を解決するのが好きだった。ラナルフが新しい学校を建てたいと思えば、マクローリーの小作人の子どもたちが一番楽に通える場所を見つけ、大工を雇い、ハイランドの乱暴な子どもたちを上手に扱える教師を探すのがアランの仕事だった。

しかし、いまは違う。彼の仕事はラナルフから離れていることだ。マクローリーからも、キャンベルからも。そしてできることなら、殺し合いなどしないように両家を引き離しておかなければならない。考えつく最善の解決策は、アランとメアリーが結婚してどこか中立的な場所に家を構え、アルカーク公爵にひ孫を作ってやることだった。そう、どこかのササナックの神父を買収して、婚姻の公示も結婚許可もなしに結婚してしまえばいい。それほど重要な結婚ならハイランド流の儀式に則《のっと》って行う必要があるという問題は別として、スコットランドに行けば、カンタベリー大司教の特別結婚許可書がなくても結婚できる。

だが、すべてはスコットランドに無事にたどり着けるかどうかにかかっている。キツネやキツネ狩りの話で強がりを言ってみせても、見通しは明るくない。アランひとりならキャンベルの一行を出し抜くのは可能だし、何人かは永久に狩りから去らせることができるかもしれない。しかし、彼はひとりではない。それにもしフェンダロウ侯爵が現れて一緒に帰るようメアリーに命じたら——チャールズ・カルダーと結婚しなくてもいいと約束したら——彼女がそれでも父親を拒絶するという確信がアランにはなかった。

同時に、プライドにかけて、彼はメアリーの意志で自分を選んでほしかった。ほかに選択肢がないからというだけの理由ではなく。彼女がそうしても後悔しないことを確信したかった。なぜなら彼は絶対に後悔しないから。きょうだいたちを懐かしく思うことはあるだろう。だが、メアリーを自分のものにしたのを後悔することはいっさいない。それがどんな結果を生もうとも。

「やけに真剣な顔をしているのね」馬車の窓からメアリーの声がした。

「そうか？」アランは身じろぎをした。「朝の景色を眺めていただけだ。ハイランドのような圧倒的な美しさではないが、ここもいい眺めだというのは認めよう」

「中に来て、ボタンを留めてくださる？」

アランはすっくと立って扉を開けた。「ああ」この冒険の終わりに命を落とすことになるのなら、メアリーとの残された時間は一秒も残さず楽しみ尽くしてやる。

ふたたび地面におり立ったとき、彼の顔に浮かんでいた微笑みがそのまま凍りついた。空っぽだった裏庭に客がいた。四人。友好的な表情をしている者はひとりもいない。彼らはアランと、そのうしろの馬車に視線を注いでいた。くそっ。アランはすばやく横に動き、続いておりてくるはずだったメアリーの出口をふさいだ。「ぼくが前に出たら扉を閉めるんだ」小声で言う。

はっと息をのむ音が聞こえ、彼女の手がアランの肩に触れた。「見たことのない顔ばかりよ」メアリーも小声で返した。「キャンベルの者ではないと思うわ」

アランは彼女があわてて結論に飛びつくなと警告するか、男たちを無視して自分を宿屋に連れていってくれと言うのではないかと思っていた。ところがメアリーは問題の核心を即座に理解し、最も有益な情報を簡潔に伝えてきたのだ。アランは小さくうなずくと前に出た。うしろでかちりと音をたてて馬車の扉が閉められる。よし、いい子だ。

「いい朝だな」アランはのんびりと言い、男たちの泥だらけのブーツとすり切れた上着を観察した。地元の連中だな。牛追いか、農場の使用人か。「何か用か？」

アランから一番遠くに立っている男が、ぬかるんだ地面につばを吐いた。

「宿屋であんたのお友だちの話が聞こえてな。あんたをアランさまと呼んでるやつもいた。どうやら家から遠く離れたところまで来ちまったようだな、アランさまよ」

「ああ」最も大柄な男がうなり、前歯が一本抜けている顔でにたりと笑った。「アイルランドはここからずいぶん遠いぜ」

アランはため息をついた。「そうだな。アイルランドはここから遠い」おつむの弱い連中だ。だからといって喧嘩が弱いとは限らないが。彼はいくらか気が楽になった。こいつらはキャンベルの手の者ではない。

敵のふたりが顔を見交わした。向かってくるでもなく、自分たちを恐れている様子もない相手をどうしたらいいのか戸惑っている。アランは大げさに肩をすくめてみせた。この一、二週間で味方にも敵にも不愉快な思いをさせられたことを考えると、ここで殴り合いでもすれば、積もり積もったいらだちを発散できるかもしれない。

「財布を出したらどうなんだ？　そうすりゃ黙って行かせてやるぜ」つばを吐いた男が言った。

「自分で取りに来たらどうだ？」アランは言い返し、にやりとした。

歯の抜けた男が雄牛のように突進してきた。アランは横っ飛びにかわして片足を突きだし、男を頭から馬車の扉へ突っこませた。どさりと鈍い音をたてて、歯抜け男が倒れる。つば吐き男が駆けだしてきて、残りのふたりもすぐあとに続いた。

アランはさっと横に体をずらし、つば吐き男の顎に拳をお見舞いした。あとはもう暴れるだけだ。左から襲ってきた男の耳に肘鉄を食らわし、つば吐き男を持ちあげて、右側にいた男に足から投げつける。そうこうするうちに歯抜け男がもがいて立ちあがろうとした——が、その頭を目がけて馬車の扉が勢いよく開き、またかちりと閉じられると、大男はふたたび地面にくずおれた。

アランは突進してきた男の顔に拳を叩きこんだが、自分も左肩をしたたかに殴られた。こいつらがまだやる気なら、そろそろ本気でかからなくては。遊びの時間は終わりだ。彼は片目をしばたたいて血を振り払い、相手に突っこんでいった。次の瞬間、ゲール語の悪態が聞こえた。ピーターがアランの横をさっと通り過ぎ、歯抜け男が肩越しに投げ飛ばされた。

一発の銃声がとどろいた。その一瞬、アランはキャンベルに追いつかれたのだと思い、心臓が凍りついた。

「おしまいよ！」メアリーが言い放ち、使った拳銃をうしろに投げて二挺目を構えた。「じゅうぶん楽しんだでしょう。夫が泥だらけになってしまうわ」

これでこそハイランドの女性だ。ぼくの愛しい人。「レディのおっしゃるとおりだ」アランは言い、ズボンの泥を払った。「いい運動になったよ」

四人の男はよろよろと宿屋のほうへさがっていき、ピーターはつば吐き男の尻にすばやい蹴りを食らわせた。御者のハワードが両手で太い棒を握りしめて立っている。つまりアランとメアリーはふたりきりではなかったわけだ。

「いい気晴らしだった」アランは歩いていってメアリーの指から拳銃を取ると、もう一方の手でドレスの襟ぐりをつかんで彼女にキスをした。

「あなた、頭がどうかしているわ」彼女があえぐように言う。「みんなは〝頭の切れるマクローリー〟とあなたのことを言うけれど、人を殴りながらずっとにやにやしているって、どういうこと？」

「殴り合いはハイランダーの単なる挨拶さ」その最中に浮かんでいたのと同じ笑みに口元をゆがめ、彼はメアリーを見つめた。「きみは勇敢な女性だな」

「わたしはタイミングを見計らって扉を開けただけよ。そんなの勇敢でもなんでもないわ、アラン」

「頭にこぶを作ったあの男にそう言ってやるといい」

「あら、そうね」彼女は微笑み返した。「あなたにとっては熊やライオンと取っ組み合うのも遊びでしょうけれど、四対一というのは公正じゃないと思ったのよ」

まさにそのとおりだとアランも思ったが、兄弟と育ったわけでもないメアリーがそう考えるのは驚きだった。「あいつらが仲間を見つけて戻ってくる前にここを出よう。そのあとはずっと、ぼくがいかに男らしいか、ぼくといると一日がどんなに楽しいかを存分に語ってくれていい」

彼女がくすくす笑い、その声が陽光のようにアランの肌をあたためた。「そしてあなたはわたしに感謝してくれていいわよ。そのすてきな鼻を折られないように、あの男たちをあなたから遠ざけておいたことにね」

ピーターが鼻を鳴らしながら二頭の馬を引いてきた。「そうやって褒め合っているうちに、キャンベルに追いつかれますよ。早く北へ向かわないと」

アランはうなずいた。「ああ、北へ」

「すてきな眺めね」メアリーは言った。彼女はジュノーにまたがって、古い石橋を駆けていた。かたわらにはダフィーに乗ったアランがいる。「いま思いだしたけれど、このあたりにはわたしのまたいとこや、そのまたいとこが何人かいるわ」

アランが鋭い目つきで彼女を見た。顎の左側にできた痣は、どういうわけか彼をますます颯爽《さっそう》と男らしく見せている。「キャンベルの者たちはこのあたりまで来れば、あたたかい食事と新しい馬、援軍を見つけられるというわけか?」

「ええ、たぶん」

どうしてもっと前にそのことを思いつかなかったのだろう? 先ほどの宿屋で借りた二頭の馬車馬は、農耕用の鋤《すき》のほうがお似合いに見えた。つまり、キャンベルはさらに早くこちらに追いつけるようになったということだ。わたしは家族の機先を制するだけでなく、彼らの裏をかかなければならない。このすてきな眺めと横にいるハンサムな男性に気を散らされている場合ではない。たしかに彼は先ほど四人の男と戦い、見事に勝利をおさめた。でも、それはわたしを守るためにやったこと。わたしも景色をぼんやり眺めていないで、やるべきことがあるはずだ。

「町の北のどこかに、おばのモラクもいるわ」メアリーは続けた。「イングランド人の銀行員と結婚した人で、もう何年もキャンベル・クランの誰とも会っていないの。その銀行員のショーンおじさまはイングランド人というよりアイルランド人で、だからいっそう受け入れられないのだと祖父は言っていたわ」

「なるほど。キャンベルの連中が先にぼくを始末していたとしても、おじいさんはきみに会うことを拒むかもしれないのか」

「そんなことを言うのはやめて！」突然こみあげた恐怖で喉が詰まった。

アランはダフィーを急かしてメアリーに近づけ、手を伸ばして頬に触れた。

「ぼくは死ぬつもりなどないさ、愛しいメアリー。だが、そうなることもありうる。そしてもしそうなったら、きみは覚悟しなければならない。賢くなって、一番いい道を選ばなければならないよ」

メアリーは自分の手で彼の手を押し戻した。「何を選ぶというの？」ぴしゃりと言い返す。

「あなたは自分が競走馬だとでも思っているの？　あなたが倒れたら、わたしが賭ける先を変えるとでも？」彼女は手綱をきつく握りしめた。「わたしはすでに選んだわ。もしあなたの身に何か起こったとしたら――わたしは……わたしは絶対に、あなたの身に何も起こさせない」

もちろん現実にはそうはいかない。いままでメアリーが自分自身を救うのに何かできたかと考えれば、笑ってしまうほど何もできていない。でも、彼女はアランの死を覚悟するつもりなどなかった。それを考えることすらいやだ。理解もできない。彼を知ってから、まだ短い時間しか経っていないことは問題ではない。メアリーにとって、アランは命のように大事な存在になっていた。

アランの肩がさがった。彼女の心にとって。彼にはそれが信じられないというの？

「きみがすでに選んだのは知っている。おかしなことを言ってすまなかった。ただ……望んでもいないものに身をまかせるな。絶対に」

つまりそういうことね。もし圧力をかけられたら、わたしが父に屈し、チャールズにさえ屈するとアランは思っている。もし彼がその場にいてわたしを守らなければ。たしかに、いざそういう事態に直面しない限り、わたしがどうするかは彼に証明しようがない。

「あなたにも同じことを願うわ」声に出して言った。「もしマクローリーがわたしたちをつかまえて、わたしを始末したらね」さあ、こんなたわごとを聞かされて、彼はなんと応えるかしら？

「もしわが一族の誰かがきみを傷つけたら」アランは低く抑揚のない声で言った。「そいつの命はない」

本気でそう言っているのか、尋ねる必要はなかった。声を聞けばわかる。

「それなら、わたしたちは意見が同じというわけね」メアリーはきっぱりと言った。「では、その話をするのはもうやめましょう」

そこから二キロほど、ふたりはただ黙って馬を走らせた。彼らのうしろの馬車がたてる音が、小道に沿って立ち並ぶ木々から聞こえたかもしれない鳥か虫の歌をかき消した。御者のハワードはずっと、彼女はロンドンからこんなに遠くまで来させられたことに文句を言っているのだと言いつづけていたが、メアリーはハイランドに着くまで馬車がばらばらに壊れずにいるかどうか怪しいものだと思いはじめていた。もしハイランドにたどり着けたらの話だが。

「きみの好きな花はなんだ？」唐突にアランが尋ねた。

メアリーは横目でちらりと彼を見て、改めてもう一度見た。昼の光を浴びて黒髪を風になびかせたアランがあまりに堂々として、すてきに見えたからだ。マクローリー兄弟はハイランド最後のプリンス気取りだ、とチャールズはたびたび言っていた。たしかにそのとおり、と彼女は同意したくなった。少なくとも、ここにいるこの男性はプリンスだ。

「なぜそんなことをきくの？」

「なぜって、ぼくたちは結婚するんだぞ。きみがぼくに夫になってほしいと望むのなら」彼は答えた。「きみがどんな花を好きなのか知っておきたい」

メアリーは唇を引き結んだ。アラン・マクローリーほど予測不能な人はいない。

「白いバラよ」彼女は言った。「それと紫のアザミ（スコットランドの国花）。わたしはハイランドの女ですもの、知っているでしょう」

彼はにやりとして馬を近づけると、すばやくキスをした。「たしかに」

「アランさま」ピーターがうしろから声をかけてきた。相変わらず間の悪いやつだ。

馬車が止まり、アランはダフィーの手綱を引いた。「どうした？」

「ハワードはもう目を開けていられませんし、私は立ったまま死にそうです。というか、座ったままですが。お願いです、アランさま」

「止まるわけにはいかない」彼は眉をひそめた。「ぼくが運転する。そうすればおまえたちふたりは馬車の中で眠れるだろう」

「わし以外の誰も、彼女を操れるもんですか」ハワードがぶつくさ言って片目を細めた。

「やさしく扱うよ。暗くなってからはおまえに運転してもらいたいんだ、ハワード。ぼくにはそこまでの技術はない」

メアリーはアランが嘘を言っているとわかっていたが、うなずいて加勢した。

「今夜こそ、あなたの腕の見せどころよ、ハワード」

「わしをおだてれば協力させられると思ってるんでしょう？」御者は小声で言った。「あんたらなら、できるでしょうよ」彼はブレーキの取っ手をがくんとおろした。「本当にこいつを操れるんでしょうね、ミスター・フォックス？」

「ああ。ぼくのことはアランと呼んでくれと言ったはずだぞ」

ハワードとピーターは地面におりた。「旦那やレディをクリスチャン・ネームで呼ぶほど、わしは偉くありませんよ。さあ、わしがこの草の上で眠っちまわないうちに、あんたらの馬を結びつけないと」

アランはさっと馬をおりて歩いていくと、メアリーのほうに両腕を差しだした。彼女は一瞬、彼を見おろした。もしすべてがふたりの望みどおりに進めば、数日のうちにこの男性はわたしの夫になる。メアリーの肌がかっと熱くなった。アランは毎日、あのやさしく楽しげな目でわたしを見るだろう。わたしは彼の腕の中で眠りにつき、そこで目覚めるのだ。

「きみがそんなふうにずっと微笑んでいると、ぼくは歌いだしたくなるよ」アランがささやいた。「さあ、おいで」

メアリーは彼の腕に身をゆだねた。アランは彼女を地面におろし、頭をさげてキスをしてから、ウエストをつかんでいた手を離した。「わたしもあなたと御者台に乗るわ」メアリーは決めた。

「そうだな。あのふたりと一緒に中にいたら、いびきがうるさくて休めないだろう」彼はにやりとしてみせた。「それに、きみがそばにいてくれたほうが眺めがいい」

ピーターは二頭の馬を馬車のうしろに結びつけ、それからハワードと馬車に乗りこんで扉とカーテンを閉めた。アランはメアリーを軽々と抱えて御者台に乗せ、前をまわって馬の引き綱を確認すると、自分も彼女の隣に落ち着いた。

「本当に馬車を運転できるの？」メアリーはささやいた。

「ああ。というか荷馬車だが」アランは手綱を握るとブレーキの取っ手を外し、舌を鳴らして馬に合図した。きしむ音をたてて馬車が動きだす。「きみを救いだすために乗りこんでいくことを想像したときには」彼はのんびりと言った。「こんなことは思い浮かべもしなかった」

「わたしを救いだすことを想像したの？」

「だからここにいるんだろう？」

「でも、まずは想像したのね。どんなふうに？　何を想像したの？」

アランの顎がこわばった。答えてくれないかもしれないと彼女は思った。マクローリー一族は強くて乱暴で男らしいのだ。ロマンティックな心を持っていたとしても、それは見せたがらない。

「むしろ夢というほうが近いかな」アランがようやく口を開いた。スコットランド訛りの強い話し方からすると、言葉にするのをためらっているようだ。「ぼくは馬に乗り、きみをカルダーから奪い去る。神父ときみの家族が啞然として口を開けている前で、きみをぼくの鞍の前に乗せ、ぼくたちは稲妻よりも速く北へと駆けていく。ぼくは湖を見晴らす場所に見捨てられた城を見つける。きみはぼくのものに、ぼくはきみのものになる。そしてぼくたちはいつまでも幸せに暮らすんだ」

「あなたの夢、気に入ったわ」

「ぼくもさ。もう古ぼけた宿屋やひどくきしむ馬車に悩まされることもないし、どちらのクランもふたりを放っておいてくれる」

メアリーは彼の肩にもたれた。「宿屋と馬車以外のところは、まだ本当になりうるわ」

一瞬、アランは頬を彼女の髪にすりつけた。「だからぼくたちはここにいる、そうだろう?」

「ええ、そうね」そして、だから安全な場所を見つけてマクローリーからもキャンベルからも隠れなければならない。どちらのクランも境界線を越えれば手出しはできないし、ふたりを見つけだすことはできなくなる。

アランも疲れているはずだ。従僕と御者は馬車の中でいびきをかいている。けれどもアランは疲れた様子も見せず、壊れかけた馬車に可能な限りの速度で馬を走らせていた。メアリーの父親が追いつくには少なくともまだ数時間の猶予があるとはいえ、彼女は一キロ進むごとに肩越しに振り返らずにはいられなかった。午後の長い影がどんどん伸びている。

ここでもまた、メアリーにはそれぐらいしかやれることがなかった。いとこのひとり——たしかジョージ・ガーデンズ・デイリーだった——に二頭立て馬車の運転を教えてもらったことがあるけれど、当時まだ一〇歳か一一歳だったメアリーは馬車を茂みに突っこませた。運転を代わるから休んでとアランに言いたいが、そうすれば悲惨なことになるのはわかっている。ならば、あたりに目を配って彼に話しかけることぐらいしか自分にできることはない。

「それで、あなたの一番上のお兄さまはラン、ムンロはベアー、ロウェナはウィニーというのね」メアリーは言った。「あなたにはなぜそういう呼び名がないの?」

「一時期、ベアーがぼくをブックと呼ぼうとしたことがあった。ぼくが読書好きなせいだと思うが。でもウィニーがそう呼ぶことを拒否するたびに、ぼくは褒美として妹にきれいなボタンを一個あげていたから、結局は弟もあきらめた」

「あなたはブックと呼ばれたくなかったのね？」

アランは肩をすくめた。「自分の兄をどう呼ぶか決めるのに二週間もかかるようでは、適切なニックネームとは言えない。自然と浮かぶものでなければ、それを使うべきではないよ」

「ボタンはいくつ必要だったの？」

「ベアーの上着とズボンから切り取ったから、ぼくは痛くもかゆくもない」

メアリーは笑った。「そういう話を聞くと、わたしにもきょうだいがいたらいいのにと思うわ」

「ぼくのを分けてあげたいよ、できるものなら」アランは一瞬自分の両手を見おろし、それからまっすぐ前を向いた。

もっと幸せだっただろうにと思う人生をあきらめたのは、わたしだけではないのだ。

「ごめんなさい」メアリーはささやいた。

アランは眉をひそめ、横目でちらりと彼女を見た。「何が？　きみが機知に富み、きれいで誠実であることかい？　ぼくに、より賢い目で世界を見させてくれること？　それは謝ることではないよ、メアリー。ぼくはきみのそういうところを愛しているんだ」

彼女の心臓が鼓動を止め、それから命を吹き返してふたたび打ちはじめた。〝愛している〟どうしてそんなに簡単に言うの？　まるで、わたしがすでに知っていることであるかのように。ある意味、知っていて当然だけれど。でなければ、ひとりの男性が自分の命をかけ、家族とクランを捨ててまで危険なところへ飛びこんでくるわけがない。でも、いまアランはそれを声に出して言った。そのことにも大きな意味があるはず。わたしは本当にそれに値するようなことをしたのかしら？

メアリーはゆっくりと息を吸った。「アラン、わたし――」

馬車が大きな音をたて、彼女は飛びあがった。金切り声をあげて座席をつかみ、横へ振り落とされそうになるのをこらえる。ふいに力強い腕が体にまわされ、硬い胸に押しつけられた。ふたりは御者席でバランスを取ろうとしたが、馬車は傾いて横倒しになった。メアリーも落ちそうになり、アランにしがみつく。彼はもつれ合っていないている馬たちのあいだの地面に背中から叩きつけられた。

彼女が転がって立ちあがると、荷物がまわりに落ちてきた。「アラン！」メアリーは叫び、振り返って、彼が動いていないことに気がついた。

アランは仰向けに横たわっている。ひと筋の血が額から耳へと流れていた。引き綱が一本、かじ棒から外れ、つんのめった馬たちがアランからほんの数センチのところでもがいていたが、彼はぴくりとも動かなかった。

「ピーター！　ハワード！　あなたたちは大丈夫？　助けてほしいの！」メアリーは馬をか

わしてアランの右のブーツをつかみ、彼がそこに忍ばせていたナイフを抜き取ると、残っている馬の引き綱を切りはじめた。

耳がおかしくなりそうなほど不快な音が響いたが、メアリーにはアランがけがをしているということしか考えられなかった。馬を解き放たないと彼は死んでしまう。硬い革のひもがようやく切れ、馬たちはまだ互いにつながれたまま飛びだすと、カーブを曲がって走り去っていった。

メアリーはナイフを取り落とし、アランの横に膝をついた。何かが彼にぶつかったのかもしれない——馬車、馬、落ちてくる荷物。何にせよ彼は負傷していて、動きだす気配もない。「アラン」震える声で言い、彼の片手をしっかりと握りしめる。どうしたらいいの？　もし彼が……いいえ、だめ、だめよ。

上になった側の馬車の扉がぱっと開き、何かの破片がばらばらと地面に降ってきた。

「気をつけて！　アランがけがをしているんだから！」

悪態をついて馬車から這いだしたピーターが、片目の御者の腕を引っ張りあげた。従僕は地面に飛びおりて、メアリーのそばにひざまずいた。「アランさま？」声を震わせ、動かない顔の上にかがみこんで、軽くぴしゃぴしゃと叩く。「アランさま？　聞こえますか？」

明るいブルーの目が片方だけ開いた。「やめてくれ、ピーター・ギリング」アランはもごもごと言った。「おまえの醜い顔をそんな間近で見たくない」

「ああ、神さま」メアリーは両腕を彼の胸にまわした。

アランはしっかりと抱きしめてから彼女を放した。「きみはけがをしてないか?」

メアリーはアランにキスをし、彼がひるんだのを見て痛みの感覚が戻ったことに安堵したくらいだった。危うく悲惨な結果になるところだったのだ。アランを失っていたかもしれないと考えると、真っ暗な心の中で沈鬱なミサ曲が響き渡るように思えたが、悲しんでいる自分の姿は思い浮かばなかった。彼のいない人生など、考えることすらできない。

「痣やこぶがいくつかできただけですんだわ、あなたのおかげで」

「ああ、かわいそうなわしのレディ」ハワードが悲しげに言い、両手を壊れた馬車の車台にのせた。「彼らはおまえに何をしたんだ?」

「手を貸して、ぼくを起こしてくれ」アランの片手をピーターがつかんで引き起こした。

「ぼくたちは何もしていない」アランは身をかがめて両手で両膝を押さえた。「自分で見てみろ。前の車軸と連結棒が折れたんだ」

「本当だ」ピーターがそれを確かめ、アランとハワードを交互に見た。「連結棒が地面に刺さっている。馬車が道を飛びだして崖を落ちていかなかったのは幸運だった」

「わしがあんたにまかせたときは大丈夫だったのに」

「いいかげんにして」メアリーはぴしゃりと言った。たったいま死にかけた人に、よくもそんなことが言えるものね。「もうずっと前からきしんでいたわ」

アランがうめいて膝をつき、朝食の残りをもどした。「驚かせるつもりはないが、ぼくはまた気を失いそうだ」

ピーターがぐったりと力の抜けたアランの肩をつかんだ。「道の脇に連れていきましょう、お嬢さん。ハワード！　こっちに来い」

ふたりがかりでアランを道沿いの草地に運び、慎重に横たわらせる。メアリーは座り、膝の上に彼の頭をのせた。「ピーター、ダフィーとジュノーを見てきてくれる？」

「わかりました」

「ハワード、馬車を引いていた馬は、まだ互いにつながれているの。引き綱を切ったら道の先に行ってしまったわ。彼らを探してみて。もし必要ならジュノーを使ってちょうだい」

「わしは馬を御するのが仕事なんですよ、マイ・レディ。馬には乗りません」

「馬は私が探します、レディ・メアリー」ピーターが言い、驚いておびえる二頭の馬を連れてくると、低く垂れさがった枝にジュノーをつないだ。「ダフィーを連れていきますよ。彼には前に乗ったことがあるんでね」

彼女はうなずいた。「いいわ。ハワード、お願いだから道路から荷物を動かして、アランにかける毛布を見つけてちょうだい。彼の体を冷やさないようにしたいの」

ふたりの男は言われたとおりにした。メアリーはアランのこめかみから髪をよけた。切り傷は深く、まだ血が流れだしている。彼女はポケットからハンカチを取りだしてたたみ、慎重に傷口に押し当てた。

アランなら、別の馬車を見つけて北へ向かうべきだと言うだろう。同時に、彼はひと晩ぐっすり眠り、一日か二日は馬車の中や馬の背で揺られずに安静にしたほうがいいのもわかっていた。そのどれもできそうにない。

いまこの瞬間にも、メアリーの父親とチャールズ・カルダーが、あと六、七時間というところまで迫っているはずだ。こちらが動かずにいるあいだに刻一刻と近づいてくる。すでに縮まった以上に距離を詰められたくない。

これまでの道中には山小屋がいくつかあっただけで、避難場所に使えそうなものはなかった。今朝出てきた宿屋の主人が、この先の宿屋はマンチェスターのすぐ南にあると言っていたが、彼らは町を避けてかなり西へ向かっている。近くに親戚がいると言ったときも、アランはメアリーの居場所がばれる危険を冒したがらなかった。わずかでも可能性があるのなら、追っ手をかく乱しておきたい。

親戚——中でもおばのモラクは、キャンベルの多くの者に知られていない。メアリーは彼女に会ったこともなかった。

「この眺めなら耐えられるな」アランがわずかに開いた目で見あげながら、弱々しい声で言った。

「しいっ」メアリーはやさしく言い、起きあがろうとする彼の肩を押さえた。「じっとしていて」

「こんな道端でいつまでもじっとしているわけにはいかないんだ、メアリー」

「ピーターが馬車の馬を探しに行っているわ」

アランが手を伸ばして彼女の腕をつかんだ。「きみの安全が一番だ。ピーターに宿を探させて別の馬車を借りるんだ」自由に動くほうの手で上着のポケットを探り、紙片を取りだす。「馬車がなかったら郵便馬車の座席を買って、北へ移動しつづけるんだ。きみがおじいさんのところに着くまで、ピーターが助けてくれるだろう」

「請求書はここに送らせろ」メアリーは見ようとしたが、彼の手はひどく震えていた。

彼女はアランの額を撫でた。「何があっても一緒にいるとふたりで決めたのは、つい昨日のことじゃないの」

「それは馬車がぼくの頭の上に落ちてくる前の話だ、いいから――」

「わたしを信頼して、アラン」意図したよりも鋭い口調になった。「いま、この遠足の指揮を執っているのはわたしよ」

彼は何か言いたげな表情だったが、ただ目を閉じてうなずいた。「きみを信頼するよ。とにかく、きみ自身の安全を守ってくれ」

ここにいる全員の安全を守るわ。どうすればいいのかはわからないけれど。アランとわたしの未来は、ほかの誰も守ってくれない。誰も。

「ハワード、地図を持っている?」メアリーは尋ねた。

最後のトランクを彼女のそばまで引きずってきた御者は体を起こした。「持ってます」ポケットから地図を引っ張りだす。「先週まではロンドンの外に出たこともなかったんでね」

メアリーはアランの胸の上に地図を広げた。「正確には、いまどこにいるの?」

「ぼくの胸に画びょうを刺さないでくれよ」アランが目を閉じたままささやく。

「正確にはわかりませんよ。旦那が馬車をひっくり返したとき、わしは眠っていたんですから」

「あれはアランのせいではないわ」彼女は主張した。「それなら、いまどのへんにいると思う？」

御者は小声でぶつぶつ言いながら、彼女の横にしゃがみこんだ。「ここだな」地図を見て指を突きつける。

指し示された道はとても細く、両目で見てもようやく見分けられるくらいだった。ハワードの推察が正しければ、彼らは西に進路を取っており、マンチェスターのすぐ北にいる。おばとその結婚相手の銀行員について聞いたことを思いだそうとしながら、メアリーは地図上の細い道に沿って指を滑らせ、その先に着いた。

「わたしたちはここに行かないと」

ハワードが片目を細める。「馬車だと一時間はかかりますよ。徒歩なら二時間だ。旦那を引っ張っていけば日暮れを過ぎてしまう」

「ぼくは歩ける」アランが言った。「だが、きみの目指す先にあるのが宿屋ではないなら、賢明な考えとは言えないぞ。きみはひたすら北へ向かうべきなんだ」

「しいっ」メアリーは繰り返し、彼の官能的な口に指をそっと押し当てた。「あなたは意識が混濁しているのよ。今度はわたしがあなたを救う番だわ」

これが自信に満ちた言い方に聞こえているといいのだけれど。内心では、彼女は風の強い日に揺れる木の葉のように震えていた。でも、アランはわたしを救ってくれたのだ。わたしは家族に——自分のクランに——彼を傷つけられるのを見過ごす気もなければ、命じられるまま彼と別れる気もない。となれば、自分にできることをすぐにでも見つけなくては。

# 15

ぼくはまた別の悪夢を見ているのか、それとも現実に何かおかしなことが起きているのだろうか？

目を開けると雲や木々のてっぺんが見えた。一瞬、まだ道の脇に寝かされているのかと思ったが、木々は通り過ぎていく。あるいは自分が木々を通り過ぎているのか。土や石に当たってこすれる木の音も聞こえてくる。頭をゆっくり動かしてみると、がんがんと響く音はするものの、まだもげてはいないようだ。アランは首をめぐらせて横を見た。

「動かないで」メアリーがジュノーの背から彼を見おろして言った。その顔は心配そうだ。

「また気分が悪くなりたいの？」

「いいや」彼は頭を元に戻した。声がしわがれている。「ぼくたちはいったいどこにいるんだ？　ぼくは何の上にのせられている？」

「馬車の扉よ。ピーターが馬車の馬たちを見つけてきたの。馬車全体ではなくて、あなただけを引けばいいから、馬たちもうれしそうよ」

「わしはちっともうれしくありませんよ」ハワードがうしろのほうから――あるいは前にい

るのかもしれない――口をはさんだ。

「弁償すると言ったでしょう、ハワード。いいから速度を変えずに歩かせてちょうだい。ぶつけないように」

アランはまた目を閉じ、考えをまとめようとした。「こんな調子では、とてもスコットランドにたどり着かない。それにぼくたちの通った跡がすぐにばれてしまうぞ」

「いいえ」足元のほうからピーターの声がした。「ダフィーに小枝の束を引きずらせてます。アメリカのあの有名な冒険野郎、ダニエル・ブーンだって、われわれの通った跡を見つけるのは無理だと思いますよ」

「きみが考えついたのか、メアリー？」アランは尋ねた。

「そうしておけば、扉がつけた跡も隠せるかもしれないと思ったの」

機転の利く女性だとは思っていたが、なんと頭がまわるのだろう。片足を少しだけずらすとトランクにぶつかった。明らかに、いまのアランは荷物の一部になっているようだ。こんなふうにハイランドを目指すことになるとは思いもよらなかったが、自分のせいで追っ手につかまるわけにはいかない。彼はうなりながら両手をついて上体を起こそうとした。だが、動けなかった。

「まさかぼくを縛りつけたんじゃないだろうな？」

「あなたが落ちないようにと思ったのよ。それに無理やり起きあがって、気分が悪くなられても困るし。そのまま寝ていてちょうだい」

「気分が悪くなったわけじゃない。意識を失ったんだ」

メアリーは唇を引き結んだ。「なんと言われようと、あなたにはそのまま寝ていてもらいます。目的地には、あと一時間もすれば着くわ」

「その目的地というのは？」頭の中でがんがんと響く音は強まる一方で、彼女の答えを聞き取れなかった。アランにわかるのは、これは愛する女性を助けに来た男のあるべき姿ではないということだけだ。馬車の扉に縛りつけられ、地面の上を引きずられていくなんて。こんな恥ずかしい格好があるだろうか。ほんの数時間前には、ひとりで四人の男を叩きのめしたというのに。ちゃんと目を開けられるようになったら、自分の脚で歩かせろと要求してやる。

意志の力を総動員して、彼は片目を開けた。「よく聞こえなかった、メアリー。いったいどこへ行こうと……」声が途切れた。さっきまで午後遅くの空だと思って見ていたものが、様相を変えていることに気づいたのだ。西の地平線を深いブルーが染めあげ、視線を上に移すと、色はどんどん濃くなっている。いましがたまで会話を交わしていたとばかり思っていたのに。ぼくはどれぐらい朦朧《もうろう》とした頭の中でもがいていたんだ？

そこでアランは初めて恐慌状態に陥った。まばたきのたびに時間が飛んでいくようでは、メアリーを守ることなどできない。ぼくが動くこともできず、明瞭にものを考えることもできない状態では、彼女に危険が及んでしまう。

「メアリー」彼は声を絞りだした。

「ここにいるわ」甘い声がすぐに応え、馬からおりた彼女は急ごしらえの担架の横を歩いた。

「メアリー、きみは先に行ってくれ。ぼくのせいで、きみが傷つけられるようなことになってはいけない」

「これはわたしの救助隊よ、アラン」彼女はちらりと前を見ると、前方にいる誰かに合図をした。「ここでちょっと待って」

アランは彼女の手をつかもうとしたが、彼が動くよりも先にメアリーは一歩うしろに飛びすさっていた。

「ピーター、彼女と一緒に行け！」

「一緒にはいますがね」のんびりとした言葉が返ってきた。

次に目を閉じたとき、アランは自分が気を失ったのだということ以外、何も思いだせなかった。もしかしたら、ぼくはことを急ぎすぎたのかもしれない。もっと待って、結婚式の日までウィルトシャーに身をひそめながら計画を練り、メアリーをさらって船でアメリカに渡るべきだったのではないか？　あまりにも長いあいだハイランドがぼくの人生であり、聖域だったせいで、そこに行けば自分もメアリーも安全だという考えから離れられなくなっているのでは？

もちろん、二週間経ってもアランがグレンガスクに姿を現さなければ、ラナルフが捜索に乗りだすだろう。メアリーがたったひとりでフェンダロウ侯爵のもとに残り、望まぬ結婚をさせられるのを待つ羽目になっていたと考えると――いや、だめだ。待つほうが賢明だったかもしれないが、今度ばかりは自分のしたことが賢いというより正しかったと胸を張って言える。

キャンベルたちに追いつかれたときにもはたしてそう思えるのか、アランにはわからなかった。だが、戦いもせずにメアリーを手放すわけにはいかない。たとえ地面に這いつくばって、闇雲に敵を撃たなければならなくなっても。なんとしても、メアリー・キャンベルはこの手で守る。それについてアランが本当に不安を感じているのは、彼女を愛しているということを言葉の端々では伝えているものの、正面切ってそう告げたわけではないということだった。それに馬車がひっくり返ったとき、メアリーが彼に何を言おうとしていたのかも思いだせない。

メアリーからの感謝も、単なる友情も欲しくない。欲しいのは彼女の心だ。

メアリーと肩を並べて立っているピーターは明らかに、彼女の計画に納得していない様子だった。彼女は古い真鍮製のノッカーを頑丈なオーク材の扉に叩きつけた。どんな結果になるのかはわからない――これは間違った扉なのか、それとも正しい扉なのか。

「非常にまずいことになると思いますがね、お嬢さん」ピーターがぶつぶつと言った。「アランさまはきっと気に入らないでしょう」

「そのアランさまにはベッドが必要なのよ。それにできればお医者さまも」メアリーは言い返し、家の中の沈黙の長さに不安が広がりそうになるのを抑えた。見知らぬ他人の家の玄関でめそめそ泣いてもアランを助けることはできないし、彼女も含め全員が助かるための役にも立たない。

二〇まで数えたところで扉がきいっと開いた。「マリスターさまは、今夜はもうどなたにもお会いになりません」穏やかな声をした年配の男がそう言うと、扉はふたたび閉まりはじめた。

「マリスター。ここに違いないわ。「わたしはメアリー・キャンベルといいます」彼女はあわてて言った。「おばのモラクを探しているんです」

扉が動きを止めた。「ここでお待ちを」扉はふたたび閉じられた。

扉の隙間から無理やり中に入ってでも、アランを助けてと言いたかった。この冷たい夜気の中、彼は外に寝かされていて、見張りは片目の御者しかいない。だが力に訴えるよりも、ここは我慢して待つのが得策なのはわかっている。

その家はありきたりな造りで、夏咲きのバラを絡ませた白いフェンスに囲まれ、屋根は塔のように尖っていた。一階と二階から外を見晴らす四枚組の窓は、緑と白のカーテンが閉められている。フェンダロウの屋敷で言うなら、門番の家よりも小さい家だ。けれども権力を持った家族から逃れてきた恋人たちがひっそりと暮らすには、ここは完璧に思えた。

「彼らがこの扉を開けてくれなかったら、どうします？」ピーターが陰気な声で尋ねた。

「そのときは別の手立てを考えるわ」どんな手立てがあるかは思いつかないけれど、それをわざわざ知らせることはない。

扉が先ほどよりも大きく開いた。メアリーの両親と同年代の男女が並んで立ち、彼女を見つめている。女性はメアリーや父親と同じ、明るい緑色の目をしていた。頬骨が高く、顎が細いところもメアリーや祖父とよく似ている。

「モラクおばさま？」

「わたしは……いまはサラと名乗っているわ」女性の声にはかすかに訛りが聞き取れた。メアリーの父親が、母音の抑揚を抑えてRの発音を巻き舌になりすぎないように気をつけていないときは、こんな感じのしゃべり方になる。「こちらは夫のショーンよ」

メアリーはお辞儀をして、親しげな笑みに見えるように願いながら表情を作った。

「わたし、あの……ちょっと困ったことになっているんです、サラおばさま。助けていただきたくて」

「私たちはキャンベル家のことには関わりたくないんだ」おじが言った。その口調にはアイルランド訛りはいっさいなかった。

「門の外に人がひとりいるんです」かまわず早口で言う。メアリーとアランが願っている結婚がクラン――双方の――に反対されているからといって、クランに認められていない人を味方につけてはいけないという決まりはない。あとは、おば次第だ。「馬車がひっくり返ってしまって、彼はけがをしているんです。ひと晩かふた晩、彼が回復するまでベッドを貸していただけませんか？」

サラはかぶりを振った。「わたしはクランとは関わりたくないの。ロバート・デイリーがマンチェスターに家を持っていて、ここから一時間足らずで行けるわ。住所を書いてあげましょう。彼が助けになってくれるはずよ」片手を扉に当てる。「あなたはとてもきれいね、メアリー。わたしによく似ているわ。若かりし頃のわたしに。やっとあなたに会えて……うれしいわ」

メアリーは息を吸いこんだ。「けがをしている人はアラン・マクローリーといいます。わたしたち……駆け落ちしてきたんです。わたしの父はあと一〇時間もすれば追いつくでしょう。わたし……ほかにどこへ行けばいいかわからなくて」

青白かったおばの頬がいっそう白くなった。「マクローリーですって？」彼女はあえいだ。「あなたがお父さまに反抗しているのなら、彼は間違いなくここに来るわ！　あなたにはそれがわからないの？」

ひと筋の涙が頬を伝い、メアリーはすばやくそれをぬぐった。アランはわたしを惨めな結婚から救い、喜びと幸せを与えてくれた。アランがわたしを必要としているいま、彼を裏切ることなどできない。「よくわかっています。ひと部屋、いいえ、物置でかまいません。彼が体を休めることができるなら。そして追っ手が来たら、わたしたちのことなど知らないと言っていただきたいんです」

ショーンがメアリーのかたわらに立っているピーターを見た。「それできみは？　キャンベル家の者か？　どういう立場なのかね？」

「私はキャンベルではありません。マクローリー・クランの色を身につけています」ピーターは頭を傾けてみせた。「このお嬢さんと、その恋人である私の主人が、あなた方の助けを必要としているんです」

驚きと感謝の念が全身を駆け抜けるのを感じ、メアリーはピーターの腕に片手をかけた。

「ほかに何をどうお話しすればわたしたちを助けていただけるのか、わたしにはわかりません。ほかにどこへも行く場所がないんです」

一瞬、サラは目を閉じた。「それなら中にお入りなさい。ショーン――」

「その若者を運び入れるのを手伝ってくるよ」彼女の夫がさえぎった。「彼らの乗り物をどうやったら隠せるかも考えよう」

ほっとしてくずおれそうになるのをこらえながら、メアリーは家に一歩足を踏み入れ、闇の中へ出ていったふたりの男性に肩越しに声をかけた。「わたしたちの持ち物は扉一枚と馬が四頭、それとトランクがふたつあるだけです」

「扉一枚ですって？」サラ・マリスターは狭い階段をあがり、メアリーはそのあとにぴったりついていった。おばに心変わりをする隙を与えたくなかった。

「馬車から取ったものです。馬車がひっくり返ったとき、アランは頭をかなり強く打ったんです。わたしたちは御者台にいて、彼が落ちそうになったわたしをつかんでくれました。わたしを守って、代わりに自分が……」また涙が頬を流れ、メアリーは急いでぬぐった。

いったいどうしてアランにはそんなことができるの？　彼は強くて毅然《きぜん》とし、自信に満ちていながらユーモアもある。わたしたちの身にこれから何が起こるかわからないというときでも。そしてわたしときたら、わたしから離れていたほうがいい人たちまで巻きこんでいる。

考えられるのは、ただアランが心配だということだけ。わたしのアラン。彼は暗闇の中にいて、わたしは彼のために見張り番をすることさえできない。

みんながいつもわたしを見張り、守っていたの？　わたしが特定の人々と出会ってしまわないように。その人たちが身につけるキルトの色が、あるいはキルトそのものを身につけないことが魅力的だとわたしが思ってしまわないように。でも、わたしはそういう人たちに出会ってしまった。今度はわたしが彼らを守る番だ。わたしと関わり合いになることを選んでくれた人たちに危害が及ばないよう、わたしが守らなければ。

「あの奥はなんですか？」いまは余計な疑念を感じている場合ではない。彼女は廊下の隅に引っこんで見える扉を指して尋ねた。

「シーツや冬用の寝具入れよ。あなたのお父さまがここに来たら、きっと扉という扉を全部開けてまわるわよ、メアリー」おばは眉をひそめた。「幸い、ショーンかわたしが身を隠す必要があるかもしれないと思って作っておいた隠し部屋があるの。その後、わたしはようやく気づいたのだけど――ウォルターはわたしを殺すよりも追放するほうが重い処罰になると思っているらしい、と」

数週間前なら、メアリーは父にそんな執念深い一面があるとは信じられなかっただろう。それは彼女がアランと出会い、まずはロデリック・マカリスターと、次にチャールズ・カルダーと無理やり結婚させられそうになって知った父の別の顔だった。ふたりが歩いていくと、廊下の中ほどに扉があった。サラがそれを開けて中に入ると、そこは予備の寝室で、使われている形跡はなかった。メアリーが知る限り、おばには子どもがいないはずだ。この部屋は子どものために用意されていたものなのかしら？　それとも、訪ねてくることもない客用の寝室？

メアリーは身震いした。彼女とアランも似たような状況にある。これからも、キャンベル家とマクローリー家の若いふたりが出会うことがあるかもしれない。部屋の奥へ歩いていくとまた扉があり、それは小さな物置につながっていた。サラがひざまずき、奥に山積みされた帽子の箱とトランクをどかす。すると引っかいた跡のある床板が出てきた。サラはその下に指を差し入れて持ちあげた。壁の一部が上に開き、その向こうに小さな部屋が現れた。

「あなたを抱きしめさせてください、サラおばさま」メアリーもひざまずき、おばの肩に腕をまわした。

「あら、まあ！　ここは未完成なのよ。壁に漆喰《しっくい》やペンキを塗らなくてもいいかと思ったものだから。それに窓もない。でもランタンを用意して、寝具を運びこめばなんとかなりそうね。そのあとで抱きしめてちょうだい」

ふたりは廊下の奥から冬用の寝具を選びだし、何か抜き取られたと気づかれないようにクローゼットを整えた。隠し部屋は三メートル半ほどの長さがあったが、幅は体格のいいハイランドの男がちょうど横たわれるぐらいしかなかった。それでも緊急事態には四人の人間が隠れることができる。そして、その緊急事態はこのあと必ず襲ってくるはずだ。

階段に足音がして、メアリーは急いで隠し部屋を出た。アランは自分の足で立っていたが、目を閉じて、ピーターとハワードに体を支えられている。彼女はアランに抱きつきたいという衝動を覚えた。そのあまりの強さに、こらえようとする両手が震えるほどだった。わたしが勇敢になれるのはアランのためだからだ。彼がいなければ、いまやっていることはなんの意味もなくなってしまう。

飛びついたらアランもろとも倒れてしまいそうなので、メアリーは用心して彼の右頬に手を触れた。こんなにも青ざめ、ふらふらになっている彼を見ると胸が痛んだ。

「アラン、わたしの声が聞こえる？」

「ああ」彼がメアリーのてのひらに顔を押し当てた。「目を閉じたままでいるほうが、吐き気がおさまるようなんだ」

「じゃあ、閉じたままでいてください、アランさま」ピーターが口をはさんだ。「そこで吐かれたら、私の着る上着がなくなります」

「わたしたちがどこにいるかわかる？」メアリーはハワードと位置を代わり、アランの腕を自分の肩にまわさせた。

「たぶん」アランが片目を開けて彼女を見る。「この状況は気に入らないが、きみを信頼すると言ったのは本気だったのだから、しかたがない」

「よかった。あなたには物置の奥で一日か二日眠っていてもらうわ」メアリーは体勢を変えて、彼の体重を受け止めた。アランがこんなにも寄りかかってくる状態では、北へ向かう旅を続行できないのは明らかだ。「こちらはサラおばさまよ」

アランが少し頭をあげ、そのせいで体がぐらついた。「お会いできて光栄です《ハ・ミ・トイリシュト・ド・チヨネチヤグ》、モラク。お宅に入れていただいてありがとうございます」

おばの明るい緑色の目に涙があふれた。「スコットランドの言葉を聞いたのは何年ぶりかしら」少し震える声で言う。「こちらこそ、お会いできてうれしいわ。それに驚きました」

彼女は咳払いをした。「わたしの姪は人を説得するのがとても上手なの」

「ええ、たしかに。この細い指で、ぼくなどひとひねりですよ。それがまたうれしいのですが」

「マクローリー家の人に会ったことは一度もなかったわ。お連れの人はあなたをアランさまと呼んでいたわね」

「この人はグレンガスク侯爵の弟なんです」メアリーは言い添えた。

「ああ。あなたが、あのアラン・マクローリーなのね」

「はい」

彼らはアランを隠し部屋に運びこんだ。長身で肩幅の広いハイランダーが中に入ると、部屋はいっそう狭く感じられた。メアリーはアランの横に寝て頬にその吐息を感じ、彼は大丈夫だと確認していたかったが、それもできない。いまは旅の途中の四人の無事だけでなく、おば夫婦とこの家の安全を守るのが彼女の務めだ。

「ピーター、彼のそばにいてあげて」

「わかりました。ですがあなたも休んでくれないと、私が彼にどやされますよ、お嬢さん」

「ええ、休むわ。すぐに戻ってくるから」

ハワードは階下におりてショーンが馬車の扉を始末するのを手伝い、ダフィーとジュノー、それと馬車の馬たちを隣家の敷地へ隠しに行った。サラの家政婦がシチューの入ったボウルをアランとピーターのもとに持っていき、メアリーとサラは朝食用の小さな部屋に食事の用意を整えた。

「改めてお礼を言わせてください、サラおばさま。本当にありがとうございます。ここには使用人は……」

「スーザンとレヴィットしかいないわ。頼めば彼らはなんでもやってくれます。いつかこういう日が来るのではないかと考えていたのがよかったみたいね。あなたがマクローリーの人間を連れてくる日ということではなくて、ウォルター・キャンベルがこの家の戸口に現れる日という意味だけど」

ショーンが部屋に入ってきて、妻の隣の椅子に座った。「馬はフィネガン家のところにいる。一番近い隣人ではないが、彼らはキャンベル家の者と話をするくらいなら崖から身投げするという人たちだ。馬車の扉は石の重しをつけて、池の底に沈めておいた。あの片目の男は泣いていたがね」

メアリーは一瞬だけ微笑んだ。「ひっくり返ったのは御者のハワードの馬車だったんです。わたしたちが――というよりアランがロンドンで雇いました。いまや彼はわたしたちの家族の一員も同然です」

「それで、あなたはロンドンを逃げだしてグレトナグリーンを目指し、あなたのお父さまに追われているというわけね？」サラは尋ね、紅茶を口にした。

「正確にはそうではありません」メアリーの状況を理解できる人がいるとすれば、それはサラ・キャンベル・マリスターのほかにはいない。女性の味方がいると思えることは――特に味方だと思っていたクロフォードに裏切られたあとでは――とてもうれしいことだった。メアリーも紅茶を飲み、おば夫婦にすべてを打ち明けた。アランとの仮面舞踏会での出会い、秘密の逢瀬《おうせ》、祖父が決めたマカリスター家との縁談、キス、そして父の独断でチャールズ・カルダーと結婚させられそうになったこと……。アランが彼女を救いだしてくれたことを語っているときなど、おばは胸を手で押さえて聞き入っていた。

メアリーが唯一語らずにいたのは、アランとの関係がどこまで親密かということだった。だが、推測しようと思えばたやすいだろう。おばたちはわざわざ彼女に尋ねようとはしなかった。

「あなたはやっぱりアルカークに行って、キャンベルと話をするつもりなの？」サラが尋ねた。メアリーは一瞬考えて、おばが彼女自身の父親のことを言っているのだと気がついた。

「クランがわたしたちを追うのをやめさせられるのは、おじいさまだけだと思うんです。父はわたしの言うことなど聞いてくれませんから」

「ああ、あなたの見込みどおりになることを心から願うわ。わたしとしては、ショーンと一緒になりたいと言ったとき、父が理屈の通じる人だとは思えなかったけれど」サラは愛情をこめて夫を見た。「父はわたしに選択肢を与えたの。父の選んだ相手と結婚するか、出ていって二度とキャンベル家の敷居をまたがないか」

そしてアルカーク公爵は、メアリーにはロデリックを選んだというわけだ。

「その選択肢があるなら、わたしにはありがたいくらいです」メアリーの胸に感情がこみあげた。数週間前ならともかく、いまの彼女には、キャンベルとアランのどちらを選ぶかと言われたら、その答えは考える余地がないほど明白だった。

「わたしはアイリッシュの血が半分混じった銀行員と結婚したかっただけよ、メアリー。それにわたしは三番目の娘だった。父の長男の子どもで、いま生きているのはあなたしかいない。父はマカリスター家との政略結婚にあなたを利用しようと考えていたのに、そのあなたはマクローリー家の後継者と結婚したがっている。父は、あなたには追放という選択肢を与えないかもしれないわ」

メアリーは不安に襲われた。彼女の中では、祖父はいつも公平で分別があり、孫娘をかわいがってくれる人だった。だからこそ父は恐慌状態に陥って、彼女を欲しいと最初に言ってきた一族の男に娘を押しつけるようなことをしたのだ。もし祖父がメアリーとアランの結婚を許さなかったら、もしクランの者たちにアランを探しだせと命じたら……。

メアリーがアルカーク公爵のもとに行こうと考えたのは、キャンベル家がチャールズから彼女を守ってくれるだろうと考えたからだった。祖父が命じれば、彼女の人生はアランと出会う前の状態に戻るだろうと。でも、それからすべてが変わってしまった。いまではアラン・マクローリーと離れることなど考えられない。元の人生など欲しくない。欲しいのは愛する男性との新しい人生だけだった。人生は楽しく、予想外の出来事だらけで、情熱にあふれているのだと教えてくれたハイランドの男性と生きていきたい。

「わたしが間違っているのならいいのだけど」一瞬の間を置いて、サラは続けた。「わたしのときは状況がおかしかったのかもしれない。でも、あなたもわかっておいたほうがいいと思ったの。何も言わずにあなたを行かせてしまったら、わたしは二度とぐっすり眠れなくなるわ」

メアリーは紅茶のカップを置き、出会ったばかりのおばの手を握りしめた。

「話してくださってありがとう。よく考えてみます。慎重に。そろそろ失礼しますね。アランのそばについていてあげたいので」

おば夫婦は目を見交わした。「あなたはスーザンと一緒に使用人部屋で寝てくれていいのよ。もしあなたのお父さまが来たら、階上にあがってきてもらうだけですむわ」

メアリーは立ちあがりながら首を横に振った。「ありがとうございます。でも、いまさら評判を気にしても手遅れですから。誰か別の人との結婚を考えているならともかく、わたしにはそんなことをするつもりはありません」

サラも立ちあがった。「では、二階まで一緒に行きましょう」彼女は姪の腕を取り、階段へと向かった。

「おばさまたちを大変なことに巻きこんでしまって、申し訳なく思っているのはどうかわかってください。それも見知らぬ他人のせいで」

おばは微笑んでウィンクをした。「他人ではないわ。たったいま会ったばかりでも家族よ。それにわたしの中に、ウォルター・キャンベルを負かしてやるのが楽しみな気持ちがないと言ったら嘘になる。兄なのだからわたしを助けてくれるだろうと思っていたけれど、彼はそんなことはしてくれなかった」サラはメアリーのほうにかがみこんだ。「こんなことを言って気を悪くしないといいけれど、あなたのハイランダーはとてもすてきだわ」

「ええ、そうなんです」メアリーは同意した。「それにとても気が利くし、親切なんです。わたしはずっと、マクローリー家の人間は悪魔だ、野獣だ、野蛮人だと聞かされて育ちました」彼女は微笑んだ。「彼にもどこか悪党らしいところがあるのは認めますけれど」そのおかげで、彼女はチャールズ・カルダーと結婚式を挙げずにすんだのだ。

階段の上に着いて、ふたりは足を止めた。「知り合ったばかりだけれど、あなたには幸せになってほしいわ、メアリー。だからこそ質問させて。あなたがあの人と結婚しようと決めたのは、彼があなたを不本意な結婚から救いだしてくれたから？　彼との結婚を禁じられたから、じらされて、あるいは恩義を感じて、結婚したいと思っているのではないの？」

「そのことはわたしも最初によく考えました」メアリーは認めた。「実際、わたしは父の計画から解放してもらうためだけに、連れだしてほしいとアランにお願いしたんです。でも、彼は……。いまではもう、彼のいない人生なんて考えられません」

「変なことを言ってごめんなさいね。でも、あなたが彼の長所を褒めたたえているあいだも、彼を愛しているという言葉はあなたの口から出なかったわ。この状況を考えれば、それって大事なことだと思うの」

　メアリーはかすかに微笑んだ。「わたしがその言葉を使わなかったのは、これまで彼にそれを言ったことがないからです。そして、その言葉を最初に聞くのはアランであるべきだと思います」

「そうね。それならもう何も言わないわ。あなたのお父さまが夜のうちに来るようなことがなければ、朝にまた会いましょう」

　メアリーはおばの頬にキスをして客用寝室に入り、うしろ手に扉を閉めた。次の瞬間、火の入っていない暖炉のそばの椅子に人影が見えてぎょっとした。

「こっちにおいで」アランの低い声がした。

　まあ、なんてこと。彼女は急ぎ足で声のほうに向かった。「何をしているの？　安全なところで寝ていなくてはだめでしょう」

「シチューを食べるのに体を起こさなければならなかったんだ。ウィスキーも一杯飲んだ。それに、きみがそばにいないと眠れやしない」

「あら、ロマンティックなことを言うのね」メアリーはささやき、両手を椅子の肘掛けに置いて身をかがめ、ゆっくりと彼にキスをした。

「ああ、ぼくはロマンティックな人間なんだ」

　メアリーは慎重にアランの膝にまたがり、両腕を肩にまわしてふたたび口づけた。この数時間で感じていた不安は、彼に抱きしめられたぬくもりにたちまち溶けていった。

メアリーの頰が首と肩に押しつけられ、アランは目を閉じた。嵐に遭遇した酔っ払いの船乗りのように体はぐらついているが、彼女が味方かどうかもわからない人たちと対峙《たいじ》しているときに、自分だけ隠し部屋にこもっているつもりはなかった。それに目は閉じていても耳は聞こえる。おかげで彼は、廊下でのメアリーとおばの会話をすべて聞いていた。その内容に関してメアリーに尋ねたかったが、せっついて言わせるべきことではない。言う気があれば彼女のほうからそうするだろうし、言わなければそれまでだ。

「ピーターとハワードはどこにいるの？」メアリーが静かに尋ねた。

「ぼくたちの小さな子どもたちは隠れ家で眠っているよ」

彼女は鼻を鳴らした。「わたしたちの子どもはあんな……毛むくじゃらではないわ」

くすくす笑うと頭が痛んだが、それでもかまわなかった。「ハワードを追いだすわけにはいかない。ぼくたちが彼の馬車を壊したのだからね」

「彼のことは好きよ。ぶつぶつ文句は言うけれど、これまでのところ、わたしたちを失望させるようなことは何ひとつしていないもの」メアリーは身じろぎした。「さあ、おしゃべりはやめて、そろそろ寝ましょう」

「体を起こしていると頭の痛みがおさまる。今夜はここで過ごそうかと考えていたんだ。この椅子は背が高いから頭も支えてくれて、床に転げ落ちずにすみそうだしね」

「わたしは彼らとあそこで眠るわけにはいかないわ」メアリーが隠し部屋のほうを指し示した。

「きみはそのベッドで寝ればいい。何か起きたら、カバーを直しておけばいいんだ」問題は、いつその何かが起きるかだ。アランはそう思ったが、馬車は壊れ、頭がずきずき痛む状態では、メアリーにできるのはここで時間を稼ぐことだけだと考え直した。

彼女はアランが壊れてしまうとでも思っているように慎重に動いて立ちあがり、ベッドのほうに歩いていった。「わたしにここで寝てほしいの？」キルトのカバーをもてあそぶ。「わたしひとりで？」

「今夜はからかわないでくれ」彼は片目を閉じて、部屋がぐるぐるまわるのを止めようとした。それでもめまいはおさまらず、両目を開ける。

メアリーはじっと彼を見つめていた。そのシルエットが月光に照らされて銀色に浮かびあがっている。「あなたがそばにいないなら、わたしだけ横になって眠ったりはしないわ」ようやくそう言うと、彼女はベッドの足元から毛布を取り、暖炉の向こうにあったもうひとつの椅子を運んできた。官能的なまでに優美な動きで、彼の横に置かれた椅子の中におさまり、毛布をふたりの上にかける。

それは永遠の愛を誓う言葉ではなかったが、メアリーがアランの手を取って指を絡ませると、今夜のところはこれでじゅうぶんだと彼は思った。

何かの音にはっとして、アランは目を覚ました。なんの音かはわからないが、まずいことが迫っているのはわかる。東に面した窓から、夜明けの最初の光が差しこんでいるのがおぼろげに見えた。かたわらでメアリーが静かに寝息を立てている。鋭く襲ってきた頭の痛みを無視して、彼は息を詰め、耳を澄ませた。

そのとき、また音がした。馬のいななき。すぐあとに別の馬がいなないた。キャンベルの者たちがついに追いついたのだ。

「メアリー」ささやいて立ちあがり、体のバランスを保とうとして、彼女の椅子の肘掛けをつかんだ。

メアリーはすぐに目を覚ました。「彼らが来たの？」

「ああ。そうだと思う。ピーターを起こすんだ。窓から離れろ」

彼女はさっと立ちあがり、奥の物置へとすばやく姿を消した。その機敏な動きに、アランはかすかに嫉妬を感じた。毛布をたたんでベッドの足元に置く。頭は少しすっきりしたものの、左目はまだぼんやりしてよく見えない。馬か馬車で逃げることになったら、また意識を失ってしまうだろう。メアリーが疎遠だったおばを訪ねようと思いついてくれたのは、なんとありがたいことか。

「武器を用意しましょうか？」隠し部屋から出てきたピーターが、裾のほつれた作業用シャツをズボンにたくしこみながら尋ねた。

「いや。まずはメアリーのやり方にまかせよう」アランは寝室に戻ってきた彼女に微笑みかけてから、視線を従僕に戻した。「その椅子を暖炉の向こうに戻してくれるか？　そっとだぞ」

「はい」ピーターはメアリーの椅子を持ちあげ、慎重に元の位置に戻した。さらに青い絨毯《じゅうたん》にできたくぼみを足でならす。

「あとは全部、中にそろっているか?」

メアリーは不安げに目を見開き、うなずいた。「パンと水もあるわ。急いで、アラン。わたしの父が来たのなら、きっと家じゅうを探すはずよ」

階下の扉が開き、すぐに閉まる音がした。アランはこそこそ隠れるのではなく真っ向から対決したかったが、愛する女性を危険な目に遭わせないためには隠れたほうがいい。それに今朝の自分は最高の状態とは言えない。最後にもう一度室内を見渡し、彼は一行に合図して物置に向かった。

四つん這いで小さな入口を進むうちにまた頭がうずきはじめたが、歯を食いしばって隠し部屋に到着した。馬車に頭蓋骨を直撃されて初めて、これからはあまり酒を飲まないようにしようと思った。この痛みを何度も味わいたくはない。どんな上等な酒でも、二日酔いの頭痛は避けたいものだ。

全員が中に入ると、身を乗りだしたメアリーが入口の前まで帽子の箱を引っ張り、それからそっと壁をおろした。ランタンの明かりがあっても部屋は薄暗かったが、アランは壁の隙間から光がもれる危険を冒したいとは思わなかった。

壁にもたれてまたいびきをかいていたハワードを揺さぶると、御者は背筋を伸ばして悪態をついた。にらみつけるアランの目を見て、ようやく口をつぐむ。「いまいましいキャンベルどもめ」彼はささやいた。「いや、すみません、マイ・レディ」

もはやハワードも完全に彼らの一員になったようだ。「ここから先は、教会のネズミみたいに静かにしているんだぞ」アランは小声で言うと、メアリーの腕を取って自分の横に引き寄せた。すべてが願いどおりにいきますようにと小さく祈りを唱え、ランタンを吹き消す。

未完成の壁にもたれてできるだけ居心地のいい姿勢を取り、アランは震えているメアリーの肩に左腕をまわした。「きみには誰にも指一本触れさせない」彼女の髪に向かってささやく。

「あなたのほうが心配よ」メアリーが言った。

「誰かが眠っていびきをかきはじめでもしない限り、恐れることはない」

その昔、アランの一族は亡命したジェームズ王を支持し、その後はイングランドの王位奪還を要求するチャーリー王子に味方するジャコバイトだとして一度――あるいはもっとかもしれない――糾弾されている。アランの祖先の中には実際にジャコバイトがいたのだ。そのためハイランドの屋敷の多くには〝司祭の隠れ家〟と呼ばれる穴が作られ、ササナックの兵士たちに追われたスコットランド人はそこに身をひそめたものだった。そしていま、彼らは半分ササナックの血が入っている家で、自分たちの一族を含むスコットランドのクランから隠れている。

アランは右手を上着のポケットに突っこみ、そこに忍ばせておいた拳銃に触れた。メアリーの父親やキャンベルの者たちを傷つけたいわけではない。そんなことをしたら、彼女の心も傷つけてしまう。しかし、メアリーを彼らに引き渡すことだけはできない。誰にも——キャンベル家にも、マクローリー家にも、聖ブリジッドとその他すべての守護聖人たちにだって、彼女は渡すものか。

# 16

サラ・マリスターはベッドの端に座り、驚かされるのを待っていた。

できることなら一番上等なドレスを着て髪を結いあげ、頬紅をはたいて出迎えたかったが、太陽はまだ東の丘にひと筋の光をのぞかせたばかりだった。いつもなら、彼女とショーンはあと一時間はベッドでぐずぐずしているところだ。

「ショーン、歩きまわらないで」サラはささやいた。

彼女の夫がベッドと扉の中間で足を止める。「私たちのほうがあの壁の奥に身を隠すべきなんじゃないかとは考えなかったのかい？」

「もう一九年も前から、彼らはわたしたちの居場所を知っているのよ。それにわたし、正直に言うと、心配よりも楽しみな気持ちのほうが強いの」

ショーンは足音をたてないように歩いてくると、サラの横に腰かけた。「いざとなれば、フェンダロウの鼻に拳を叩きこんでやる。この手でね」

彼女は微笑んだ。緊張と期待の入りまじった感情が体を駆け抜ける。「ちょっとした敵対心を見せるのはかまわないと思うわ。兄だってこれまでずっと、わざわざここに来ようとはしなかったのだし」サラは夫の手を取った。「これだけは覚えておいて。これはわたしたちのためじゃない。あの若い客人たちを守るためよ」

もちろん姪がここに来たのは、馬車が横転してアランがけがをしたからにすぎない。一行には文字どおり、ほかに行く場所がなかったのだ。それでも彼らは追っ手につかまるのをただ待っているのではなく、ここにやってきた。おかげで、そんなことでもない限り出会うこともなかったであろう勇敢な若い女性と知り合えたのだ。それにマクローリーの男とも。サラはもし自分だったら、マクローリー家の一員というだけでなく、その氏族長の弟である男と恋に落ちる勇気があるかどうか自信がなかった。

スーザンが扉をノックする音が、いつもより耳ざわりに響いた。「どうぞ」サラが声をかけると、扉はかちりと音をたてて開いた。

「ミセス・マリスター」家政婦の声はかすかに震えていた。「お客さまです」

「こんなに朝早く？」サラはスーザンに励ますような微笑みを向けた。外まで聞こえるかどうかわからないが、小さな家だから、彼女の言葉は来客にも聞こえているものと考えることにしていた。「ミセス・レスターかしら？　サリーが産気づいたら知らせてくれるようにお願いしておいたのよ」

「いいえ、奥さま。お名前は……フェンダロウ卿だと」

「なんですって？」

「そう名乗られました。少なくとも一ダースはお連れの方がおいでです」

「フェンダロウ？　きみの兄上がいったいなんの用で？」ショーンが詰問した。

「さっぱりわからないわ」動揺したふりをするまでもなく、サラの声は震えていた。「お父さまの身に何かあったのかしら？　ほかに兄がここへ来る理由があると思う、ショーン？　だって一九年ぶりよ！」

「とにかく行ってみよう。私たちはすぐにおりていくからとお伝えしなさい、スーザン。寝間着姿で彼に会うわけにはいかない」

家政婦はお辞儀をした。「レヴィットにお茶をいれさせましょうか？」

「彼の用件を聞くまでは出さなくていい」ショーンは大声で言い、スーザンを安心させるように微笑んだ。

家政婦が扉を閉めて出ていくと、サラはほっと息を吐いた。「わたし、本当は兄に会いたいということを危うく忘れるところだったわ」そうささやき、衣装戸棚へと急いだ。

ショーンは大股で近づいてサラの腕をつかみ、自分のほうを向かせた。「彼がなぜここにいるのかを忘れるな」そう言って、彼女にキスをする。「私は彼がきみにしたことを、ほかの誰かに向けて繰り返させはしないよ」

サラは微笑んでキスを返した。「兄がわたしにしたことはどうでもいいの。だって、結局わたしたちを引き離すことはできなかったんだもの。さあ、怒りもあらわにブーツを踏み鳴らして、この事態を乗り越えましょう」

「あら、まあ！」

メアリーたちに警告を発する暇はなかったが、廊下の先で物音がしている様子はなかったので、サラは彼らが気づいて隠し部屋に入ったのだろうと推測するしかなかった。あとはサラとショーンの対応次第だ。

ナイトドレスを脱いで簡素な緑と黄色のモスリンのドレスを着るあいだ、サラの手は少し震えていた。それから髪をとかし、手早くひとつにまとめる。ショーンは保守的な銀行員らしい地味なスーツに着替えていて、ふたりはそろって寝室を出ると階段をおりていった。

玄関ホールをうろうろしているレヴィットは、ナイトシャツをあわててズボンの中にたくしこむのが精一杯だったらしく、困惑の表情を浮かべていた。執事としては、ひと晩じゅう服をちゃんと着て、来客を迎える用意をしておく手もあったが、それでは無用の疑念を呼んでしまうだろう。本当はそんな余裕などなかったはずなのだから。

「ミセス・マリスター、フェンダロウ卿を居間にお通ししました」レヴィットは言った。「紳士がおふたり、部屋にご一緒しておられます。残り九名の方は、家の前で馬に水をやりながらお待ちいただくことに」

「馬？」サラは眉をひそめた。「馬車ではなくて？」

「私の見た限りでは、馬車はございません」

サラは肩を怒らせた。「そう。では、どういうわけでウォルター・キャンベルがはるばるマンチェスターまで馬を駆って来たのか、きいてみましょう」

居間に入っていくと、サラは奥の窓際に立っている黒髪の男の鋭い顔つきに目を向けた。

若い頃のウォルターにそっくりだ。彼女は一瞬、自分を家族から追いださないでと兄に懇願している一八歳の頃に戻った気がした。体が震える。でも、この男はわたしの兄ではない。わたしが最後に見た兄によく似ているけれど、おそらく甥だろう。姪のメアリーが話していた性悪のカルダーだろうか？　サラは視線をそらした。

「老けたな」冷たい声が飛んできた。ショーンのお気に入りの椅子に、白髪の細身の男性が座って脚を組み、合わせた両手の上から彼女を見つめていた。

たいしたご挨拶だこと。「何があったの？」サラはまっすぐフェンダロウ侯爵ウォルター・キャンベルのほうを向いた。「お父さまに何か？」

ウォルターの頬の筋肉がぴくりと動いた。「いや。最後に聞いた限りでは、父上はお元気だった」

彼女はうなずき、つばをのみこんだ。兄の顔にふっと浮かんで見えたのが哀れみの情であるはずがない。彼が心配しているのは、娘の居所を見つけられずに無駄足を踏んだのではないかということだ。「それなら、なぜここに来たの？　わたしは約束を守ったわ。この家を買ってからマンチェスターを離れたことはないし、ショーンもロンドンには昨年、仕事で行ったきりよ」

「無駄話はよせ」ウォルターが立ちあがった。「ひとつ質問がある。正確に真実を答えろ。嘘をついたり、何かを隠そうとしたりしても、私にはわかるんだからな。そうなったら、この家を燃やしてやる」

「私の家の中で脅迫などさせないぞ」ショーンがうなり、一歩前に出た。

「おまえに話しているんじゃない」サラの兄は言い放ち、彼女をにらんだ。

たとえ逃亡者たちをかくまっていなかったとしても、突然キャンベルの者たちが家を取り囲んだのを見て心から驚いていたとしても、この場面は同じように進んでいただろうとサラは思った。彼女は片手を突きだして夫を止めた。部屋の奥では、ふたりの若者がウォルターの両脇へと動いている。「では、質問をしてちょうだい」声が震えた。「お兄さまに嘘をつく理由は何もないわ」

「それはどうかな、モラクおば上」若い頃のウォルターにそっくりな男が言った。

「あなたは誰の子どもなの？」サラは尋ねた。

「あなたの姉のビアネスですよ」彼はぞんざいにお辞儀をした。「チャールズ・カルダーです。お見知りおきを」

「自己紹介など必要ない、チャールズ」ウォルターが割って入り、ますます顔をしかめた。

「もう二度と会うことはないんだ」

「ねえ、ウォルター、わたしたちを脅すのはやめて。質問をしてちょうだい！」

「よかろう」兄は一瞬顎をこわばらせたが、それが怒りのせいなのか、きまり悪さをごまかすためなのか、サラにはわからなかった。かつて彼と過ごした経験からすると後者かもしれない。「一週間前、娘のメアリーがアラン・マクローリーに誘拐された。われわれは昨晩、彼らの馬車の残骸を見つけたのだ。ここから八キロと離れていない場所でな。そこで質問だが、サラ、おまえは彼らを見たか？」

彼女は片手を胸に当てた。「メアリーを？　いいえ、まさか！　そんな恐ろしいことが！　わたしは――いいえ、もちろん見てなどいないわ」

「なぜそんなことがわかるんです？」チャールズ・カルダーが陰険な顔つきで尋ねた。「彼女が二歳のときから会っていないんでしょう？」

「ばかなことを言うな」ショーンが割って入った。「私たちはここで一九年暮らしているんだぞ。近所の人たちの顔は知っている。ここで知らない人間の顔を見たのは、行商人がパリのシルクを売りに来たのが最後だ。名前はなんだったかな？　なんとかチェンバースといったか。しかもそれは三カ月も前のことだ。だから、そう、見知らぬ女性がうろついていればわかったはずだ」

「これが最後の警告だぞ、銀行屋。私はおまえに話しているんじゃない」

サラは夫と兄のあいだに進みでた。「ショーンは真実を話しているのよ。どこかの男に引きずられていくような女性を目にしたら、忘れるはずがないわ」

「では、娘がおまえを探しに来て助けを乞うことはなかったんだな？」

「もし彼女が来ていたら、わたしはできる限りのことをして助けてあげたでしょうね。お兄さまとわたしのあいだに何があったにせよ、あなたの娘にはなんの恨みもないもの。しかも無理やり連れ去られたのなら、彼女はきっと怖い思いをしているはずだわ。ロバート・デイリーのところには行ったの？」

「いや、まだだ。私がどうにも解せないのは」ウォルターは一瞬の間を置いて続けた。「ここ以外にメアリーが行ける場所があるのかということだ。あの子なら、ここに来ようと思ったはずなのだ。特に馬車がひっくり返ったあとでは。メアリーは自分の窮状を話しておまえの同情を買い、別の乗り物を見つけられるまでかくまってくれることを期待しただろう」

「しかもそこには血痕もあったんですよ。連中の誰かがけがをしてるんだ」

甥のほうを見たサラは、意志の力を総動員して彼らから聞かされた手がかりにのみ集中し、そこから導きだされる合理的な結論を口にした。「話を聞く限りでは、どうやら誘拐ではなさそうに思えるわ」ためらいがちに言う。「メアリーが家へ帰るために、わたしの助けを求めてここに来たはずだ、とお兄さまは言ったように思ったけれど」

ウォルターは妹との距離を縮め、人差し指を彼女の顎の下に当てると顔を上向かせた。「私が言っているのは、まさにそのとおりのことだ。さあ、答えろ。彼らはここにいるのか？」

サラはまっすぐ兄を見返した。「いいえ、ここにはいないわ」彼と同じような発音で答え、語尾を震わせる。

「だったら、われわれの手で捜索してもかまわんだろうな」彼女を放すと、ウォルターは家の奥のほうに顎をしゃくってみせた。

チャールズ・カルダーは部屋を出ると小さなキッチンの奥へと向かった。ふたり目の若者はレヴィットを乱暴に突き飛ばし、玄関を開けると口笛で合図した。ただちに男たちが集まってくる。どかどかと家に踏みこんできた者の中には、サラにも顔がわかる親戚や、昔の友人の夫などもいた。

「きみは彼らにあんな扱いを受けたんだぞ、サラ」ショーンが顔を真っ赤にしてうなった。

「私はこの家の中にキャンベルの者たちなど入れたくない！」

サラは向き直って夫の目を見た。その怒りがどこまで演技なのかわからなかったが、ほとんど本心だろうと彼女は思った。「ショーン、彼らが家じゅう引っかきまわしたいのなら、やらせておけばいいのよ。それで気がすめば出ていってくれるでしょう」

「そのとおりだ」ウォルターが請け合う。

「そしてあなたにはわかっておいてもらいたいのだけれど」彼女は兄に向き直って言った。「今後、何があっても——何があろうともあなたにはわたしの家の前に現れてほしくないわ」

「そうだろうな」ふたり目の若者が居間に戻ると、ウォルターは扉のほうへ向かった。「そしておまえは私を苦しませられるとなったら、その機会に飛びつくんだろう。いずれにせよ、ドネルがここを見張るあいだ、おまえがどんな人生を送ってきたのか見させてもらうぞ。少なくとも、それは面白そうだ」

そしてあなたは自分の娘にマクローリーの男と駆け落ちされるような人生を送ってきたのよ。サラはそう言ってやりたかったが、口をつぐんだままでいた。何か言う代わりに、彼女は夫の握り拳をつかんで長椅子まで引っ張っていき、そこに腰をおろした。「兄がわたしたちの賢さに舌を巻いたら、わたしたちは喜ぶべきかしら」ドネルに聞こえることを承知でささやく。

「彼が階段から落ちて首の骨でも折ったら、私は喜ぶね」ショーンが言った。

サラは鼻を鳴らした。「自分が忠誠を捧げるのにふさわしい相手を選んだかどうか、ほんのわずかに疑念があったとしても、これで答えが出たわ。わたし、本当にキャンベルの人間が大嫌い」

「同感だ。ひとりを除いてね」ショーンはゆっくりと拳を開き、その手の中に彼女の手を包みこんだ。

「そう言ってくれてありがとう。でも、わたしはもうマリスター家の人間よ」そして、サラが自分でも驚くほどの愛情をついさっき感じるようになったばかりのキャンベル家の人間がもうひとり、じきにマクローリー家の人間になるだろう。


懐中時計があれば、壁の奥の小さな部屋に隠れてから五、六時間も経ったと知ってもメアリーはたいして驚かなかっただろう。こんなに長いあいだじっと座っていたのは人生でも初めてだが、それでもまだじゅうぶんとは思えなかった。彼女は呼吸を遅くして、心臓の鼓動を落ち着かせようとした——体の右側全体がアランに触れているとあっては、それは無理な相談だったけれど。

アランもじっとして動かなかった。だが彼が無力感から動かず、沈黙しているとはメアリーも思っていなかった。ふつふつと煮えたぎる危険な怒りが彼から放たれている。彼女はアランが拳銃を持っているのを知っていた。彼が耳を澄ませて、それを撃つ理由を探しているのを。一二時間前は意識を失っていたという事実も、いまのアランは気にしていないようだ。けれどもメアリーは、青ざめて動かない彼の顔を忘れることはできそうになかった。彼がいない人生を考えただけで途方に暮れた、あの気持ちも決して忘れられない。

それはまるで、いま初めて太陽の光とぬくもりを発見したと思ったら、二度とその太陽が見られなくなると聞かされたような気分だった。そのことを彼に話したいけれど、いまここでは無理だ。

「本当に彼女がここに来たと思いますか？」チャールズ・カルダーの声がほんの数メートル先から聞こえて、メアリーは飛びあがった。アランの腕の筋肉がこわばるのが感じられる。

「それは状況によりけりだ」彼女の父親の声が答えた。「あの血がメアリーのものなら、この近くにはいないかもしれない。けがをしたのがマクローリーなら、私は娘が道端に座りこんで、すべてのことを謝罪する最善の方法を考えているところに出くわすと思っていたんだがな。あれは賢い子だ。しかし私に恥をかかせ、クランを裏切った責任を取らされる危険を冒して、マクローリーをあちこち引っ張りまわすとは思えない」

つまりお父さまはわたしをそういうふうに思っているわけね。数週間前までのわたしなら、まさにそのとおりだったでしょう。わたしは面倒なことを避ける術に長《た》けていた。でも、お父さまはアランを計算に入れていない。彼のおかげでわたしがどんなに勇敢になれたかを。そうよ、わたしは助けを求めてここへ来た。けれど、おばさまに助けを乞うことにしたのは、すべてを終わらせて家に帰るためじゃない。しばらく休める安全な場所が必要だったからよ。

「この件が片づいたら、ぼくはやっぱり彼女と結婚したいですよ」

メアリーは暗闇の中で思いきり顔をしかめた。ありえないわ、と心の中で言う。

「結婚の告知はすでに新聞に載ったのだ。ロンドンの連中のほとんどは、メアリーはフェンダロウ・パークで結婚式のためにわれわれがやってくるのを待っていると思っているだろう。私はきみを娘と結婚させる。あの子が結婚に同意しないのなら、これ以上面倒を起こさないように私がなんとかしよう」フェンダロウ侯爵の声はごく近くから聞こえた。物置の入口で話しているに違いない。

「お願いします。さて、あとは小さな問題がひとつ残るだけだな。彼らに追いつこうと急いでいたから、おじ上がマクローリーをどうするつもりなのか、まだ聞いていませんよ」

メアリーの父親は不愉快そうな音をたてた。「この衣装戸棚なら、納屋にあっても違和感なくおさまるだろうな」

「まあ、銀行員の給料で買える程度のものですからね」チャールズは調子よく応じ、その声は面白がっているようだった。あのおべっか使い、最低だわ。それは前から知っていたけれど、彼がどんなふうにへつらうのかを直接耳にしたのはこれが初めてだった。

フェンダロウ侯爵は小声で笑い、帽子の箱が崩れ落ちる音がした。だめ、だめ、だめよ。

メアリーはアランがわずかに動き、手に拳銃を握ったのを感じた。あの壁の入口が見つかったら、誰かが死ぬことになるだろう。

「それで、マクローリーはどうします？」チャールズがふたたび尋ね、その声はメアリーが手を伸ばせば届きそうなほど近くから聞こえた。

「彼の兄のことはきみも聞いただろう。グレンガスク侯爵は休戦協定を維持したいあまり、われらがハイランダーを勘当する準備をしているんだ。アランがただ姿を消したほうが、話は簡単だと思わんか？　植民地に逃げて新しい人生を始めたとかなんとか、彼の家族はいくらでも話を作ればいい」

「彼を逃がしてやれと言ってるわけじゃないですよね？」

「違う。そんなことは言っていない。われわれはみなに言ってまわるんだ。われわれが追いつめたら、彼はアメリカに逃げることを選んだ、とな。そうなれば、相変わらずマクローリーは侵略してきた側で、キャンベルは高潔で筋が通っているということになる」

「メアリーはその秘密を守れるでしょうか？」

「きみはメアリーの夫になるのだ。あの子がそうしたくても、夫の不利になるようなことを言えるはずがない。そんなことはしないさ。そうなれば、協定を終わらせたのはメアリーの責任ということになるからな。娘はまともな人間だから、自分の手を血で汚したいはずがない」

「このことはずいぶん前から考えていたんでしょうね、おじ上？」

「あの宿屋でクロフォードを見つけたときから、ずっとだ」

こんなのはわたしの父じゃない。わたしに帽子を買ってくれて、社交クラブでカドリールを一緒に踊ってくれた父じゃない。わたしの父は、グレンガスク侯爵とわたしのまたいとこのジョージ・ガーデンズ・デイリーがクラン間の休戦協定を結んだと聞いて、ほっとしたと言っていたはずよ。

ここにいる男性が誰であれ、メアリーがけがをしているのかどうかを戦略上の観点でしか気にしていないのはたしかだ。彼は立身出世主義の殺人者に、またしても娘をやると約束した。そのうえひとりの人間を、娘が平穏な人生を捨ててまで駆け落ちするほど愛した男性を殺す話をしている。死体をどう隠すかだけが問題だと言わんばかりに。

「そのマットレスをひっくり返せ、チャールズ。ベッドの下に隠れていようが、見つけだしてやる」

ふたりは相変わらず、どうやってアランを始末し、メアリーを結婚する気にさせて、不具合があったことを知らせる相手をいかに最小限にとどめるかということをしゃべりつづけていたが、その声は次第に遠のいていった。血も涙もない話の冷酷さもさることながら、メアリーは彼女たちを必ずつかまえるというふたりの自信の強さに圧倒されていた。

「あの畜生があんたの父親ですか、レディ・メアリー？」ハワードがしゃがれた声で言った。

「黙れ」アランがささやく。その口調はあまりにも静かで、言葉が宙を漂うのが見えるかのようだった。「いるのは彼らだけじゃない」

この家の中に、彼ら以外にも人がいるという意味かしら？ それとも、この部屋の中に黙って聞き耳を立てている人間がいるという意味なの？ メアリーは身震いし、すでに硬くこわばった筋肉がずきずきとうずいた。父が今夜はここに泊まることになったらどうなるの？ この隠し部屋からほんの数メートル先の部屋で寝ることになったら？ 音をたてるのが怖くて身動きもできないまま、わたしたちは何日もこの暗闇に閉じこめられて過ごすの？

あたたかな唇がメアリーの耳をかすめた。「探してもわれわれが見つからなければ、彼らは先へ進むしかない」アランは息をついた。「きみのお父上は、国境へ着く前にぼくたちをつかまえなければならないのだからね」

明らかにアランには彼女の考えが読めているようだ。あえて声には出さず、メアリーは黙ってうなずいた。彼の言ったことは理にかなっている。ここでわたしたちが見つからなければ、北に向かって移動を続けていると思われるだろう。

また一時間も過ぎたように思えたが、実際にはせいぜい一〇分か一五分しか経っていなかったに違いない。アランがゆうべ座って寝ていた椅子がきしみ、部屋を出て階段へと向かうブーツの足音がした。やれやれね。アランにはどうしてわかったのかしら？ 男たちが最初に部屋に入ってきたとき、三人以上の足音を聞き分けたとか？ 部屋にはまだ誰かいるの？

遠くのほうで男たちの声が混じり合い、サラの高い声がときおり応えているのが聞こえてきた。ガラスが割れるような音がしたが、会話は続いている。一五時間前に出会ったばかりの女性がメアリーをかくまって守ってくれるとは、なんとも奇妙に思えた。父親でさえ守ってはくれないのに。それに数週間前に知り合ったばかりの男性が、自分のクラン以上に大切な存在になるなんて驚くべきことだ。家族よりも大切だと思えるなんて。

階下で扉がばたんと閉まる音がした。そのすぐあとに、正面の私道を駆けていく蹄の音がした。ということは終わったの？　それとも父は誰か見張りを残していったのかしら？　ああ、どうしよう。わたしなら、きっと見張りを置いていくだろう。

「いつまで待ちますか？」ピーターが尋ねた。彼がこんな静かな声を出すのを、メアリーは初めて聞いた。

「連中が去って、もう大丈夫となったら、サラとショーンが知らせに来てくれるだろう」アランが答える。

「じきにそうなるといいが」ハワードが口をはさんだ。「小便がしてえな。すみませんね、マイ・レディ」

「こっちまでしたくなるじゃないか、このまぬけ」ピーターがうなる。

「われわれは教会のネズミだぞ」アランの胸がわずかに震え、メアリーは彼が声を出さずに笑っていることに気がついた。

こんなことがあっても、男たちが自分を殺す相談をしているのを聞いても、乱闘のあとで倒れてくる馬車に頭を強打されても、アランは面白がって笑っている。そう思っただけで、メアリーの心は軽くなった。アランがこうして笑っていられるのなら、彼のそばについていれば、わたしもなんとかこの難局を切り抜けられるはずだ。

「愛しているわ、アラン・マクローリー」メアリーはささやいた。

彼女の肩にまわされたアランの腕がぴくりとした。「ぼくはまだ、めまいがしているのかもしれない」彼がささやき返す。「妙なことを聞いた気がするよ」

「ちゃんと聞こえたはずよ、意地悪な人ね」彼女は暗闇の中で微笑んだ。

「もう一度言ってくれるかい、メアリー？」

「あなたを愛しているわ」

「ぼくもきみを愛しているよ、愛しい人。きみはぼくのハートをつかんだ。ぼくはそれを取り戻そうとは思わない。ずっときみのものだ」

彼女は片手を伸ばしてアランの顔に触れ、伸びあがってキスをした。彼がいなければ、わたしはずっと暗闇でひとりだった。わたしを光の中へと引っ張りだしてくれたのはアランだ。いまは光とぬくもりと自由がわたしを包んでいる。彼と生きていけば、もう暗闇に閉じこめられることはない。いま、ここでさえも。

「なんの音だ？」ハワードが尋ねた。

「おふたりがキスしてるんだよ」ピーターが答える。

アランがメアリーの口に向かって笑い、彼女も笑った。漆黒の闇さえも、彼らを打ち負かすことはできない。ふたりが一緒にいさえすれば。

アランは、フェンダロウ侯爵の一行が馬でこの家に帰ってきてくれるのを願いたくなるほどだった。いまなら、頭をけがしていようと、たとえ片手を背中に縛りつけられていようと、キャンベルの連中を残らず叩きのめせる気がした。

メアリーはぼくを愛している。

アランはもう一度彼女にキスをした。ピーターとハワードが別の場所を見つけて、そこに隠れてくれればいいのに。そうすれば裸になって、メアリーとふたりきりでいられる。いまはまだ体調が万全とは言えないが、それでもなんとかなると思えた。

ばたばたと駆けてくる足音がして、アランはメアリーの口から離れ、拳銃を握りしめた。「気をつけろ」彼はささやいた。隠し部屋の扉が持ちあげられる。差しこんできたのは薄暗い光だったが、ひどくまぶしかった。それでもアランは目を細め、銃を構えた。

「やつらは去った」ショーン・マリスターが入口から頭を突っこんで言った。「近くの丘に見張りをひとり残していったようだ。そいつが丘をのぼっているのが見えたよ」

アランはうなずいて拳銃をポケットにしまい、メアリーに身振りで入口を示した。

「先に行ってくれ。おまえたちふたりも」

最後に残った彼は、頭を壁にもたせかけて大きく息を吐いた。危ないところだった。あんなに近くまで来るとは。ここに隠れると決めたのは自分ではないが、これはハイランダーが問題を処理するやり方ではない。暗闇の中で敵から隠れるなんて、これが最初で最後だ。

アランを探して誰かが戻ってくる前に、彼は四つん這いになって片目を閉じ、頭の痛みを無視して隠し部屋をあとにした。キャンベルの者たちは倒れた帽子の箱をそのままにしていて、箱は物置の床に散らばっていた。

「わたしに手伝わせて」メアリーが片手を彼の脇の下に入れて引き起こした。

自力でも立ちあがれるが、これは彼女を抱きしめるいい口実になる。「ありがとう、メアリー」

客用寝室はオオカミの群れに荒らされたかと思うほどのありさまだった。キャンベルの連中はマットレスをナイフで裂いて中身をあらためることまでしていた。木製の床と暖炉の前の青い絨毯の上に、まるで白とグレーの落ち葉のように羽根が散らばっている。彼らは同じクランの出であるだけでなく、すべてを買い替える余裕などない慎《つつ》ましい暮らしをしている夫婦にこんなことをしたのだ。

「これはお詫びのしようもないわ、ショーンおじさま」部屋を見渡すメアリーの頬に涙がこぼれ落ちた。「わたしが必ず弁償しますから。約束します」

「ぼくたちが、必ず」アランは言い直した。

「気持ちはうれしいが」ショーンがさほど狼狽《ろうばい》もしていない様子で応える。「そんな必要はないよ」

アランは手すりにつかまり、一行とともに階下へおりていった。改めて見てみると、部屋はどこも簡素できちんと片づけられ、先祖伝来の高価な装飾品の代わりにきれいな花が生けてあることに気がついた。そして壁には家族の肖像画が一枚もない。このふたりにあるのは、お互いの存在だけなのだ。

サラ・マリスターは居間の前の床に座りこみ、ひっくり返された書き物机から散らばった手紙や請求書を拾い集めていた。「お手伝いします」メアリーがアランから手を離し、おばのかたわらにひざまずいた。

「あなたが見たという見張りはどこに?」アランはショーンに尋ねた。

「道の向こうの丘をのぼったところだ。窓から見えた。その男は双眼鏡を持っているかもしれない。だとしたら、三キロ四方の人の行き来は把握されてしまう」

「そいつが猫ならね」ピーターがのんびりと言った。「闇の中までは見えないでしょう」

「ああ」アランは同意した。「だが、いまは暗くない。おまえとハワードとメアリーは家の正面の窓には近づくな」

「わしはキッチンにいることにしますよ」ハワードが言う。「この家はおしゃれすぎて、わしみたいな男が落ち着ける場所がない」

「おしゃれすぎて?」サラはその言葉を繰り返して笑った。「それは大変ね、サー」

「わしはサーなんかじゃありませんよ、奥さん。ただのハワード。ハワード・ハワードです」

アランは愉快そうにメアリーと目を見交わした。御者が部屋を出ていき、ピーターもあとに続いた。「ぼくたちに名字を教えようとしないと思ったら、まさか名前と同じだったとはね」アランはバランスを崩して倒れないよう、壁にもたれた。「おふたりにとって、これは簡単に受け入れられることではなかったでしょう。ぼくたちがひと息つける時間を与えてくださって、感謝してもしきれません」

「感謝なんていいのよ、アラン卿」サラはそう言うとショーンの手を借りて立ちあがり、同じように立ちあがったメアリーをきつく抱きしめた。

「ただアランと呼んでください、もしよろしければ」

「では、アラン。彼らに何を壊されてもかまわないの。兄と対決するときをわたしがどれほど待っていたか、あなたにはわからないでしょうね。あなたはその機会をわたしにくれた。わたし、本当に――本当に心から、そのことをありがたく思っているのよ」

「でも、父はおばさまのものを壊し、この家をめちゃくちゃにしました。わたしたちのせいで」

「あなたたちはウォルターにここまで来る理由を与えた。でも、兄がこんなことをしたのは」サラは引き裂かれた長椅子のクッションや、窓から引きちぎられたカーテンを指し示した。「ただ単に、彼にはそれができるからよ。ショーンとわたしはクランを持たない。背後でわたしたちを守ってくれる人も、敵を遠ざけてくれる人もいない。それが、わたしたちが一緒になることで支払った代償だった」彼女は微笑み、片方の腕を夫のウエストにまわした。ショーンが妻の肩を抱きしめる。「たとえその一〇〇倍の代償を支払えと言われても、わたしは喜んで支払うわ」

ぼくとメアリーは鏡を見ているのだ。アランはふいに気づいた。どちらかの、あるいは両方のクランが騒ぎを起こそうと思えば、いつでも好きなときにそうできる。それだけでなく、キャンベルかマクローリーの者と意見が合わなかったり、恨みを抱いたりした者は誰でも行動を起こせるのだ。だが、それでも――。

それでもショーンとサラは後悔していないと言う。それが心から出た言葉であることを疑う余地はなかった。「もうクランがないとは言わせませんよ、モラク」アランはゆっくりと言った。「あなた方にはぼくたちがいます」

メアリーが微笑んで彼を見た。ぼくには彼女さえいてくれればいい。彼女のこの微笑みさえ見られれば、ほかには何もいらないと確信できる。アランは壁を押して離れ、前へ歩きだした。メアリーのもとへ行き、腕の中に抱きしめる。キスをした彼女の唇はやわらかく、あたたかかった。

「私たちにもクランができたようだよ、サラ」ショーンが言った。

「ええ、そうです」アランは頭をあげた。「あなた方が望もうと望むまいとね」

# 17

「もう数日休んでもいいのよ」メアリーはアランの胸に指を走らせながら言った。その指のあとを彼女の唇が追う。頬の下で彼の鼓動が速まるのがわかった――わたしが触れたせいで。わたしのせい。それはうっとりする感覚だった。

「きみのお父上はこちらの手がかりがつかめないとなったら、ここへ戻ってくるだろう。それに、ぼくたちはもう三日もここにいる。これ以上は危険だ」

「でも、父が戻ってきたときにサラとショーンはここにいるのよ。父があんな残酷なことをする人だと知ってしまったいま、ふたりを残して行けないわ」

「彼らの役に立ちそうなアイデアを思いついた」アランは手を彼女のウエストにまわし、自分の上に引っ張りあげた。

「どんなアイデア？」体じゅうをさまよう彼の手よりも会話に集中しようとしながら尋ねる。

「彼らがぼくたちとはなんの関係もないと確信させる方法だ」アランは両手でメアリーの顔を包んだ。「さて。夜になるまで、あと一時間ある。このまま今夜の計画を話していたいか？それとも、ぼくはひどく体がこわばってきているんだが、それをふたりでどうにかしたほうがいいと思うかい？」

メアリーは笑った。「また？」ふたりのあいだに片手を差し入れ、彼のこわばりを握る。「ついさっきも、これをどうにかしたばかりだと思うけれど」

アランは頭をもたげて、彼女のあらわな喉にかじりついた。「きみがその気にさせるからだ。ぼくの腰に脚を巻きつけてくれ」彼はメアリーの脚を開かせ、自分の上にまたがらせた。

アランの上で脚を大きく開いていると、自分がふしだらな女になったような気がした。欲求の波が全身を襲い、興奮を覚える。「じゃあ、これをどうにかすることにしましょうか」

彼女はささやいた。

「まずはキスだ」

メアリーは顔をさげ、ヒップを突きだす格好で彼に熱いキスをした。アランのものが腿の内側をかすめ、思わずうめき声をもらす。彼は手を伸ばし、指でメアリーの秘めやかな部分を開いて、自分の上へと引きおろした。メアリーは座りこむようにして体を沈めていった。ああ、なんてすてき。前はアランが主導権を握っていた。でも、このやり方だと指揮を執るのは彼女だ。メアリーは彼をじらし、なだめすかして、狂気の淵《ふち》へと送りこむことができる。先ほどアランがそうしたように。

メアリーはてのひらを彼の胸に当てて体を持ちあげ、ふたたびゆっくりと沈ませた。その動きを繰り返す。アランが笑みを浮かべて彼女を見あげた。「ぼくをいじめるつもりか、メアリー？」両手で彼女の胸を包みこみ、やさしく乳首をつまむ。「ぼくを感じてくれ、愛しい人」

アランが腰を突きあげて、彼女を完全に満たした。メアリーは息も絶え絶えになって背中をのけぞらせ、彼はしっかりとヒップをつかんで、いっそう奥まで貫いた。彼女は激しく身を震わせた。ああ、なんてすごい。

ふたたび体を動かせるようになると、メアリーは彼の欲望の証の上で体を上下にはずませた。アランも首をのけぞらせて、力強く突きあげる。やがて彼女は大きく身震いして満足げなため息をつき、ぐったりとアランの胸に倒れこんだ。「あなたって本当にこれが上手なのね」あえぎながら言う。

「きみのせいで、ぼくはどうかなってしまいそうだよ」彼は腕をまわしてメアリーを抱きしめた。「昼も夜もずっときみの中にいたい。きみが欲しくてたまらないんだ」

これは、いまのアランが衝動に身をまかせているという告白だろうか？　もしそうなら、彼が余裕を取り戻して巧妙な技術を使うようになったときには、わたしは快楽のあまり死んでしまうだろう。メアリーは彼の肩にキスをした。「わたしは決してあなたを放さないわ、アラン。絶対よ」

抱きしめる彼の腕に力がこもった。手足を絡ませ、まだアランを自分の中に受け入れたままでいるいまは、このベッドを離れることさえひどい重罪に思える。彼のそばを離れること、彼と離れ離れでいることは死の宣告に等しい。それは自分の名前を知っているのと同じくらいたしかなことだった。

「気が変わった」アランがささやいた。「ぼくたちはまだここにとどまるべきだ。きみをこのベッドから出ていかせたくない」

メアリーはくすくす笑った。「父が戻ってきて、わたしたちを見つけたらどうする？」

彼女の下で、アランが肩をすくめる。「もうぼくたちのことなど忘れているさ。一か八《ばち》か運に賭けて、いざとなったらここで戦おう」

「この寝室で？」

「このベッドで。出ていかせないと言っただろう？」

「最高ね。〝羽毛ベッドの戦い〟として歴史に刻まれるわ」

アランの細身の体が笑いに震えた。「〝人々はベッドが修復されたと思ったが、最後にはまたしても羽毛が飛ぶことになったのであった〟とね。きっとぼくたちふたりだけで、このマットレスをまたまっぷたつにしてしまうよ」

メアリーはわざと腰を揺らし、彼のものが自分の中で動くのを感じた。「それで、戦いの続きはいつ始まるのかしら？」

ようやくふたりがベッドを離れる気になった頃には、ナイフで切り裂かれた跡をメアリーとサラが縫い合わせた隙間から、本当に羽毛が飛びだしているように見えた。すでに暗くなりかけていたものの、あえてランプの火を灯していなかったので、実際はどうなのかわからなかったが。

「ボタンを留めてあげよう」アランはメアリーのうしろにまわり、緑色の簡素なモスリンのドレスを肩の上へと引きあげた。肩甲骨にそっとキスをしてから、背中のボタンを留めていく。「さあ、次に起こることへの心の準備はいいか?」

「ええ。ショーンおじさまがおっしゃっているとおりにすべてが運んでいるのなら、わたしの役目は簡単なものよ」

アランはメアリーを振り向かせて、やさしくキスをした。「そんなことはない。きみはハワード・ハワードと行動するんだぞ」一本の指を彼女の頬に走らせる。「きみたちふたりで、目は三つしかないということだ」

メアリーはゆっくりと大きく息を吸った。「それでもやるしかないわ」

「ああ」アランは彼女の目を見つめ、体をぶるっと震わせた。「では、きみの手を貸してくれ」

メアリーが言われたとおりにすると、彼はその手を握りしめた。ふたりは一緒に部屋を出て階下へ向かった。メアリーのおば夫婦、それにピーターとハワードで軽い食事をとりながら、今夜の計画のおさらいをしなければならない。メアリーは席に向かい、階上で彼女とアランが何をしていたか、おばたちは知っているのだろうかと思った。アランが前に言っていたように、ここはとても小さな、とても静かな家なのだ。いやだ、どうしよう。

「こんばんは」メアリーは大げさなくらい明るく挨拶をして、椅子に座った。

「こんばんは」サラが夫と目を見交わす。「ショーンが言うには、今夜は月がのぼるのが遅いんですって。あなたたちにはちょうどいいんじゃなくて?」

「はい」アランが答え、テーブルにひとつだけ残った空席についた。「うってつけです。おふたりにとっても、朝になるまで何も不審なものは見なかったという言い訳ができますし」

「あの見張りを助けてやるというのは、やはりどうにも気に入らないな」ショーンは焼きたてのパンが入ったバスケットをテーブルに置いた。

「彼を助けてやれば、フェンダロウ侯爵にはおふたりの話を信じない理由がなくなります。そうすればもうこれ以上、あなた方に迷惑はかからないはずだ。ぼくはあの見張りに嘘の情報を与えます。あなた方はそれに調子を合わせてください」

メアリーの隣に座っているピーターが、彼女にローストチキンがのった皿を手渡した。

「たんとお食べなさい、マイ・レディ」彼は言った。「しっかり力をつけないと。階上でろくに休んでいないんでしょうから」

ショーンが咳を押し殺し、サラはむせたような音をたてた。アランはピーターの頭の横をぴしゃりとはたいた。「このばかめ」抑揚のない声で言う。「ぼくの愛しい人に恥をかかせるな。おまえをここに置き去りにして、スコットランドまで歩いて帰らせるぞ」

「申し訳ありません、マイ・レディ」ピーターが礼儀正しく言う。

「謝らなくていいわ」メアリーはチキンの大きなかたまりを取ると、皿をアランにまわした。「実はとてもおなかがすいているの」従僕ににっこりしてみせる。

彼らはアランが立てた計画をもう一度おさらいした。けれどもメアリーは、一〇〇回リハーサルをしても落ち着いた気分にはなれそうになかった。とにかくこれを終わらせたい。そもそも、こんな計画を実行せずにすませたかった。というより、アランが彼の役目を実行せずにすめばいいのにと思っていた。

「あなたたちが、もう行かないといけないのはわかっているわ」サラが言った。「その理由もわかってる。でもわたしの心の中には、あなたたちがここにとどまってくれたらいいのにと思っている自分もいるの」

「わたしもそう思います」メアリーは応えた。「わたしたちが向こうに落ち着いたら、おふたりに遊びに来ていただけるようになるんじゃないかしら」

ショーンがうなずく。「ぜひそうしたいね。もちろんサラもそう思っているよ。ここにも友だちはいるが、また家族を築けるというのはうれしいことだ」

ショーンが何を言いたいのか、メアリーにはよくわかっていた。一番うまくいきそうな筋書でも、メアリーとアランはそれぞれの家族と二度と連絡を取れなくなる。ふたりは決められた結婚を放棄して同盟の可能性をぶち壊し、休戦協定を台なしにしたのだ。サラとショーン以外に、ふたりと口を利こうという者はいないだろう。そして現実には、このふた組の男女がふたたび会うことになる見込みはほとんどなかった。けれども今夜だけは全員が、万事順調で、この旅が終わるときにはすべてが丸くおさまるというふりをしている。だからメアリーも、クリスマスはぜひまた一緒に過ごしましょうとしか言えず、全員が同意した。

食事を終えるとスーザンがやってきて皿を洗い、ピーターとハワードは荷物を取りに行って、それをキッチンの裏口の扉のそばに置いた。緊張感に満ちた期待がメアリーの全身を駆け抜けた。そろそろ行かなければ。

アランは重たい上着を着込み、ポケットから拳銃を取りだして点検してから戻した。彼は誰も殺さなくてすむように精一杯の努力をすると言った。その言葉をメアリーは信じた。でも彼女の父やチャールズを始め、クランの者たちはいまや怒り心頭だろうし、彼らがアランを殺す気でいるのは間違いない。何があろうと、それだけは許してはならない。

「私も喜んで手を貸すのに、アラン」ショーンがゆっくりと言った。「ただ待つだけで何もしないというのは性に合わないよ」

「あなたにやっていただくことは何もありません」アランはそう言ってかがみこみ、ブーツに忍ばせてあるナイフを抜いた。「ただ、丘にいる見張りにあなたがここにいるところを見せて、何も問題はないと思わせてほしいんです」

「わかっている。その役まわりは気に入らないがね」

「お気持ちはわかります。でも、これが全員にとって最善の策なんです」アランは顔をゆがめて手を差しだした。ショーンがその手を握る。「そしてあなたにも、モラク、われわれみんな、感謝してもしきれません」

サラは微笑み、一歩前に出て大柄なハイランダーを抱きしめた。「感謝なんていいの。落ち着き先が決まったら住所を知らせてね。お願いよ」

「ええ、きっと」

そう言うと、アランはピーターとともに家の裏口へ向かった。メアリーもついていった。

そうせずにはいられなかった。「アラン」

彼はキッチンの真ん中で立ち止まり、大股で一歩メアリーのほうに戻った。

「ぼくに一〇分くれ」身をかがめて彼女にキスをする。「それから五分以内に、われわれが見張りをとらえられたかどうかがきみにもわかるはずだ」

「とらえられなかった場合は、どうやってそれを知ることになるの？」

「そいつが助けを求めてわめくだろう」

彼女は無理やり笑みを浮かべた。「とにかく気をつけてね」

「ピーターもぼくも、やるべきことはわかっている。相手はひとりだ。心配はいらない」アランはにやりとした。「きみがぼくに結婚してくれと言うのを聞くまで、死ぬわけにはいかないよ」

メアリーは彼の上着の襟をつかんだ。「では、まだ言わずにおくわ」

「まだ、か」アランは繰り返し、彼女の頬に手を触れると、キッチンの扉から暗闇へと滑るように出ていった。

行ってしまった。一〇分間はただ待って、まずいことが起きていないか耳をそばだてることになる。それからメアリーとハワードが馬を引いてきて、ショーンが近くに用意しておいてくれた馬車を見つけ、アランとピーターが来るのを待つ。

メアリーは肩を怒らせ、家の正面へと戻っていった。居間ではおば夫婦が部屋じゅうのろうそくに火をつけ、暖炉に薪《まき》をくべてさらに火をおこし、と忙しく立ち働いていた。

「そんなにしなくても」メアリーは廊下からあわてて言った。すでにふたりの人影が見えている部屋に、彼女の影まで加わってはまずい。「いまこの瞬間におふたりがわざと目につく動きをしているとばれてしまったら、アランの計画はうまくいきません」

「あら、大変」サラはろうそくの半分をさっと吹き消した。「わざとらしくないようにするにはどうしたらいいのかしら？」

メアリーは一瞬考えた。アランはそのことについては何も言わなかった。「踊るんです」きっぱりと言う。

ショーンが片方の眉をあげた。「なんだって？」

「そうだわ。ワルツを少し踊って、それから……ただ一緒にいればいいんです。家が元どおりになり、フェンダロウ侯爵に燃やされずにすんだと喜んでいれば」

彼らがくつろいでいることを見張りにわからせるだけでなく、メアリーは最後にひと目、幸せそうな夫妻の姿を見ておきたかった。このふたりが一九年経っても愛し合い、満ち足りた暮らしをしているのなら、わたしとアランもそうなれるかもしれない。

「あなたはどうするの、マイ・ディア？」

ふいにあふれた涙を、メアリーはぬぐった。「一瞬だけ、こちらに来てわたしを抱きしめてくださったらうれしいわ」

「もちろんよ」サラも涙に濡れた顔に笑みを浮かべ、居間を出ると姪をしっかりと抱きしめた。「手紙をちょうだい」強い口調で言う。「どんな様子か必ず知らせてね」

「ええ、きっと」メアリーは約束した。「おばさまに会えて本当によかった。それにおじさまにも」

「こちらこそ、かわいいメアリー」サラは最後にもう一度ぎゅっと彼女を抱きしめると体を離し、居間へ戻っていった。

メアリーの人生はこの数週間ですっかり変わってしまったが、何も後悔はない。その証拠に、部屋の中央に進みでたおば夫婦を見つめる彼女の顔には笑みが浮かんでいた。ショーンがハミングする調子っぱずれなワルツに合わせて、ふたりが踊りはじめる。そんな小さなことで、これほど幸せな気持ちになれるなんて。小さいけれど、とても、とても大事なこと。

メアリーはゆっくりとあとずさりして、向きを変えるとキッチンへ行った。

「ハワード、準備はいい？」

「そっちのトランクを持ってください、マイ・レディ。こっちのトランクはわしが外に出しますから」

彼女はトランクを持ち、ハワードのあとについて扉を出た。今度は彼女の番だ。

アランは、なかば地面に埋まっている大きな石の陰にしゃがんで待った。眼下の小さな家で居間が朝のように明るく輝いているのが見え、それから少し暗くなって通常の明るさに戻った。誰かがろうそくを倒して椅子に火が燃え移りでもしたのだろうかと思ったが、その明るさは彼の一メートルほど先に座っているキャンベルの見張りの注意を引いたようだった。

その見張りの男は、せいぜい一八歳くらいにしか見えなかった。ひとりでは何もできないひよっ子だ。アラン・マクローリーの見張りをするなど一〇〇年早い。フェンダロウのばかめ。メアリーが度胸のよさと機知を受け継いだのは、父親からではなさそうだ。

若者は双眼鏡を持ちあげて長いこと家を見つめていたが、やがてそれをさげた。危険を承知でちらりと丘の下に目をやったアランは動きを止めた。カーテンが少し開いていて、サラとショーンのマリスター夫妻がワルツを踊っている。アランは思わず微笑んだ。おそらくメアリーの指示だろう。これ以上ふさわしい行動が思いつかないほど、それは夫妻が安心してくつろいでいることを示す光景となっていた。

ピーターが木々の向こう側で位置につくのを待って、アランは動きはじめた。子どもの頃からシカやライチョウ、ウサギなどの狩りに出かけ、四年間は軍隊にいた彼にとって、息を殺して身をひそめるのは簡単なことだ。しかし、今回は争いが目的ではない。そしてそれは、眼下の暗がりのどこかで彼を待っている愛しい女性を思えばこそだった。

ピーターが現れ、小さなたき火の横にあったライフルと拳銃を取りあげ、双眼鏡を踏みつけた。「万事順調です、アランさま」

「ありがとう」

「マクローリー」見張りがあえぎ、アランは彼を押し倒して、顔を地面に押しつけた。

「そう、マクローリーだ。いったいここで何をしているのか教えてもらおうか。キャンベルの連中は二日前にここを出ていったはずだが」

「ぼくは……あの家を見張っている」若者の震える声には、ハイランドの訛りはまったくなかった。こいつもササナックに育てられ、血が水で薄められたスコットランド人か。

「あの家か」アランは身振りで示した。「あの小さな家を？　なぜ？」

「なぜ、だって？」

アランは若者の肩甲骨のあいだを膝でぐりぐりと押した。「こっちは三日間もそこいらの納屋に隠れていたんだ、おまえに口答えされるのを許す気分じゃない。なぜあの家を見張っていた？」

「それは彼の――フェンダロウ侯爵の妹がそこに住んでいるんだ。レディ・メアリーがあんたをここに連れてきたはずだと侯爵は考えていた」

「キャンベルの者がここに住んでいるって？　フェンダロウはぼくがキャンベルの家に足を踏み入れると思っているのか？　そんなことをするぐらいなら、その家を燃やしてやるよ。おまえらはまぬけだな。そろいもそろって、愚か者ばかりだ」

ピーターが長いロープを取りだして見せびらかすように伸ばしていき、若者は串刺しにされた魚のように身をこわばらせた。「ぼくはフェンダロウ侯爵の甥だ」若者が金切り声で言う。「もしあんたが……ぼくを殺したら、あんたは休戦協定を破ることになるんだぞ！」

アランは首をかしげてみせた。「おまえは聞いていないのか？　ぼくはおまえのいとこにキスをした。協定はすでに破られているんだよ」

「まさかそんな！　どこかで何かが混乱しているんだ。まだ血が流されるような事態にはなっていないはずだ」

それも時間の問題だ、とアランは思った。フェンダロウ侯爵が出てくれれば、すぐにでもそうなる。「だが、おまえはライフルを持ってここに座っていた」彼は声を張りあげた。「われわれがこの道にのこのこと姿を現したら、ぼくの頭を吹っ飛ばしてやろうと思っていたのか？　それとも狙いはメアリーか？」

「メアリーじゃない！　彼女を傷つけるわけにはいかない」

「ならば、狙いはぼくか。そんなことをしたら休戦協定が破れるとは考えなかったのか？」

「こいつは愚か者《アマダン》なんですよ」ピーターが口をはさんだ。「縛り首にしてやりましょうか？」

「なんてことを！　やめてくれ！」

アランはため息をつき、ピーターに目配せをしてから尋ねた。「おまえの名前は？」

「ファーガス。ファーガス・キャンベル」

「兄がファーガスという名の犬を飼っている」最後にもう一度肩甲骨のあいだに膝蹴りを入れ、アランは立ちあがった。「この犬を縛りあげろ、ピーター」

「おい——」

アランは若者を引っ張って立たせ、顔を平手打ちした。人殺しはしないとメアリーには言ったが、このまぬけがこちらに銃を向けていたかと思うと、そして撃ち損じでもしたらメアリーがどうなっていたかと思うと、胃がきりきり痛んだ。

「アランさま？」

身震いして気を取り直し、アランはピーターにうなずいてみせた。ふたりはファーガス・キャンベルの脚を縛りあげ、腕を体の脇につけた状態でぐるぐる巻きにした。それからアランはロープの端を頑丈そうなカシの木の枝に投げかけた。若者はいまにも泣きだしそうだったが、アランは同情を感じなかった。

彼はファーガスの前に進みでた。「今度フェンダロウ侯爵に会ったら、伝言を頼む」

「何を……何を言えばいいんだ？」

おまえごときに簡単に殺されはしない、と宣言してやれば胸がすっとするだろうが、侯爵はサラの家の中でチャールズ・カルダーと交わした会話を思いだすかもしれない。ぼくの自己満足のために、マリスター夫妻の安全を脅かすようなことをするつもりはない。

「こう言え。あんたの孫はマクローリーの血を半分引くことになる、と。それが和平を結ぶじゅうぶんな理由になるんじゃないのか、ときくんだ」

「ぼくは——」

アランはファーガスの口の中に布きれを突っこみ、しっかりと猿ぐつわを噛ませた。

「さてと。おまえをあの木につるしておくことにする。そして……」アランはあたりを見まわした。「おまえのシャツを上にくくりつけておいてやろう。運がよければ、フェンダロウ侯爵の妹が見つけて、おまえをおろしてくれるかもしれない。さっきの伝言を忘れるなよ。ぼくがおまえを殺せたのに殺さなかったこともな」

アランは若者の替えのシャツの一枚をロープに結びつけた。白い布地がそよ風になびいている。それからピーターとふたりで、五メートルほどの高さに若者をつるした。

「こいつをぐるぐるまわしてやってもいいですか？」ピーターが尋ねる。「こいつのせいで、私は三日間も豚と一緒に寝なきゃならなかったんですから」

「やめておけ。目がまわって吐いたら、喉に詰まって窒息死しかねない」

ロープの端を木の幹に縛りつけると、アランとピーターは若者の持ち物を集め、逃亡の役に立ちそうなものを破壊した。「こいつの馬に乗っていきますか？」ピーターが尋ねる。

アランは笑みを押し隠した。読み書きはできなくても、この従僕は頭が切れる。気の毒な見張りにとことん脅しをかける芝居心もあるようだ。「いいや。そうでなくても多くの罪に問われているのに、馬泥棒とまで呼ばれるのはごめんだ。馬はここに置いていこう。だが、鞍の帯は切っておけ。こいつが馬でわれわれを追いかけようなどと考えたら面倒だからな。こいつを撃ち殺すことになったら、メアリーに叱られてしまう」

木につるされた人影はすすり泣きはじめた。まったく、フェンダロウ侯爵がこの若者をここに残していったのは、羊にオオカミの見張りをさせるようなものだ。ファーガス・キャンベルが幸運だったのは、そのオオカミが彼のいとこと恋仲だったことだ。

アランは自分の嘘がマリスター夫妻を守ってくれることを願った。この戦いに彼らを巻きこまないために、ほかにぼくができることはほとんどない。ふたりがもっと暮らしやすくなる手立てを考えてくれるよう、ラナルフにかけ合えたらいいのに、と思っている自分にアランは気づいた。だが、もはや味方ではない兄にそんなことを言ったら、かんかんに怒るだろう。

　マクローリーの名前が、アランに敵を作ってきた。同時に権力と敬意も与えてきた。背後にクランがついている限り、誰も彼の家にずかずかと踏みこんでくるようなことはしないだろう。だが、いまのアランにクランのうしろ盾はない。彼とメアリーもマリスター夫妻と同じく孤立無援だった。

　ハイランドでメアリーと家庭を築くという夢は、いままさにアランの目の前にある。手を伸ばせば触れられるほど近くに。彼は力が強くてなんでもできる。そのことは自分でもわかっていた。しかしウィリアム・ウォレス（一三世紀のスコットランドの騎士）ならともかく、キャンベルとマクドナルドとマクローリー、その他多くの同盟を結んだ氏族にたったひとりで立ち向かうのは無理だ。ぼくはメアリーを悪夢としか言いようのない世界に導こうとしているのではないのか？

「アランさま？」ピーターがファーガス・キャンベルの鞍を朝露に濡れる草地に落としながら言った。

「ああ」アランは頭を振って気を取り直した。「メアリーと馬車が待っているところまで行こう。あの犬がロープをほどいてしまう前に」

　彼らは丘を下り、道を東へと向かった。これがぼくの決めた進路なのだ。それで暮らし向きが慎ましくなり、用心して生きていかなければならないのなら、それに合わせて生きるまでだ。メアリーがそばにいてくれれば、たとえ質素な暮らしだろうと、心の中はどこまでも豊かでいられる。だが気持ちはそうでも、重要なのは実際に彼女を守りつづけることができるかどうかということだ。そして彼女をいつまでも幸せにしてやれるかどうか。

二キロほど行った先に、くたびれた馬がつけられた小ぶりの馬車が待っていた。うしろにはダフィーとジュノーがつないである。ニレとマツの林の奥に隠しておいたのを、ハワードが引いてきたのだ。ロンドンの貸し馬車の御者にしては、この男にはなかなか根性があるらしい。

アランたちが近づいていくと、馬車からおりたメアリーがスカートを膝までたくしあげて駆け寄ってきた。ああ、神よ、彼女はなんて魅力的なんだ。彼女には幸せな人生を送ってもらいたい。「メアリー」ため息をつき、彼女を腕の中に抱き寄せる。

「うまくいったの？」メアリーが尋ねた。

「ああ。ファーガス・キャンベルという男が、いまや降伏の旗になっている」

「ファーガスですって？　父はいったい何を考えていたのかしら、人殺しの仲間に一九歳の若者を加わらせるなんて」

「むしろ、自分の娘に危険が及びかねない人殺しを計画するなんて、きみのお父上はいったい何を考えているんだと問いたいね」

メアリーが彼を見あげた。緑色の瞳が星明かりを受けて銀色にきらめく。

「あなたがそう言うなら、わたしはこう問いたいわ。あなたは、彼の娘が愚かで気が弱く、自分が何をしているかも、どんな結果が待っているかもわからないような人間だと思っていた？」

それを聞いて、アランは自分がなぜ彼女を愛しているのかを思いだした。どこであろうと、メアリー・キャンベルをその意思に反して引きずっていくことは誰にも、そう、アランにもできない。ふたりはここに一緒にいる。彼はメアリーを守り、保護し、扶養していく。だからといって、彼女は決して無力でもうぶでもない。メアリーもアランと同じくクランのうしろ盾を得て生きてきたが、いまは家族と離れて生きるのがどういうことかを知っている。だが、それを彼女はどう思っているのだろう？

「そうきかれたから尋ねるが、マリスター夫妻のような暮らしにきみは耐えられるのか？」

メアリーはアランの顔を引きさげてキスをした。「耐えられるわ。でも、わたしたちはあんなふうにはならない。ショーン・マリスターはハイランダーではないもの。彼は気品があって穏やかな人よ。あなたは野蛮な悪魔の戦士。わたしの父にそんな勇気はないでしょうけれど、もし父が軍隊も従えずにやってきて、わたしたちの家を燃やしてやると脅したら、あなたはきっと――」

彼はキスで言葉をさえぎった。「軍隊も従えずに、きみに立ち向かえる男などいないよ。きみは猛烈なハイランドの女性だからな」

「そうよ。それを忘れないで」

ピーターはライフルを御者台に置いて、ハワードの横によじのぼった。

「あの若者がロープをほどいて逃げられる可能性はほとんどありませんよ。それだけはお伝えしておきます。あなた方はキスするのに忙しくて、われわれがここから早く逃げなきゃならないことも思いだせないようですからね」

「忘れてはいないさ」アランはメアリーに手を貸して馬車に乗りこませ、自分もあとに続いた。朝になれば馬に乗ってもいいが、暗闇で馬が脚を折るような危険は避けたい。「スコットランドに向かう用意はいいか、ハワード？」

「くそいまいましいキャンベルどもを追いかけてやりますよ。おっと、失礼、マイ・レディ」

「いいのよ、ハワード」メアリーが応え、馬車は細い道に出た。「キャンベル家から脱出するのが、わたしも楽しみでならないわ」

ピーターがハワードの肩を叩く。「あんたは自分の馬車を失って、キャンベルのやつらから隠れる羽目になり、いまは農夫の荷馬車を運転してる。なぜロンドンに逃げ帰らなかったんだ、ハワード・ハワード？」

御者は肩をすくめた。「この先どうなるのか見たいからですかね。これまではせいぜい二、三キロ運転すれば、その客は馬車をおりて、もう二度と顔を見ることもなかった。ところがあんたたちに出会ってからというもの、レディを救出する手伝いをし、棒で人を殴り、馬車を失い、立派な家で夕食をごちそうになり、信じられないほど家から遠く離れたところまで来てしまった。こうなったら、アラン卿とレディ・メアリーが結婚するのもこの目で見られたら最高じゃないですか」

アランがメアリーの目を見ると、暗い中でも彼女が微笑んでいるのがわかった。彼はメアリーの手を取った。「おまえには花嫁の親族席に座ってもらおう、ハワード。いまではもう、ぼくたちのクランの一員だからな」

馬車は生け垣に突っこみかけた。「そりゃ光栄だ。いや、本当に」

メアリーが頭を彼の肩にもたせかけ、アランはしっかりと彼女を引き寄せた。もしかしたら、本当に彼女を危険から守ることができるかもしれない。そのときふいに、アランはラナルフの取った行動を新たな視点から見ることができた。兄がキャンベルと休戦協定を結び、スチュワート家を味方に引き入れ、ササナックの貴族たちとつき合っていたのは、マクローリーのクランを守りたいからというのが第一の理由ではない。愛する女性を守るためならなんでもする――そういうことだったのだ。

「愛しているよ、メアリー」アランはささやき、秋色をした彼女の髪に頬を寄せた。

「わたしもあなたを愛しているわ、アラン。もう一日か二日したら、わたしと結婚してほしいとあなたに頼むことになるかもしれない」

彼は声をあげて笑った。「そうなることを願うよ」

# 18

「やつらの手がかりは？」フェンダロウ侯爵ウォルター・キャンベルは、〈マンチェスター・アームズ亭〉にどかどかと入ってきたチャールズ・カルダーともうひとりの甥、アーノルド・ハウズに尋ねた。きょうだいたちには息子が複数と娘も大勢いるのに、なんの因果で自分はたったひとりの娘にしか恵まれなかったのか、彼にはさっぱりわからなかった。息子のウィリアムが生きていれば、状況はまったく違っていたはずだ。メアリーを勘当して、この騒ぎをただ無視すればいい。わざわざロンドンを出てこなくてすんだのだ。

「ありません」チャールズが答えた。「この近くの三つの通りはたいそうにぎやかですが、メアリーかアラン・マクローリーに似た者を見たという人間はいませんでした」

「あの古い馬車はわざと壊したんじゃないかな、われわれを足止めするために」アーノルドが言った。「別の馬車を用意してあって、やつらはすでにスコットランドにいるとか」

宿屋の個室に低くつぶやく声が渦巻いたところを見ると、その結論に至ったのはアーノルドだけではないようだ。ここにいる男たちはマクローリーの血を欲している。待たされる時間が長引けば長引くほど、くたびれて酒を飲み、いらだちが募って手がつけられなくなる。

つまりアラン・マクローリーを見つけたが最後、あの男が自己弁護のために何を言っても彼らは耳を貸さないだろう。しかし、私の言葉も彼らの耳には入らなくなる。もっとも、誰かがあの男を撃ったとしても、私は責められずにすむわけだが。しかし同時に、そうなれば騒ぎは噂となって、あのとんでもなく厄介な男を謎の失踪で片づけるわけにはいかなくなってしまう。ここは運の分かれ目だ。何か朗報は飛びこんでこないものか。

「いつまでここで待ちますか、おじ上？」チャールズが尋ねた。「アラン・マクローリーがどこにいるにせよ、いまもあいつは息をしている。それがどうにも面白くない」

「私が面白いと思っているとでも、チャールズ？」ウォルターはぴしゃりと言い返した。獲物を追っているのは私なのだ。どういう結末になるか――世間にどう思わせたいかは、私が考えることだ。「マクローリーが同盟をぶち壊し、娘をさらっていったことを、私が喜んでいると思うのか？　もう一週間も、娘はあの男の手の中にあるんだぞ」

「ええ、もちろん、そんなふうには思っていませんよ」

「ならば、ばかげたことを言うのはやめろ。やつらはきっとまだ近くにいる。とはいえ、明日のこの時間になってもまだなんの情報もなければ、人手を分け、三本の道に分かれて北を目指す」

甥は目を細めて聞いていたが、その邪悪な表情にウォルターはふと、チャールズには〝一番敵にまわしたくない男〟という評判があることを思いだした。

「もしやつらがわれわれより先にスコットランドに着けば、結婚されてしまいますよ、おじ上」

「もしそうなったら、きみはメアリーのふたり目の夫となる。じゅうぶんな持参金があれば、未亡人と結婚するのに異論はあるまいな？」

「ええ。ですが彼らが結婚して記録を届けでていれば、マクローリーの死は公にしなければならなくなります。でないと、ぼくは彼女と結婚できません」

ウォルターはそこまで考えていなかった。アランとメアリーがグレトナグリーンかどこかの逃げた先で教会に届けでていたら、文書記録が残ってしまう。教会ごと燃やしてしまえば簡単だが、紙一枚を消すのにそこまでするのをキャンベル・クランは認めないだろう。ウォルターは一瞬チャールズをにらみつけた。もしかしたらアーノルドのほうが、義理の息子にするには面倒が少なかったかもしれない。

「司祭にじゅうぶんな寄付金をやれば話は別さ」ウォルターの一番下の弟、アンガスが口を開いた。「登記簿一ページ分の金をな」

ウォルターはうなずいた。「そのとおりだ」その方程式がアラン・マクローリーの死という答えで終わる限り、そこに至る道のりがどれほど複雑だろうと、どれほど金がかかろうとかまわない。

偵察隊がさらにふたり戻り、入れ替わりに四人が出ていく頃になってようやく、やる気のない宿屋の主人が動きだし、個室に昼食が運びこまれた。宿屋全体を貸し切ってやったのだから、もう少し感謝の念を示してもいいのではないか、とウォルターは思った。これだから田舎は嫌いだ。特に北のほうの田舎は。

共同で使う休憩室につながる扉がばたんと開いた。ウォルターと部屋にいる男たちの半分が武器に手をかけた瞬間、ファーガス・キャンベルが転がるようにして入ってきた。服はびりびりに破け、顔には痣と泥がついている。

「ファーガス」アンガスが大股で近づいた。「いったい何があったのだ?」

「マクローリーが」若者はあえぐように言い、崩れるように椅子に座りこんだ。

「やつを見たのか?」チャールズが立ちあがる。

「彼は死んだか?」ウォルターも尋ねた。運がよければ、これですべて丸くおさまるかもしれない。あとはメアリーを連れ帰り、娘と一緒にいた者を始末するだけだ。

「襲われました。背後からです、あの犬め」ファーガスはアーノルドのグラスを奪って中身を飲み干し、それから咳きこみはじめた。

「やはりあいつはモラクの家にいたんだな。妹が嘘をついたんだ」ウォルターは顔をしかめた。明らかに、彼女は家を燃やしてやるという兄の脅しを信じていなかったようだ。暗い喜びがウォルターの全身を駆け抜けた。クランの連中に、私にキャンベルを継ぐ覚悟があることを見せてやる。私が軽々しく扱えるような相手ではないことを。

「いいえ、それは嘘じゃありません」ようやく口を利けるようになると、ファーガスは言った。「マクローリーは、ぼくがなぜあの家を見張っていたのかを知りたがりました。キャンベルの人間がそこに住んでいるとは知らなかったんです。今朝、丘でぼくを見つけて、おろしてくれたのはショーン・マリスターでした。彼が見つけてくれなかったら、ぼくは何日もそのままだったかもしれません」

「どういう意味だ、〝おろしてくれた〟というのは？」アンガスが顔を曇らせ、息子を見つめて尋ねた。

「アラン・マクローリーともうひとりのスコットランド人に、木につるされたんです。彼らは豚と一緒に納屋に隠れていたと言い、われわれがどこまで自分たちの居所を突き止めたか知りたがりました。やつらはぼくが道の見張りから目を離す瞬間を待ちつづけていたんです。でも、もうあれ以上は待てなかったでしょう。おじ上が戻ってくるのではないかと心配していましたから」

「ふん。あいつらがまだ近くにいることは、私にはわかっていたんだ」

「彼が……彼から伝言があります、おじ上」

「伝言だと？」ウォルターはゆっくりと言った。脅しだろうか？　マクローリーの行く手を阻むことはできないという自慢か？　そうであってくれればいい。それを聞けば、ここにいる者たちはなんとしてもあの男の息の根を止めてやると息巻くだろう。

ファーガスは咳払いをした。「あなたの孫はマクローリーの血を半分引くことになる、それが和平を結ぶじゅうぶんな理由になるんじゃないか――そう伝えろと彼は言いました」

ウォルターが目をあげると、息子の肩に手を置いたアンガスが彼をじっと見つめていた。これで私の決心が変わると思うのか？　メアリーがもう子どもを授かったなどということで？　私はマクローリーが娘を堕落させたということを、これから絶えず思い知らされる羽目になるのか？　「私の娘を盗んでおきながら、和平を結ぶべきだというのか。ばかばかしい」何か言わなければならないとわかっていたので、ウォルターはやっとのことで言葉を吐いた。

「メアリーが妊娠しているかどうか、やつにわかるわけがありません」チャールズが冷ややかな声で言った。「たとえやつが彼女を襲ったのだとしても。無理やり彼女を自分のものにしたのだとしても。マクローリーの血を引く孫など存在しませんよ、おじ上。マクローリーの夫がいなければね」

大きく息を吸いこんで、ウォルターはうなずいた。これは孫の話ではない。同盟の話でさえない。もう手遅れだ。これはアルカーク公爵の後継者として血筋をつなぐという問題であり、その先頭にいるのは自分なのだ。

「だからこそ、きみに私の義理の息子になってもらいたいんだ、チャールズ」ウォルターは言った。「さあ、さっさと馬に鞍をつけようじゃないか」

その言葉を聞いた全員がすぐさま飛びだしていき、そのすばやい反応にウォルターは満足した。アンガスだけは不安そうな目でこちらを見ていたが、アンガスは次男であり、ウォルターの六歳下だ。弟は自分より有能な兄の意見に同意してさえいればいい。

現時点で問題はただひとつ、メアリーとアラン・マクローリーが国境を越える前につかまえられるかどうかだ。たとえ失敗したとしても、アランには生まれ故郷で死んでもらう。マクローリーの血を半分引いた孫など作らせるものか。そんなことは、この私が許さない。それにキャンベルの氏族長も決して許さないだろう。

「馬の値段を少々ふっかけられるのは、しかたありませんよ」ピーターはそう言って、廏舎の少年が二頭の鹿毛を新たに馬車につなぐのを手伝った。

「農夫の荷馬車というのは世界で最も美しい乗り物とは言えないからな」アランは同意して、視線を右側の道に向けた。「それに老いぼれの馬では、飢えたからといって馬肉にして食べるわけにもいかないし」

「いくら払わされたの？」メアリーは尋ねたが、もちろん彼女はこれまでもいっさい金を出していない。レティキュールの中には七シリングが入っているだけだ。けれど、特に使う当てもない。人影もまばらな田舎道を通ってきただけなのだから。湖水地方の端をまわればすばらしい景色が楽しめるけれど、山あり谷ありという地形は強盗の隠れ場所としても知られている。たまにならアランも乱闘騒ぎを楽しむかもしれないが、彼女はそんなことで北に着くのが遅くなるのは避けたかった。

「三ポンドだ」アランは答え、宿屋の主人の息子から布にくるまれたローストハムを受け取った。「だが、その請求書はフォーダムに送ってやるつもりだ」

彼らはすでに何枚かの請求書をフォーダム子爵ウィリアム・クレインのもとに送りつけていた。メアリーはフォーダム子爵のことを、第一にアランが信頼しているから、第二に子爵のおかげでアランと手紙のやりとりができたからという理由で信頼していたが、相手の寛大さにも限度があるのではないかと考えずにはいられなかった。金は返すつもりだといっても、いますぐというわけにはいかないのだから。

いっそのこと新しく馬車を買ったほうがいいのでは？ でも、荷馬車のほうがすばやく動けて人目につかないという利点がある。もっとも、ハワードのおんぼろ馬車よりも乗り心地ははるかに悪いし、昨日の午後などはひどい雨が降っていたせいもあり、アランにぴったりくっついて、ふたりして彼の上着にくるまっていなければならなかった。メアリーは思わず微笑んだ。最悪の天気ではあったけれど、上着の下であんなに楽しく過ごしたのは初めてだ。

「何を笑っているんだ？」アランが尋ね、御者台のうしろに食べ物を置いた。

「自分の上着を買うべきか、これからもあなたの上着をふたりで使うのがいいか、考えていたのよ」

「ふたりで使うほうに一票だ」彼はにやりとして荷馬車の台にあがると、メアリーを引っ張りあげた。「だが、きみに寒い思いはさせたくない。次に通った村で、あたたかい服を見つけよう」振り返ってうしろを確認し、ハワードの背中をぽんと叩く。「さあ、出発だ」

「彼らはどれぐらい近くまで来ていると思う？」荷馬車が廏舎の庭から道に出ると、メアリーは尋ねた。

アランが肩をすくめる。「姿は見えないが気配は感じる。嵐の前触れみたいにね。でなければ、ぼくがただ災難を予感しているだけかもしれないが」

「いずれにしても、うれしくはないわね」メアリーは御者台に身を乗りだした。「もっと速く走れないの、ハワード?」

交換したばかりの馬たちは駆け足で荷馬車を引いていた。「しばらくなら大丈夫でしょう。鞭を入れてみますが、まわりに何もないところで力尽きてもらっちゃ困るんでね」

午後の空はどんよりと曇っていて、メアリーはアランに上着か毛布を手に入れてくれるよう頼めばよかったと思いはじめていた。だが、それは天気のせいだけではない。追っ手の気配を感じるとアランが言ったせいか、それとも自分たちがスコットランドとの境界線に近づいているのがわかっているせいか、ともかく何かがこちらに狙いを定めているような気がしていた。その何かとはおそらく彼女の父親と、キャンベルの怒れる男たちだろう。

アランが大きな咳払いをして、メアリーはびくりとした。「ハイランドの歌を聞きたいな」彼が言う。「ピーター?」

「はい。暗い気分を追っ払うにはそれが一番です」

彼女は疑わしげな目で見たが、アランは微笑んでいた。「キャンベルの連中も聞き入るよ、きっと。好きなのを歌ってくれ、ピーター・ギリング」

「歌声が聞こえるほど近くにいると思っているの?」メアリーはささやいた。

「いいや。このうねった地形だと、ピーターの声はバンシーみたいに響き渡るはずだ。それに連中は声を聞きつける前に、双眼鏡でこちらを見つけるだろう」

何やらやかましい歌でも聞かされるのだろうと身構えた彼女の耳に聞こえてきたのは、このうえなく甘いテノールだった。メアリーは呆然《ぼうぜん》とした。ハイランドには数えるほどしか行ったことのない彼女でも知っている《ふたりのかわいい乙女》という歌だ。

〝乙女がふたりおりました、そして乙女は三人に
ミンチ海峡飛び越えて、大海原を飛び越えて
進むほうへと風を受け、深い谷間のわが家を目指し
やっとふたたび帰り着く、ああ懐かしのスカイ島〟

「ぼくたちの災難などたいしたことはないとでも言いたいのか、ジャコバイトの歌を選んだりして？」アランはそう言いながらもくすくす笑い、足で拍子を取った。

〝おいで、おいで、一緒に行こう、ボートを漕《こ》いで歌うたい
ぼくのかわいい乙女たち、ふたりのかわいい乙女たち
夜はとっても暗くって、イングランド兵は行ったたから
ようこそお帰り、きみたちも、ああ懐かしのスカイ島〟

二番のコーラスまで来るとメアリーとアランも声を合わせ、彼女はアランのバリトンがなんと美しいのだろうと聞きほれた。彼は乙女の姿に扮してハイランドに帰還するチャーリー

王子ではないかもしれないけれど、ハイランドの家に帰ろうとしているプリンスであることには違いない。そして、わたしも故郷に帰らんとしているのだ。これまではちらりとのぞくだけしか許されなかったわが家へ。

ハワードさえも最後のコーラスでは一緒に歌おうとして、その歌声を聞いたピーターは危うく座席から転がり落ちるところだった。「あんたにはきっとスコットランド人の血も入ってると思うよ、ハワード・ハワード」彼は大笑いして言った。

「この歌は気に入った」御者はハミングしながら、寒さに負けじと上着の襟を立てた。「ちゃんと教えてくれるか、ギリング？」

「ああ。だが、ロンドンでは歌うなよ。絞首刑にされてしまうかもしれない」

「実は、こっちでやっていくのもいいかなと考えたんだ」ハワードは一瞬の間を置いて応えた。「ロンドンにはホワイトチャペルに仲間三人と共同で借りている部屋があるだけで、戸棚の中の服も、いまごろはそいつらが着てるだろう」

ロンドンにハワードを待つ妻や子どもがいるかどうか、メアリーは考えたこともなかった。思いだしてみると、彼は最初から仲間として溶けこんでいた気がしたし、ロンドンに帰らなければというようなことは一度も口にしたことがなかったのだ。

「ぼくたちがそんな大きな屋敷を構えられるとは思えないんだ、ハワード」アランがゆっくりと言いながら上着を脱ぎ、それを彼女の肩にかけた。「だが、やることはいろいろあるから、ピーターがグレンガスクで本来の仕事に戻ったら、もうひとり人手が必要になると思う。

馬車を走らせる仕事はほとんどないが」

「わしはずっと畑仕事をやってみたいと思ってたんですよ、旦那。わしのような者でも置いてもらえるなら、喜んでお供します」

「では決まりだな」アランはメアリーをきつく抱きしめた。「ぼくが言ったとおりだろう、彼はもうぼくたちの家族だって」彼はささやき、くすくす笑った。

あたたかなウールの上着にくるまれて、メアリーは笑い声を押し殺した。ロンドンの貸し馬車の御者が、スコットランドに追放された元貴族の夫婦のもとで農夫になるというのは、なぜか妙に納得できるものがある。

「私もちょっと考えていたんですがね、アランさま」ピーターが言った。「旦那さまから与えられた私の仕事は、あなたのお世話をすることでした。ですから、これからもあなたとレディを無事にお守りするのが私の仕事かと」

「おまえはグレンガスクで育ったんだろう、ピーター。そこからおまえを引き離すことはしたくない」

「アランさまだって、ずっとグレンガスクから出たこともなかったじゃありませんか」従僕は言い返した。「私はあなたのこのちっぽけなクランが気に入ったので、ここに残りますよ。この話はこれで終わりです」

「おまえがそう言うなら、そういうことにしよう」

アランの明るいブルーの目は地平線を見つめていた。彼が何を考えているのか、メアリーにはわかる気がした。ふたりとも、もとは巨大で力のあるクランの出だ。いまの彼らのクランにはピーターが加わり、メアリーのおば夫婦も入れれば、全部で六人になった。彼女は伸びあがり、アランの頰にキスをした。「わたしたちには仲間がいるわ」

彼は目をしばたたき、これは自分のものだと言わんばかりにメアリーの口にキスをした。「そうだな。この五分で、ぼくたちのクランは三倍に膨れあがった」

九カ月もすればもうひとり増えるだろう。メアリーはそう確信していたが、それが間違いないと断言できるようになるまで、アランに告げるのは待つことにした。いずれにせよ、その話はふたりきりのときにするべきだ。

そのことはさておき、アランはすでにじゅうぶんすぎる重荷をその肩に背負っている。それでも彼は声をあげて笑い、歌い、メアリーを抱きしめてくれる。そんなふたりを引き裂こうとする者には天罰が下ればいい。

前回アランがここを通って南へ向かったときは、もう目を開けていられないほど疲れてからダフィーを休ませ、数時間の仮眠を取っただけだった。グレンガスクからロンドンまで、わずか四日間で行ったのだ。ラナルフがよこした一通の手紙の中にシャーロット・ハノーヴァーの名前が何回も出てきて、これは何かあると察知したアランはあわてて南に飛んでいったのだった。マクローリーの氏族長と、彼にはふさわしくないササナックの女性の結婚をやめさせるために。

そのときはそうするのが当然だと思っていた。アランたちの母親はイングランド人で、夫の死後、四人の子どもとハイランドに閉じこめられて生きるより、自ら服毒することを選んだ。アランに言わせれば、ササナックは誰もみな同じで、ラナルフは明らかに正気を失ったとしか思えなかった。

ラナルフの頭がどうかしたわけではないのを理解するには、ずいぶん長い時間がかかった。兄は恋に落ちたのだ。そして愛するレディを守るため、以前なら考えられないようなことを次々とやってのけた。アランはそんなラナルフをたしなめ、まともにものを考えていないと責めて口論にもなった。それからアランはメアリーに出会い、彼の立場やふたりの絆を理解してくれないと言って兄を非難した。ぼくはとんだ愚か者だ。

まだ手遅れでなければラナルフに謝りたい。ぼくがあと始末を押しつけてきた混乱についても、シャーロットを間違った見方で見ていたことも。いまならわかる。ラナルフがぼくにメアリーのそばをうろついてもらいたくなかったのは当然だ。キャンベルとのあいだにいざこざを起こせば、ラナルフがシャーロットのために築きあげようとしていた安全をぶち壊すことになるのだから。

しかし、マクローリーの男で恋に落ちるのはラナルフだけではない。アランもまた、メアリーと自分の邪魔をするものは何も――あるいは誰も――許すつもりはなかった。家族でさえも。

いまのぼくにできるのは、いつの日かラナルフがぼくと同じように理解してくれるのを祈るだけだ。そんな日が来なかったら、残念だとしか言いようがない。それでもぼくはこの数週間に起きたこと、いま隣にいる女性に出会ったことを一瞬たりとも後悔したくない。メアリーがぼくのクランだ。彼女を幸せにすることが、ぼくの新しい目的になったのだ。

あちこち崩れた低い石垣が地平線に沿って伸びているのが見えてきた。谷や丘に沿って、二メートル近い高さになっている箇所もあれば、その先の数メートルはせいぜい二段に石を積んだだけになっていたりもする。道に出くわすと壁は消え、道の反対側からふたたび続いていた。

「この土地一帯は誰のものなんです?」ハワードがパイプをくわえたまま尋ねた。彼はつねに馬を操っているか、パイプをふかしているかのどちらかだ。少なくとも、自分が何をしていれば楽しめるかをよく知っている。

「これは誰かの土地の境目を示しているわけじゃない」アランはうとうとしていたメアリーを起こして、彼女にもその風景を見せた。「文明人の世界はここで終わりというしるしだ」

メアリーが彼の肩にのせていた頭をもたげた。ぬくもりが消えたとたん、アランは寒さを感じた。「ハドリアヌスの長城だわ。まあ、すてき。わたしたち、そろそろ近くまで来たのね」

「ああ。一〇キロも行けば国境で、その向こうがグレトナグリーンだ」彼はメアリーの手を取りながら顔をしかめた。「ちゃんとしたハイランド流の式を挙げてきみと結婚したかったが、フォート・ウィリアムまではまだこれから二〇〇キロ近くある。そんなに待つのは危険だと思うんだ」

「夜までにグレトナグリーンに着くのも無理だと思います、アランさま」ピーターが手綱で馬に鞭を入れ、馬たちは全力で走りはじめた。

「速度を落とせ、ピーター。いたずらに馬を酷使してはいけない」本心では飛ぶように走ってくれと懇願したかったが、どう頑張っても無理なことはある。「朝まで身を隠すのにいい場所がないか、探しながら行ってくれ。村は通り過ぎてもいい」

「村で待ち伏せされているかもしれないと思うの?」メアリーの声が不安げに低くなった。

彼女と出会ってから、この声は何度も聞いている。結婚すれば、もうこんなふうに不安に思うことは何もない、とアランはメアリーに約束したかった。もっとも、そんなのは世間知らずが見る甘い夢だ。彼は悪魔だ、野蛮人だ、悪党だなどと言われているが、世間知らずではない。それに安全だと思わせるために彼女に嘘をつく気もない。そんな夢物語はふたりにとって命取りにもなりかねないのだ。

「ありうるな」アランはしぶしぶ答えた。「北へ向かう道はこの道のほかにもある。これが一番の近道というわけでもない」

「馬車のわだちは一番多い」ハワードが助け舟を出すように口をはさんだ。

「それに一番ぬかるんでる」ピーターがつけ足してうなずく。

「援護はもうじゅうぶんだ、諸君。ありがとう」ウォルター・キャンベルとチャールズ・カルダーがあたたかな宿屋でくつろぎながら彼らの到着を待っているかもしれないと思うと、いらだちが募った。一方、こちらのふたりの男は御者台で風に吹かれているが、その姿を見てアランの胸にわいたのは……希望だった。このふたりはここにいなければいけないわけでもないのに、アランとメアリーを置いて去ることを拒否したのだ。

「彼らがすでにグレトナグリーンにいるとすると、わたしたちはさらに北上して次の村へ向かったほうがいいかしら？」メアリーが尋ねた。この女性はぼくに希望だけでなく、興奮と満足を与えてくれる。ハイランドの荒々しい魂を持つ彼女の心臓が力強く鼓動するたびに、どういうわけかすべてがこれで正しいのだと思えてくる。

「かもしれない。ただ、そうなると彼らにこちらを追いかける時間を与えることにもなる。それに次の村でも、もう待ち構えているかもしれない」

アランは長いこと彼女を見つめていた。沈みゆく太陽が馬車のうしろにつながれたダフィーとジュノーの影を長く伸ばし、二頭の馬を神話に出てくる獣のように見せている。そして彼のかたわらにはメアリーがいる。アランの目の粗いウールの上着に包まれ、髪は簡素にまとめただけだが、妖精のように美しいプリンセス。

「どうして微笑んでいるの、ハイランダー？」そう問いかけながら、彼女も唇の端をあげた。

アランはそこに口づけ、やわらかな真ん中の部分にもキスをした。「ちょっと浮かんだ考えがあってね」のんびりと言ったが、それが常軌を逸した考えなのは自分でもわかっていた。

「どんな考えなの？」

「止まって休憩したときに話すよ」そしてよくよく考えて、自分でそれを実行し、彼女にも同じことをやってくれと言う覚悟ができたときに。

たそがれどきを過ぎ、暗がりの中で馬を疾走させるのは危険なので、歩く速度で進んでいった。一時間ほどすると、一行の右手に明かりがきらめく小さな集落が見えてきた。

「グレトナグリーン？」生け垣の陰に父親がひそんでいるとでも思っているかのように、メアリーが小声で尋ねた。

もちろんフェンダロウ侯爵なら、そんなことでもやりかねない。「ああ」アランは同じように小声で答えた。「あと一キロ半ほどかな、ピーター？」

「はい、アランさま」

「今夜は外で眠ることになるかもしれないよ、ぼくのメアリー」

「わたしは気にしないわ。あなたはとてもあたたかいもの」

アランは暗闇の中で顔をしかめた。「ぼくは気にする。それに申し訳なく思うよ。結婚式の前夜にこんなふうに過ごすことになるとは想定外だった」

メアリーが彼の腕を叩いた。強く。

「おい、何をするんだ？」思わず大声をあげかけ、あわてて小声に戻す。

「わたしたちがここにいるのは、あなたひとりに責任があるみたいに言わないで」メアリーがぴしゃりと言った。「あなたに手紙を書いたのはこのわたしよ。それなのに、あなたがわたしを探しに来ないことを願っていたとでも思うの？」

「いいや。だが、一緒に来てくれるようきみを説得しなければならなかった」

「それは、快適でいられるのと幸せでいるのとは違うということを忘れていたからよ。わたしがここにいるのは自分がいたいからなの。だから、楽な旅ではないからといって謝るのはやめて」

アランは片目を細めた。「つまりきみは、快適ではないが幸せだと言っているのか？」

「まさにそういうことよ。あなたが夜はいつも見張りに起きていることや、たったいまもわたしに上着を譲ったせいで震えていることに、わたしが気づいていないとは思わないで。あなたは不幸なの？」

「違う。ぼくはただ……心配なんだ。きみが手にするべきすべてのものを、与えてあげることはできないんじゃないかと思って」

「わたしが欲しいのはあなたよ、アラン。それ以外は全部ただの……バターミルクだわ」

「なんだって？」

「バターミルクよ。とてもおいしいけれど、作るのには大変な労力がいるし、わたしはそれがなくても生きていける。なんの迷いもなくね」

「だが、ぼくはどうしてもきみを守りたいし、きみにかわいらしいものも買ってあげたいんだ、メアリー」

「あなたはわたしを守ってくれているわ。すでにわたしを救ってくれた。それに、かわいらしいものも買ってくれていいのよ、その余裕があるときはね。でも、わたしにそういうものが必要なわけじゃない。わたしに必要なのはあなたよ」彼女は向きを変え、まっすぐにアランの顔を見た。暗闇の中でメアリーに何が見えているのか、彼にはわからなかったが。「わたしの言ったこと、ちゃんとわかってくれたかしら、アラン・マクローリー？」

いま、ようやくわかった。ぼくがいつもメアリーのためになることは何かと考えているように、彼女もぼくのことを一番に考えてくれている。メアリーがそばにいれば、ぼくは幸せなのだ。彼女が同じように思っていないと、どうして言える？

「ああ」アランは口を開いた。「きみの言ったこと、よくわかったよ」

「よかったわ」

彼はメアリーには大きすぎる上着の襟をつかんで引き寄せた。「そしてきみにはこれをわかってほしい」低くささやく。「きみはぼくのものだ。きみが悲しいとき、傷ついたとき、怒っているとき、寂しいときは、ぼくにそう言ってくれ。ぼくは知らないほうが幸せだなどと勝手に考えて、ひとりで抱えこむな。そして、ぼくがきみの喜ぶ顔が見たくてやることに、どうか我慢してつき合ってほしい。ぼくの言ったこと、わかってくれたかな、メアリー・キャンベル？」

彼女は微笑み、アランの口元にそっとキスをした。「ええ」

「おっと。こっちまで泣けてきましたよ」ふたりの前にいるピーターが言う。

「今夜寝られる場所をちゃんと見つけないと尻に蹴りを入れるぞ、この野蛮人め」

その言葉が効いたのか、彼らは一キロほど行った先の丘の中腹によさそうな場所を見つけた。アランは地面に飛びおりて馬車を木々の茂みへと先導し、それから丘のふもとに流れる小川に四頭の馬を連れていって水を飲ませた。

それがすんで、グレンガスクを飛びだしてこの道を通ったときの、愚か者《アマダン》だったアランにつき合ってくれたダフィーにおわびのリンゴをやると、彼は地面に座って荷馬車の車輪にもたれた。メアリーが横に座り、冷たいローストハムをひときれ差しだす。「彼らから、これだけしか奪い取れなかったの」そう言って、向かいに座っている男たちを指した。

「それは嘘ですよ、アランさま」ピーターが抗議する。「お嬢さんにはちゃんと半分差しあげたんですから」

「冗談よ、ピーター」

「メアリー」アランはひと房の長い巻き毛を彼女の顔からよけてやった。「いいか、きみやぼくの家族、あるいはぼくたちを困らせてやろうと思っているほかの愚かな連中が、こちらの邪魔をしてくる可能性はかなり高い」

彼女はうなずいた。「わたしたち、スコットランドにはいられないかもしれないわね」

もちろんメアリーなら、そんなことはわかっていただろう。「ヴァージニアというのは、いいところらしい。肥沃な土地で」アランはゆっくりと言った。「ケアンゴームの山中にいるよりは、冬もあたたかいそうだよ」

「つまり、われわれはアメリカ人《ヤンキー》にならなきゃいけないということですか？」ピーターが尋ねた。

「あっちにはエールはあるんですか？」ハワードが宿屋で買っておいた瓶を持ちあげてみせ

る。「それとウィスキーは？」

「ある。馬もいると聞いたよ。フィドルもあるらしい」

「なるほど。あっちにもバグパイプが吹ける人間がいて、彼らがうまい煙草を持ってるなら、われわれは何を待つ必要があるというんです？」ピーターは言った。

「待っているのは、わたしたちがハイランダーだからよ」メアリーは上着を脱いでアランの肩にかけると、自分は彼の脚のあいだに座って胸にもたれた。「まずはここでやっていけるかどうか、頑張ってみないと」アランの腕を取り、自分の肩にまわさせる。

「ぼくはいまやきみの毛布というわけか？」彼はささやき、メアリーの髪に口づけた。

「あなたはわたしのすべてよ」彼女もささやき返し、頭を傾けてアランの顎にキスをした。

「さあ。あなたが考えている計画を話して」

アランはにやりとした。海を渡って新しい人生を始めるという案を聞いても驚いた顔ひとつしないこのレディなら、ちょっとした演技も難なくやってのけるだろう。メアリーが言ったとおり、彼らはハイランダーなのだ。それにここまで仲間と旅を続けてこられた運があるのなら、いまから一二時間後にはぼくは結婚して、生きてこの地にしっかりと立っているに違いない。

# 19

「これは、最悪の思いつきってやつの歴史の中でも最悪の思いつきですよ」ピーターが不満げにアランに背を向けた。「ヤンキーになってもいいとは言いましたが、これはやりすぎだ」

アランはメアリーにすばやく笑顔を向け、従僕の背中のボタンを留めてやった。

「その中年女性の服は、ぼくにはサイズが合わなかったんだ。おまえなら着られる。さあ、ズボンを脱いでくれ」

ピーターはまた向き直った。クロフォードから奪ってきたグレーのボンネットの下で、彼の顔は真っ赤になっていた。「レディ・メアリーの前ではできません」彼はうなるように言うと、荷馬車の奥に姿を消した。

「臆病者め」

「わたしだって、ピーターの前では着替えなかったわ」メアリーは言い、もう少し裁縫をして寸法を直す時間があればよかったのにと思いながら、ぶかぶかのシャツをズボンの中にたくしこんだ。「お互いさまよ」

「だが、きみはぼくの前でも着替えなかった。それはお互いさまじゃない。ほら、ちゃんと見せてごらん、お嬢さん」

「お嬢さんではないわ」メアリーは声の調子をできる限り落として言った。

自分の姿を確認するには小さな手鏡しかないので、あとはアランにまかせるよりしかたがないけれど、自分でも一五、六歳ぐらいの少年に見えると思う。色あせた茶色のズボンに、明らかに裾を切り落とした同じような茶色の上着、かつては白かったであろう着古しのシャツという格好だ。

「ハワードの靴が、もっときみと近いサイズならよかったんだが」アランは彼女のウエストのあたりをつかんだ。「ぼくなら、きみを少年と見間違えはしない」

「でも、ほかの人ならどうかしら？　そこが問題なのよ」

「ほら。これをかぶってごらん」彼は縁がよれよれになった麦わら帽を、メアリーの頭のてっぺんできつく結ったシニョンの上にかぶせた。「笑顔はだめだ。微笑むとかわいらしすぎて、少年に見えない」

まあ、それはうれしい褒め言葉ね。「ハワードの上着はあなたには小さすぎるわ」彼女はお返しにアランの襟元を引っ張った。「そして彼の帽子をかぶれば、もっとあなたらしくなくなる」見あげると、彼の目は今朝の空と同じように明るいブルーに澄み渡っていた。「これで本当にうまくいくかしら？」

「こんなに晴れていないほうがよかったけどね」アランはちらりと空に目をやった。「結婚式にはうってつけだが、冷たい雨が降っていたほうがごまかしやすい」

「アラン、あなたはとても……大きくてがっしりしているから、もし彼らが教会の中まで入ってきたら、きっとあなただとわかってしまうわ」

彼はかぶりを振った。「教会の中までは来ない。それはすべてのハイランダーの暗黙の了解なんだ。教会は聖なる場所だ。やつらがグレトナグリーンに来ているのなら、きっと建物の外で見張っている。そしてやつらが探しているのは、美しいレディと連れのハンサムな悪党っぽいハイランダーさ。教会に花を届けに来た農家の子どもふたりと、その母親ではない」

「わたしたち、勝手に結婚したと宣言してしまうほうがいい気がしてきたわ」

アランはにやりとした。「ああ、そうするんだ。だが、夫と妻であるという教会の証明書に署名をする必要がある。それが証拠になるのだから。スコットランドではそうなんだ。そしていったん教会が認めたら、キャンベル家もマクローリー家も、それ以上のことをするにはもうちょっと……慎重にならざるをえなくなる」

当然メアリーはわかっているはずだ。教会で結婚式を挙げることが、ふたりを守るためのさらなる防御壁となることを。いつだって、彼女を安全に守ることこそがアランの目的だった。しかし、それは同時に彼の身もより安全にしてくれるのだ。ふたりが結婚したことは記録に残る。そうなれば、メアリーの父親がもくろんでいたように、アランをただ行方不明にして葬り去ることは誰にもできない。

アランは上等なヘシアンブーツを泥の中に突っこんで、修復不能なまでに汚してからそれを履いた。背の高さや肩幅の広さは隠しようがないが、体格に合わない服とすりきれた御者の帽子、それと汚いブーツという格好なら、少なくともすぐに疑念を呼ぶことはないだろう。年若い弟とさえない母親と一緒なら、気づかれずにすむかもしれない。もちろん、その少年がメアリーだということもばれずに。

「それを元どおりにきれいにしろとはおっしゃらないでしょうね」荷馬車の陰から出てきたピーターが、アランのブーツを指して言う。

「ああ。このブーツはもうお役ごめんだ」

「で、こんな感じでどうです？」従僕は両腕を広げてゆっくりとまわってみせた。ドレスはなかなかぴったり合っている。特にクラヴァットを胸に詰めこんだのは名案だった。メアリーができる限りドレスの裾を伸ばしても、ピーターのくるぶしがようやく隠れる長さだったが、彼が少し体を丸めていれば、短すぎるようには見えない。

「朝の挨拶をしてみろ」アランは促した。

「おはよう《マデイン・ヴァー》」ピーターは金切り声で言った。

「もっと低く。クロフォードはそんな上品な声をしていなかったぞ。彼女みたいにしゃべるんだ」

「マデイン・ヴァー」従僕はぐっと音程をさげて繰り返した。

「ああ、そのほうがいい。なぜゲール語でしゃべっているんだ？」

「私はアランさまの母親役で、このスコットランド人の母親はイングランドの言葉が好きじゃないからですよ」

アランは眉をひそめてピーターを見た。「キャンベルたちはゲール語を話すんだぞ、何かおかしいとばれやしないか？」

メアリーはピーターの肩に片手を置き、ボンネットを少しだけ前に傾けて、あからさまではなく顔が隠れるようにした。「全員が話すわけではないし、いいアイデアだと思うわ、ピーター。わたしたちはスコットランドにいるんですもの」

「歩く練習をするんだ、ふたりとも」そう言って、アランは荷馬車に戻った。

彼がブーツの中のナイフを確認し、もう一本のナイフを上着で隠れるウエストのところにしまうのを見ても、メアリーは驚かなかった。履き慣れない靴でピーターと並んで荷馬車のまわりを歩きながら、自分がこれから結婚しようとしている男性をじっと見つめる。アランの両方のポケットにはそれぞれ一挺ずつ拳銃がおさめられ、御者台の下にはライフルが用意してあった。

「人殺しはしないと言ったわりにずいぶんと重装備ね、アラン」メアリーは言った。

「こちらも死にたくはないからな」彼が目を細める。「腰を振りすぎだぞ、お嬢さん。それでは男の目を引いてしまう。もっとつま先を使うんだ」

「こんなきついブーツでこれ以上歩かされたら、二度とまともに歩けなくなってしまいますよ」ピーターがぼやいて足を止めた。

メアリーは深く息を吸った。これから始まる戦いに向けて、胸の中では緊張よりも期待のほうが大きく膨らんでいる。「ピーターの言うとおりよ。わたしたちはもうじゅうぶん練習したわ」

アランは肩を怒らせ、それからさげた。「わかった。ハワード、ここで待っていてくれ。ダフィーとジュノーと荷物は置いていく。ぼくたちが戻らなかったら、それを全部売ってロンドンに戻るか、どこでも好きなところに行くがいい」

「計画はわかってます」ハワードはしかめっ面をして、片手をアランに差しだした。「おふたりに幸あらんことを。お戻りになるまで、わしはここで待ってますよ」

ピーターが御者の肩を叩く。「あんた、いいやつだな、ハワード・ハワード。さあ、行きましょうか。そのいまいましい荷馬車に乗るのを手伝ってください」

ピーターが腰を落ち着けてスカートを整えると、メアリーはつんできたアザミやヒナギクで作ったブーケを彼に手渡した。アランは御者台にのぼり、横に手を伸ばして彼女を引っ張りあげた。わたしはズボンをはいた元気な男の子、と心の中で唱えながら、座席によじのぼる。

「準備はいいか？」アランが尋ねた。「最高の計画ではないが、あと三日もキャンベルの連中を避けて過ごさずにすむためには、ぼくに考えついたのはこれしかなかったんだ」

「準備万端よ。それにあなたの計画は気に入ったわ」

彼はメアリーの肩をつかみ、唇にキスをした。「これでぼくも準備万端だ」

口笛で馬に合図すると、アランは慎重に荷馬車を道路へ戻した。さあ、グレトナグリーンに向かって出発だ。

両手が冷たく感じられたが、メアリーは手を組み合わせたい衝動をこらえ、そうする代わりに帽子の縁をわずかにさげて、硬い座席に前かがみで座っていた。彼女とその兄は母親と一緒に、父親の墓に供える花を教会に運んでいるところだ。そして神父に挨拶をする。それだけのことよ。

「わたしたちに名前は必要かしら?」彼女はふいに尋ねた。

「私はもし子どもができたら、アンガスとダンカンと名づけようと思ってます」ピーターがうしろから妙に甲高い声で言った。

「だったら、ぼくがアンガス・ギリングで、きみはダンカン・ギリングということにしよう。ピーター、おまえはウナ・ギリングだ」

「それは旦那さまの犬の名前じゃありませんか」従僕が不満げに言う。「ウナか。なんてこった」

「スコットランド人のすてきな名前だぞ」

メアリーには、アランが何をしようとしているのかわかっていた。いつものようにユーモアの感覚を発揮して、できるだけみんなの緊張をほぐそうとしているのだ。自分の命が狙われているというときにそんな勇気が出せるなんて、ただただ称賛せずにはいられない。なんとしても、この計画を成功させなくては。

駆け落ちするイングランドの若き恋人たちにとって憧れの地であるグレトナグリーンだが、

明るい光の下で見ると失望を感じずにはいられなかった。村と称するのはおこがましいほど、道なりに一ダースほどの家が並んでいるだけの集落だ。あとは酒場と鍛冶屋が一軒ずつあるだけ。噂によれば、鍛冶屋も結婚式を挙げてくれるそうだが、メアリーとアランに必要なのは教会だった。

村のすぐ先のゆるやかな坂道をのぼりきったところに、風変わりな小さな建物が見えてきた。胃の中を飛びまわっていたチョウがコウモリに変身したかと思うほど、メアリーは不安で落ち着かなかった。敵の罠に飛びこもうとしているのかもしれないというだけでなく、アランと結婚するという選択は、彼女がこれまで下した中でも最も重大な決断だったからだ。でも逆に、これからずっと彼がそばにいない人生を過ごすなんて想像もつかない。

「酒場の裏に馬が三頭います」ピーターがささやいた。

「どこかの男性が三人、朝食をとっているだけというわけではなさそうね」メアリーはまっすぐ前を見ていたが、振り返って馬に見覚えがないか確認したくてたまらなかった。

「そうだな。向こうの木の下には馬が二頭。男がふたり、いや、三人いる。大丈夫だ、愛しいメアリー。見知らぬ人間に好奇心を示してもかまわない。逆に、彼らなど見ていないというふりはするな」

「どうしてそんなに……この手のことに慣れているの？」彼女はささやいた。

アランは肩をすくめ、馬をのんびりと歩かせて坂道をのぼっていった。「自分のクランの色を身につけていない人間は敵かもしれない。そう思って育ったんだ」ちらりと横目でメアリーを見て、人待ち顔の男たちを通り過ぎ、丘の下に正面が向くよう荷馬車を回転させはじめる。「それに一度、フランス軍にとらえられたことがあってね」彼はふつうに会話をする調子で続けた。「伍長の制服を盗んで、三日間フランス人のふりをしなければならなかった」

「初めて聞きましたよ、そんな話」ピーターが驚いた声で言う。

「誰にも話したことはない。ラナルフは……兄はただでさえ心配事を抱えているから、余計なことを言いたくなかった。おっと、ここでよし」アランは手綱を引いてブレーキをおろした。

さあ、いよいよだ。白い漆喰が塗られた小さな教会まで、あと一メートルもない。三メートルほど先の木の下には男が三人立って、こちらを見ている。メアリーは息をのんだ。ひとりはいとこのアーノルド・ハウズだ。ああ、なんてこと。

「ダンカン、母さんをおろすのを手伝ってくれないか？」アランが軽やかに地面に飛びおりて言った。

そう。わたしはダンカン……なんだったかしら？　ギリングよ。ダンカン・ギリング。神父に会って花を供えるために、母親のお供で教会に来たところ。彼女はごくりとつばをのみこみ、ぶざまに見えないように気をつけながら馬車をおりた。

男たちはいまや五人に増えていた。こちらに近づいてくる。けれどもメアリーの耳に入ってきたのは、ほとんどが汚い小作人と低地地方《ローランド》の醜い女たちの悪口だった。気の毒なピーター。

荷馬車の後部にまわりながら、メアリーは帽子の下からちらちらと男たちに好奇の目を向け、アランの手で泥を顔に塗っておいてもらってよかったと思った。彼女はピーターに片手を差しだし、アランがもう一方の腕をつかんで従僕をおろした。

「あれはササナックかねえ?」ピーターがゲール語で尋ねる。相変わらず、女らしいとは言えない声だ。

「そうかな、アンガス?」ピーターに腕をぎゅっとつかまれて、メアリーも声を出した。彼もたしか兵士だったはず。ハイランダーの戦士がふたり、どちらもわたしを守る気満々でそばにいてくれる。

「どうかなあ、ダンカン。おれたちの知ったこっちゃないよ」

ピーターをあいだにはさみ、空いた手に花を握りしめて、三人はのんびりと教会の扉に向かって歩いていった。

「あの人たちと話をしてもいい?」気づくと、メアリーはそう口走っていた。肩越しにちらりと男たちを見る。チャールズ・カルダーはいない。彼女の父親もいない。まだ運が尽きてはいないようだ。

「だめ」ピーターが答える。「あんたに彼らの妙なやり方を覚えてほしくないからね。教会に入ったら、神父さまに礼儀正しくするんだよ」

「うん、母さん《マーハー》」彼女は応えた。

そして彼らはグレトナグリーン教会に入り、うしろ手に扉を閉めた。

ピーターが扉の前でメアリーを守り、アランは大股に進んでいってすべての信者席を調べ、脇の扉から事務室か聖具保管室とおぼしき部屋に入っていった。「神父さまがここにいなかったらどうなるの？」彼女はささやいた。そう考えるだけで、胃が締めつけられる思いがした。

「いなかったら、私がこの手であなた方を結婚させます」ピーターが宣言した。

およそ一分後、アランが背の高い痩せた男を連れて戻ってきたのを見て、メアリーはほっとした。「こちらはレオナード神父さまだ」彼は黒い法衣をまとった男を身振りで示した。「ぼくたちを結婚させることに同意してくださった」

神父は一番前の信者席のすぐ横で足を止め、広い額にしわを寄せた。「ここには多くの恋人たちが来る」スコットランド訛りのある声で言う。「誰もみな、新しい道をともに進まんという熱意に満ちている。愛のために、あるいは富のために結婚する者もいるだろう。それでマダム、失礼ながら、私はなぜこのたくましい若者が結婚相手にあなたを選んだのか、尋ねなければならない」

メアリーはまばたきを繰り返し、それから気の毒な神父の目に自分たちがどう映っているかに思い当たった。彼女は前に進みでて帽子を取り、髪からピンを引き抜いた。

「その若者の結婚相手はわたしです、神父さま」

神父は安心したようだった。「ああ。それならわかる。前においでなさい、神の子よ。これをきくのは私の役目ではないが、おそらく、きみたちふたりが結婚することに家族の少なくともひとりは反対しているのだろうな？」

「はい」アランが答える。「それからピーター、ボンネットを取れ。教会の中にいるんだぞ」

「お許しを、神父さま」従僕は普段の声に戻って言うとボンネットを外し、アランとメアリーが帽子を置いた信者席にそれも並べた。

「おやおや」レオナード神父は力なく言い、がっしりした男のやつれた顔と豊かな胸を見比べた。それから身震いして気を取り直した。「よかろう。好みは人それぞれだ。では、あなたが証人ということで、サー……？」

「はい。でも、私はサーではありません。ギリングと申します、神父さま。ピーター・ギリングです」

「よろしい。始めよう」

メアリーは前のほうへ進みでたが、驚いて立ち止まった。アランが片手をあげて、こう言ったからだ。「お待ちください、神父さま。こちらのレディは、まだぼくに結婚を申しこんでいないのです。それがすむまでは話を進めるわけにいきません」彼は胸の前で腕組みをした。その目は窓のステンドグラスから差しこむ光を受けて、きらきらと躍っている。

彼女の胃の中のコウモリは巨大なガチョウへと変身した。心のどこかで教会の中まではたどり着けないだろうと思っていたところがあり、アランが求婚の言葉を聞きたがっていることはすっかり忘れていたのだ。メアリーは咳払いをしてさらに前へと進んだ。ブーツのかかとが硬い木の床にこつこつと音をたてる。

「いまはあまりうまく言えないような気がするけれど」彼女はピーターとレオナード神父がじっと聞き入っているのを意識しながら、アランの顔を見あげて言った。

「うまく言ってほしいとは思っていない」彼は静かに応え、片手を伸ばしてメアリーの頬に触れた。「その言葉をきみが口にするのを聞きたいだけなんだ。そしてぼくと同じくらい、本気でそう思っているのかどうかを知りたい」

彼女はアランの手をつかみ、しっかりと握りしめて彼の目を見つめた。アランの指がかすかに震えている。見た目ほどには、彼も落ち着いてはいないのだ。そのことがメアリーをいくらか勇気づけた。ほうっと大きく息を吐く。美辞麗句を並べる必要も、大げさに感情を表す必要もない。アランに尋ねればいいだけのこと。彼はきっとイエスと答えるだろう。

「アラン」

「なんだい、愛しいきみ？」

メアリーは彼の目をのぞきこんだ。ハイランドの美しい朝の空と同じブルーの目。すると、すべてが消え失せた。教会にはほかに誰もいない。外で待ち受ける災厄も何もない。アランと彼女のふたりだけ。虹色の陽光の中、手を握り合うふたりしか、ここにはいない。

「わたしはあなたに出会うべきではなかった」メアリーはゆっくりと話しはじめた。「わたしたちは話をしてはいけなかった。でも、言葉を交わしてしまった。そしてその瞬間から、あなたはわたしの人生を冒険に満ちた、恐ろしくて、面白くて、ありとあらゆる感情にあふれたものに変えてしまった。そんな感情があることすら知らなかったのに。そのことだけでも、わたしはあなたを愛するわ。でも、あなたはさらにわたしを救ってくれた。わたしが望んでいなかった結婚からだけでなく、完璧に快適で、完璧に規律正しくて、完璧につまらない人生からも。あなたはわたしの友であり、わたしの愛する人であり、わたしはあなたなしの人生なんて一日たりとも過ごしたくない」頰に伝う涙を自由なほうの手でぬぐう。「わたしと結婚してくれますか、アラン？」

無言でメアリーを見つめる彼のブルーの目は、魂までも見通しているかのようだった。「ああ、神にかけて」アランはようやく口を開いた。「ぼくはその最後の言葉だけを期待していたんだ。きみは鼓動するぼくの心臓であり、ぼくをこの地上にとどめている体のすべての部分だ。ああ、メアリー。ぼくはきみと結婚する。ぼくを止められるやつがいたら、見てみたいものだよ」彼女のもう一方の手を取る。「ぼくからも同じ問いを投げかけよう、愛しい人。きみはぼくの妻になってくれるか？」

「ええ。喜んで」

レオナード神父が刺繡入りのハンカチで鼻をかんだ。「私は通常、そこの部分を目撃することはないのでね」ぶっきらぼうにそう言うと、ふたりを手招きして、祭壇にいる自分の前に立たせた。

「私はどこにいればいいですか、神父さま？」ピーターがメアリーにブーケを渡し、ドレスの裾を使って目元をぬぐいながら尋ねた。

「そこでいいでしょう」神父は咳払いをした。「今日、われわれは神の御前に集まり、聖なる婚礼において、ここにいるふたりの魂を結びつけんものとする。聖書にいわく――」

外で怒鳴り声がした。友好的な響きには思えない。そんな、まさか。

メアリーの横にいるアランはぴくりとも動かなかった。「神父さま、このまま式を続けて、教会の登記簿に署名させていただけるとありがたいのですが」

「あれは……この結婚に反対する者たちの騒ぎかね？」

「そのようです。ピーター、扉をふさげ」

「はい、アランさま」従僕はスカートをたくしあげて、教会の後部の扉へと急いだ。「ご心配なく。ちゃんと証人の役も務められますから」

「お願いします、レオナード神父さま」

「私は――わかった。汝《なんじ》は……」

「アラン・ロバート・マクローリー」彼は名乗った。

「マクロ……おやおや」

「神父さま」メアリーは口を開いた。外の怒鳴り声はだんだん近づいている。「どうか急いでください」

神父は一瞬、目を閉じた。「汝、アラン・ロバート・マクローリーは、この……メアリーを法に則って妻とすることを誓うか、神の栄誉と――」

「はい、誓います。永遠に」

「ふむ。そして汝、メアリー……」

「メアリー・ベアトリス・キャンベル」彼女は言った。

レオナード神父の顔が青くなった。まさか気絶するのではないかしら？　そうしたら、わたしたちはいったいどうなるの？「なんてことだ。汝、メアリー・ベアトリス・キャンベルは、アラン・マクローリーを汝の夫とすることを誓うか？」神父は前かがみになって言った。「最後まで進めてもいいのかね？」

「お願いします。そして、わたしは誓います、全身全霊をかけて」

「ならば、神とイングランドの教会により私に与えられている権限をもって、私はここに汝らふたりを夫であり妻であると宣言する」神父は窓のほうをちらりと見た。「われら全員に聖人の守護がありますように。花嫁にキスを」

かすかに笑みを浮かべながら、アランはメアリーの頬を手で包むと、そっと口づけをした。そのやさしい仕草に彼女の全身がうずいた。「これであなたはわたしのものね」

「そしてきみはぼくのものだ。神父さまは〝何人もこのふたりを分かつことはできない〟のくだりを飛ばしたが、誰にもぼくたちを引き離させはしないよ、メアリー・ベアトリス・マクローリー」

彼女はアランにキスをし、両手で彼の顔を包んだ。「ええ、決して」

「こちらに来て、登記簿に署名を」レオナード神父の声は不安そうに震えていた。無理もない、とメアリーは思った。彼はいま、マクローリー家とキャンベル家が結ばれたと知ってしまったのだから。

最初にアランが、続いてメアリーが分厚い登記簿に署名し、アランと場所を交代したピーターが証人の署名をした。レオナード神父が日付を書き加え、署名をしてペンからインクを拭き取ると、メアリーは彼の手を握った。

「ありがとうございます、レオナード神父さま」

「私は……どういたしまして、マイ・レディ。神のご加護がありますように」

教会の玄関ではアランが両手を広げ、背中で扉を押さえていた。「きみはまた少年の格好に戻るか？　それとも、もう彼らに正体が知られたと思うべきかな？」

メアリーはすばやく髪をまとめてピンで留め、ピーターにボンネットを手渡した。

「知りたければ、彼らは自分で調べるがいいわ」その声には、自分でも驚くほど固い決意がみなぎっていた。「わたしは簡単に降参したりしない」

アランがうなずく。「異存はないよ、ぼくの勇敢なメアリー」彼は向き直り、ハワードの帽子をかぶった。「一緒に行くかい？」

彼女はピーターの一方の腕を取り、もう片方の腕をアランがつかんだ。「ええ、一緒に」

# 20

アランは教会の二重扉をさっと開けた。すぐ外に立っていたふたりの男がぎょっとして飛びのいた。

彼らが気を取り直す前に、切り殺しておいたほうが賢明だったかもしれない。しかしアランはそうはせず、老婦人に扮しているピーターを守るように体に腕をまわした。

「足元に気をつけて、母さん《マーハー》」彼はふたりの男にわびるのも忘れて言った。

「何を叫んでるんだろう？」メアリーが見事なスコットランド訛りで尋ねる。

「わからないよ、弟《ブラー》」アランは正直に答えた。キャンベルの連中が獲物を見つけたと確信しているのなら、彼らの目につかないようこっそり立ち去るべきだったかもしれない。男たちの横を通り過ぎるとき、アランは男のひとりをじろりと見た。「何があったんだろうな？」

その男は眉をひそめ、一歩あとずさりした。「おれは……」相棒にちらりと目をやる。「ジョン？」

ピーターがうんざりだというように鼻を鳴らして脇のふたりを前に急かすと、明らかにまごついている男は黙って三人を通した。ここまで来られたことに驚きながらも、アランはわずかに足を速めて荷馬車へ向かった。村を通って北側に出られれば、小川のそばの隠れ場所まで戻れる見込みが出てくる。

「そいつらを止めろ、このまぬけども！」丘の下から声が飛んできた。

すべてが一気に動いた。だが同時に、アランにはまわりの動きが何もかもはっきりと見えた。フェンダロウ侯爵が馬を駆って坂の上に現れた。もっと大勢の、馬に乗った一団が東から駆けつけてキャンベルの一行を追い散らした。彼らはマクローリーの色を身につけている。ベアーだ。無数の武器からメアリーを守るように前に進みでながら、アランは思った。大柄でがっしりした弟の姿を目にして安堵してもいいはずだが、ラナルフがあいつをよこしたのだとすれば、マクローリー勢ももはや味方ではない。

「動くな！」怒鳴る声がしたかと思うと、それぞれが拳銃を構え、一番手近な敵に狙いをつけた。

キャンベル側はあわてて足を止めたが、武器をさげようとはしなかった。ピーターはどこで調達したのかマスケット銃を振りまわし、彼らの一方の側に空間を空けさせている。まだ誰も発砲していないものの、それも時間の問題だろう。

「教会に戻ろう」アランはうなった。

「レオナード神父が、いまちょうど扉をふさいだわ」メアリーが彼の背後から言う。アランの背中に両手が当てられ、次の瞬間、メアリーは彼の予備のナイフを握っていた。

「ならば壁に背をつけるんだ」アランは指示を変えた。「そうすれば、うしろから襲われることはない」

「アラン！」ベアーが叫んで馬から飛びおり、キャンベルの者を三人なぎ倒しながら大股で進んできた。

アランは悪態をついて拳銃の狙いを弟に定め、頭に血がのぼったムンロが問題をややこしくしないように祈った。「それ以上、近寄るな！」

「おい、なんのつもりだ？」ムンロは足取りをゆるめようとしなかった。

「止まれ、ベアー！　本当に撃つぞ！」

弟はとうとう足を止めた。その顔には怒りと当惑が入りまじっている。「やれるもんならやってみろ、アラン」

「マクローリーめ、娘から離れろ！」フェンダロウ侯爵が馬をおり、ムンロよりはずっと用心しながら近づいてきた。チャールズ・カルダーの姿が見えないのが気にかかる。

「おまえこそ、ぼくの妻に近寄るな！」アランは怒鳴り返した。

その場から怒号がわき起こった。マクローリー対キャンベルの全面戦争が再開だ。誰かひとりでも命を落とせば、その瞬間、アランとメアリーがハイランドで手に入れようとした平穏な人生は永遠に消え去ってしまう。

メアリーがいきなり彼の横から進みでた。「もう遅いわ！」叫びながら帽子を取り、髪を振りほどく。彼女がそうしてくれたのはありがたい。誰かがメアリーを少年と間違えて撃ったりしたら大変だ。

「そこから離れるんだ、メアリー！　いますぐに！」彼女の父親が怒鳴った。

「いやよ！　アランとわたしは結婚したの。これでもう、彼を殺してそんなことはなかったみたいに装うことはできないわよ。ここにいるみなが、もう知ってしまったんだから！」そう言って振りまわしたメアリーのナイフの切っ先がきらめいた。

「ぼくたちは誰も傷つけるつもりなどない」アランは言葉を継いだ。「だが神に誓って、ふたりの仲を裂こうとするやつは誰だろうと許さない！」

「休戦協定を終わらせたいのなら、撃つがいいわ」メアリーが続ける。ハイランドの戦士のように獰猛で、男物の上着とズボンという姿でも愛らしい。「でもそんなことになったら、わたしの祖父、アルカーク公爵が黙ってはいない。あなたたちはみな、キャンベルの氏族長の怒りを受け止めることになるのよ」

「本当にそうかな？」新たな声が人だかりの向こうから聞こえてきた。乾いて冷ややかなその声に、アランのうなじの毛が逆立った。

「そんな、まさか」メアリーがつぶやく。アランがちらりと見ると、紅潮していた彼女の頬が完全に色を失っていた。

キャンベルの集団が動き、両脇に分かれたあいだから人影が現れた。男たちがさっと頭をさげ、目を伏せる。そこから少し離れたところでは、フェンダロウ侯爵が虫でものみこんだような顔をして、直立不動の姿勢を取っていた。そこへ雪のように白い髪を短く刈りこみ、肩を怒らせて、骨張った顔に落ちくぼんだ目を鋭く光らせた老人が進みでてきた。襟元に留められたダイヤモンドのピンや、緑と赤のキルトを見るまでもなく、アランにはその人物が誰なのかわかった。

「閣下」アランは両手の拳銃をさげた。激しい銃撃戦になるのは避けられたかもしれないが、ぼくの考え違いでなければ、状況はさらに危険になっただけだ。「ぼくたちは数日のうちに、あなたにお目にかかるつもりでした。ハイランドで」

「きみと私の孫娘が北へ向かっているという話は聞いていた。きみの兄上と私は同じ結論に至ったようだ――きみたちはここに来るだろう、とね。とりわけフェンダロウに追われているともなれば」

「私は彼らがグレトナグリーンに来るとわかっていました」フェンダロウ侯爵がきっぱりと言った。「わざわざ父上にお越しいただく必要はなかったのです」

「ああ、この件はなんの混乱もなく進んでいるようだからな」そう言ったムンロは銃口こそさげたものの、ライフルはまだ手に握ったままだった。

「どこから誰が出てこようとかまうものか」アランは言い放った。メアリーには自分のうしろに引っこんでおいてもらいたかった。どこから飛んでこようと、銃弾は自分が受けてみせる。「和平を結ぶなり、戦争を始めるなり、好きにしてくれ。メアリーとぼくは結婚したんだ。ぼくたちの願いは、ただ放っておいてくれということだ」

アルカーク公爵が数歩前に出た。「おまえは口が利けなくなったのか、ミュア?」彼はメアリーをゲール語の名前で呼んだ。「このマクローリーは、おまえに代わって話しているのかね？」

「いいえ、わたしは口が利けなくなったわけではありません、おじいさま《シェナー》」彼女は言い返した。「そして、ええ、この件に関しては、彼はわたしに代わって話してくれているんです」

「そしてふたりそろって、戦争を起こす危険を承知で北へ逃げることを決めたというのか？　マカリスターとの同盟を、この私の眼前で破り捨て、ハイランドじゅうに怒りの炎を巻き起こそうというのか？　ひょっとすると、おまえは自分の口で説明したほうがいいのかもしれないぞ」

「わたしたちは北へ逃げようと決めたわけではありません」メアリーは反論した。「わたしがアランにキスしたのをみんなに見られて、ロデリック・マカリスターがその場を立ち去り、翌日わたしはロデリックの代わりにチャールズ・カルダーと結婚すべきだとお父さまに決められたのです。アランはその結婚からわたしを救いだしてくれて、わたしがおじいさまの助けを借りられるようにと、ふたりで北へ向かっていたところでした」

「なるほど」アルカーク公爵は視線をすばやくアランに向けた。「きみも私の助けが欲しかったのではないか、マクローリー？」

「いいえ。ぼくが欲しいのはあなたの孫娘だけです。しかしふたりのあいだに何が起ころうと、彼女をあなたのもとへ送り届けるとぼくは約束しましたから」

「きみたちのあいだに起こったのは結婚式だったようだな。私の許可もなしに」

アランは冷静に公爵を見つめた。「はい」

「そして私の思い違いでなければ、きみはこのちょっとした休暇の前に、レディ・ディアドラ・スチュワートと結婚するはずだったと思うが」

当然ながら、アルカーク公爵はマクローリー家とスチュワート家が同盟を結びかけていることを聞いていただろう。アランを怒らせたのは、公爵が彼らの逃避行を〝休暇〟と呼んだことだった。まるで、それがなんの意味も持たない行動だったかのように。いつでも簡単にやめさせられるとでもいうように。「そのとおりです。ぼくたちはふたりとも、自分のクランにとってよいことをしたとは思いません。ですが、あなたなら止められ――」

「アラン」メアリーがふいに彼の腕をつかんだ。「わたしは彼を愛しています、シェナー」アランをさえぎって話しはじめる。「そして誰も、おじいさまのもとへ逃げこむ以外の選択肢をわたしたちに与えてくれなかった。わたしたちがスコットランドに来たのは、誰もわたしたちを引き裂くことはできないようにするためです」

「おまえたちの仲を引き裂く方法は、まだいくらでもあるんだぞ、愛しい孫娘よ」公爵が冷ややかに言う。

メアリーの指がぴくりと引きつった。もうこんなのはたくさんだ。アランはさっと彼女から離れ、自分に向けられている無数の銃口にもかまわず、アルカーク公爵にずかずかと歩み寄った。「それで、あなたはがき大将みたいにそこに立ちはだかって、自分の孫娘を脅そうというのですか？　この数週間、彼女がもうじゅうぶん怖い思いをしてきたとは思わないのですか？　自分の両親に政略結婚の道具にされたと思ったら、冷血な卑劣漢に嫁がされることになり、武装した男たちにロンドンからはるか遠くまで追われたんですよ？　メアリーはあなたを敬愛しています。それなのにあなたはたったひと言の宣告で、彼女の敬意を踏みにじろうとしている。彼女に聞かされたあなたの話から、ぼくはもっと……期待していたのに」

「私はマクローリーの人間には応えない。特に、わが一族の者をこっそりさらっていくようなやつにはな。私はまばたきひとつせずに、きみの眉間に穴を開けられるのだぞ」

「ならば、私があなたにまばたきをさせてみせましょう」また別の、今度はもっとなじみのある声がした。大きな鹿毛のサラブレッドが駆けてきて、ムンロの横で止まった。ラナルフがさっと飛びおり、そのまま前に歩いてくる。その目がにらみつけているアルカーク公爵のまわりで、ファーガスが地獄の番犬のようにうなりながら跳ねた。

「なんてことだ」アランは悪態をついた。「ぼくたちは、あんたたちから逃れるためにここまで来たのに」

「だったら、おまえは間違ったやり方を選んだということだ、ブラー」ラナルフの声は怒りでとげとげしくなっていた。

「違う。間違ったやり方をしたのはあんたたちのほうだ。休戦協定を結んでおいて、どちらも自分の軍を増強しようとした。また殺し合いに戻れるように。そしていま、ぼくたちを始末しようとする。なぜだ？　ぼくたちが本当の、永久に続く平和をもたらす、これ以上ないきっかけになろうとしているからか？　じゃあ、あんたたちは何が欲しいんだ？　平和か、それともさらに血を流したいのか?」

「もういい、アラン」

「ああ、そういうことさ。ぼくたちを殺して互いに殺し合うか、それとも手を握り合うか。それはそっちで決めればいい。メアリーはぼくの妻だ。ふたりを引き裂きたいのなら、ぼくを殺さなければならないぞ」アランは拳銃を地面に落とした。「あんたたちの傲慢なたわごとには、もううんざりだ」

「グレンガスク、弟に勝手なまねをさせるな。彼がこれを始めたのだぞ。許されない場所に足を踏み入れて」

アランはメアリーが彼のうしろで動くのを足音よりも気配で感じた。彼の拳銃のそばにナイフが投げられ、彼女の手がアランの手をつかむ。彼は指をメアリーの指にしっかりと絡めた。

「この混乱を招いたのはわたしたちです」彼女の声はかすかに震えていた。「そして、わたしたちがこれを終わらせます。アランを殺すなら、わたしも殺してください。あなた方がそうしないのなら、自分で自分を殺します。そしてシェナー、あなたはご自分のひ孫も殺すことになるんですよ。この子はふたつのクランが和平を結ぶ、一〇〇年に一度の絶好の機会を授けてくれるというのに」

それを聞いたアランの心臓が止まり、それから雷のように激しく打ちはじめた。呆然とこちらを見ている人々を無視してメアリーに向き直る。「きみはぼくの子どもを身ごもっているのか？　なぜ言ってくれなかった？」

「まだ確信はないし、どこか安全な場所に身を落ち着けてから、と思ったの」彼女が静かに答える。緑色の目に涙があふれた。「そんなときが来るかどうかもわからないけれど」

彼は思わずメアリーを抱きしめた。顔を上向かせ、口づけで涙をぬぐう。子ども。ぼくの子ども。ぼくとメアリーの。もしここで何も変わらなければ――何かが変わりそうな見込みはほとんどないが――ぼくは自分の子どもの成長を見守ることもできないばかりか、その子がクラン同士の戦争を生き抜ける確率も限りなく低くなる。アランはふたたび頭をあげた。

「何が望みか言ってくれ。どちらのクランもだ」ぼくが何をどう計画しようと、事態を収拾するか血煙をあげて戦争を始めるかを決める権限と能力を持っているのはマクローリーとキャンベルの両家なのだ。「どんな代償を払えば、ぼくたちを追うのをやめてくれるんだ？ぼくはわが子を腕に抱きたい。ぼくが父を失ったのと同じ愚かしさのせいで、その子に父親を失わせたくない。どうか教えてくれ。ぼくにできることならなんでもする」

ラナルフが首をかしげ、じっとアランを見つめた。それからゆっくりと下に手を伸ばし、うなっている犬の頭を撫でた。「やめろ、ファーガス」

犬はその命令が気に入らないようだったが、地面に伏せておとなしくなった。アランはしっかりと頭をあげて立ち、すすり泣くメアリーを抱きしめていた。彼女を慰め、守りたかった。ぼくは犬ではない。兄の命令に黙って従いはしない。もうこれ以上は。

「ロンドンで私をなじったときとは、ずいぶん言い分が違っているようだな」ラナルフが淡々とした口調で言った。

アランはうなずいた。「ああ。兄上をまずい立場に追いこんでしまったのはわかっている。ぼくが兄上を公正な目で見ていなかったということも。兄上はシャーロットを喜ばせるためにササナックにへつらい、ぼくたちを商人に変えようとしているとぼくは思っていたんだ。だが、彼女を喜ばせるためではなかった、そうだろう？　あれは彼女が安全に暮らせる場所を作るためだった」

アルカーク公爵は猫がネズミを観察するように、じっと三人を見ていた。いざとなればブーツに隠したナイフで切りかかってやる。アランはそう考えて、相手の目をまっすぐ見返した。ぼくがやけになって開き直ったのでもなく、いま言ったことはすべて本気だと公爵がわかってくれるといいのだが。これは両方のクランにとって最後の機会だ。何も解決されないなら、メアリーとできるだけ早く逃げて海岸を目指そう。でなければ、ふたりはここで死ぬことになる。氏族長たちに先を見通す力がないのなら、ぼくたちにはもうほかに選択肢はない。

「それで、きみは和平を望んでいるのか、アラン・マクローリー？」アルカーク公爵が口を開いた。

「はい。あなたとぼくの父はかつて友人同士だったと聞きました、閣下。あなたも和平を望んでいたはずだ。たとえ一時的な和平であっても。メアリーをあなたの人生から追いだすのかどうか、いま決めてください」アランは兄を見た。「もうぼくにはうんざりか、ラン？

正直な話、ぼくはメアリーをアルカーク公爵のもとに連れていったら、ふたりでアメリカ行きの船に乗るつもりだったんだ」昨日は本気でそう思ってはいなかった。しかし、こうなってしまったいま、この国で身を隠すというのは以前よりもはるかに困難だ。

「この悪党の言い分に耳を貸すおつもりではありませんよね、父上？」フェンダロウ侯爵がぴしゃりと言い、中央に進みでた。「私の、そして父上の意思に反してメアリーを連れ去る権利など、この男にはないのです。われわれは計画を立てていました。マカリスター家はもう二度とわれわれを信用しないでしょう」

「それでおまえはメアリーをチャールズ・カルダーと結婚させようとしたのか？」アルカーク公爵が片方の眉をつりあげた。「あのいかれた男を、いまよりもっと氏族長に近い地位につけることを私が望んでいるとでも思うのか？　おまえはあの男のことを、足元にひれ伏して自分を崇拝している子犬だと思っているのだろうな」彼はせせら笑った。「メアリーの行動は当然だ。この子が私のところに来ていたら、私がそんな結婚はやめさせただろう」

フェンダロウ侯爵の顔が真っ赤になった。「私の選択を父上に認めていただけなくて残念です。メアリーはわれわれ全員に恥をかかせたのですよ。娘にマクローリーとの火遊びで事態を悪化させるようなまねはさせられません。早く結婚させてしまえば、メアリーがあの男と結ばれることはなくなる。それでチャールズは自分が力になろうと申しでてくれたのです」彼はアランのほうを身振りで指し示した。「父上も、グレンガスクの後継者をキャンベルの氏族長の地位にそこまで近づけたいとは思われますまい」

メアリーが涙に光る顔をあげた。「わたしはアランといたいの」きっぱりと言う。「彼と離れるつもりはありません。ですから、サラおばさまをそうしたように、わたしを追放してください。そうしたら、わたしたちは二度とここには現れませんから」

「やはりあそこにいたんだな」フェンダロウ侯爵はうなって目を細め、いらだちをぶつける標的を探しているようだった。「嘘をついたりしたら家を燃やしてやると、妹には警告したのに――」

「モラクがおまえをかくまったのか？」アルカーク公爵が口をはさみ、息巻いている息子の言葉をさえぎった。

「馬車が壊れたときにアランがけがをしたんです」メアリーが説明した。「おばさまを責めないで。おばさまはわたしたちを家に入れたくなかったのに、追っ手に見つからないよう、できる限りのことをしてくれたわ。それなのにお父さまたちはマットレスやカーテンをナイフで切り裂き、おばさまの大切なものを壊した。おばさまにそれを止める力がないからというだけの理由で」

「よくわかった」公爵はゆっくりと言った。「どうやら、まずは私の家の中をきちんとしなければならないようだ」ラナルフのほうを見る。「きみがムンロをここに送りこんだのは、われわれからアランを守るため、そうだな？」

ラナルフはうなずいた。「ええ。だから私も駆けつけたのです。アランの取った行動をどう思っているかはともかく、彼は私のブラーですから。誰にも彼を傷つけさせはしません」

兄は感情の読み取れない目つきでアランを見ると、公爵に歩み寄った。「どうされますか、アルカーク公？　このふたりがわれわれを導こうとした方向へ進むのか、それとも泥沼にはまったまま、ひとり残らず倒れるまで戦いますか？」そう言うと、ラナルフは右手を相手に差しだした。

アランは固唾をのんだ。どんなに想像しても、ラナルフが実際に和平を申しでるところは思い描けたことがなかったのだ。しかも、マクローリーに優位になるような策略もなしでそうするとは。だが、ラナルフはそこに立っている。自分たちの氏族長が弱みを見せるのかどうか、戦々恐々として見守っているキャンベルとマクローリーの者たちに囲まれて、アルカーク公爵はラナルフを見つめた。もし彼が差しだされた手を無視すれば、アランとメアリーが望める一番ましな結果は追放だ。もし彼が背を向ければ、この場に血が飛び散ることになるだろう。アランはメアリーの体を震えが駆け抜けるのを感じ、自分も身をこわばらせて走りだす準備をした。

やがてついにアルカーク公爵がわずかに前に出て、ラナルフの手をしっかりと握った。「グウェイミアス」公爵は言った。「和平だ」アランとメアリーに視線を戻して告げる。「婚礼を盛大に祝おう」

男たちが歓声をあげ、英語とゲール語でその言葉を口々に叫んだ。〝和平〟

「よかった」アランはつぶやき、メアリーにキスをした。彼女がアランの腕に指を食いこませ、熱烈なキスを返してきたので、彼はそのまま一緒に地面に倒れこんで転がりまわりたくなった。

「あなたの勝ちね」メアリーが彼の口元でささやいた。

「いいや。ぼくたちが勝ったんだ。きみのように猛烈なハイランドの女性に立ち向かえる男などいない、と言っただろう？」

彼女は微笑んだ。「わたし、本気で言っていたのよ、あなたと離れるつもりはないって」

「ぼくもだ」

「さて」アルカーク公爵が言った。「こうしてわれわれが手を握り合ったいま、私は孫娘と話をして、彼女の幸福を祈ってやりたいのだが」

アランはあまり気乗りがしなかった。ここにいる全員が、この数週間というもの自分たちを苦しめてきたのだ。だが、公爵はたしかに握手をした。ハイランドでは、それはどんな法律よりも有効だ。「それを決めるのはメアリーです」アランはそう言って、しぶしぶ彼女を放した。

メアリーがアランの肩をつつく。「お兄さまたちと和解していらっしゃいな」小声で言うと、彼女は祖父のほうへ歩いていった。

少なくともメアリーは謝るようには言わなかったが、アランはその必要がありそうな気がした。まあ、いくつかの点については謝罪したほうがいいだろう。何しろムンロに銃口を向けたのだ。アランは肩を怒らせ、兄弟が立っているところへ近づいていった。

「拳銃を向けたりしてすまなかった、ベアー」ゆっくりと言う。

「謝るのはそこなのか？」弟はうなった。「兄上が消えたと思ったら、キャンベルの氏族長のお気に入りの孫娘を誘拐したという話になっていて、それから兄上は彼女と結婚したという。そして拳銃のことを謝ってくるとは」やれやれとばかりに頭を振り、アランをぎゅっと抱きしめる。「兄をひとり失ってしまったかと思ったよ、アラン」

アランも抱擁を返した。ムンロは短気で頭に血がのぼりやすいが、人の過ちには寛大だ。今日、その寛大な面を見られたのは幸運だった。「ぼくもそう思った、一瞬だけな」

「ズボンをはいた女の子と結婚したんだな。そしてピーター・ギリングがドレスを着てる」

「ああ」アランは体を離した。「長い一日だった」

「だが、まだ昼前だ」ラナルフが言う。「彼女のことがそんなに好きなら、なぜそれを私に言わなかった？」

「言おうとしたんだ。でも、兄上は聞きたがらなかった」アランは息をついた。「いまならわかるよ、兄上がなんとかして愛する女性を守ろうとしていたんだということが。それと、ぼくがメアリーと一緒になろうとしたのでは、スチュワート家と同盟を結ぼうとしていた兄上の役には立たなかったということも」彼は顔をしかめた。「ぼくは誤解していた。その点は謝る。だが、ディアドラ・スチュワートから逃げたことは謝らない。ぼくを許せないと思うなら、それでもいい。ただ、兄上には知っておいてほしいと思ったんだ」

「もっときちんとおまえの話に耳を傾けるべきだったな、アラン」ラナルフは言った。「愛というのは、まったくもって厄介な代物だよ」

「ああ。それは本当に――」

アランの腕に何か熱いものがぶつかった。と思うと、拳銃の発射音が丘全体に響いた。肩を撃たれたアランは横によろめいた。倒れかかる彼をラナルフがつかむ。ムンロは銃声のしたほうに進みでて、ライフルを構えた。

アランの耳にメアリーの悲鳴が聞こえた。次の瞬間、彼女が横にひざまずき、上着をつかんで袖を引きちぎっていた。「誰なの？」メアリーは金切り声をあげた。「誰がこんなことを？」

「われわれは計画を立てたんだ」チャールズ・カルダーの声がした。アランはメアリーの頭越しに、彼女のいとこがいま撃った拳銃を捨て、ポケットから二挺目を取りだすのを見た。「アラン・マクローリーは消える、神父を買収して登記簿の一ページを燃やす、そしてぼくはフェンダロウ卿の義理の息子になる」

「その話はやめろ！」メアリーの父親が命じた。

「計画はやりとげますよ、たとえぼくひとりになっても」カルダーは銃口をあげ、狙いを定めた。アランに――そして彼の前のいるメアリーに。

アランは彼女をつかんで地面に引き倒し、自分の背中をカルダーに向けた。たとえぼくが生きてわが子を見ることがなくても、メアリーが生きていてくれさえすればそれでいい。彼女は生きなければならない。

もう一発、銃声が空気を震わせた。アランは身をこわばらせて、弾丸が背骨に穴を開けるのを待った。が、何も起こらない。もがくメアリーを押さえつけたまま、彼は肩越しに目をやった。

チャールズ・カルダーが草地に倒れ、うめきながら左の腿を押さえている。両側から一ダースもの銃が彼を狙っていたが、煙をあげているのはアルカーク公爵の手にある一挺だけだった。老人はゆっくりと銃をさげた。「私が終わらせたばかりの戦争を、愚かな男にまた始められてたまるか」彼は言い放った。「そいつを鍛治屋に連れていって、傷口に焼きごてを当ててやれ。痛みを味わわせてやるのだ」それから公爵はアランに近づいた。「死んではいないのだろう、マクローリー？」

「ええ。ぼくにも焼きごてを当てるおつもりではないでしょうね？　ぼくは包帯でけっこうですよ」アランはメアリーに助けられて上体を起こした。「ありがとう」

アルカーク公爵がうなずく。「宿屋へ運んで手当てをさせよう。アーノルド、宿の主人に一番上等なウィスキーを出させろ。それから誰かを使いにやって、メアリーにまともなドレスを買ってきてやれ」

「仰せのとおりに、閣下」

「そしてわれわれにはバグパイプが必要だ。バグパイプがなくては結婚式を祝うことなどできん」

「はい、ただちに」

アランは立ちあがり、メアリーに促されるまま、無傷のほうの腕を彼女の肩にまわした。

「自分で歩けるのに」彼はささやいた。

「わたしがあなたの腕の中にいたいだけなの」メアリーがささやき返して微笑む。「あなたを愛しているわ、アラン・マクローリー」

「ハ・グール・アガム・オールト」彼は応えた。「愛しているよ、ぼくのメアリー」

彼女はアランに頭をもたせかけた。「わたしたちには結婚式を祝うよりも、もっと大切なことがたくさんあるわ、そうでしょう？　子どものこと、わたしたちのクランがこの四〇〇年で初めて和平を結んだこと、わたしたちが家族を取り戻したこと……あと何か言い忘れたことがあるかしら？」

彼はメアリーのこめかみに口づけた。「いや、ないと思う。だが今夜は、きみがぼくのものになったという事実だけを祝いたい。きみはぼくのものだ、永遠に。それ以外のことは全部……バターミルクさ」

彼女は笑ってアランにキスをした。そう、この猛烈なハイランドの女性は、永遠に彼のものになったのだ。

# 訳者あとがき

ハイランダーとしての誇りを胸に領地を守ってきたマクローリー三兄弟が、妹がロンドンへ家出したのをきっかけに、イングランドの上流社会へ乗りこむ《スキャンダラス・ハイランダー》シリーズ、第二弾をここにお届けいたします。

前作ラストでイングランド貴族のシャーロットと思いを通わせた氏族長のラナルフ・マクローリーは、晴れて彼女と婚約。ところが彼の弟のアランは、これまでほかのどの勢力にもおもねることのなかった兄が、たった数週間ですっかり変わり、それまで毛嫌いしてきたイングランド人たちと親しく交流し、アランにも礼儀正しくふるまうように説教をするのが面白くありません。いまだに暴力で物事が解決されがちなハイランドで今後シャーロットを守っていくために、和平の道を懸命に模索しているラナルフ。そんな兄の気持ちがアランには理解できず、固い絆で結ばれていたはずの兄弟は考えがすれ違ってしまいます。

そんな折、アランは仮面舞踏会でたまたま自分と同じキツネの仮面をつけていたレディとワルツを踊り、辛辣な物言いをするその女性に強く心を引かれます。ところが彼女は敵対する氏族の娘で、しかもアランが何者かを承知のうえで、ダンスに応じていたとわかります。小娘にばかにされたままでなるものかと、翌日彼女を待ち伏せしたアランは……。

コンテンポラリーとヒストリカルの両ジャンルで多くの読者を魅了しつづけるスーザン・イーノック。一九世紀初頭のロンドンを舞台にしたこのシリーズでは、雄々しく誇り高きハイランダーたちを主人公に、独特の華やかな文化が開化した摂政時代《リージェンシー》がときにはユーモラスに、ときには皮肉を交えて描かれます。

さて、アランが宿敵の娘メアリーとワルツを踊ったせいで、ふたつのクランのあいだで大騒ぎとなるのを、少し不思議に思われた方もいらっしゃるのではないでしょうか？　前作でも、アランたちの妹であるロウェナは、舞踏会でワルツを踊るために、社交界のご意見番的な貴婦人たちにわざわざ許可をもらっていましたね。手を握るだけのメヌエットやカントリーダンスとは違い、男女が抱き合うようにして踊るワルツは、当時はかなり親密なダンスと考えられていました。ですから婚約者でもない限り、同じ相手とひと晩で二度ワルツを踊れば、それだけでスキャンダルになりかねませんし、敵方の男が自分たちのクランの大切な令嬢とワルツを踊ったとなると、騒然となるのも無理はないのでしょう。

マクローリー三兄弟で残るは末弟の〝熊《ベアー》〟ことムンロですが、彼の物語の前にもうひとり、アランたちがロンドンへ来る発端となったレディがいましたね。マクローリーきょうだいでただひとりの女性、ロウェナです。幼なじみのラックランを運命の相手だと思いつづけていた彼女も、初恋からは卒業しようと心に決めて、数カ月ぶりに故郷へ帰ります。上流社会で洗練され、あか抜けたレディとなった彼女の恋の行方はどうなるのでしょう？　メアリーとアランのその後も気になるところです。どうぞ楽しみにお待ちください。

二〇一六年三月

ライムブックス

# 運命《うんめい》の扉《とびら》をあけて

著　者　スーザン・イーノック
訳　者　中川由子《なかがわゆうこ》

2016年3月20日　初版第一刷発行

発行人　成瀬雅人
発行所　株式会社原書房
〒160-0022東京都新宿区新宿1-25-13
電話・代表03-3354-0685　http://www.harashobo.co.jp
振替・00150-6-151594
カバーデザイン　松山はるみ
印刷所　図書印刷株式会社

落丁・乱丁本はお取替えいたします。
定価は、カバーに表示してあります。
 ISBN978-4-562-04481-8 Printed in Japan